El sueño de América

El sueño de América

Esmeralda Santiago
Traducción al español

HarperLibros
Una rama de HarperCollins*Publishers*

Una edición encuadernada de este libro fue publicado en 1996 por HarperLibros, una rama de HarperCollins Publishers.

Libros de HarperCollins pueden ser adquiridos para uso educacional, comercial, o promocional. Para recibir más información, diríjase a: Special Markets Department, Harper Collins Publishers, Inc., 10 East 53rd Street, New York, NY 10022.

Primera edición en rústica publicado en 1997.

Diseñado por Nina Gaskin

ISBN 0-06-092828-X (pbk.)

08 09 ❖/RRD 15

Hija fuiste, madre serás,
según hiciste, así te harán.

El problema con Rosalinda

Es su vida y es ella quien la vive. De rodillas, restregando detrás de un inodoro en el único hotel de la isla. Tararea un bolero lleno de amor y anhelos. Se la pasa canturreando, cuando no es una balada, es un chá-chá-chá. Muchas veces canta en voz alta, pero ni siquiera es consciente de la música grata que emana de sus labios y se sorprende cuando los turistas le dicen lo mucho que les gusta que ella cante cuando trabaja.

Las losetas están desparejas detrás del inodoro y una uña se le engancha en la esquina de una y se le parte hasta la carne viva. —¡Ay!— De cuclillas, se arrastra hasta el lavabo y deja correr agua fría sobre su dedo del corazón. El semicírculo rosado de su uña cuelga de la cutícula. Lo muerde, y prueba su sangre salada.

—¡América!

El grito rebota contra las paredes de cemento de La Casa del Francés. América se levanta, el dedo aún en su boca, y corre hacia la ventana del cuarto de baño. Cuando se inclina a mirar, ve a su madre corriendo de un extremo al otro del paseo al lado del hotel, escudriñando las ventanas del segundo piso.

—¿Qué pasó?

—¡Ay, nena, baja!

Ester gime y se derrumba, sus manos cubriéndole la cara.

—¿Qué pasó, Mami? ¿Qué ha sucedido?

Vista desde arriba, Ester es un círculo de color en el paseo, la falda de su bata de casa parece un anillo floreado alrededor de sus hombros angostos, sus brazos bronceados y su pelo color cobre en rolos. Se mece de lado a lado, solloza con el brío de una niña malcriada. Por un instante, América considera brincar por la ventana. Ver a su madre desde arriba, pequeña y vulnerable, hace palpitar su corazón más rápido de lo que debe y se le forma un nudo en la garganta que amenaza con estrangularla. —Ahí voy, Mami— grita, cruza la habitación, baja las escaleras, corre alrededor del patio interior, sale por las puertaventanas del balcón al frente de la casa, pasa las matas de gardenia y el portón que da al huerto, hasta donde Ester está todavía eñangotada, gimiendo como si el mundo se le estuviera cayendo encima.

En las ventanas y balcones aparecen turistas soñolientos, sus caras vacacionales nubladas por la ansiedad. Don Irving, el propietario del hotel, corre pesadamente desde el fondo del edificio, llegando a donde está Ester a la misma vez que América.

—Whasgononir?— fulmina en inglés. —¿Por qué tantos gritos?

—¡Ay don no!— América se arrodilla al lado de Ester. —Mami, por favor, ¿qué te pasó, qué fue?

—Ay, mi'ja!— Ester está hiperventilando y no consigue hablar. La respiración de América se acelera y siente como un remolino dentro de la cabeza.

—Por favor, Mami, ¿qué pasa? Dime lo que ha sucedido.

Ester sacude la cabeza, rociando el aire con lágrimas. Se aprieta ambas manos contra el pecho, como para controlar su sube y baja. Traga aire y, en una voz titubeante que sube hasta convertirse en un grito, le da la noticia a América. —¡Rosalinda se fugó!

Al principio, no comprende lo que Ester quiere decir con Rosalinda se fugó. Su hija de 14 años no está presa. Pero las palabras se repiten en su cabeza y el significado llega a ser claro. América cubre su rostro, estruja sus dedos contra su piel y solloza. —¡Ay, no, Mami, no! ¡No digas eso!

Ester, quien ha ganado alguna compostura ahora que el problema ya no es suyo, envuelve sus brazos alrededor de América y frota sus hombros, sus lágrimas mezclándose con las de su hija. —Se fue con ese muchacho, Taíno.

América se le queda mirando a Ester, tratando de darle sentido a lo que le ha dicho. Pero las palabras y las imágenes se deforman, pasan demasiado ligero, como una película en avance rápido. Y al fin hay una pausa, una imagen fuera de foco de su hija Rosalinda y un granujiento Taíno con sus inocentes ojos marrones. América sacude la cabeza, tratando de borrar la imagen.

—¿Qué diablos pasa?— Don Irving se para frente a ellas, resoplando ráfagas de aliento apestoso a cigarro. Detrás de él, Nilda, la lavandera, Feto, el cocinero, y Tomás, el jardinero, convergen hacia ellas desde distintas direcciones. Los tres rodean a América y a Ester y los hombres las ayudan a pararse.

—Is may doter— dice América en inglés, evadiendo los ojos de Don Irving. —Shí in tróbol.

—Rosalinda se fue con su novio— Nilda interpreta en mejor inglés y América se encoge de vergüenza.

—Oh, fohcrayseiks!— Don Irving escupe entre las matas de orégano. —Geddadejír, comon— Conduce a América y a Ester, quienes siguen llorando, fuera del alcance del oído de sus huéspedes, más allá del edificio, donde deja que Feto y Tomás las escolten al camino detrás de los establos. Don Irving regresa mascullando hacia el jardín. —Cuando no es un problema es otro. Una maldita telenovela. ¡Por Dios!— Saluda con las manos en dirección de los turistas curiosos asomados por las ventanas y los balcones. —Todo está bien. No se preocupen.

Apoyadas en Feto y Tomás, América y Ester van en la dirección opuesta. Los turistas se les quedan mirando hasta que todos desaparecen detrás de la barra al aire libre.

América y Ester arrastran los pies hacia su casa por el camino detrás de La Casa del Francés. Nilda las acompaña, sobándole los hombros a una, luego a la otra.

—Cálmense. Si no controlan los nervios, no van a poder ayudar a esa pobre muchachita— Nilda les recuerda. Su voz vibra con el entusiasmo de una buscavidas que se encuentra de casualidad en el medio de un drama.

—Usted ya puede regresar, Nilda— sugiere América entre gemidos. —Nosotras podemos llegar a casa solas.

Pero no es tan fácil disuadir a Nilda. América no es como otras mujeres. Ella no está dispuesta a hablar de sus problemas, a lamentarse con otras mujeres de lo dura que es su vida. Se la pasa tarareando y canturreando como si fuese la mujer más feliz del mundo, aunque todos saben que no es así. No, Nilda no la dejará. No es todos los días que puede penetrar la discreción de América González.

—Yo sólo las acompaño a su casa para que lleguen bien— Nilda insiste.

América no tiene energías para discutir. Se siente como si su cabeza estuviera rellena de algodón. Quisiera despejársela, entrar en su propio seso y deducir lo que debe hacer. Pero es como si estuviera encarando una puerta que ella no quiere abrir.

Su casa queda a unos diez minutos de la puerta trasera de La Casa. América pasa por aquí cinco días a la semana, primero temprano por la mañana, y de regreso en la tarde, después de que termina su trabajo. Conoce tanto el camino que está segura de que podría llegar a su casa con los ojos vendados si fuese necesario, y que no tropezaría, ni se caería en una zanja, ni chocaría contra un árbol de mangó o un poste de teléfono.

Pero hoy se encuentra en el camino a la misma hora que debería estar lavando el piso de losa de una de las habitaciones. Su uniforme se siente fuera de lugar tan temprano, de camino a su casa. El sol está demasiado caliente para que ella ande por la calle. Las vecinas curiosas que se asoman a sus ventanas, o que salen a los balcones a regar plantas, se le quedan mirando, burlándose. Ella no les devuelve la mirada, pero sabe que la están velando. América siente a Nilda hinchada de importancia en medio de ella y Ester, conduciéndolas hacia su casa, sonriendo bondadosamente hacia una o hacia la otra, mascullando dichos inservibles, como si sus palabras, y no sus piernas, la impulsaran hacia adelante.

Al otro lado de Nilda, Ester plañe como un cachorro herido.

Hace quince años alguien tuvo que encontrar a Ester para decirle que América se había fugado con su novio. Ellas nunca han hablado de ese día, y América se pregunta dónde estaba Ester, qué hizo cuando le contaron que su única hija se había ido con el guapo que había venido recientemente a la barriada a poner tubos para un sistema de alcantarillado.

Al pensar en Correa, la piel de América se pone como carne de gallina. ¿Qué hará él cuando oiga que Rosalinda se ha fugado? Imagina que su rostro enrojecerá de ira, sus ojos verdes desaparecerán debajo de sus cejas espesas, sus narices resoplarán sobre su bigote bien cuidado. América levanta sus brazos como para evitar un golpe, o quizá para cubrir sus ojos del sol, y Nilda le frota los hombros y la conduce por el portón que Ester dejó abierto.

Los treinta pies hasta los escalones del balcón son una fragante senda de rosas y, como siempre que América pasa, le da un ataque de estornudos.

—¡Salud!— le desea Nilda, y las guía hacia el balcón, esquivando las ramas invasoras de las rosas, cuyas espinas se enganchan en su ropa y su pelo. Desde el balcón, mira con resentimiento la distancia que la separa de la acera.

—Llegamos— anuncia animadamente, abriendo la puerta con un empujón, acomodándose como si visitara la casa frecuentemente. —Siéntense, yo les traigo algo de beber—. Les saca sillas para que se sienten. América y Ester caen pesadamente en sus asientos, en lados opuestos de la mesa, silenciosas, sus miradas clavadas en el piso de losa. En la cocina, Nilda abre y cierra más gabinetes de lo que parece necesario para encontrar un vaso. —Aquí tienen. Esto les ayudará a sentirse mejor—. Nilda pone un vaso de agua con hielo al frente de cada una. Sedienta, América bebe en largos tragos. Ester contempla su bebida con desconfianza.

El agua fresca revive a América. Cuando se para, las patas de la silla raspan furiosamente las losas, provocando que Nilda haga una mueca y se cubra los oídos. Ester sale de su silencio con la actitud de alguien que ha sido bruscamente despertada de una siesta tranquila.

—Cierta gente no debe meterse en lo que no le interesa— dice, tambaleándose cerca de Nilda, rumbo a la cocina, donde descarga su agua con hielo en el fregadero.

La sonrisa obsequiosa de Nilda se convierte en un rencoroso apretón de labios. —¿Qué dije?— pregunta, pero Ester la ignora.

América toca el codo de Nilda y dulcemente la orienta hacia la puerta. —No lo tome en serio. Ud. sabe como ella se pone—. Le abre la puerta y deja que Nilda pase. —Gracias por su bondad, pero mejor es que regrese al hotel o Don Irving nos despedirá a las dos.

—Sí, ya debo volver— Nilda consiente sin ganas. —Yo regreso más tarde a ver si hay algo que pueda hacer por ustedes.

América sonríe apenas. —No se preocupe por nosotras, estaremos bien—. Se estira más alta de lo que es, sólida en el umbral, y desde esa altura, mira a Nilda.

—Bueno, bien, cuídense—.

Desde la cocina, Ester bufa su desdén.

América casi empuja a Nilda hacia afuera y cierra la puerta en cuanto sale. Inclina su espalda contra la puerta y suspira de alivio. A su mano derecha queda el dormitorio de Rosalinda, sus paredes empapeladas con carteles de artistas de rockanrol y cantantes de salsa. Entra al cuarto furtivamente, como si temiera despertar a un durmiente. Rosalinda se ha llevado casi toda su ropa, su boombox y discos compactos, las prendas de oro que Correa le ha regalado a través de los años y el pelícano azul que Taíno se ganó en las fiestas patronales del año pasado. No dejó una carta diciéndoles dónde se ha ido, pero es obvio que se fue sin ninguna intención de volver. Hasta se llevó el almanaque con fotos de Cindy Crawford en el cual marca su ciclo menstrual.

América se sienta al borde de la cama bien tendida, como si Rosalinda no hubiera dormido en ella. El tocador está limpio de mousses y gels, cremas contra barritos, los cepillos, la secadora de pelo y sus aguas de colonia. ¿Cuánto tiempo estuvo empaquetando?, América se pregunta, impresionada con lo bien que su hija debe haber planeado su escape para ser capaz de llevarse tantas cosas. Probablemente, Rosalinda ha estado sacando cosas de la casa desde hace días y nadie lo ha notado. Ester, cuyo dormitorio queda al otro lado de la pared, duerme a pierna suelta, especialmente cuando está bebida. Sus ronquidos son fuertes y enérgicos, y Rosalinda podría haber salido de la casa en la madrugada y nadie la habría oído.

América se levanta de la cama, estira el borde de la sábana, como para borrar todo rastro de que ha entrado al cuarto.

—Yo le preparé su desayuno como de costumbre— dice Ester cuando América vuelve a la cocina—, pero cuando fui a llamarla para que se levantara, ya se había ido—. En el cubo de basura, Ester ha vaciado el desayuno de Rosalinda: Rice Krispies con rebanadas de guineo maduro.

América seca el plato que Ester ha lavado. —¿Taíno vino ayer cuando yo estaba trabajando?

—Él estuvo aquí un rato. Los dos se sentaron en el balcón a hacer sus tareas de la escuela. Yo les preparé unos sangüiches—. Ester toma el plato de las manos de América, lo guarda y va hacia el refrigerador a sacar una cerveza.

—Es demasiado temprano para eso, Mami— le advierte América.

—No me digas lo que tengo que hacer— Ester le contesta bruscamente, saca una Budweiser fría y se encierra en su cuarto.

América clava la mirada en la puerta cerrada, manchada de grasa, con la inútil perilla colgando de la cerradura. El silbido mudo de la lata de cerveza que abre Ester hace sentir a América como si su respiración se le estuviera escapando.

Se salpica agua de la pluma en la cara y se seca con su delantal. Huele a amoníaco. Apoya los codos en la orilla del fregadero y se frota las sienes con las yemas de los dedos. Está agotada. Es un agobio que siente en momentos como éste, cuando el mundo entero parece haberse derrumbado bajo sus pies, dejándola en el fondo de un hoyo con lados tan empinados que no puede escalarlos para salir. Es la angustia de haber intentado salir y fracasado tantas veces que ha decidido simplemente sentarse en el fondo y esperar a ver lo que sucede. Pero sólo se rinde durante el instante que tardan las lágrimas en deslizarse por sus mejillas y caer una dos tres en el agua de lavar platos.

América cruza hacia su cuarto en la parte posterior de la casa y prende la luz al entrar. Una cama bien tendida ocupa casi todo el espacio. Hay un teléfono sobre una mesita al lado de la cama, pero el servicio fue desconectado hace tiempo porque ella no podía pagar la cuenta.

Cuando Correa construyó este cuarto de lo que era la marquesina, dejó espacio en la pared de concreto para poner una ventana, pero nunca lo hizo. El rectángulo donde debe estar la ventana está cubierto con madera enchapada. América apoyó un espejo contra ella y en el alféizar sin acabar guarda sus preparaciones para el cabello y sus cosméticos. De noche, duerme con la puerta entreabierta y un ventilador prendido para mover el aire. Correa tampoco puso un ropero, así es que su ropa cuelga de clavos en las paredes, o están estrujadas dentro de dos aparadores que no hacen juego.

América se quita el uniforme de nylon que Don Irving les hace usar. Es verde, con un delantalcito blanco, también de nylon (más fácil para lavar y secar). En la humedad del verano, el uniforme se siente como la envoltura de una salchicha, apretada y pegajosa. Lo cuelga contra la pared, en su lugar al lado de la puerta. Los días en que no trabaja, lo ve cada vez que sale de su cuarto.

Se pone un vestido floreado, ajustado en la cintura con un cinturón ancho. Ester aparece en la puerta de su cuarto.

—Es muy llamativo— dice—, demasiado alegre para la ocasión.

—¿Qué quieres, que me vista de luto?— América se pone un par de sandalias de taco bajo.

—Por lo menos debes de mostrar respeto.

—¿Como el respeto que ella me ha mostrado a mí?

—Es una adolescente. Ellos no respetan a nadie.

—¿Desde cuándo eres tú experta en la adolescencia?

Ester expresa su desaprobación haciendo ruidos con la garganta. Le da la espalda erguida a América y se retira por la puerta de la cocina hacia su huerto.

América ajusta el corpiño de su vestido, corre las manos sobre sus senos, hasta la cintura, abrocha el cinturón un poco más apretado. No se va a vestir de negro para que todo el vecindario sepa lo que siente. Que meneen las lenguas si les da la gana de hablar de ella. Y después de todo, Ester sabe lo que Correa hace si ella sale de la casa mal vestida.

El suave tincatín de las vainas de gandules que caen dentro de una lata hacen contrapunto con el chaschás de las chancletas de Ester sobre el pasto.

América se empolva la cara y apresuradamente se aplica colorete y lápiz de labios. Se da una última mirada en el espejo, fija un rizo descarriado al lado de su ojo izquierdo y rebusca en su aparador hasta encontrar la cartera que haga juego con sus sandalias. Pone sus cosas en un bolso de charol negro que Correa le regaló hace tres Navidades.

—Me voy— llama por la ventana de la cocina a Ester, cuyos brazos se estiran delicadamente entre las ramas arqueadas, buscando las vainas más grandes. Ester mira hacia la ventana, hace pucheros en su dirección y continúa su tarea rítmica, como si la interrupción hubiese sido una pausa en un baile sutil.

América esquiva las ramas de las rosas que se arquean sobre la acera de cemento, estornuda, cierra el portón, se acomoda el pelo con las manos una vez más y camina el medio bloque que queda entre la Calle Pinos y el parque. Un perro la mira desde su escondite bajo un tamarindo, bosteza desganadamente, se acomoda otra vez, cubriéndose los ojos con una pata. América cruza la calle frente a la Iglesia Asamblea de Dios, donde el Pastor Núñez, su corbata torcida bajo el cuello entreabierto de su camisa blanca, poda una mata de amapolas que ha invadido el espacio donde se estaciona la guaguita de la iglesia. Él inclina la cabeza en su dirección y ella le devuelve el saludo, acelerando su paso al dar la vuelta hacia la Calle Lirios. Un carro mohoso y destartalado pasa por la calle. El conductor la mira de arriba a abajo, desacelera, asoma la cabeza por la ventana para verla mejor y comenta en voz baja que a él le gustaría comérsela. Ella responde que, en el estado en que ella se encuentra, él de seguro moriría de indigestión, y da la vuelta hacia la calle Almendros.

América tiene que encontrar a Correa antes de que alguien le cuente que Rosalinda se ha fugado con Taino. Es el deber de

Correa encontrarlos y regresarlos de donde quiera que estén escondidos. Pero no sabe qué sucederá después de eso. Probablemente Taíno le ha dicho a Rosalinda que se va casar con ella, pero a los 14 años es muy niña para casarse. Hasta es posible que sea ilegal que tenga relaciones sexuales. La idea de Rosalinda enredada en los brazos de Taíno enfurece a América. ¿Cómo se atrevió a aprovecharse de nosotras? Ella confió en él, creyó que el muchacho serio y trabajador sería una buena influencia para su hija voluntariosa. Se le había olvidado que Taíno era como todos los hombres, detrás de lo mismo que el resto.

Su rabia aumenta con cada paso y, cuando sale del callejón que conduce a la carretera, está que "jierve". Si Rosalinda se apareciera frente a ella ahora mismo, se arrepentiría de haber puesto los ojos en Taíno. Los dos la han estado cogiendo de pendeja, escabulléndose a sus espaldas quién sabe por cuánto tiempo, mientras ella se esclaviza lavando baños y limpiando pisos. Ella suponía que Rosalinda era lo suficientemente lista como para no repetir su error. ¿No ve ella cómo ha resultado mi vida?, América se pregunta a sí misma, y tiene que reprimir las lágrimas que amenazan con arruinar la poca compostura que ha alcanzado.

Más arriba de la carretera, una niña camina con un bebé. Vista desde atrás se parece a Rosalinda. Tiene el mismo pelo largo hasta los hombros, peinado con gel para formar una melena leonina alrededor de su cara. Tiene los mismos pantalones cortos de denim y calza botas de hombre. Viste una chaqueta vaquera como la que Correa le regaló a Rosalinda para su cumpleaños, con ribetes dorados alrededor de las bocamangas, la espalda forrada con encaje color de rosa. La niña da la vuelta por un callejón que conduce a la Calle Lirios.

América la sigue, pero la niña, que siente que alguien anda detrás de ella, acelera sus pasos y mira temerosa sobre su hombro. Es una amiga de escuela de Rosalinda. Se asusta cuando ve a América, sonríe cautelosamente, envuelve la chaqueta alrededor de sus hombros huesudos, agarra al nene y entra en su patio. América la sigue hasta el portón.

—¡Carmencita!— América llama cuando la niña entra en la casa.

Carmencita deja a su hermanito en el balcón, se quita la chaqueta y la tira adentro, entonces viene tímidamente hasta donde América la está esperando.

—Mande.

—¿Has visto a Rosalinda hoy?

—No.

—¿Y anoche? ¿La viste anoche?

—Yo la vi anteayer cuando ella . . . — Carmencita desvía los ojos. —Si usted quiere la chaqueta, Mami dijo que me tiene que devolver el dinero.

—¿Qué dinero?

—Ella me la vendió. Yo ahorré para poder comprársela. Yo sé que cuesta más de diez pesos, pero eso fue lo que ella pidió—. Los ojos de Carmencita se llenan de lágrimas. El bebé grita adentro de la casa y Carmencita corre a ver lo que le pasa.

América espera unos minutos, pero la niña no regresa. Una vecina sale de la casa de al lado a regar sus plantas. —¡Buenos días!— la saluda. América le devuelve el saludo, pero no se para a platicar. Se da cuenta de que, en las próximas semanas, va a estar viendo la ropa de su hija vestida por niñas y mujeres de la barriada.

América desanda sus pasos hacia la caseta de guardia a la entrada de Sun Bay, donde Correa, en su uniforme acabado de planchar, estará verificando identificaciones. Camina vigorosamente por la carretera asfaltada, corriéndose hasta los hierbajos cuando pasa un vehículo. Varias veces, uno que otro vecino le ofrece pon, la mira con curiosidad, indudablemente preguntándose por qué no está trabajando. Pero ella rechaza las ofertas, porque no quiere hablarle a nadie sobre el paradero de su hija.

Siente la boca seca. Entra en La Tienda Verde y saca una Coca-Cola del refrigerador. Pepita desempolva latas de atún y cajas de cereal sin azúcar que sólo compran los yanquis que alquilan casas en el pueblo.

—¿Cómo van las cosas?— Pepita le pregunta radiantemente, moviéndose detrás del mostrador para tomar el dinero de América. Pepita siempre está alegre, lo cual América atribuye a que nunca se ha casado y no tiene hijos.

—Okei— le contesta, abriendo la lata, apartando su mirada. Se toma un largo trago de la soda fría. Le da hipo.

—¿No estás trabajando hoy?— Pepita le pregunta, dándole el cambio.

—No, jic, yo, jic . . . — Deja de tratar de hablar, se tapa la boca, respira profundamente y retiene el aire mientras cuenta hasta diez. Cuando sopla el aire afuera, un eructo retumba de su estómago, aliviando los hipos. —¡Ay, perdón! La soda siempre me hace eso.

Pepita se ríe —Por eso es que yo nunca bebo soda. Mejor bebo agua.

—Bueno, gracias— América sale de la sombra fresca de la tienda y mira hacia la carretera, que parece ondularse con el vapor que sube del asfalto. Termina lo que puede de la soda, derrama el resto contra un árbol y tira la lata en las matas. Cruza al lado del camino con sombra, pasando las ruinas de la Central. Una verja incrustada de hierba mala rodea la propiedad de lo que fue una vez un complejo de edificios para procesar caña de azúcar. Más allá de la Central, el camino dobla hacia el mar. Flamboyanes y almendros dan sombra intermitente y refrescan el aire por donde las mariposas revolotean entre flores campestres.

Correa está sentado dentro de la caseta de guardia en la entrada de Sun Bay. Cerca de él, un radio está sintonizado en una emisora de salsa y él tamborilea el mostrador y canta con Willie Colón mientras espera algo que hacer. Su trabajo consiste en firmar un registro cuando alguien entra o sale del área de estacionamiento de la playa pública. Para esta temporada del año hay mayormente Jeeps alquilados por yanquis que quieren llegar a las playas de la Base Naval, escondidas detrás del matorral al final de caminos llenos de baches, accesibles sólo a lomo de caballo o por vehículos de todo terreno. Pero los turistas siempre vienen a esta playa primero, porque su forma de medialuna, salpicada con palmas de coco, les hace recordar los anuncios que los tentaron al Caribe en primer lugar.

Un Isuzu anaranjado le pasa por el lado, conducido por un americano con la piel pálida como carne de almeja. Una mujer joven está sentada en el asiento de pasajeros. Viste un sostén de bikini con pantalones cortos. En el asiento trasero, tres niños se empujan unos a los otros para ver primero el mar. Tras ellos, América huele el perfume aceitoso del bronceador. Se paran al lado de la caseta de guardia mientras ella se aproxima.

Aunque Correa ha visto a América venir hacia él, hace como que no la reconoce. Baja el radio, camina hacia el conductor con su tablilla sujetapapeles en la mano. Los turistas siempre se sorprenden cuando el guardia les pide identificación en la playa pública y anota sus nombres, direcciones y números de licencia. Una vez, América le preguntó a Correa por qué tiene que escribir tanta información. —Si algo sucede en la playa, nosotros sabemos quién pasó por allá.

A América le parece estúpido, ya que el camino y el área de estacionamiento no son las únicas entradas a la playa. Uno puede llegar desde otras playas, desde el pueblo y, a caballo, se puede meter por la vegetación silvestre que la rodea. Ella piensa que la Oficina de Turismo se toma tanto trabajo pidiéndole información a la gente que entra y sale para hacer que los turistas se sientan seguros.

Ella se para bajo la sombra de la caseta de guardia, con su perfil hacia él, mirando hacia el mar. Correa la estudia, reposando la vista sobre la curva de sus nalgas. Le habla en inglés a la gente en el Isuzu. —Yur laicens, plis.

El hombre le da su licencia y Correa escribe la información en las páginas de su tablilla, señala hacia a la mujer y los niños. —Dear neims tu, plis.

El hombre lo mira con perplejidad, pero la mujer ha estudiado un poco de español y decide usarlo. —Yo soy Ginnie— ella responde, pronunciando cada sílaba como si estuviera en clase —y éstos son nuestros niños, Peter, Suzy y Lily—. Correa sonríe con aprobación, como un profesor a su mejor alumna.

—Muchas gracias— le dice y escribe todo en la página.

—¿Hay un precio de entrada?— el esposo quiere saber.

—Bueno, si usted quiere pagar . . . — Correa sonríe, y la mujer saca de su bolsillo dos billetes doblados y se los da. Los turistas creen que si le dan propina al guardia él les cuidará sus automóviles.

—Gracias, señora— Correa dice, señalándoles el área de estacionamiento, echándole el ojo a la mujer como si ella fuese su tipo, que no lo es.

América se ruboriza, como la mujer en el automóvil debería hacer. Seguramente él le vio las tetas, apenas cubiertas por el sostén del bikini. Aunque a todos los guardias los entrenan para que no miren a las turistas de la misma manera que a las del pueblo (Mírenlas a los ojos, no en ningun otro sitio, el entrenador les dice), algunos de ellos todavía lo hacen. Y a algunas de las turistas parece que les gusta.

Correa toca el ala de su gorra mirando hacia la dama. —Que disfruten— le dice. Los niños lo saludan con las manos. Todo el mundo adora a Correa. Es guapo, simpático, con una sonrisa que derrite a las mujeres y hace que los niños le tengan confianza. Se cuida bien, lo que se nota en su cuerpo de culturista, su pelo bien recortado, el semicírculo fastidioso de sus uñas cortas. Es el tipo de hombre a quien las mujeres les gusta ver sudar. La transpiración sobre su piel realza la firmeza de los músculos bien desarrollados de sus brazos, los muslos fornidos, la garbosa curva entre sus nalgas y espalda.

Él entra en la caseta, pone la tablilla sujetapapeles en el estante, se mete los dos dólares en su bolsillo y se para al lado de América en la sombra.

—¿Qué hubo?— le pregunta, casual, ignorando el hecho de que ella nunca ha venido a buscarlo cuando los dos deberían estar trabajando.

—Tu hija se fue con el mocoso que trabaja en el supermercado—. Ella no desperdicia palabras. Como su madre, nunca aprendió el arte de disimular.

Siente su reacción antes de que él abra la boca, se aleja un poco, pero aún siente su amenazante presencia sobre ella.

—¿Cómo diablo dejaste tú que sucediera tal cosa?— Él se le acerca, los puños apretados.

Ella ha permanecido erguida hasta ahora, pero las palabras y el tono de Correa la desinflan. Resiste el impulso de llorar. Sus lágrimas lo excitan; a veces lo enojan, otras veces lo enternecen hasta el punto que ella le cree cuando él dice que la ama, que siempre la protegerá.

—Yo no lo dejé pasar. Pasó porque pasó. Cuando Mami fue a su cuarto esta mañana, descubrió que Rosalinda se había fugado—. Siente su voz tensa, como si los sollozos la estrangularan por dentro. Saca un pañuelo de papel de su cartera y se sopla la nariz. —Yo no miré si estaba en su cuarto cuando salí para el trabajo porque ella se acostó tan tarde anoche. Se debe haber ido en medio de la noche . . . — Siente que su atención cambia de dirección, que la tensión que lo rodea se aleja de ella.

—Voy a matar a ese hijo de la gran puta—. Correa se apresura hacia su Jeep hecho a la medida, tan duro y macho como él mismo.

—¡Espera, Correa! ¿A dónde vas? ¡No sabemos ni a dónde se fueron!— América corre detrás de él, llega a su lado en el momento que él salta en el vehículo, buscando las llaves en sus bolsillos. Le hala su manga, como una niña pidiéndole más atención a un adulto. Una bofetada la derriba contra la grava del camino.

—Aunque estén al borde del infierno, los voy a encontrar. ¡Ese cabrón! ¿Cómo se atreve ese cabrón a meterse con mi hija?—. Prende el vehículo con un chillido de engranajes, se asoma por el lado abierto, alza su dedo en advertencia. —Usted se me va a su casa y me espera—. Su tono de voz, sus ojos, transmiten una amenaza que la estremece. Ella baja su mirada, y él se va a toda máquina, levantando grava y polvo a su alrededor. Cuando ella está segura de que se ha ido, se incorpora, cepillando con sus dedos el pasto y polvo de su ropa, y se saca guijarritos agudos que hacen arder las palmas de sus manos. Un carro se acerca, el conductor se asoma por la ventana, sigue con la vista el vehículo a toda velocidad con el guardia uniformado al volante, se le queda mirando a América al otro lado de la caseta, su cara manchada de lágrimas, su ropa arrugada y sucia.

—¿Necesita ayuda?— le pregunta, y América se seca la nariz con su mano y le señala que siga.

Recobra su cartera, que aterrizó cerca de la caseta cuando ella se cayó, le sopla la arena de las esquinas y camina hacia la carretera.

—¡Idiota!— solloza silenciosamente, consciente de que no sabe si se refiere al turista, a Correa o a ella misma. A mano izquierda, la carretera dobla hacia Esperanza. Al frente de ella, una vaca mastica ruidosamente el pasto de una pradera cercada. Una vaca que ha estado ahí desde que ella recuerda. No puede ser la misma vaca que ella vio de niña, cuando se criaba a menos de una milla de aquí. Pero parece la misma vaca, blanca con manchas negras en sus ancas. La vaca mastica plácidamente, sus ojos aguachentos fijos en América, la baba goteando de sus labios correosos. Su ubre es larga y enjuta, gris en las puntas. Una enorme mosca negra aterriza sobre su anca izquierda, y la vaca le pega un tortazo con su rabo, sin perder el son de su rítmico mascar.

América estira su vestido sobre sus caderas, surca su pelo con sus dedos y se dirige no hacia Esperanza, sino en la otra dirección, hacia Destino.

El hombre que pudo haber sido suyo

Es cuesta arriba desde Esperanza hasta Destino. Los llanos de la costa sur de la isla suben suave pero implacablemente hacia montes salpicados con casas de techo plano. Antes, este llano era un mar de caña de azúcar, supervisado por señores elegantes montados en coquetos caballos Paso Fino. Pero cuando la Marina de los Estados Unidos se apropió de dos terceras partes de la isla para sus maniobras, las grandes haciendas azucareras desaparecieron, y las altas chimeneas que resaltaban en el paisaje fueron arrasadas con motoniveladoras. Eso es historia, pero América no piensa en eso mientras camina cuesta arriba por la angosta carretera, sudando entre sombra y sombra en trechos soleados. Varias veces se para y mira detenidamente el camino frente a ella, tratando de medir la distancia con el ojo y de calcular cuánto más tiene que caminar. Es una perspectiva limitada, ya que las curvas de la carretera se tuercen a la derecha o a la izquierda. En los pocos trechos largos, no hay sombra. Un calor visible sube del asfalto hasta que se siente como si estuviera lentamente asándose y sus ropas fueran las envolturas que contienen su jugo.

Un carro público pasa en dirección contraria y el conductor la saluda. Es una camioneta con aire acondicionado para doce pasajeros, en este momento llena de turistas que miran con la boca abierta la vegetación exuberante e, indudablemente, a la mujer vestida en colores alegres que deambula a lo largo de la carretera. Ella trata de ignorar sus miradas groseras, la sensación de que, para ellos, ella representa el encanto de los trópicos: una mujer vestida pintorescamente paseando por una carretera soleada, su sombra alargada detrás de ella, como si estuviese arrastrando su historia.

Al doblar por la última de las muchas curvas, llega al tramo abierto que conduce hacia una colina acantilada más allá de la entrada al Camp García, la Base Naval. Algunos automóviles y camiones están amontonados frente a la entrada. Una cola de vehículos Isuzu y Mitsubishi de tracción a cuatro ruedas esperan para acceder a las playas ocultas dentro de la Base.

América resopla. Aunque trabaja de pie todo el día, subiendo y bajando escaleras, caminando alrededor del patio interior y los balcones alrededor de La Casa del Francés, no está acostumbrada a tanto ejercicio bajo el sol caliente. Sus pies, que están calzados con bonitas pero incómodas sandalias, se sienten enormes y pesados. Su pelo largo, que ella usualmente se recoge en un moño durante el día, se ha desprendido de sus horquillas, y sus rizos, normalmente bien cuidados, cuelgan alrededor de su cuello en mechones pegajosos que tiene que arrancar de su piel y "enjaretar" a medida que camina.

Me hubiese puesto pantalones cortos y tenis, reflexiona América. Pero no calculé bien. Y de todas maneras, ¿qué hago yo aquí? Correa me dijo que lo esperara. Pero yo no me puedo quedar tranquila y dejar que él lo haga todo. Ella es hija mía tanto como lo es de él. Debí haber pensado en eso antes de irlo a buscar. ¿Para qué sirve él, después de todo? Un buscabulla es lo que es. Sólo va a formar un escándalo dondequiera que llegue y después nada. Rosalinda no es tan pendeja. Estoy segura de que ni está en la isla. Aquí todo el mundo la conoce a ella y a Taíno. Si la madre de él sabe que se fugó con Rosalinda, yo estoy segura de que ella también estará buscándolos. Ella con sus aires de gran señora.

La imagen de Yamila Valentín Saavedra en su casa del monte atiza la cólera de América. No es que América no le desee bien a Yamila. Es que Yamila, quien se ha elevado en la sociedad viequense, se cree que siempre ha vivido en las colinas donde los yanquis construyen sus casas de verano. Si yo hubiese tenido la buena fortuna de casarme con un hombre rico, América se dice a sí misma, no me las echaría tanto como ella. No está en mi naturaleza. Pero Yamila siempre ha sido así. Siempre ha actuado como si fuera superior a todos los demás. Ahora que vive en las colinas con los yanquis, no se le puede ni mirar.

América sube la cuesta empinada de El Destino, flanqueada en ambos lados por enormes casas con portones eléctricos. Las casas aquí se construyen sobre un monte con vista a la bahía fosforescente y más allá, al azul Mar Caribe. Cada casa en este vecindario tiene un vehículo de tracción a cuatro ruedas en su marquesina, el césped esmeradamente recortado y tiestos de plantas que oscilan de ganchos en los sombreados balcones. Es una comunidad que fue devastada por el huracán Hugo. Sin embargo, menos de un año después del huracán, los lotes estaban en posesión de yanquis, quienes han edificado las mansiones de vidrio y cemento que cuelgan de los declives escarpados. Son residencias enormes, adornadas con rejas en las ventanas, en las puertas y en los portones de las marquesinas. Las rejas parecen ser decorativas, pero en realidad están diseñadas para proteger las casas del vandalismo y del robo que los dueños están seguros que ocurrirán tan pronto se alejen en sus automóviles en la dirección contraria.

América se detiene para recobrar el aliento antes de dirigirse hasta el frente de la casa de Yamila Valentín. Un perrito ñoño sale corriendo de una puerta trasera y le gruñe a los pies al otro lado del portón cuando ella golpea la cadena y el candado contra la reja.

—Yamila Valentín Saavedra, ven acá que te tengo que decir algo—. Siente los ojos de los vecinos de Yamila en su espalda. Un doctor vive en esta calle, también el contador estadounidense que maneja las finanzas de Don Irving. Ha estado en este vecindario muchas veces, limpiando las casas del doctor y del contador, del coronel jubilado de la Marina, del constructor que ha edificado casi todas las casas nuevas en la isla desde el huracán, del conde italiano que viene todos los inviernos y se queda por tres meses.

—¡Yamila Valentín Saavedra!—llama de nuevo, y esta vez un portón chilla contra el cemento, y el perro que parece una rata corre hacia la puerta al otro lado de la marquesina. Yamila Valentín Saavedra emerge envuelta en un albornoz blanco, su pelo mojado aplastado contra el cráneo y pegado a la nuca.

—¿Quién me llama?

—América González.

Una expresión de repugnancia cruza la cara de Yamila y sus bonitas facciones se endurecen hasta formar una máscara de dignidad imperturbable. —Estaba en la ducha— dice glacialmente, y ciñe más el albornoz alrededor de su cintura. Se acerca al portón, pero no hace ningún movimiento para abrirlo. El perro reanuda su aullido cortante y ella lo coge, y lo abraza contra su pecho, donde el animal gruñe y muestra sus dientes minúsculos a América.

—¿Has visto a mi hija?

—¿Qué me importa a mí el paradero de tu hija?— Arquea sus cejas escasas, besa la cabeza de su perro.

—Porque tu hijo me la conquistó y se la llevó.

Yamila queda boquiabierta, se le aguan los ojos y su máscara de impasividad se transforma en una mueca de disgusto e incredulidad, que rápidamente es reemplazada por una de ira. —¡Mi hijo! ¡Con tu hija!— Suelta el perro y corre hacia dentro de la casa por la misma puerta que salió. América la oye gritándole a alguien, oye mucho revolú, y abrir y cerrar de puertas, y finalmente Yamila sale otra vez, su cara contorsionada en una mueca que América no puede interpretar.

—¡Esa pendanga! ¿Qué ha hecho con mi hijo?— Yamila se tira contra el portón, intentando alcanzar a América por entre las barras de hierro. Pero América da un salto hacia atrás, soltando su cartera, cuyo contenido se derrama y rueda por todas partes.

—¡Tu hijo le hizo el daño a mi hija! Ella es una niña, sólo

tiene catorce años. ¡Cómo te atreves a insultarla!— América mete las manos entre las rejas y agarra a Yamila por el pelo, pero las uñas largas y bien cuidadas de Yamila la rasguñan con la ferocidad de una tigresa.

—¡Ella es una puta y tú tambien eres una puta y hasta tu madre es una puta!

Una anciana sale de la casa y trata de separar a Yamila de América, pero es demasiado vieja y débil. Gritando obscenidades, América y Yamila se arañan y se dan puñetazos desde ambos lados del portón, sus puños chocando más contra las rejas que contra ellas mismas. Las vecinas salen de sus pulcras casas a los balcones, o se asoman por las ventanas, pero nadie viene a desenredarlas. Una señora narra lo que sucede por un teléfono celular pegado a la oreja.

Unos brazos fuertes se envuelven alrededor de la cintura de América y la arrastran lejos de las garras de Yamila. América patea al hombre que está detrás de ella, perdiendo un zapato en la lucha. El hombre le aprieta el cuello con su brazo izquierdo y, con el derecho, la va empujando frente a él hasta tirarla contra un automóvil estacionado al otro lado de la calle. Aprieta el brazo con más fuerza alrededor de su garganta, inclina todo su peso contra ella hasta que América apenas puede respirar. La pugna lo ha excitado, y América siente su erección contra sus nalgas.

—Ya sabía que vendrías aquí, zángana. Estáte quieta que te estás poniendo en ridículo— Correa le escupe al oído.

—¡Suéltame, lambeojo! ¡Siempre besándole el culo a estas ricas hijas de la gran puta!

—¡Estáte quieta y me cierras esa boca sucia o te la cierro yo!— Le da vuelta hasta que están frente a frente, y le da dos bofetadas, una en la mejilla derecha y otra en la izquierda, hasta que a ella le sale sangre por donde sus dientes cortan su labio inferior. Ella trata de patearle la ingle, pero no atina. Al otro lado de la calle, Yamila grita sus insultos a ambos, mientras la viejita masculla inútilmente a su lado.

Correa carga a América, quien sigue resistiendo, hasta su Jeep, donde la tira contra el asiento de pasajeros, le abrocha el cinturón de seguridad como si éste la fuera a retener en su lugar.

—Se me queda aquí— le advierte, retrocediendo. Manteniendo un ojo sobre América, recobra el lápiz de labios y la billetera, el cepillo y la polvera de la orilla de la acera frente a la marquesina de Yamila.

Desde el asiento de pasajeros, América lanza cuchillos con la mirada hacia la espalda de Correa. Rebusca en el compartimiento de guantes hasta que encuentra un Kleenex arrugado con el cual seca su labio sangriento.

—Gran hombre eres, encontrando placer en golpear mujeres— dice lo suficientemente alto como para oírse a sí misma, pero no tanto como para que la oiga él. Su vestido está desgarrado por el cuello y una gota de sangre ha manchado la única parte blanca del estampado floreado del corpiño. Hala aquí y allí, estira la falda sobre sus rodillas, se suelta el pelo, pasa los dedos sobre sus rizos y se hace un moño de nuevo. En la pelea con Yamila, perdió dos uñas más. Sus brazos están arañados y el labio le duele. Lo siente hinchándose dentro de su boca.

Correa se sube al asiento, la cartera y el zapato de América en sus manos. Se los tira a sus pies y arranca cuesta abajo. Detrás de ellos, Yamila todavía grita, demostrándoles a los que no lo saben que su crianza no fue ni tan fina ni tan propia como ella les quiere hacer creer.

—Se fueron en la lancha de esta mañana— dice Correa, como si estuviera continuando una conversación que se había interrumpido. —Me imaginé que eso sería lo que harían.

América se esfuerza por ignorarlo. Se sienta en la esquina más alejada del asiento, sus manos cruzadas sobre la cartera, sus ojos fijos en el paisaje familiar que ve pasar rápidamente por la ventanilla. Quince años atrás ella y Correa se fugaron en la lancha de las siete de la mañana hacia Fajardo. Ella era virgen cuando se fue con Correa, pero no puede estar segura de que su hija lo sea.

—Yo me voy en la lancha de esta tarde— Correa continúa. —Los dos son niños. No pueden estar tan lejos.

América y Correa se escondieron en la casa de la tía de él.

Regresaron a Vieques un mes más tarde, para vivir en un ranchón que él había heredado de otra tía. El día que llegaron, Ester los vino a ver, cargando todas las cosas de América en dos fundas de almohadas. Tiró las fundas en medio del cuarto. —Tendiste tu cama, ahora acuéstate en ella—. Y se fue. Ocho meses después, cuando América tenía siete meses de embarazo y Correa se había enredado con otra mujer, América envolvió sus cosas en las mismas fundas y se fue a vivir con su madre en la casita donde se había criado, donde ocho semanas después nació Rosalinda.

—¿Qué vamos a hacer si está encinta?— América pregunta, el sonido de su voz tan tranquilo, que hasta se sorprende a sí misma.

Correa golpea el volante. —Los voy a hacer casar.

—Ella tiene catorce años, Correa. Nadie se casa a los catorce.

—¿Y qué estás sugiriendo entonces?— Él la mira con verdadera curiosidad, como si no tuviera la menor idea de lo que ella fuera a decir.

—Yo no estoy sugiriendo nada. Ella tiene catorce años, eso es todo lo que quiero decir. Es demasiado joven para casarse.

—¡El sinvergüenza! Es ilegal acostarse con una niña tan joven. Voy a matar a ese cabrón.

América hace una mueca. ¡Los hombres son tan estúpidos! Ni siquiera se le ocurre que ella tenía la misma edad cuando él se la llevó de la isla. Y nunca ha habido mención de matrimonio entre ellos, ni antes ni después de que naciera Rosalinda.

—Tú eres mi mujer— él le dijo a ella—, nosotros no necesitamos una licencia para probarlo—. Pero se lo ha probado de otras maneras a toda la isla. Ella examina su cara en el espejo lateral. Sus mejillas se ven abultadas, su labio inferior está hinchado. La mujer de Correa le devuelve la mirada.

Se paran al frente de la casa de América. Él espera hasta que ella se baja del Jeep. —Quédate en tu casa y no vayas buscando problemas por ahí— le advierte—. Yo me encargo de todo.

Él espera hasta que ella entra en su casa antes de pisar el acelerador y salir volando bajito, como si no aguantara estar allí ni un minuto más.

Ester ha cocinado un asopao espeso, pero América no tiene

hambre. Se cambia la ropa desgarrada y se mete a la ducha. Sus brazos, cuello y hombros están estriados con rasguños rojos y profundos que le arden cuando se enjabona. Las primeras lágrimas que derrama son de dolor. Pero las que les siguen vienen de un lugar mucho más profundo que los rasguños superficiales en su piel. Golpea sus puños contra las losas, y solloza hasta que le parece que su vientre se le desgarrará.

La mirada de desdén en los ojos de Yamila es difícil de borrar. Yamila, quien desde niña anda con la nariz al aire, como si fuera mejor que nadie en la barriada, luego se casó con un nuyorrican, que ni siquiera puede hablar español, un consultor civil con la Marina a quien engatusó para que le construyera una casa en la cumbre de un monte, mirando sobre todas las demás. América ha limpiado su casa muchas veces, le ha lavado su ropa, y una vez entró a su cuarto por accidente y la vio afeitándose los vellos púbicos. Una semana después, Yamila la despidió, y desde ese entonces desprecia a América.

Ella levanta su cara hacia el chorro de la ducha y deja que el agua se mezcle con sus lágrimas, llene su boca, entre en sus orejas, gotee por su cuello, y se escurra entre sus senos, sobre su barriga.

—¿Qué estás haciendo ahí?— Ester, borracha, golpea contra la puerta.

—Déjame tranquila que me estoy bañando.

—¡Tengo que mear!

Sale de la ducha, agarra una toalla, se envuelve en ella y deja el cuarto de baño. Ester se le queda mirando cuando pasa. América apenas puede ver a dónde va, sus ojos tan hinchados que ya no pueden aguantar más lágrimas.

—Yo le dije a la familia del muchacho que si él se fue de su casa no hay nada que nosotros podamos hacer. Estas son cosas de familia, ¿entiendes?

El agente de la policía Odilio Pagán está sentado en el comedor, contemplando la cerveza fría de Ester. América le pone un vaso de limonada al frente. —Pero ella es menor de edad. Debe haber leyes . . .

—Claro que hay leyes, pero estas cosas se arreglan mejor en privado—. Él se traga la bebida de golpe, sin mirar hacia América. —A ella nadie la obligó a irse con él. Los dos son nenes que se creen grandes—. Él coloca el vaso en la mesa delicadamente, como si tuviese miedo de romperlo. —Por supuesto, es otra cosa si tú o Correa forman bulla—. Él se le queda mirando a los rasguños en los brazos, a las mejillas hinchadas.

—Esa mujer tiene tremenda boca— dice América, volviéndole la espalda.

—Apuesto a que tú puedes competir con ella.

—Yo no dejo que nadie me insulte, si eso es lo que quieres decir—le contesta con desdén.

—Una mujer puede ser arrestada por caerle encima a otra, especialmente si es en su propia casa.

Ella lo encara de nuevo. —Sí, pero el hijo de cierta gente no se puede arrestar por violar a la hija de otra persona.

—¿Quién está hablando de violación?

—Cuando una niña tiene catorce años, es violación.

—América, tú estás escuchando demasiadas conversaciones en La Casa.

—La gente que para ahí son de buena educación. Ellos saben lo que hay. Son doctores y abogados.

—Y están de vacaciones. Y la última cosa que quieren hacer es meterse en los problemas de una camarera—. Pagán se pone de pie.—¿A dónde fue Correa después que te trajo aquí?

—¿Qué sé yo?

—Tú bien sabes que yo puedo averiguar si él se fue en la lancha.

—Fíjate qué bueno.

Él está parado tan cerca de ella que su aliento fragante a limón le mueve la pollina. —Parece que no me entiendes. Yo estoy tratando de ayudarte. Si él hace una de las suyas, todos vamos a sufrir.

—Correa no hace nada más que hablar, eso es todo—. América muerde las palabras. —Si él los encuentra, sólo les dará un sermón y los devolverá a sus casas—. Ella toca la hinchazón de su labio con su lengua. —Y además Correa cree que el sol sale y se pone sobre Rosalinda. Él no haría nada que la hiciera a ella odiarlo.

—¿Fue él quien te hizo esto?— Pagán pregunta, tocando el labio de América con su dedo índice.

Ella aleja su cara.

—Él se fue a Fajardo en la lancha de esta tarde— Ester rezonga desde su esquina. América la mira echando chispas por los ojos.

—¿Ustedes tienen familia por allá?

—No— responde ella, consciente de que Pagán simplemente está cumpliendo con su trabajo de investigador. Todo Vieques sabe que ella no tiene familia en Fajardo. Todos saben que de allí es que viene Correa.

—Yo tengo una hermana en Nueva York— Ester refunfuña intempestivamente. —Hace años que no la veo.

Pagán y América la miran por un momento, luego intercambian una mirada que en otras circunstancias los hubiese hecho reír. América es la primera en sobreponerse del asombro.

—Rosalinda vendió su ropa, probablemente su boombox y hasta sus prendas.

Pagán parece estar sorprendido de que ya no estén hablando de la hermana de Ester que hace años no ve. Parpadea descontroladamente por unos segundos, como si estuviera buscando en su mente por qué está allí. —El muchacho sacó $200 de su cuenta de ahorro— explica finalmente. —A que no sabías que se hace tanto dinero empacando bolsas, ¿verdad?

—Quién sabe qué más estaba empacando.

Pagán no sonríe. Es de nuevo el investigador oficial. —Bueno, me voy— dice bruscamente, caminando hacia la puerta. América lo acompaña hasta afuera.

Está anocheciendo. La calle está desierta, pero desde dentro de las casas se oyen programas y anuncios compitiendo unos con otros en los televisores de los vecinos, ahogando el cantar de los insectos ocultos en el pasto. En unos pocos minutos comenzarán los servicios nocturnos de la iglesia al frente de la casa, transmitidos al vecindario por altoparlantes puestos cerca de las puertas, a los lados y al frente de la iglesia. El aire está perfumado con rosas.

En el balcón, Odilio Pagán pone su mano en el hombro de

América y lo aprieta suavemente. —No te preocupes— le dice dulcemente—, todo saldrá bien—. Ella aparta su cara de la mirada de él. Pagán esquiva el túnel de rosas espinosas hasta que llega al carro de la patrulla, abre la puerta, mira a Americа con anhelo, entra al carro, se va.

Este hombre de ojos negros, de pancita, las manos delicadas con dedos cortos, pudo haber sido suyo. Desde niños, jugaron juntos en este mismo vecindario, antes de que fuera desarrollado el barrio, cuando cada casa tenía un gran patio al frente, y estaba rodeada por árboles de mangó, pana y aguacate. Antes de la urbanización. En esos días no todas las casas tenían agua corriente o electricidad. La carretera era un camino polvoriento en el invierno y una vía fangosa y movediza cuando llovía.

Correa vino a la barriada con los contratistas que mejoraron los caminos, que instalaron cables eléctricos en postes altos, que excavaron zanjas para colocar tubos para el agua corriente y los alcantarillados. Correa era un hombre, Odilio Pagán un muchacho, y América una niña que no había visto mucho. La conquista, la seducción, no tardó. Ella se fue con Correa y, aunque ocho meses después regresó a la casa de su madre, todavía es la mujer de Correa. Él vive al otro lado de la isla, tiene otras mujeres, tiene, de hecho, hijos y una esposa legal en Fajardo. Pero él siempre regresa a América con el pretexto de ver a su hija. Y cuando lo hace, se queda en su cama. Y si cualquier otro hombre se atreve a ofrecerle su amistad, él le da una pela a ella. En los quince años que Correa ha estado en su vida, ningún otro hombre ha osado entrar en ella por miedo a que él la mate.

A fuerza de puños

Llueve toda la noche, pero América no se da cuenta hasta la mañana siguiente, cuando sale de su cuarto sin ventanas y siente el aire húmedo y nuevo. Adentro está oscuro, pero una frágil luz gris como neblina se filtra por entre las persianas. América prende la cafetera, pone dos rebanadas de pan blanco en la tostadora y se mete al baño a lavarse la cara y la boca. La hinchazón en su labio ha bajado, pero sus párpados todavía se sienten pesados y los rasguños en sus brazos y hombros le duelen cuando rozan contra su camisón. Cuando vuelve a la cocina, el café está listo, y el pan tostado. Trae su taza y el pan con la jalea de uva a su cuarto, prende la luz y se pone su uniforme entre mordiscos y sorbos. No se maquilla, evita mirarse en el espejo. El radio está sintonizado en una estación que toca salsa y ella tararea los ritmos familiares distraídamente, como si su mente estuviese vacía y su corazón alegre. Ester aparece en la puerta, el pelo desgreñado porque anoche no se lo enroló.

—¿Te vas a trabajar?

—Sí.

—¿Es que no tienes ningún respeto? Tu hija no se sabe dónde anda y tú te comportas como si nada hubiera sucedido.

—Y qué voy a hacer, ¿sentarme en una esquina hasta que aparezca?

—¿Qué dirá la gente, contigo andaragueando por todo el pueblo . . . ?

—Yo no estoy andaragueando, estoy trabajando. Y a mí no me importa lo que diga la gente.

—Eso es lo que tú dices . . .

—¿Desde cuándo te preocupas tú tanto por la opinión de los vecinos?

Ester exhala su desdén y se retira a la cocina, donde se sirve café. América se peina y se hace una cola de caballo, que amarra con un pasador de pelo en forma de un pez de muchos colores. Dobla su delantal blanco y lo atacuña en su bolsillo, se pone sus tenis con calcetines cortos. Sus movimientos son rápidos y resueltos, con la autoridad de años de práctica. Ester reaparece en la puerta.

—Cuando tú te fuiste, yo te busqué por todas partes.

América la mira. Los ojos de Ester están clavados en el líquido oloroso de la taza amarilla y marrón que sostiene en sus manos, los dedos entrelazados a su alrededor como para calentarla. Su cara, todavía arrugada por el sueño, es suave como la de un niño, pero las líneas diagonales profundas desde su nariz hasta las esquinas de su boca, las patas de gallo rasguñadas alrededor de sus ojos, los surcos grabados entre las cejas pertenecen a alguien que ha vivido duro en sus 45 años. América aparta su vista de la cara de su madre y le pasa por el lado de camino al frente de la casa.

—Mami, tú no tuviste un hombre que te ayudara. Rosalinda tiene a su padre.

—¡Bah!— responde Ester y arrastra sus chancletas hacia la cocina y su cuarto.

América permanece en la puerta, esperando. El momento es tan efímero que se evapora antes de que se dé cuenta que ha llegado y, sin llorarlo, lo deja pasar. Es su baile, un momento fugaz en el cual las dos siguen el mismo ritmo, oyen la misma música, ejecutan los mismos pasos. Pero el baile se hace cada vez más corto y ellas van en direcciones opuestas, hacia los bastidores, a fortalecerse antes del próximo "set".

América camina en la humedad fresca de una mañana

nueva. El agua de lluvia gotea desde las hojas anchas de un árbol de panapén al lado de la casa. Las ramas del rosal se inclinan pesadamente hacia el suelo. Pétalos rojos, anaranjados y amarillos están desparramados por el suelo, y le da pena pisarlos con sus tenis de suelas acanaladas.

La calle se ve lustrosa con la humedad, las cunetas son riachuelos con corrientes, los baches son claros charcos que reflejan un cielo gris. En las entrañas oscuras del ramaje, ranas invisibles cantan alegremente. Los tenis de América chillan húmedamente contra el pavimento y, cuando entra al camino detrás de La Casa, se le hunden en un lodo arenoso que no es resbaloso, pero que salpica sus piernas mientras camina. Al pasar, una brisa estremece las gotitas de las ramas de los árboles de aguacate y de mangó, que caen sobre ella como agua santa sobre un peregrino. Una neblina sube desde las espesuras verdes donde las enredaderas se han tragado un automóvil abandonado y los restos esqueléticos de una casa deshabitada desde hace años. Más allá hay un montículo que brotó de la tierra aparentemente de un día para otro, sus lados acantilados como un volcán recién nacido consumido por la espesa vegetación. América acelera el paso cuando pasa cerca de él.

Cuando llega a la puerta posterior de La Casa, las paredes palpitan con la respiración pareja de los cuerpos durmientes en los cuartos alrededor del patio central. Las flores en el jardín del centro de La Casa están resplandecientes. Las balaustradas de cemento alrededor de su perímetro parecen soldados diminutos que velan la jaula de los pájaros, que está cubierta con una sábana para que éstos no se despierten demasiado temprano y molesten a los huéspedes. Se han formado charcos de lluvia en los pasillos alrededor del patio. Arriba, un pedazo de cielo se ilumina desde un gris acero hasta el suave gris purpurino del pecho de una paloma. Y el agua de lluvia gotea en cada roto y fisura, un chismorreo sibilante de reproches y quejas.

América es la primera en llegar al trabajo. Al entrar a la casa, saca su delantal del bolsillo y lo ata cómodamente alrededor de su cintura. Del armario detrás de la cocina, saca un trapo y comienza a secar los charcos en los pasillos, de modo que los huéspedes no resbalen cuando salgan hacia la terraza donde se servirá el desayuno. Pasa el trapo en círculos en la misma dirección que las agujas del reloj, retrocediendo del área que ha secado. Su trapo borra las huellas tenues de los sapos que ocupan estos vestíbulos una vez que las luces se han apagado, después de que el último huésped se ha marchado a su cuarto, agotado por el mucho relajamiento, o demasiado licor, queriendo sólo derrumbarse sobre las sábanas secadas al sol.

A América le gustan estas mañanas tempranas, el olor punzante a sudor de los cuerpos durmientes. El susurro de las sábanas cuando la gente despierta. El rechinar de los muelles de las camas. Los 'buenos días' mascullados, los palmetazos de pies descalzos contra la losa de los pisos. Alguien descarga un inodoro. Otra persona abre una ducha. Los vasos tintinean contra la porcelana de los lavabos o contra la repisa de cristal debajo de los espejos. Unas cuantas rasuradoras eléctricas zumban detrás de las puertas de persianas de algunas habitaciones, puertas que se ven tan encantadoras, pero que no dan privacidad. Mientras limpia los pasillos, puede oír todo lo que pasa dentro de cada cuarto. Oye parejas resoplando al hacer el amor matinal apresuradamente, los gemidos de otros cuando se voltean en la cama o cuando intentan levantarse, el crujido de rodillas, pedos matutinos, golpes contra muebles extraños en cuartos oscuros.

Termina de secar el primer piso, exprime el trapo en un cubo y sube hasta el segundo piso, donde repite el ritual, retrocediendo de la parte que ha secado, alrededor del cuadro de luz y aire, las ramas del emajagua debajo del cual está la jaula de pájaros. Los rayos de sol iluminan las paredes, una luz húmeda que la hace sudar dentro de su uniforme de nylon.

De abajo se oyen chorros de agua y el golpeteo de las ollas que Feto está usando. Con un traqueteo de ruedas chirriando sobre la losa, Feto empuja el carrito de desayuno, coronado con una jarra de café, tazas y cucharas, hacia la terraza. En minutos los pasillos se perfuman con el aroma de café acabado de hacer y los turistas salen de sus habitaciones. Uno por uno, como si el aroma los llamara, salen de sus cuartos, algunos con el pelo todavía mojado después de una ducha, otros verificando que estén cerrados los botones de sus camisas y las cremalleras de sus pantalones. Desde las habitaciones número 9 y número 12, irrumpen en los pasillos varios niños, perseguidos por padres que les advierten que no corran, que no griten, que no despierten a los otros huéspedes. Al otro lado de la puerta número 7, alguien ronca, silba, ronca otra vez. Desde la habitación número 1, reservada para huéspedes con impedimentos, sale un hombre empujando un andador, seguido por una mujer que camina pesadamente a su lado, de vez en cuando tocando su codo como para ayudarlo a mantener el balance, o quizás el de ella misma.

¿Qué piensa América cuando ve a esta gente saliendo de sus habitaciones vestida en ropas de vacaciones de colores subidos? Piensa que las mujeres son demasiado flacas y los hombres demasiado pálidos, hasta los mismos turistas puertorriqueños. Piensa que gente con suficiente dinero para quedarse en un hotel debe de tener muchos otros lujos en sus vidas. Probablemente tienen automóviles del año, mucha ropa, joyas.

Sabe más acerca de ellos de lo que ellos jamás sabrán acerca de ella. Sabe si duermen sosegadamente o si se desvelan, si duermen de un lado o del otro de la cama. Sabe si, cuando la noche tropical se enfría, necesitan otra sábana, o si duermen expuestos al sereno. Sabe la marca de la pasta de dientes que usan y si tienen dentaduras postizas. Sabe si las mujeres tienen la regla. Sabe si los hombres visten calzoncillos cortos o largos, y de qué tamaño. Ha notado que la atraviesan con la vista y fingen no verla. Ella siente que está ahí, sólida como siempre, pero ellos miran a través de ella, como si fuese parte del extraño paisaje al cual han escapado de sus vidas cotidianas. Aquellos que la ven, sonríen cautelosamente y luego apartan su mirada rápidamente, avergonzados, le parece a ella, de haberla visto.

Limpia cada habitación en la misma dirección que las agujas del reloj después de que tiende las camas y recoge las toallas sucias. Primero desempolva, después barre y luego trapea la habitación, entonces desinfecta la ducha, el lavabo y el inodoro. Lava el piso cuando los huéspedes se van, pero sólo le pasa un trapo si la misma gente va a permanecer por unos días.

América verifica que haya suficiente papel higiénico, vacía la basura, arregla las mesitas al lado de las camas.

—Isevridinalrayd?

América salta del susto al oír la voz inesperada. Don Irving está frente a la puerta de la habitación número 9.

—¿Esquiús?

—Yo no te esperaba hoy.

No sabe cómo responder, no sabe si está siendo bondadoso o la está criticando. —Hay mucho que hacer.

—Sí, bien— Don Irving se mete su cigarro en la boca—. Vine a cambiar las bombillas en ese cuarto de baño.

Entra y América lo oye cambiando la bombilla mientras ella desempolva. Usualmente es Tomás el que cambia las bombillas y arregla lo que esté roto en los cuartos. Cuando Don Irving se va, cerrando la puerta detrás de él, América da un suspiro de alivio.

La habitación número 9 tiene un balcón para dormir tapiado con postigos, de modo que es realmente dos cuartos. Comúnmente, se alquila a parejas con niños, porque hay suficiente espacio en el balcón para una cama y una cuna. Esta vez encuentra juguetes desparramados por dondequiera y dos peluches mugrosos en la cama y en la cuna. En el cuarto de baño hay tres biberones. El zafacón está lleno de pañales desechables sucios.

Por la ropa, sabe que son dos varoncitos, menores de tres años quizá. Overoles con caricaturas están doblados sobre el aparador, al lado de varios pares de zapatos de lona. ¡Tanta ropa! En una esquina hay un paquete de Huggies para niños, con unos cuantos pañales limpios sobre la mesita al lado de la cama. También hay una cajita de pañuelitos desechables para limpiar al bebé.

Ella desempolva, notando lo mucho que esta pareja ha traído. Deben haber necesitado una maleta entera para todos los juguetes, los libros, los rompecabezas y las figuras plásticas de criaturas musculosos, como hombres con taparrabos y piel verde. Sobre la mesa de noche más cercana al balcón de dormir, la madre ha dejado un par de pendientes en forma de guineos y una diadema de gamuza morada para recoger el pelo, con las puntas redondas gastadas hasta el plástico. Al lado, donde duerme su esposo, hay un par de lentes con severas monturas negras, un grueso libro de bolsillo ilustrado con un mallete en la portada.

Leen mucho los turistas que vienen a La Casa del Francés. Siempre traen libros abultados. Las portadas de los libros femeninos están decoradas con encaje y flores o hermosas muchachas entrelazadas con hombres guapos, los títulos escritos en letras cursivas. Las portadas de los libros de los hombres son austeras, generalmente tienen sólo el título y el autor en letras de molde, pocos colores, y sin nada de bordes dorados o diseños ornados. A veces traen revistas, y ella ha notado que también parecen ser diferentes para hombres y mujeres. La portada de una era sólo un fondo blanco con un enorme signo de dólar en rojo. Las revistas de las mujeres traen fotos de estrellas de cine o de niñas adolescentes con labios carnosos y piel suave entre las tetas. Cuando los huéspedes las tiran, América recoge las revistas y las trae a su casa para estudiar las modas, las cenas perfectas y los consejos de cómo redecorar la casa. En una, decoraron una sala cubriendo las paredes, las ventanas y los muebles con sábanas blancas. A América le parecía una casa abandonada, protegida contra el polvo, fantasmal y poco acogedora.

—Bizzzz . . . Eres un avión. . . . Bizzzz. . . . ratatatá . . . — La puerta se abre de repente y entra un hombre cargando un niño en sus hombros. —Oh, ¡disculpe!— dice en inglés.

—Es okei— ella dice—. Yo termino más tarde . . .

—No, no, no se preocupe. Siga trabajando. Nosotros sólo necesitamos cambiar un pañal apestosito.

El hombre pone al niño en la cama, le hace cosquillas con una mano, mientras con la otra alcanza un pañal limpio de la caja en la mesita. —Qué peste, sí, viene de ti. Apestas . . . — El nene goza con las tonterías de su papá y se ríe.

—Yo apesto . . . sí, apesto. . . .

América mira de reojo mientras el padre diestramente pone un pañal limpio debajo del sucio, enjuaga las nalgas de su hijo con un pañuelo desechable mojado que saca de una cajita plástica, le quita el pañal sucio y le sopla la barriguita mientras le ata las cintas engomadas.

—¡Listo!—. Levanta al niño de la cama, lo cuelga de su hombro como un saco de maíz. —Ya terminamos— dice y le da palmaditas a las nalgas enguatadas de su hijo. —Hasta luego— le dice a América, y se va.

Mientras el hombre le cambiaba el pañal al bebé, América tuvo que contenerse para no ofrecerse a hacerlo. Los movimientos del hombre eran seguros, como si lo hubiese hecho muchas veces, pero aun así, no podía evitarlo: ella quería cambiarle el pañal al bebé.

Si Rosalinda está encinta, habrá un bebé en la casa. América está segura de que su hija volverá a su casa antes de que nazca un bebé. Yamila y Roy no van a sacrificar a su único hijo por Rosalinda. ¿Qué madre le haría eso a un muchacho de dieciséis años? Si Rosalinda fue lo suficientemente estúpida como para quedar encinta, tendrá que ser responsable por sus acciones. Como dijo Ester: —Tendiste tu cama, ahora acuéstate en ella.

Un dolor pesado se forma en el pecho de América. Ella no aprendió del error de Ester, ¿por qué espera que Rosalinda haya aprendido del de ella? Quizás es una maldición en su familia. Así como Ester dejó a su madre por un hombre que le prometió Dios sabe qué, América se fue, a la misma edad, con Correa, cuyas promesas ella ni recuerda. Quizá no hubo ninguna. Quizá, cuando una tiene catorce años, las promesas no son necesarias, sólo la necesidad insistente de estar con un hombre de una manera distinta a la que una puede estar con su madre o sus amigas. Quizá, cuando una tiene catorce años, no corre hacia algo, una corre lejos de lo que tiene. Quizá todas las niñas pasan por esta fase, pero algunas nunca actúan según sus instintos. América no sabe. América no tiene la menor idea de lo que ella hizo para hacer que Rosalinda hiciera lo que ha hecho. O qué hizo Ester que le hizo a ella fugarse con Correa, volver a la isla y permanecer siendo su mujer durante todos estos años, a pesar de que él la ha traicionado una y otra vez.

¿Será mi culpa?, ella se pregunta, pero no se puede contestar. Ella le ha dicho francamente que espera que Rosalinda no repita sus errores, que ella debe educarse y hacer algo con su vida.

Rosalinda siempre ha parecido entender lo que América le dice, ha parecido compartir los sueños de América para ella, ha parecido tener sueños propios. América mueve la cabeza de un lado al otro, como tratando de entender el porqué de la aventura de su hija. Yo he tratado de criarla lo mejor que pude, se asegura a sí misma. Hice todo lo posible para asegurarme de que ella tendría una vida mejor que la mía. ¿Qué pasó?

—Los varones son más fáciles de criar que las hembras— Nilda declara entre bocados de arroz con jamón. —Los muchachos no son tan caprichosos como las muchachas y son más sinceros. Las nenas tienen un carácter más engañoso.

América come su almuerzo bajo un árbol de mangó detrás de la cocina, sentada en un banco de madera que Don Irving puso para que los empleados tomaran sus descansos y comieran su almuerzo.

—Yo no sé de eso— dice Feto, que es padre de seis hijas. —Es una lotería. Algunos niños son fáciles y otros no lo son. No tiene nada que ver con su sexo.

Todos mastican silenciosamente, considerando lo que Feto ha dicho. Desde que se sentaron a almorzar, la conversación ha dado vueltas alrededor de hijos e hijas, sus méritos y desventajas, pero nadie se ha atrevido a preguntarle a América acerca de Rosalinda.

—Algo se puede decir acerca de las hembras— dice Tomás, quien vive con las suyas en una casita rodeada de exuberantes jardines—, las hijas nunca dejan a sus padres.

Todos miran hacia América.

—O, si lo hacen— enmienda Nilda—, siempre vuelven a sus casas—. Todos asienten con la cabeza.

—Buen provecho— América se levanta y lleva el resto de su almuerzo a la cocina. Cuando está raspando las sobras en el cubo, Nilda sube las escaleras a la cocina.

—No era por ofender que estábamos hablando— Nilda se disculpa.

—No me ofendí— ella responde secamente.

—No son tantos los temas sobre los que podamos conversar

aún cuando nos conocemos desde tanto tiempo.

—No se preocupe—. América sabe que todos piensan que ella es una presumida y echona. Que cuando llega al trabajo con moretones en su cara y brazos es porque se lo merece. Que Correa tiene que controlarla con puños porque si no ella sería demasiado orgullosa.

Ella ha oído a los hombres hablar de cómo un macho tiene que enseñarle a su mujer, desde el principio, quién es el que se lleva los pantalones en su casa. Especialmente hoy en día, cuando las mujeres se creen que pueden dirigirlo todo. Hasta Feto, quien es padre de seis hijas, dice que un hombre tiene que enseñarles a las mujeres cómo le gustan las cosas, y si la única manera en que ella puede aprender es a fuerza de puños, pues entonces a puños debe enseñarle. Tomás dice que él no cree en darle a las mujeres con los puños. Una mano abierta, dice él, es suficiente. Un hombre que golpea a una mujer con sus puños, dice él, se está aprovechando.

América no habla mucho a la hora del almuerzo. Cualquier cosa que ella diga puede llegar a los oídos de Correa, quien juega dominós con estos hombres. Y frecuentemente, Correa es parte de sus conversaciones. Él almuerza en La Casa tres o cuatro veces por semana, y se sienta con los hombres al otro extremo de la mesa mientras ella y Nilda se amontonan en la otra esquina, fingiendo no oírlos.

América saca su cubo y sus trapos y vuelve adentro. Ya casi ha terminado con las habitaciones en la casa y ha bajado la ropa de cama sucia y las toallas usadas a la lavandería, donde Nilda las lavará y las colgará a secar al sol. Es viernes, un día ajetreado, con turistas llegando y marchándose. La mayoría de los turistas de Nueva York se van temprano, en la lancha de Fajardo a las 7 de la mañana , o en uno de los vuelos hacia el aeropuerto internacional de San Juan. Hay una pausa en el entra y sale después del almuerzo, pero el ajetreo empieza de nuevo antes de la cena.

La mayoría de los turistas llegan cansados pero ilusionados. Si nunca han visitado La Casa del Francés, quedan impresionados por la arquitectura colonial, la ancha veranda alrededor de la casa, los pisos de mosaico pintoresco, las hamacas colgadas fuera de los cuartos en el primer piso, sillas de mimbre con el olor a cañas de las Indias, mesas forjadas en hierro, con jarros llenos de flores sobre su superficie cubierta por paños de colores vivos.

Cuando entran en la casa, se asombran al descubrir el patio central con las macetas de flores, el árbol de emajagua, los pájaros de muchos colores que cantan dentro de una gran jaula. Don Irving saluda a sus huéspedes en la terraza de atrás, sentado en un sillón de caña de Indias, con el espaldar en forma de un rabo de pavo real. Siempre viste de blanco, parece un personaje de película: alto, de pelo blanco, bigote blanco, un sombrero de paja que cubre sus ojos color de avellanas bajo severas cejas blancas. A América, se le parece al actor mexicano Anthony Quinn, y durante los diez años que ella ha trabajado para él, ella siempre espera que hablará español cuando abra la boca, pero él nunca lo ha hecho.

Cuando ella baja a devolver las cosas de la limpieza, Don Irving está en la cocina, hirviendo agua en la antigua estufa de seis hornillas que data de los días cuando el hotel era la casa más lujosa en la isla, el hogar de los propietarios de millares de acres de caña de azúcar sembrados en largas hileras hasta la orilla del mar.

—¿Cómo van las cosas?— le pregunta.

—Okei— ella contesta, mientras enjuaga su cubo en la pila detrás de la cocina.

—Any word from your daughter?

A ella le suena como una palabra larguísima que jamás ha oído: eniwoidfromerdora. —¿Esquiús?

—Yerdora. ¿Eniwoidfromeryet?

—Lo siento— ella responde en inglés, ruborizada de vergüenza. —No comprendo.

—No te preocupes—. Don Irving vierte agua hirviendo sobre la bolsita de té en el fondo de la taza grande que siempre lleva en su mano, en la que se toma su té sorbo a sorbo durante el día. Se despide y regresa adentro de la casa.

América ha trabajado para Don Irving desde que él compró la casa y lo que quedaba de la hacienda para convertirla en un hotel. Ella y Ester fueron las primeras camareras que trabajaron en el lugar y ella ha aprendido un poco de inglés oyéndolo hablar a él y a sus huéspedes. Él nunca ha aprendido español, y habla como si no le importara, como si la persona a quien se dirige fuese la que tuviera que entender lo que él dice. Cuando empezó a trabajar para él, América se desvelaba todas las noches, pensando en las conversaciones que compartían, las cuales consistían en él hablando sin parar ni para tomar aire y ella sacudiendo la cabeza para arriba y para abajo, o interponiendo un "okei" de vez en cuando para no parecer estúpida.

Ester, quien tiene mucho menos paciencia que América, le contestaba en español, y se hablaban el uno al otro en sus idiomas, sin que América supiera si alguno de los dos entendía lo que se estaban diciendo. Llegaron a ser amantes y, por un tiempo, Ester vivió con él en la casita que hizo construir a la orilla de la hacienda, en un claro cercado con matas de pabona. Pero ella lo dejó después de dos meses, afirmando que había vivido sin hombres por tanto tiempo que ya no podía vivir con ellos. De vez en cuando, todavía se juntan, siempre en la casita de él, porque Ester dice que no comparte su lecho con nadie.

Debido a que Ester y Don Irving son amantes, América tiene una relación más familiar con él que los otros empleados. Él ha venido a cenar a su casa, hasta ha tenido unas cuantas conversaciones con Correa sobre la manera en que trata a América. No cambió a Correa, pero América siempre le ha agradecido que por lo menos trató.

Los otros empleados resienten el hecho de que América parece tener el apoyo de Don Irving y no ve que Ester es un fracaso como camarera. Ella trabaja en el hotel dos días por semana, y en los otros cinco días, América hace el trabajo de las dos, limpiando los cuartos de baño que Ester no limpia, desempolvando los rincones que ella descuidó, poniendo papel higiénico de más en los baños, de modo que haya suficiente para los dos días en que Ester trabaja y se le olvida.

América termina de arreglar todas las habitaciones, tarareando un bolero o una balada salsera, en apariencia, con el corazón alegre. Los turistas de La Casa del Francés que se molestan en mirarla son saludados con una sonrisa amable y astutos ojos del color del chocolate que parecen bailar bajo espesas pestañas negras.

—La gente de esta isla es tan amistosa— se dicen unos a otros, y la olvidan en el instante que pasan al brillante sol tropical, la tarde zumbando con colibrís que le chupan la vida a los corazones de las flores.

Los regalos de Correa

Pasa una semana. Alguien se roba el radio de Correa de la caseta de guardia en la playa Sun Bay. Llueve y los formularios rayados donde Correa escribe los nombres y las direcciones de los turistas se ablandan con la humedad y se enroscan con el sol.

Cuando le toca a ella, Ester rehúsa ir al trabajo "por lo que dice la gente" acerca de Rosalinda, y se pasa los días en el jardín, una lata de cerveza a su lado. Cocina la cena, después se sienta en su butaca a mirar la televisión y a beber cerveza. América trabaja el turno de las dos en La Casa.

Al octavo día, Correa la llama al trabajo y le dice que encontró a los muchachos.

—No te preocupes, yo me encargué de todo— le dice. Al fondo de la conversación se oye un corrido mexicano a todo volumen.

—¿Está encinta?— pregunta América.

—No lo creo— le contesta él, como si hubiese sido idea suya preguntarle a la nena.

—¿Puedo hablar con ella?

—Ella no está aquí— Correa responde. —Está en casa de mi tía.

—¿Por qué?

—Porque tengo que hacer unas cosas mientras estoy aquí. Yo te la traigo este fin de semana—. América sabe que las "cosas" que tiene que hacer probablemente tienen que ver con su esposa y sus tres hijos en Fajardo.

—¿Dónde está el muchacho?

—Su papá se lo llevó a Nueva York. Nosotros pensamos que eso sería lo mejor.

—Así son las cosas— suspira.

—¿Qué?

—Nada. ¿Cuándo van a estar aquí?

—Ya te lo dije. Este fin de semana.

—Está bien. Dile a Rosalinda que la quiero.

Él cuelga y ella no está segura de que él haya oído sus últimas instrucciones.

El fin de semana viene y se va sin indicios de Correa o Rosalinda. El oficial Odilio Pagán pasa a decirle a América que Roy y Yamila Saavedra no la van a denunciar.

—¿Y qué, debo estar agradecida?

—Tú bien sabes que ellos pudieron traerte problemas. Todo el vecindario te vio agarrarla por el pelo y golpearle la cabeza contra las rejas.

—¿Y oyeron también lo que me llamó? ¿Y que me mentó la madre?

—Ambas estaban enojadas . . .

—Esa no es razón para estar maldiciendo a la gente. Yo fui allá a hablar con ella de madre a madre.

—Eso no es lo que me dijeron.

Están hablando en el balcón. Desde dentro de la casa, una música de órgano lúgubre anuncia el principio de la novela favorita de Ester, un drama sobre una mujer (rubia) quien es cegada por su rival (de pelo negro) para eliminarla de la competencia por los afectos de un terrateniente guapo y rico.

Una vecina pasa con una bolsa llena de compras en cada mano. Se para a mitad de la cuadra, pone las bolsas en el suelo, respira profundamente, se frota las manos contra sus caderas, ajusta los asideros de las bolsas y continúa calle abajo, sus sandalias palmoteando contra sus talones.

—Mejor me voy— sugiere Odilio Pagán. América no está de humor para hablar. Él cruza hacia su carro patrullero, busca los ojos de América para despedirse, pero ella está perdida en algún otro sitio, él no sabe dónde. Se va calle abajo, las luces de la patrulla iluminando nada en particular.

Frente a la casa de América, los fieles entran en la Iglesia Asamblea de Dios. Un altavoz chillón anuncia el comienzo del servicio. La voz familiar del Pastor Núñez retumba por todo el vecindario. —Probando. Uno, dos, tres. ¿Se oye?— Un coro de sís entra por el micrófono y sale hasta la calle. —Bienvenidos, hermanas y hermanos— el Pastor Núñez comienza, y en pocos minutos, se oye su melódica voz nasal detallando la bondad de Dios y el sacrificio de Jesús.

América se sienta en el balcón a escuchar. Desde su balcón, ha asistido a los servicios del Pastor Núñez durante cuatro años, balanceándose de aquí para allá en la mecedora que Correa le regaló hace seis Navidades. —Regalo de Santa Clós— dijo, una sonrisa orgullosa en su cara, sus dientes grandes y parejos brillando como si estuviera modelando para un comercial de pasta de dientes.

—Yo no necesito más muebles en la casa— América le dijo, así es que él la puso afuera en el balcón, donde ha permanecido, el acabado lustroso pelándose en las partes donde la lluvia y el sol han penetrado en igual medida. Cuando los feligreses cantan, América tararea los himnos familiares, meciéndose de aquí para allá, sus pies descalzos tocando el piso de cemento frío al compás de la promesa de felicidad eterna.

El martes, Rosalinda se baja del Jeep de Correa como si fuera a pisar arena movediza en vez de cemento duro. América la espera adentro, no queriendo formar un espectáculo por una cosa o por otra, consciente de que los vecinos están velando para ver qué pasa cuando Rosalinda vuelva a su casa. Correa le dice a Rosalinda que lo espere mientras le saca la mochila del asiento trasero. Ella permanece con su espalda hacia la casa, abrazando el peluche azul que Taíno le regaló. A América le parece más alta, sus caderas más redondas, su espalda más ancha. Se ha peinado el pelo en una trenza francesa, tachonada con cuentas amarillas y blancas. Desde atrás parece una mujer, pero cuando se vuelve y sigue a Correa por la acera hacia los peldaños del balcón, su cara es la de una niñita, a pesar del maquillaje, los labios rojos, los ojos pintados que miran al suelo como si estuviera avergonzada o asustada, o ambas cosas. América los deja pasar. Detrás de ella, Ester se apresura hacia Rosalinda, con sus brazos extendidos.

—¡No me pregunten nada!— Rosalinda dice, y corre hacia su cuarto, tirándoles la puerta en sus caras. Ester la sigue, toca suavemente.

—Déjame entrar, nena. Sólo quiero abrazarte—. No se oye nada en el cuarto de Rosalinda.

—Bueno— dice Correa, soltando la mochila de Rosalinda a los pies de América—, aquí estamos—. Se dirige hacia la nevera a buscar una cerveza.

—Mami, déjala quieta— América tira de la manga de Ester para separarla de la puerta cerrada.

—Ella no debe de portarse así. Nosotras no le hicimos nada—. Ester regresa a la puerta y traquetea el tirador. —Sal de ahí, Rosalinda—. Hay un golpe cuando algo da contra la puerta desde adentro. Ester retrocede.

—Mami, por qué no nos preparas algo de comer— América sugiere, de nuevo halando a Ester lejos de la puerta, tratando de tranquilizarse, de controlar la rabia que amenaza con estallar y hacerla tumbar la puerta, tomar a su hija por el pelo y sacudirla hasta que aprenda a respetar.

Ester se va a la cocina a regañadientes. —Ella no debe de portarse así. Tú la estás consintiendo.

—Déjala tranquila, Mami— América dice suficientemente duro para que Rosalinda la oiga al otro lado de la puerta. Se acerca y grita en la hendedura entre la puerta y el marco. —Rosalinda, nosotras te vamos a dejar tranquila, pero tenemos que hablar de esto más tarde—. No hay respuesta. —¿Me oyes?—Ni un sonido.

—Ella no quería volver— Correa dice, vertiendo su cerveza en un vaso congelado. —La tuve que convencer.

—¿Por qué? ¿Pensaba que Taíno se la iba a llevar a Nueva York?— América responde, moviéndose hacia la mesa, halando una silla, sentándose en ella como si un gran peso la empujara hacia abajo, abajo, abajo, más allá del asiento y de la tierra, más abajo.

—Ella no quiere estar aquí— él dice, mirándola como si ella supiera la razón. Los ojos verdes de Correa son su rasgo más distintivo. Son almendrados, un poco encapuchados, como para hacer que una mujer se pregunte qué está pensando. —Yo le dije que tenía que regresar y discutir la situación contigo.

Ella se pregunta qué es lo que realmente está diciendo. Algo le dice que "la situación" no es la misma para él que para ella. Correa se sienta en el sofá al frente de ella, se inclina contra la esquina, sus piernas abiertas como para mostrar lo que tiene entre ellas. Ella mira en otra dirección.

—¿Por qué Odilio Pagán ha venido aquí dos veces en una semana?— le pregunta de manera despreocupada, como si la respuesta no importara.

América se pone tensa. —La primera vez vino a decirme que Yamila Valentín Saavedra me había reportado a la policía—. Siente los ojos de él sobre ella, buscando alguna agitación, cualquier movimiento que la traicione en una mentira. Ella se le queda mirando a Ester en la cocina, quien le devuelve la mirada por el rabo del ojo, como si fuera culpable, como si lo que América está diciendo llevara un significado oculto que Correa no debe averiguar. —La segunda vez vino a contarme que ella no me iba a demandar. Supongo que eso fue parte del arreglo para dejar que Taíno se fuera—. Ella lo mira en son de reto, pero él simplemente le devuelve la mirada, entre sorbos de cerveza, sus ojos en los de ella, entonces baja la mirada a su pecho, a la fisura profunda entre sus senos. A pesar de sí misma, América se ruboriza.

Rosalinda abre la puerta. —Mami— llama, su voz quebrada, como cuando se ha lastimado, o cuando le tiene miedo a los truenos, o cuando está confusa. América corre hacia la puerta de su hija pero no la abre, se para al frente esperando que Rosalinda la deje entrar.

Cuando entra, Rosalinda cierra la puerta, entonces se tira en los brazos de su mamá, apretando su cuerpo contra América como si tratara de fusionarse con ella.

—Lo siento, Mami, lo siento—. Rosalinda solloza en el pecho de su madre, y América la abraza, llora en su pelo que todo está bien, está okei, todo está bien. Se mecen una contra la otra, contra la puerta, sus lágrimas mezclándose como si salieran de un par de ojos, de un solo cuerpo.

Rosalinda abraza a América como si temiera que su mamá la fuera a dejar en el cuarto oscuro, decorado con carteles de actores y cantantes semidesnudos, sus cabellos despeinados, sus ojos salvajes. Una estrella viril se ofrece a sí mismo, con sus caderas empujadas agresivamente hacia adelante, sus pulgares estirando la cintura de su pantalón tan baja que no se necesita mucha imaginación para saber lo que viene después. Las mujeres muestran sus tetas y nalgas en ropa que casi no existe, en sostenes y pantalones cortos cruzados con cadenas de plata y oro.

América suspira hondamente. —Ay, Rosalinda, ¿en qué estabas pensando?

La niña se pone tensa en sus brazos, se retira de su seno tan velozmente como se tiró en él. Le vuelve la espalda a América, se tira en la cama y sepulta su cara en la almohada.

—¡Déjame quieta!

—Pero, nena, yo sólo quiero entender . . .

—¡Tú no entiendes nada! Déjame.

—Rosalinda, no me grites. Yo soy tu madre.

—Tú no me quieres. A tí sólo te importa lo que diga la gente.

—A mi me importa un comino lo que diga la gente. Sólo quiero hablar contigo.

—Pues, no hay nada de qué hablar. No quiero hablar de nada. Ahora vete, por favor.

—No. Yo no me voy. ¿Qué te crees tú, que te puedes ir con un hombre así porque sí y yo no voy a protestar? Tú me debes explicar lo que pasó.

—¡Yo no te debo nada!

América no puede parar su mano una vez que comienza el arco hacia la cara de su hija, una vez que la abofetea de pleno en la boca, el sonido seco contra el grito de su hija. Después de la primera bofetada, Rosalinda cubre su cara, sube a su cama, se agacha en el rincón cuando América la sigue, empujándola y dándole puños contra la esquina de la pared.

Ester viene corriendo, seguida por Correa, quien las separa, amarra a América con los brazos contra su barriga, la arrastra, casi la carga fuera del cuarto, a su alcoba, donde la empuja en la cama, y retrocede, cerrando la puerta, dejándola sola en la oscuridad, boca abajo, sollozando de rabia, golpeando sus puños contra las almohadas, el colchón, el gato de peluche sentado contra la cabecera de la cama. Ella mueve sus piernas como si estuviese nadando hacia una costa distante. Cuando levanta su cabeza, no hay nada adelante, sólo oscuridad. Sus manos todavía le duelen por los golpes en la cara de su hija. Ella las enlaza detrás de su cabeza y empuja su cara hacia el colchón, sofocándose a sí misma en su hálito caliente. Está avergonzada de sí misma, está avergonzada de Rosalinda, está avergonzada de todos.

América se queda en la cama por mucho tiempo, hasta puede ser que haya dormido, no está segura. El cuarto está sofocante. La televisión se oye desde la sala, la casa huele a pollo frito. Se levanta en la oscuridad, tropieza hasta la puerta, prende la luz. La claridad súbita le hace aguar los ojos, y tiene que frotarse la hinchazón, la textura arenosa de lágrimas saladas en su piel. Se cepilla el pelo, se sopla la nariz, estira su ropa arrugada alrededor de su cuerpo, alisa la falda contra sus caderas, ensancha la blusa de modo que no hale contra sus senos. Apaga la luz antes de abrir la puerta.

Correa yace en el sofá, mirando televisión. Él la mira cuando sale de su cuarto, la evalúa como si fuese nueva en el pueblo. Entonces vuelve su atención a lo que estaba mirando. América entra a la cocina, y Ester sale de su cuarto, sus ojos nublados por licor y un dolor indecible que, aunque trate, nunca se borra.

—Hay arroz con habichuelas. Te frío un muslo de pollo si quieres.

—No, está bien—. América se sirve arroz blanco y le vierte un cucharón lleno de habichuelas por encima.

—Por lo menos déjame calentártelo—. Ester trata de agarrar el plato de las manos de América.

—Está bien. Yo me lo como así.

—Te vas a enfermar.

—Estoy bien, Mami. Déjame quieta.

Ester desiste, deja que América pase hacia el comedor, espera hasta que se sienta.

—¿Quieres tomar algo?

—¿Hay café?

—Lo voy a hacer—. Ester vuelve a la cocina y América la oye traqueteando con las ollas.

América mastica lenta y deliberadamente, como si cada bocado tuviese un nutriente precioso que debe saborearse, enrollarse alrededor de la lengua varias veces antes de tragarlo o no tendrá efectos curativos. Ella mira al frente, con su espalda hacia la cocina. A su izquierda, al otro lado de la sala, Correa está estirado sobre el sofá que él compró, su sofá, él les recuerda, si alguien le dice que se mueva. Ella mira el chinero con puertas de cristal que está contra la pared opuesta, la vajilla que Correa le regaló cuando cumplió 25 años, 52 piezas de tazas y platillos, platos y tazones, una vasija con tapa para servir sopa. Ella sólo usa la vajilla en ocasiones especiales, porque es demasiado delicada para el uso diario.

Ester coloca la taza de café caliente al frente de ella. Le trae otra taza de café con leche y azúcar a Correa, quien se incorpora y la coge, sus ojos clavados en las imágenes de la televisión. Correa toma el café sin reconocer la mano que lo hizo y lo sirvió. Ester regresa a la cocina y vuelve con una lata de cerveza en una mano y una taza de café en la otra. Se sienta al frente de América, obstruyéndole la vista de la hermosa vajilla y prende un cigarrillo, los ojos en su hija. América evita mirarla. De las 52 piezas de la vajilla, se han roto sólo una taza y un platillo. Sucedió un Día de Reyes, cuando Correa contrató a un grupo de músicos para darle una serenata. Ella tontamente sacó lo mejor para servirles café y arroz con dulce. El hombre que tocaba el cuatro accidentalmente dejó caer la taza llena de café y el platillo contra el piso de losa. Hubo muchas disculpas. Ella guardó los pedazos con la intención de pegarlos con Krazy Glue, pero los pedazos nunca encajaron.

—¿Rosalinda comió?— América le pregunta a Ester.

—No quiso comer—. Ester la mira con resentimiento. Bebe su cerveza, la pone en la mesa, fuma su cigarrillo, lo pone en el cenicero, toma un sorbito de café. —¿Te frío un muslito?

—No, estoy bien.

—No debes comer esa comida fría. Te van a dar gases.

América se levanta, raspando la silla contra las losas. Lleva su plato al fregadero, lo lava y lo pone a secar en el estante. Parece que Correa pasará la noche con ella. Se seca las manos en la toallita colgada de la puerta de la nevera y vuelve a la mesa a terminar su café, sus ojos sobre la vajilla incompleta, regalo de Correa.

Más tarde, está acostada boca arriba en su cama, vistiendo un camisón de algodón que ella misma cosió. Es azul pálido, con cintas angostas alrededor del escote y las mangas. La hace sentir como una princesa. El ruedo es un volante de encaje, con lazos minúsculos a intervalos. Le costó mucho trabajo atar esos lacitos y después coserlos uno por uno a lo largo del volado.

El abanico eléctrico está prendido, pero la puerta está cerrada, así que es aire caliente lo que aletea la ropa colgada en las paredes como fantasmas.

Cuando Correa abre la puerta, un triángulo de luz cruza de una esquina del cuarto a la otra, interrumpido en el medio cuando entra y tiernamente, silenciosamente, cierra la puerta detrás de él. Ella lo oye quitarse la ropa, doblarla en la oscuridad, ponerla en la silla al lado del aparador. Él es un gato. No necesita luz para ver. Ella se pone tensa cuando su peso hunde el borde del colchón, hace crujir los muelles. Sin hacer ruido, se acuesta al lado de ella, como para no despertarla. Ella espera hasta que la mano de él encuentra la suya y la aprieta. Su respiración se acelera, pero ella trata de controlarla para que él no la oiga. Él arrastra la mano de ella por la sábana, sobre su cadera derecha, hasta el pelo cálido y suave de su pubis. Deja la mano de ella allí y lentamente sube su mano hasta los senos de América.

Ella frota sus dedos en los vellos púbicos de él, agarra su

pene, lo masajea hasta que se pone duro y vertical. Correa lanza un gemido, se vuelve hacia ella, le enrolla su camisón de princesa hasta que está alrededor de su cuello, pero no se lo quita. Con sus piernas, separa las de ella, le besa los senos, lame sus pezones como un gatito mamando leche, entonces entra en ella. La primera vez que la penetra siempre duele, siempre se siente como si la estuviera desgarrando por dentro. Pero ella se acomoda al ritmo de los empujes de él, a sus movimientos de lado a lado y pronto la cama está castañeteando. Él besa su boca. Su bigote cosquillea sus labios, los labios de él aprietan los de ella, su lengua se insinúa entre sus dientes. Y ella le devuelve el beso.

Besa el cuello de América, arrastra sus dedos por su cabello largo, estruja sus senos contra su pecho. Le besa las mejillas, la frente, se mece sobre ella de lado a lado como si fuese un buque y ella un turbulento mar. Los ojos de América se abren a la oscuridad del cuarto sin ventanas, y ella se deja ir, encuentra el ritmo de Correa con sus caderas, se arquea hacia arriba para traerlo más cerca. Ella le frota sus hombros anchos en círculos angostos, besa su cuello, su mandíbula, sus sienes, aprieta sus piernas, estruja sus testículos contra sus muslos. En el momento en que su vientre parece incendiarse, ella lo ama, cree que él la ama a ella, recibe las promesas que él murmura en su oído hasta que, con un pinchazo enérgico, se contrae, se estira, en espasmos jadeantes hasta derrumbarse encima de ella, su aliento abanicando su pelo, cosquilleando sus orejas.

Krazy Glue

Mami, te tienes que levantar—. América sacude el hombro de Ester.

—¿Umm? ¿Qué?— Ester gime y agita sus manos como si estuviera bailando. Abre sus ojos lentamente, sorprendiéndose cuando ve a América inclinada sobre ella. —¿Qué pasó?

—Tienes que ir a trabajar, Mami— América cuchichea y Ester levanta su cabeza, se empuja a sí misma sobre sus codos.

—No es martes, ¿verdad?

—No, es miércoles. Yo tengo que quedarme aquí hoy, así que tú te tienes que ir a trabajar.

Ester cae sobre su almohada de nuevo y se vuelve hacia la pared. —Está bien—. En menos de un segundo está roncando.

—Mami, te tienes que levantar ahora. Vamos—. Menea a Ester, quien le da palmadas como si América fuera una mosca molestosa. —No me voy hasta que te levantes.

Ester se voltea de nuevo y gradualmente se sienta con la ayuda de América. —¡Ay! Me duele cuanto hueso tengo en el cuerpo—. Busca en la oscuridad para prender la luz. —Si me lo hubieras dicho anoche, yo me hubiera acostado más temprano—. América abre las cortinas. Una luz opaca se desliza dentro del cuarto. —¡Todavía está oscuro!— Ester se queja.

—Está nublado, aclarará antes de que tú llegues allá—.

América mira alrededor del cuarto. —¿Dónde está tu uniforme?

Ester indica el aparador debajo de la ventana. Se levanta y arrastra los pies hacia el baño, la familiar tos seca de sus mañanas marcando cada paso.

El cuarto de Ester está atiborrado de reliquias. Una pared está empapelada con fotografías de la familia. Ella llama a ésta su pared de memorias. El resto del cuarto está lleno de anaqueles cargados de figuras. En un rincón hay una mesa antigua con el altar a San Lázaro, su patrón, con una vela votiva a sus pies, la luz fantasmal titilando amarillo rojo amarillo.

Las gavetas están llenas de ropa que Ester no ha usado en años. Hay blusas y faldas que ya no están de moda, sostenes de algodón que ya no le quedan, vestidos con volantes y fruncidos de una mujer coqueta. En la gaveta de abajo de un aparador, el uniforme verde de nylon está doblado encima del vestido que Ester se puso cuando salió de dama de honor en la boda de su hermana, quien se casó un mes antes de que Ester se fugara de su casa. América saca el uniforme, estira las arrugas con sus manos y lo coloca al pie de la cama en lo que prepara el desayuno.

—Café nada más— Ester dice entre toses cuando pasa—, es demasiado temprano para comer.

América le prepara una taza de café con azúcar y leche caliente. Con el primer sorbo, la tos de Ester se disipa, y después del tercer o cuarto trago casi se le ha ido. —Mi medicina— Ester llama a su primera taza de café. Gime y se queja con cada paso, suspira fuerte para que América la oiga, se toma su tiempo en soltarse los rolos, peinarse el pelo, pintarse las cejas y una línea negra alrededor de los ojos. En la cocina, América registra las protestas apagadas, pero finge no oírlas. Pone sus rebanadas de pan en la tostadora, se inclina contra el fregadero a sorber su café negro, sus pensamientos volando hacia la hora en que despertará Rosalinda. No está segura de lo que le va a decir. Pero, por lo menos, le recordará que tiene que ir a la escuela.

Ester sale de su cuarto hecha una mujer distinta. Con el pelo peinado y rociado con espray y la cara maquillada, uno hasta podría decir que es una mujer hermosa, que las arrugas de su vida son un adorno que realzan sus ojos profundos, una boca carnosa, una frente alta. El uniforme le queda bien ajustado en las caderas y nalgas, el delantal está atado alrededor de una cintura más pequeña que la de América. —Te ves bien— América dice.

Ester sonríe, da una vuelta en frente de ella. —Esta vieja está buena.

—Cuarenta y cinco no es vieja, Mami.

—Yo nací vieja— le contesta.

América no se puede controlar. —Si te cuidaras mejor . . .

—Ya basta con el sermón, me voy.

Deja la casa, pero se para en la acera para prender un cigarrillo. La tos vuelve brevemente después de la primera bocanada de humo. Se da un golpe contra el pecho para aflojar la flema, escupe en la cuneta y sigue caminando, envuelta en un espiral de humo.

Correa sale de la alcoba rascándose la cabeza. Mientras se da una ducha y se afeita, ella prepara huevos y pan tostado, café fresco. Cuando está sirviéndole, él se para detrás, la envuelve en sus brazos por la cintura, le besa el pelo.

—Deja eso— le dice de mal humor, esquivando sus brazos.

Él agarra su brazo, la hala hacia él, le da besos mojados en los labios. —¿Te hice falta, verdad?— le cuchichea en la cara. Ella se zafa de su abrazo.

—Tu desayuno se está enfriando—. Le lleva el plato a la mesa, donde ya ha puesto un mantel, tenedor, cuchillo, cuchara. Él la observa caminar, sonriéndose, y la sigue. Ella le trae el café y pan tostado con mantequilla. Cuando ella se le acerca de nuevo, él la agarra por la cintura de sus mahones.

—¡Deja eso!— Ella trata de desatarse de su agarre.

—Siéntate conmigo— le dice, halándola hasta sus rodillas.

—Tú no puedes comer conmigo sentada aquí.

—En la silla, entonces, no te escapes como siempre.

Él la deja ir, mantiene su mano en su cintura hasta que ella se sienta a su lado. Ella hala la silla para atrás, de modo que no ve su cara, sino sólo la parte posterior de su cabeza, el cuello deshilachado de su camisa, la fisura oscura entre su cráneo y su oreja. Te odio, ella perfora su seso con los ojos. Él tiene manos grandes, amplias y sólidas. Empuja los huevos revueltos en el tenedor con un pedazo de pan y voltea la cabeza para mirarla.

—¿Te comió el gato la lengua?

Ella hace un sonido de desprecio, mira hacia la ventana. Él eructa delicadamente y sigue comiendo. En la pared sobre la puerta el reloj suena su tic toc entre silencios. América hala un hilo flojo de la cremallera de sus mahones. Correa mastica y sus orejas se mueven de aquí para allá, como si lo estuviera haciendo a propósito. Un gallo canta, ella no sabe dónde. La taza hace un sonido seco cuando él la coloca contra el platillo. Un carro pasa por frente de la casa, echando gases acres. Correa estornuda. —¡Salud!— le dice ella sin pensar. Pone sus manos sobre sus muslos y comienza a levantarse. —Yo tengo cosas que hacer.

Él inclina su cabeza hacia ella y la mira como decidiendo si dejarla ir, entonces levanta la taza y se la entrega. —Tráigame más café—. Ella coge la taza, camina despacio, por si él se arrepiente, sus ojos enfocados en la cafetera eléctrica en la cocina, regalo de Correa la Navidad pasada. Con las manos temblando, vierte café caliente y unas gotas caen sobre la piel tierna entre el índice y el pulgar. Le queman, gotean hacia su muñeca, pero ella apenas lo siente.

Correa se va a su casa a ponerse su uniforme. Ha perdido una semana y media de trabajo. América se pregunta cómo puede hacer eso, yéndose del trabajo cuando le da la gana, y regresar como si nada.

América abre todas las ventanas y las puertas. La puerta de Rosalinda todavía está cerrada, y las dos o tres veces que se le ha parado en frente, no ha oído nada. Trata el tirador. Está bajo llave.

América se cimbrea alrededor de la sala tarareando un bolero, desempolvando todo lo que ve, rociando líquido para limpiar los muebles y vidrios, estregando cada superficie con brazadas largas y parejas. Pone las sillas encima de la mesa, enrolla la alfombra de la sala y la arrastra hasta el balcón. Barre la sala, lava y pule las losas del piso. La puerta del cuarto de Rosalinda está cerrada con llave y no sale ruido de adentro. No sale nada.

Ella levanta las figuras del estante al lado de la televisión, lava y seca cada una, las acomoda en nuevas posiciones. El pastor que toca la flauta a una bailarina ahora encara una manada de gansos, la bailarina coquetea con una pata al frente de sus patitos. América saca las cortinas de la sala, de la cocina y de la puerta corrediza que conduce al patio detrás de la casa. Las pone a lavar en la máquina, entonces empieza en su cuarto, dejando la puerta abierta para que pueda ver cuando Rosalinda cruce de su cuarto al baño.

Le quita las sábanas a la cama y pone nuevas, baja todos sus cosméticos del alféizar de la ventana, los desempolva, pule la madera, enjuaga cada lata, botella y jarro con un paño humedecido en alcohol, pone cada cual con sus productos afines: espray de pelo con gel y mousse, la crema con el tonificante y el jabón facial líquido, pinzas con limas de uñas, tablas de esmeril y palitos para empujar las cutículas.

La puerta de Rosalinda chilla. América está sentada en la orilla de su cama, atando un zapato de lona para que las puntas de los cordones queden parejas, cuando ve que su hija pasa sin mirarla hacia el cuarto de baño.

—Te preparé desayuno— ella llama desde la cocina cuando Rosalinda sale.

—No tengo hambre.

América pone un plato de huevos revueltos con jamón en la mesa, una taza de café con leche caliente, y tostadas. —Ven y come algo que anoche no comiste nada—. Pero Rosalinda ha cerrado la puerta. América toca suavemente. —Nena, se te van a enfriar los huevos.

Rosalinda abre la puerta pero no sale. —Ya te dije, no tengo hambre. No quiero comer nada.

—Ya lo preparé.

Rosalinda mira sospechosamente más allá de su madre hacia la mesa con mantel, su desayuno servido en la vajilla buena. América sigue su vista. —Estaba lavándolo todo— se ríe —y se me ocurrió usarla.

Rosalinda le pasa por el lado hacia la mesa, se sienta, come con poco apetito. ¿Cuándo se puso tan hosca su hija? América no recuerda este aspecto de su hija, esa cara de haberlo visto todo, de que nada la puede complacer. Debe ser algo nuevo. O quizás es que no se ha maquillado y sus facciones parecen más parejas, de modo que cada expresión se acentúa en su cara, sin la distracción de sombras o toques de luz.

—Yo pensé que podríamos hablar un poco . . .

Rosalinda golpea su tenedor contra la mesa, se levanta, pero América, más rápida que ella, le impide el paso.

—¡Yo no quiero hablar de nada! Ya te lo dije . . .

América la retiene por los hombros, apretándolos para que Rosalinda no se pueda zafar. —No se va a desaparecer el problema porque tú no lo quieras discutir. Yo tengo algo que decirte y tú me tienes que escuchar.

Caen lágrimas por las mejillas de Rosalinda. —Yo no tengo que escuchar nada, no tengo que hacerlo—. Se cubre las orejas, cierra sus ojos, como si eso pudiera hacer que América desapareciera. Se retuerce, tratando de liberarse de las manos de América.

—Te suelto si te sientas y hablas conmigo—. América no quiere sonar enojada; está, de hecho, tratando de mantenerse en calma, en control, de no perder la paciencia como le pasó anoche. Le suelta los hombros a Rosalinda y la niña se separa de ella y se tira en la silla al frente de sus huevos y tostada medio comidos. Rosalinda esconde su cara entre sus manos y solloza.

El pecho de América se contrae, como si una correa estuviese atada alrededor de sus costillas, apretándose con cada respiración. Le pican las lágrimas en sus ojos, pero parpadea para contenerlas. Cuidadosamente, como si se pudiera romper, toca el hombro de Rosalinda, y la niña lo aleja, pero entonces cede, y deja que América acaricie sus hombros, su pelo. Deja que su madre la abrace, primero desganadamente, pero después, agradecida, como si fuera esto lo que quería. América la ayuda a ponerse de pie, la conduce hasta el sofá, donde se sientan una al lado de la otra, la cara de Rosalinda contra el pecho de su madre. América la deja llorar, deja que sus propias lágrimas caigan silenciosamente, como para no contaminar la miseria de Rosalinda.

—Yo no sé por qué ustedes creen que lo que yo he hecho es tan gran cosa— Rosalinda le dice a su madre entre gimoteos. —Yo no soy la primera en esta casa que se va a los catorce años.

—Ahora me estás faltando el respeto— América le advierte.

—Pero es verdad, Mami— ella responde.

América respira profundamente, tratando de controlar la cólera que hierve en sus entrañas, amenaza derramarse y quemarlas a las dos. —Es cierto, pero eso no quiere decir que no es gran cosa.

Rosalinda considera esto por un momento, notando el lustre en los muebles que su padre ha comprado, las figuras de Ester puestas en distintos sitios.

—Taíno y yo nos queremos.

—¿Estás encinta?

Rosalinda mira en otra dirección.

—Porque si estás encinta,— América continúa —deberíamos hacer algo.

Los ojos de Rosalinda se agrandan, miran a América como si estuviera loca.—Quieres decir . . . —Se cubre la cara con las manos. —Ay, Dios mío, Mami, ¡cómo puedes pensar tal cosa!

América no está segura de si Rosalinda se refiere al estado de embarazo o a un aborto. Ella se ruboriza. Si yo estuviera encinta, América piensa, yo nunca consideraría un aborto, pero también he sido lo suficientemente inteligente como para usar anticonceptivos por los últimos trece años.

—¿Él te . . . protegió?

Rosalinda se para. —¡Yo no puedo hablar contigo!— le grita y corre hacia su cuarto, tirando la puerta.

—¡Rosalinda, esto es importante!— América oye el ¡zaz! sobre la cama, los sollozos a gritos. Toca en la puerta. —¿Te crees que este problema se va a desaparecer? ¡Pues mejor es que sepas que no!

Rosalinda grita más fuerte todavía, golpea la cama con sus puños. —¡Déjame quieta! ¡Vete y déjame sola!

—Olvídalo. Mientras yo sea tu madre, soy parte de tu vida. Mejor es que te acostumbres.

Rosalinda abre la puerta lo suficiente para que América vea

su cara deformada por una mueca enojada. —No. No me tengo que acostumbrar a nada. Papi dijo que me sacaría de aquí si yo me quiero ir. Te odio. Ya no puedo aguantarte más.

América se pasma. La puerta de Rosalinda se cierra con un golpe. Correa nunca ha amenazado llevarse a su hija. Durante todos los años de disputas, las pelas, los celos, tú no puedes hacer esto y no puedes hacer lo otro, él ni una vez ha amenazado con llevarse a Rosalinda de su casa.

América limpia la mesa donde Rosalinda dejó su desayuno abandonado. Correa tiene tres niños en Fajardo con una mujer con quien se tuvo que casar porque su padre lo amenazó con una pistola si no lo hacía. Él los mantiene con su escaso sueldo y con el dinero que se gana haciendo tareas sueltas para los propietarios de las mansiones. Él nunca ha contribuido mucho al mantenimiento de Rosalinda, a excepción de los regalos que le trae en ocasiones especiales, las baratijas y ropas que escoge cuando va a Puerto Rico. Él le da a Rosalinda unos chavitos de vez en cuando, pero eso es todo. América ha pagado por todo lo demás, por sus uniformes de escuela y la ropa de diario, por los libros escolares, los regalos de cumpleaños para sus amigas, los regalos de Navidad para sus maestros. Ella ha pagado los doctores cuando Rosalinda se enfermó, el dentista cuando le sacaron un diente, el cirujano cuando le dio apendicitis. Correa dice que Rosalinda es su hija favorita, la primera que engendró, el fruto del amor entre él y América. Así mismo lo dice, el fruto de nuestro amor. Pero nunca ha asumido responsabilidad por su crianza, ha dejado que América la críe porque "ella es hembra y tú eres hembra y las hembras necesitan a sus madres". ¿Qué interés tiene ahora ofreciendo llevársela de su casa?

América piensa que debe ver la oportunidad de ser un héroe. Ahora que Rosalinda está tan rebelde, Correa debe ver la oportunidad de cobrar valor ante los ojos de su hija. Eso debe ser. Gran macho padre, rescatando a su hijita de las garras de su madre horrible. ¡Hijo de puta! América estrella el plato de la hermosa vajilla contra el piso de losa. Se rompe en un millón de pedazos, en demasiados para poderlos pegar con Krazy Glue.

No es para siempre

Cuando Ester regresa del trabajo, no hay nada más que limpiar. Hasta los escalones del balcón han sido lavados y pulidos, las arañas ahuyentadas de los rincones a lo largo de los aleros. Una olla de sopa de hueso con bolitas de plátano hierve en la estufa.

—Me perdí mi novela— se queja Ester cuando entra, como si dejar pasar un episodio de su telenovela favorita hiciera gran diferencia.

Saca una cerveza de la nevera cuando pasa a cambiarse de ropa. Ni siquiera nota la expresión melancólica en la cara de América. Cuando sale en un par de pantalones cortos y T-shirt sin sostén, se tira en frente de la televisión y busca canales con el control remoto hasta que encuentra el que quiere. América, que está sentada en el sofá de Correa, no se mueve de su lugar hasta que una mujer aparece en la pantalla, los ojos pintados con rímel, goteando lágrimas que un hombre bigotudo besa con gran ternura. Ester suspira. América se levanta y deja la sala, se sienta en el balcón a mecerse de aquí para allá y a esperar a Correa.

Él se aparece con un bollo de pan fresco en una mano y, en la otra, su ropa sucia dentro de una bolsa de lona. Trata de besarla cuando entra, pero ella lo esquiva, agarra su ropa y se va a la cocina a servir la cena. Tan pronto como lo ve, Ester apaga la televisión y se mete en su cuarto, confirmando su papel de amo de la casa, aunque le pertenece a ella. Correa se estira en su sofá, busca su canal y espera que América le sirva.

—¿No vamos a comer juntos?— pregunta cuando ella coloca cubiertos para una persona.

—Rosalinda no ha salido de su cuarto desde esta mañana— le contesta.

Su cara se oscurece. —Prepara la mesa para todos— él refunfuña en su dirección mientras camina hacia la puerta de su hija y le toca duro. —Rosalinda, sal de ahí y ven a comer con nosotros.

—¡Yo no tengo hambre!

—A mí no me importa si tienes hambre o no. Ven acá y siéntate conmigo y tu mamá.

Se oye mucho corre-corre y sopladas de la nariz. —Ya voy.

Correa mira a América con aire de triunfo. Ella le devuelve una mirada de desprecio, pone los cubiertos en la mesa, llama a Ester. —¿Vas a comer con nosotros, Mami?

—No. Yo como más tarde.

Rosalinda se ha maquillado los ojos, que están hinchados y rojos, se ha puesto colorete en las mejillas, ha cepillado su pelo en un rabo de caballo flojo. Correa la mira con una expresión severa mientras ella arrastra los pies hacia la mesa, como si tuviera todo el día. Correa le señala la silla a su lado, de modo que tiene que sentarse entre él y América, atrapada contra el chinero de las puertas de cristal.

América sirve en la sopera de la vajilla y Correa la mira con curiosidad. Ella sirve un cucharón lleno de sopa en cada uno de los platos, dándole el hueso con más carne a Correa.

—¿Dónde está el pan?

—Calentándose en el horno.

Rosalinda clava la vista en su sopa. América coloca el pan caliente en medio de la mesa. Correa parte un pedazo, se lo pasa a América, corta otro y se lo da a Rosalinda, quien lo ignora. —¡Cógelo!— le gruñe, y ella lo coloca en su plato. Correa muerde un pedazo y vela a su hija mientras mastica, como si estuviera considerando lo que le va a decir. Ella no se mueve. Con los ojos fijos en el dibujo que forman los fideos en el fondo de su plato, Rosalinda parece tan imperturbable como un cemí. Correa la estudia por un minuto, trata de encontrar los ojos de América, menea la cabeza. América evita su mirada, toma de su sopa delicadamente. El único sonido es el de Correa masticando, su cuerpo inquieto haciendo la silla rechinar y gemir con cada movimiento. Toma unas cuantas cucharadas de sopa, mira a las dos hembras al frente de él, una quieta como una piedra, la otra evitando su mirada a toda costa. Él golpea su mano contra la mesa, se para de golpe, haciendo que su silla se caiga detrás de él.

—¡Maldito sea!— fulmina —¡A cualquiera le da indigestión comiendo con ustedes dos!—. América se pasma, Rosalinda mira a su padre con miedo, pero no se mueve. Correa mira de una a la otra por unos momentos, considerando sus expresiones alarmadas. Sacude su cabeza, como si rehusara escuchar una voz interna, entonces sale a grandes zancadas de la casa, se monta en su Jeep y se va.

América y Rosalinda intercambian una mirada de alivio. La niña agarra su cuchara, la llena de caldo caliente y lo sopla calladamente, como cuchicheándole un secreto que sólo la cuchara debe escuchar. América sigue comiendo. Ester entra riéndose, un plato y una cuchara en su mano.

—Ustedes de veras saben cómo sacarlo de quicio— se ríe entre cucharadas. —Es impresionante lo bien que las dos saben hacerlo.

América y Rosalinda se miran una a la otra. Por primera vez en días, América ve la más minúscula de las sonrisas pasar por la cara de su hija.

Al otro día, cuando América sale a preparar su desayuno, Rosalinda está sentada a la mesa, vestida en su uniforme de escuela, leyendo un gran libro de la historia de Puerto Rico como si estuviera posando para un retrato.

—Ya hice el café— dice.

América entra al baño. A ella no le gusta cuando Ester o Rosalinda o Correa trastornan su rutina matutina. A ella le gusta hacer el café. Ester lo hace demasiado cargado y Rosalinda demasiado ralo. A ella le gusta tener la casa tranquila mientras se viste, se peina y se maquilla entre sorbos de café y mordiscos de tostada. Es su hora privada, y le molesta cuando su día comienza con conversación, o una variación de su baile mañanero entre el cuarto, la cocina y el baño.

—Debería enviar una nota para tus maestras— le ofrece cuando pasa hacia su cuarto.

Rosalinda hace una mueca de dolor. —Yo creo que toda la isla se ha enterado de por qué yo no fui a la escuela.

—Bueno, déjame saber si la necesitas.

América entra a su cuarto a vestirse. Es bueno que Rosalinda vaya para la escuela sin tener que recordárselo. América no tiene ganas de pelear con ella de nuevo. Pero su estómago se revuelve y su cara se enrojece al imaginar a Rosalinda enfrentándose a las otras estudiantes, algunas de ellas vistiendo su ropa y sus prendas. Algunas la despreciarán, cuchichearán con las demás niñas tapándose con las manos, mirando furtivamente hacia Rosalinda. Comentarán acerca de Taíno, preguntarán por él al frente de ella, mencionarán su nombre en la conversación cuando ella lo pueda oír. Las maestras tratarán de ser bondadosas, fingirán que nada ha pasado porque, cuando una niña se fuga con su novio, es asunto de familia, no de la escuela. Rosalinda quedará separada de todas sus amistades, será tema de los chismes, la fastidiarán los otros estudiantes, vivirá en el ostracismo. América la imagina parada solita en el patio de la escuela, rodeada por una multitud de adolescentes, los muchachos haciendo gestos obscenos, las maestras mirando en otra dirección. América está temblando. Sale de su cuarto, nerviosamente envolviendo una goma alrededor de su rabo de caballo.

—¿Quieres que te acompañe a la escuela?— América le ofrece, su voz quejumbrosa. Rosalinda la mira como si estuviera loca.

—¡No!

—Pero nena . . .

—Se reirán de mí si me presento allá con mi mamá.

Se reirán de las dos. América se acuerda de que sus amigas procuraban no tener nada que ver con ella después de que regresó con Correa, recuerda cómo las vecinas halaban las manos de sus hijas, miraban en otra dirección si la veían andando hacia ellas. Su barriga era un símbolo de todo lo malo que le podía pasar a sus hijas. Una niña de catorce años, quien debería estar en la escuela, ¡encinta! Las oyó chismeando acerca de ella y de Ester. Decían que Ester era una descuidada porque no pudo prevenir que su hija se fuera con un hombre. Decían que todas las mujeres de su familia eran flojas. Que nunca hubo, en su memoria, un esposo en esa familia, sólo muchachas, niñas criando niñas, nunca varones, nunca hombres. A ella le dijeron esas cosas después de su metida de pata. Es sólo después que una comete un error que la gente empieza a señalar su inevitabilidad.

—Eres muy valiente— le dice a Rosalinda, y ella sube la vista de su libro.

—¿Cómo?

—El regresar a la escuela. El continuar con tu vida. Eso requiere mucho valor.

—¿Y qué otra cosa puedo hacer?

—Rosalinda, yo te dije eso con buena intención, no para empezar otra pelea.

—Sí, pero suena como si significara otra cosa.

—Significa nada más que lo que dije. No va a ser fácil para ti regresar a la escuela hoy.

—Bueno, pues no puedes ir conmigo.

—¡No es por eso que lo digo!— América no puede evitar la irritación en su voz. —Si me necesitas, ya sabes dónde estoy.

—Sí, ya sé dónde estarás—. Rosalinda pasa la página de su libro, como si hubiese estado leyendo todo el tiempo, y no mirando a su madre deseando que desapareciera.

América camina hacia La Casa del Francés. Tiene ganas de llorar y se palmotea en un costado, como para atraer la atención lejos de su cabeza, donde palabras y miradas y memorias se esconden como gusanos en abono, ocultos en la oscuridad hasta que un rasguñito los manda retorciéndose hacia la superficie.

* * *

Cuando vuelve del trabajo esa tarde, Correa y Rosalinda están sentados uno al lado del otro en el sofá, hablando. Cuando entra, se quedan en silencio, sin molestarse en disimular que lo hacen por ella. Como de costumbre cuando Correa está en la casa, Ester no está por ningún sitio. América cruza hacia su cuarto a cambiarse de ropa y Rosalinda se mete en el suyo. Correa sigue a América a su alcoba. Se tira boca arriba en la cama, su cabeza sobre el peluche inclinado contra la cabecera.

—No espacharres mi gato— dice ella, sacándolo de debajo de él.

—Tú quieres a ese gato más que a mí— responde él como en broma, pero con un poquito de resentimiento.

Ella lo arregla, lo pone sobre su aparador.

—¿De qué hablaban ustedes cuando yo entré?

Él suspira, fija la vista en el cielorraso. —Rosalinda quiere vivir con Tía Estrella y Prima Fefa.

—¿En Fajardo?

—Allá es donde viven.

—Pues, no puede—. Lo dice como si Correa no tuviera nada que ver en la materia.

—Yo le dije que tú nunca estarías de acuerdo con eso.

—Eso no es lo que ella me dijo a mí.

Él se incorpora, se inclina en un codo. —Quizás sea mejor para ella que viva en otro sitio por un tiempo.

—¿Desde cuándo sabes tú lo que es mejor para ella y lo que no lo es?

—Yo soy su padre . . .

Ella tiene muchas respuestas a esa afirmación, todas comienzan con "qué tipo de padre. . . ", pero se contiene. Cuando Correa está tan tranquilo, tan bien controlado, es porque está esperando cualquier cosita que ella diga o haga para estallar, de modo que será culpa de ella si sale magullada e hinchada.

—Este es su hogar. Ella debería quedarse con nosotras. Nosotras podemos velarla mejor si se queda aquí.

—Ese es el problema. Ella dice que tú ya no confías en ella, y que tú y Ester se pasan espiándola a ver lo que está haciendo. Ella quiere estar donde nadie le esté recordando lo que ella y Taíno hicieron.

Una furia blanca hirviente se precipita por su espinazo hacia la coronilla de su cabeza, donde se prende y la quema. No puede respirar, está sofocada por una pena salvaje que corroe su ser desde la parte más profunda de su matriz. Le da la espalda a Correa, se agarra del pilar de la cama como si ésta la conectara a la tierra, como si eso evitara que se consumiera en cenizas. No hay nada que ella pueda decir o hacer para impedir que esto suceda. La aventura con Taíno es el evento alrededor del cual girará todo en la vida de Rosalinda, para el cual no hay buenas respuestas, ni buenos sentimientos, ni buen camino. Es la rabia lo que la hace llorar, el saber que ha perdido a su hija, la certeza de que Correa se la llevará aun cuando América no dé su permiso. Él le va a mostrar a América quién manda aún en su casa. Si se resiste, la magullará y la golpeará. La insultará y hará que Rosalinda la odie más de lo que ya la odia. Su impotencia la enfurece. América no quiere darse por vencida, no puede dejarse vencer una vez más por Correa. Pero el miedo a sus puños duros mitiga su furia y se inclina contra el pilar de la cama sollozando, deseando haber nacido hombre para poder pelear con él y tener la posibilidad de ganarle.

Correa trata de tocarla, una de esas veces cuando sus lágrimas lo vuelven cariñoso. Ella sacude su cuerpo, le gruñe, lo empuja inútilmente, siempre protegiendo su cara de su beso o de su puño, cualquiera que venga.

—No es para siempre, América— él trata de tranquilizarla con una mentira. —Sólo déjala vivir por un tiempito fuera de aquí y estará de vuelta en un par de meses.

Ella grita desde lo más profundo de sí misma, como si el dolor que sintiera no fuera simplemente el de perder a su hija. Como si estuviera llorando por ella misma, por el día en que perdió a su madre, y por el día en que Ester perdió a la suya, y por todas esas mujeres en su familia por generaciones incontables, hijas que dejan a sus madres tan pronto como sus senos crecen y el calor entre sus piernas llega a ser insoportable. Madres que miran a sus hijas con resentimiento, viendo en ellas su propia traición, como si fuera evitable, como si un pene anónimo, colgando entre piernas velludas, no las esperara alrededor de los rincones más oscuros de cada una de sus vidas.

América llora y Correa permanece impotente a su lado, incapaz de confortarla o alentarla, rondándola como un insulto. Él es silenciado por su sufrir, por un dolor que jamás conocerá, ni trata de comprender, ni puede.

Trueno distante

América despierta diez minutos antes de las tres de la mañana, sudando y luchando por respirar. Está sola en su cuarto sin ventanas, pero no recuerda cuándo se acostó. Yendo hacia la puerta, tropieza en la oscuridad, la abre, engullendo aire fresco en sus pulmones. Su corazón palpita rápidamente, y se inclina contra el marco de la puerta, los ojos cerrados, escuchando el martilleo en sus oídos. Cuando su corazón recobra el ritmo normal, desliza la puerta de atrás y, descalza, camina en el pasto húmedo. Su camisón atrapa el aire fresco de la noche y aletea alrededor de sus rodillas, como si las estuviera besando. Se pasa los dedos por el pelo, lo levanta para dejar entrar el aire, entonces lo deja caer alrededor de sus hombros. Una brisa apacible le seca el sudor detrás de su cuello y de sus orejas.

El aire huele a las yerbas de Ester, que están sembradas a lo largo de paseos estrechos o en lechos elevados, alineados con troncos y rocas. Las matas de gandules crecen a lo largo de la verja. Dos palos de limón estiran sus ramas espinosas hacia el jardín de la vecina. Cada mata, planta y enredadera es comestible, o útil en el tratamiento de quemaduras, dolores de cabeza o trastornos del estómago.

En la esquina más lejana del jardín, las gallinas cacarean suavemente dentro del corral, como preguntando quién está caminando por allá fuera a esta hora. Cuatro casas más allá, el perro de Nilda ladra una advertencia, luego se calla, satisfecho de que nadie invade su territorio. América se sienta en un banco de hierro oxidado que antes estaba debajo de un árbol de mangó. El huracán Hugo tumbó el árbol, y cuando se llevaron los restos, Ester puso el banco al lado del tronco cortado, como si esperara que brotaran ramas y tomaran el lugar del árbol truncado.

—¿Qué haces tú afuera?— La voz de Ester es un cuchicheo ronco.

América salta en su asiento. —¡Ay, Mami, me asustaste!

—¿Y cómo tú crees que me sentí yo cuando oí a alguien caminando por ahí?

—Ni se me ocurrió. Tú siempre duermes tan bien.

—Esta noche no— Ester dice molesta.

—Hacía tanta calor en mi cuarto— América se disculpa.

—Te vas a enfermar afuera en el sereno sin una bata . . . ¡y descalza!

América sube sus pies húmedos al banco y se sienta con los brazos alrededor de sus rodillas. Ester rebusca en los bolsillos de su bata y saca una cajetilla de cigarrillos estrujada y un encendedor.

—En otro par de días estará llena— observa, señalando la luna con su cigarrillo.

Es una noche clara. El cielo azul oscuro está surcado con destellos de diamante. De vez en cuando, el cielo se prende de rojo, se oye un golpe seco y la tierra tiembla. En alguna parte de la costa oriental de la isla, la Marina de los Estados Unidos está usando las playas para la práctica de tiro.

—¿Cuándo se fue Correa?— América pregunta.

—Se fue temprano. Ni siquiera cenó.

—Y Rosalinda, ¿comió?

—No quiso salir de su cuarto. Yo le dejé un plato de arroz con habichuelas al frente de su puerta y le dije que estaba ahí. Ella abrió la puerta lo suficiente para coger el plato de comida—. Ester se ríe.

América sonríe, meneando su cabeza de lado a lado. —¿Era yo así cuando tenía su edad?

—Tú acababas de cumplir catorce años cuando . . . — Ester dibuja una imagen invisible en la tierra con la punta de su chancleta. —Tú nunca fuiste tan mal criada como Rosalinda— concluye, respirando el humo de su cigarrillo hasta la parte más profunda de sus pulmones.

América es silenciada por su sentido de culpabilidad. Trata de recordar cómo era cuando tenía catorce años. Sabe que no estaba tratando deliberadamente de herir los sentimientos de su madre cuando llegaba corriendo de la escuela, se quitaba el uniforme, se ponía pantalones cortos y una T-shirt, se maquillaba, cepillaba su pelo y luego se sentaba en el balcón con un libro escolar. No estaba pensando en Ester cuando fingía hacer su tarea y esperaba que la mirara Correa, cuyo trabajo era conducir la motoniveladora que excavaba el foso para los tubos de alcantarillado al frente de la casa.

América suspira. Yo estuve tan dispuesta a ser seducida, recuerda con asombro. Tan dispuesta, supongo, como lo estuvo Rosalinda. Está tan acostumbrada a llenarse de indignación cuando piensa en su hija, que se sorprende cuando se llena de compasión. Mira a Ester, quien distraídamente sopla anillos de humo hacia la luna. Ella también tuvo catorce años, dejó que un hombre la sedujera, volvió a esta misma casa cuando el padre de América las abandonó. Cuando América se fue a los catorce años, ¿se sentaría Ester en el sereno de la madrugada a discutir con su madre Inés lo que debía de hacer con ella?

—Rosalinda quiere vivir con la tía de Correa en Fajardo— América dice, con la voz entrecortada.

—¿Y tú la vas a dejar?— El tono de Ester dice que ella seguramente no permitiría tal cosa.

—¿Qué más voy a hacer? Correa ya le dio permiso—. Se odia a sí misma cuando suena tan defensiva, tan niña.

Ester aprieta los labios. —Ese hombre . . . — comienza, como si el llamarlo ese hombre lo dijera todo acerca de él.

—Su tía es una buena mujer— América interrumpe, no dándole a Ester la oportunidad de decir más sobre Correa. —Aunque está viejita. Yo no sé si ella puede controlar a una adolescente.

Rosalinda la dominará—. Como nos domina a nosotras, piensa, pero no lo dice.

—¿Tú no vas a dejar que él se la lleve así porque sí?— La voz de Ester destila desprecio por la falta de carácter de América.

América abraza las rodillas más cerca a su pecho, baja los ojos hacia una esquina oscura del jardín aromático, siente más que oye las bombas que explotan en la playa distante, el temblor de la tierra bajo ella.

—No sé qué más hacer— dice en una voz tan suave que está segura de que Ester no la ha oído. Mira a su madre, quien ha vuelto a soplar anillos de humo hacia la luna, con una calma que América encuentra misteriosa en contraste con su propia confusión interna.

—¿Por qué no se la mandas a Paulina?

—¿A Nueva York?— Ester podría haber sugerido tan casualmente que América mandara a Rosalinda a la China y América hubiese respondido con el mismo asombro, el mismo miedo tembloroso a la distancia entre Vieques y cualquier otra parte del mundo más lejos que Puerto Rico, que parece suficientemente lejos a veinte millas de la isla.

—Por lo menos estaría con nuestra familia.

Una familia cuyas caras sonrientes adornan la pared de memorias de Ester en una sucesión cronológica de tarjetas fotográficas con "Feliz Navidad les desea la Familia Ortiz" impresa al pie. La hermana de Ester, Paulina, se mudó para Nueva York una semana después de su boda. Ella escribe, envía ropa, regalos, a veces hasta dinero. La familia entera viene a Vieques en infrecuentes vacaciones. Todos hablan el español con acento y a veces usan palabras inglesas que convierten en español agregándole una "a" o una "o". Paulina usó la palabra 'liqueo' para decirle a Ester que la pluma del fregadero estaba goteando.

—Rosalinda no habla inglés— América dice, como si ésa fuera la única consideración, y Ester no responde. En el silencio, América se oye a sí misma decir la verdadera razón por la cual no considerará enviar a Rosalinda a Nueva York. —Correa nunca la dejará ir.

Ester chupa su cigarrillo hasta la colilla, la tira al suelo, la pisa ferozmente, la pulveriza contra la tierra, hasta que le parece a América que Ester ha hecho un hoyo suficientemente profundo como para enterrar mucho más que una colilla de cigarrillo.

—Él no lo tiene que saber— Ester dice suavemente, como si probara el sonido de su propia voz. América baja sus pies al suelo húmedo, busca los ojos de su madre. Pero Ester ha virado la cabeza, y América se da de cara contra la forma grotesca creada por los rolos rosados esponjosos sobre el casco de Ester.

—Mami, él es su padre. Yo no la puedo mandar tan lejos sin consultarlo—. Trata de quitarle toda emoción a su voz, de modo que no suene como una excusa, de modo que no tenga que oír el desprecio de Ester otra vez. Pero Ester sigue callada. —Y quién sabe lo que me haría a mí— América agrega, incapaz de ocultar el temblor en su voz. Ester todavía no dice ni una palabra. Observa la luna creciente como si ella tuviera la respuesta. Ester se queda tan quieta y silenciosa que América piensa que se quedó dormida de pie.

Finalmente, Ester respira profundamente por la boca, como si todavía estuviera fumando. —Tú debes de irte con ella.

—¿Estás loca? ¿Qué voy yo a hacer en Nueva York?— Las manos de América tiemblan, de su cuerpo brota un sudor fino, como rocío sobre un capullo.

—La misma cosa que haces aquí. Irving conoce gente.

—¿Qué tiene él que ver con esto? ¿Le has hablado a él de mí?

Ester vuelve la cabeza como si fuera culpable. —Él me pregunta, yo le contesto. A veces él sugiere algo—. Ella rebusca de nuevo en su bata, saca la caja de cigarrillos arrugada, prende uno con manos temblorosas.—Correa no tiene que saber donde tú estás. Nadie se lo va a decir.

Pero América está tan enfocada en la imagen de Ester y Don Irving bebiendo, fumando y discutiendo sobre ella y Correa que no ha oído lo que Ester ha dicho. Se para cerca de su madre, reemplazando el miedo con enojo.

—Tú no tienes ningún derecho a meterte en mi vida— ella sisea —y mejor es que no te metas en ella.

Ester no la mira. Le da la espalda a América y camina hacia la casa, mascullando algo que América no puede oír.

América sigue con su vista la esbelta figura de su madre, el cigarrillo iluminado parece un punto entre las sombras del jardín. Las peleas con ella no la satisfacen, porque siempre terminan con Ester alejándose refunfuñando. Habiendo atizado su enojo en preparación para una reyerta, América se queda ardiendo, pensando en las distintas maneras de decir lo mismo: es mi vida, no te metas en ella.

Pero aun cuando murmura que Ester no es un gran ejemplo de cómo uno debe manejar su vida, aun cuando descarta el mensaje porque la mensajera es de poca confianza, América siente el peso de la precupación de Ester. Mi vida no es mía de veras, se dice a sí misma. Correa manda todo lo que yo hago, esté o no esté cerca. ¿Es así como debe una vivir?

No puede contestarse la pregunta. Es la única vida que conoce. Los primeros catorce años de su vida fueron dictados por las demandas de Ester como madre. La segunda parte de su vida ha estado bajo la sombra de Correa. ¿Es así como debe una vivir?, se pregunta a sí misma otra vez, pero tiene miedo de contestarse. La pregunta queda suspendida en el aire fragante del jardín de su madre, acentuada por las chispas rojas en el cielo, los golpes de bombas que encuentran su blanco, la tierra flexible que se estremece bajo sus pies.

—Esta noche vamos a salir— Correa anuncia esa tarde.

—¿Por qué?

—¿Es que no puedo salir con mi mujer si quiero?—. Él sonríe como de broma, pero América sabe que no está bromeando.

—Yo tengo que trabajar mañana.

—Sí, yo lo sé, pero quiero salir esta noche, y te quiero conmigo. Vamos, no me hagas rogar—. Le coge un rizo descarriado de su pelo y lo gira alrededor de su dedo. —Vete y ponte guapa para mí.

Éste es el Correa que ella ama. El hombre del toque suave, que habla dulcemente, que encuentra belleza en un rizo a lo largo de su cuello. Cuando se porta así, ella se convierte de nuevo en la niña de catorce años dispuesta a ser seducida.

Ella ya se ha bañado y se ha quitado el uniforme, ha cenado, ha discutido con Rosalinda para que salga y coma algo y ha perdido. Ella preveía una noche tranquila para descansar de las últimas dos noches.

—Yo no quiero estar fuera toda la noche— le advierte a Correa mientras entra a su cuarto a cambiarse. En la cocina, Ester choca una tapa contra una olla.

América escoge un vestido que sólo se ha puesto unas pocas veces. Es verde, con una bufanda estampada con flores que se prende con alfileres detrás del cuello y viene alrededor a formar un escote en forma de V al frente, donde ata las puntas en un lazo retenido con un prendedor. Se peina sus rizos y se rocía espray, se maquilla y se pone agua de colonia White Shoulders. Las preparaciones la ponen de buen humor. A ella le gusta embellecerse, seleccionar y ponerse las pocas prendas que posee. La nube de perfume en que camina se siente real, como una capa de tul. Cuando sale del cuarto, Correa está sentado tieso en la orilla del sofá para no arrugar su pantalón y camisa acabados de planchar. Él se para, silba su aprecio, envuelve un brazo alrededor de su cintura, besa su mejilla. América sonríe tímidamente, evitando las miradas hoscas que Ester le envía desde la cocina.

Correa toca en la puerta de Rosalinda.

—Rosalinda, ven acá y mira a tu mamá—. Su voz retumba contra las paredes de concreto, de modo que Rosalinda tendría que estar muerta para no oírlo.

—Déjala tranquila— América advierte, temiendo que, dado el genio cambiante de Rosalinda, la tarde termine en otra pelea. Ya que ha hecho el esfuerzo de olvidar sus problemas por una noche, quiere olvidarlos, no encararlos a la hora de salir. Pero la puerta de Rosalinda se abre, y ella sale a la sala y mira a su madre con admiración, como si los pasados días nunca hubieran sucedido.

—Te ves linda— expresa y regresa a su cuarto de nuevo, de modo que América sospecha que ella y Correa planificaron este momento para debilitar su resistencia. La idea ahoga el regocijo que estaba comenzando a sentir.

—Bueno, béibi— Correa cuchichea al oído de América —vámonos.

Él la conduce con un toque liviano en su espalda, abre la

puerta, la deja pasar delante, se sitúa como un caballero del lado del tráfico en la orilla de la acera. Una vez en la calle, ella descarta sus sospechas sobre los motivos de Correa y se permite saborear el aire fresco de la noche, su ropa bonita, la sensación de ir a otro sitio que no sea su trabajo o su casa.

Es la noche del sábado. Calle abajo, las parejas andan tomados de mano hacia la playa, que queda a dos cuadras. Desde chatos edificios de cemento, ministros apasionados y sus feligreses llaman a la salvación por altoparlantes cascados. En la calle, los no creyentes juegan al azar con sus almas y se encaminan hacia El Malecón, donde la borrachera, el baile y el sexo en la playa son actividades comunes.

Cuando América y Correa se unen a los grupos que se dirigen hacia la playa, saludan a sus vecinos y conocidos. Ella está orgullosa de la guapa pareja que hacen. Muchas de las mujeres que la saludan tan afablemente cambiarían de lugar con ella en un dos por tres. Y ella sabe que muchos de los hombres que escoltan a sus esposas y amigas la perseguirían a ella si no perteneciera a nadie. Ella reparte sus sonrisas con reserva, deja que Correa la apriete más por la cintura cuando llegan a la carretera principal.

Casi todas las barras en la playa están tocando música a todo volumen. En Bananas, los turistas acompañan sus hamburguesas y papas fritas con piñas coladas escarchadas. Un grupo de adolescentes gruñe y rezonga en una galería de videojuegos detrás del restaurante, mientras sus padres contemplan el vecindario desfilando para arriba y para abajo por el paseo a la orilla de la playa. Al cruzar la calle, en la Cooperativa de Pescadores, la música es salsa puertorriqueña tradicional. La estrecha pista de baile está llena, y los bailadores han cogido la calle, donde hacen complejas combinaciones de brazos sin perder ni un paso ni el ritmo. A América se le van los pies de ganas de bailar. Ella se aprieta más contra Correa.

—Aquí hay mucha gente— dice él y tira de su mano hacia El Quenepo. A Correa le gusta ver lo que hay antes de comprometerse, así que siguen por el camino, parándose aquí y allá por unos minutos, mirando a ver quién está por ahí y qué tipo de música están tocando.

Aunque ella sabe que no es así, parece como si el pueblo entero estuviera en la estrecha carretera, comiendo, bebiendo, bailando. Los turistas están entusiasmados con el bullicio, como si la noche del sábado en Esperanza fuera un espectáculo montado exclusivamente para que ellos lo disfrutaran. Miran a los bailadores girar y juntarse en rutinas complicadas que parecen ser ensayadas, y aplauden agradecidamente a las parejas más rimbombantes. Un turista que se viste de pantalones flojos y una camisa sin mangas filma con una videograbadora a Maribel Martínez bailando con su esposo, Carlos. Ella está bastante encinta, pero no parece que la barriga le moleste. Ella es ligera de pies y garbosa como una fronda de palma. Cuando bailan, ella envuelve sus brazos alrededor del cuello de Carlos, y él pone sus manos a los lados de su barriga y la frota tiernamente.

A la vuelta de la esquina, más allá de la tienda de equipo para buceo, unos músicos instalan sus instrumentos en una tarima en PeeWee's Pub. Entretanto, dos altavoces enormes vibran con merengues.

—Vamos allí cuando esté la orquesta— Correa le dice a América, y la guía al otro lado de la calle, a La Copa de Oro, donde otro estéreo toca otro merengue a todo volumen. El sitio es pequeño, apiñado con mesas que se derraman hasta la pista de baile al aire libre. Desde una mesa en la esquina, un grupo les hace señales para que se unan a ellos, y Correa conduce a América en esa dirección. Mientras pasan, la gente a cada lado los saluda, hasta que América se siente como un dignatario visitante.

—Buenas noches, compadre— uno de los hombres en la mesa saluda a Correa con un apretón de manos y una palmada en su hombro. Los otros hombres se paran y estrechan su mano, inclinan la cabeza hacia América, quien saluda a las mujeres que están en la mesa con una media sonrisa. Se buscan sillas para ellos y Correa y América se sientan juntos, el brazo de él sobre el espaldar de la silla de ella. La música es tan estrepitosa que la conversación es imposible, así que América y las mujeres se felicitan unas a las otras por su selección de vestidos y prendas con gestos y miradas. Tan pronto como la camarera toma sus órdenes, todos forman parejas y se unen a los bailadores.

Están tocando un merengue sobre un hombre cuya esposa se fue para Nueva York, y ahora que ella está de vuelta, no le quiere lavar su ropa, ni cocinarle su comida, ni tener relaciones con él a menos que le hable en inglés.

—Ay, pero ay no spik— el cantante le dice a su esposa, quien responde: —Gif it tú mí beibi.

Correa baila bien, es ágil y creativo. Él la agarra con suficiente firmeza para que ella sepa quién es el que guía, pero le deja espacio para dar vueltas. Él la mira mientras bailan, lo que ella encuentra increíblemente romántico, como si fueran la única pareja en el lugar. Con una sonrisita en sus labios, él la conduce entre otras parejas, desde una esquina de la pista de baile a la otra, sus caderas marcando el ritmo contra las de ella, separándose sólo lo necesario cuando la guía entre sus brazos en vueltas complicadas. El calor de su cuerpo contra el de ella es excitante, y sus ojos relucen con felicidad y deseo. Ella siente ojos sobre ellos, las miradas envidiosas de mujeres cuyas parejas no son ni tan guapos ni tan ágiles como Correa, la admiración velada de los hombres que miran sus caderas sinuosas formando un ocho contra las de Correa. Ella vuelve a mirar los ojos de él, sombreados en la luz opaca.

—¿A quién estabas mirando?— le cuchichea, y aunque la música es ensordecedora, ella lo oye.

—A nadie— le contesta, asustada.

Ella siente crecer la distancia entre ellos, aunque él no la ha soltado, aunque siguen bailando como si el diálogo no hubiese tenido lugar.

Correa la ha abofeteado en público cuando piensa que coquetea, por eso ella concentra su mirada en él, en el espacio oloroso a Brut que él ocupa. Es un espacio pequeño, aunque él es un hombre grande.

Se quedan en La Copa de Oro por unos cuantos números, luego caminan al otro lado de la calle, hacia la orquesta en

PeeWee's Pub. Él ordena Cuba Libre para él, Coca-Cola con hielo para ella. El lugar está tan lleno que no hay dónde bailar, así que escuchan la música de la orquestra por un rato y después regresan al Malecón. El paso de Correa es más pesado ahora que al principio de la noche, cuando su cabeza estaba despejada porque no había tomado ron. Pero el aire de mar parece despertarlo. Bromea con la gente que pasa, saluda a las mujeres de sus amigos con respeto y cortesía exagerada, como para demostrar cómo se debe tratar una mujer. América vacila mientras él estrecha manos con entusiasmo, como un político en el día de elecciones. Ella no es más que una sombra gris y sombría a su lado. El regocijo y la libertad que sentía al principio de la noche ha sido borrado por Correa quien escruta a todos a quienes ella habla, mira o de quienes hace comentarios. Ella evita el contacto visual con los hombres, aun con los bien conocidos, como Feto y Tomás, quienes también están paseando esta noche.

—Ya estoy cansada— le dice en un momento tranquilo—, vámonos a casa.

—Pero ni siquiera es medianoche— responde él, consultando su reloj. La hala más cerca, besa su pelo. —¿Qué te pasa, no te estás divirtiendo?

Ella se aleja de él. —Tengo que trabajar mañana.

—No te preocupes que no te voy a tener en la calle toda la noche—. Le da una nalgada.

Cuando dan la vuelta a la esquina para ver lo que hay en Eddy's, se encuentran cara a cara con Odilio Pagán, quien viene saliendo. Correa aprieta más a América, un movimiento que Pagán nota. Pagán encubre su antipatía hacia Correa detrás de un saludo cordial.

—¿Cómo está Rosalinda?— pregunta, mirando a América.

—Todos estamos bien— le responde Correa antes de que América abra la boca.

—Bueno— contesta Pagán con una sonrisa tersa.

Se separan en direcciones opuestas, deseándose uno al otro buenas noches, pero en cuanto Pagán dobla la esquina, Correa hace que América lo mire.

—Yo no quiero que él venga a la casa cuando yo no estoy— le advierte.

—No es como que él viene todos los días— ella responde, con mal humor, olvidando por un instante que a Correa no le gusta que ella le conteste con desafío. Ella siente la bofetada antes de ver la mano de él, tiene apenas tiempo suficiente para darse cuenta de que se ha descuidado antes de que otra bofetada cruce su cara desde la dirección opuesta.

—No te pongas fresca conmigo— le advierte. —Óyeme bien. No quiero ver a ese maricón por casa.

Ella asiente silenciosamente, cubriéndose la cara con sus manos como para crear una barrera contra los dedos de él.

—¿Estás bien?— pregunta, quitándole las manos de la cara, besándolas, besando las mejillas dolorosas y rojas. —Tú sabes lo mucho que yo te quiero, ¿verdad?— murmura, acercándola a su pecho. —¿Verdad?— insiste. Ella no responde. Él la lleva a las sombras más allá de Eddy's, a donde las parejas que entran y salen de la barra no los puedan ver. —Yo quise que ésta fuera una noche bonita para ti, América. Yo no quería pelear contigo.

Él suena verdaderamente contrito, aunque no le ha pedido perdón. Ella se siente ablandar. —A veces— él dice —pierdo la paciencia. Pero es por lo mucho que te quiero.

Es lo mismo de siempre, no necesariamente una disculpa, pero una excusa. —Y yo sé que tú me quieres, ¿verdad?—. Ella no responde. —¿Verdad que sí?— él insiste, y ella tiene que asentir, porque tiene miedo de su reacción si ella no lo hace. Él la besa en los labios, se refriega contra ella, guía las manos de ella a la protuberancia entre sus piernas. —¿Ves lo que me haces?— le pregunta, y ella vuelve a asentir. —Ven— le cuchichea roncamente—, vámonos a casa.

Ella se deja llevar, su brazo ajustado alrededor de su cintura. De vez en cuando él la para en las sombras oscuras de un árbol de pana o de mangó para besarla y acariciarla. Y ella lo deja y trata de recordar cuándo la acogida a sus caricias no era defensiva, sino una demostración del amor que sabe que una vez sintió.

* * *

Al otro día, cuando América regresa del trabajo, Rosalinda está escondida en su cuarto. América se pregunta qué hace ella ahí dentro por tantas horas. Seguramente no está haciendo sus tareas escolares. Rosalinda nunca ha sido una estudiante dedicada.

Ester se ha ido a pasar la noche con Don Irving. Sin el zumbido constante de la televisión, los únicos sonidos son el cacareo de las gallinas en el patio y el murmullo eléctrico de la nevera.

La puerta del cuarto de Rosalinda se abre. América sube la vista del ruedo que ha estado hilvanando.

—Mami, quiero hablar contigo—. Rosalinda se para al frente a su mamá, sus manos agarradas detrás de su espalda, como una niñita, tan vulnerable como a América le gustaría creer que es su hija. —Yo no quiero pelear más contigo— le dice dulcemente, de modo que el corazón de América se llena.

—Está bien—. Ella pone el costurero en el suelo, preparándose para abrazar a su hija.

—Es que yo quiero vivir en Fajardo con Tía Estrella y Prima Fefa.

Eso otra vez, América piensa, pero muerde sus labios para no decirlo. Se acomoda en el sofá de nuevo. —¿Por qué?— le pregunta, e inmediatamente sabe que no debería haberlo hecho porque la cara de su hija se endurece.

—No es que yo no te quiera— Rosalinda concede, como si lo hubiese ensayado. —Es que yo no me siento bien en la escuela. Todos me insultan y eso . . .

—¿Todos quién?

Rosalinda hace una mueca de dolor. —Los muchachos . . . en la escuela— responde, sin comprometerse a nada, mirando hacia el suelo.

—Pues ignóralos— América dice. Ella reanuda su costura y trata de borrar de su mente una imagen de sí misma a los catorce años, encinta, escondiéndose detrás de un árbol hasta que dos compañeras de clase pasaran.

—Yo sabía que tú ibas a decir eso — gime Rosalinda y América la mira. —Yo no los puedo ignorar, Mami. Ellos me escriben notas feas y me vuelven la espalda cuando intento hablar con ellos.

—Todos te tratan así, ¿o sólo las creídas?

—¿Qué más da?

—Por favor, baja la voz— América pide, en tono apacible, tratando de mantener su propia serenidad. Rosalinda empieza a caminar hacia su cuarto, pero vuelve a considerarlo y, en vez, se tira sobre una silla.

—Yo quiero que tú comprendas— Rosalinda lloriquea.

—Y yo lo quiero hacer— América dice—, pero es difícil para mí comprender por qué el irte de tu casa y de tu familia es necesario. Los problemas no desaparecen sólo con evadir tus responsabilidades— concluye, como dando por terminada la discusión.

—Yo no estoy evadiendo mis responsabilidades— Rosalinda imita el tono de voz de su madre. —Yo quiero empezar de nuevo, y no puedo hacerlo aquí.

¿Por qué no?, América quiere preguntar, pero sabe el efecto que tendrá. —Tú no le has dado una oportunidad— le dice a su hija. —Yo quiero ayudarte, pero tú ni me quieres hablar—. Ella no puede ocultar las lágrimas en su voz. —Yo soy tu madre. Nosotras deberíamos pasar por esto juntas—. América trata de ir hacia su hija, a abrazarla, pero Rosalinda la empuja como si América estuviese infectada.

—Este no es problema tuyo, Mami. Es mío— Rosalinda dice con tanta pasión que aturde a América.

—No, mi'ja, no. Es nuestro, tú no estás sola en esto—. Otra vez América trata de abrazar a su hija, quien da varios pasos hacia atrás. La expresión en la cara de Rosalinda es de enojo, pero América no sabe qué ella ha hecho para merecer tal furia. —Tú ni siquiera me dejas tocarte— gimotea, alzando sus brazos hacia ella una vez más. Pero Rosalinda se mantiene en sus treces, una niña de catorce años que parece una mujer, que se cree ser mujer porque tuvo relaciones sexuales con un hombre. América baja sus brazos, endurece su postura, se traga sus lágrimas. —Tú te crees que es tan fácil— le advierte, pero Rosalinda no oye el resto de lo que ella está a punto de decirle. Se ha metido en su cuarto y ha cerrado la puerta de un golpe.

Cinco días al mes

Desde que La Casa del Francés está en Vieques, un miembro de la familia de América ha lavado sus pisos, ha tendido sus camas, ha limpiado sus paredes. El primer propietario, el francés cuyo nombre se ha perdido en el tiempo, diseñó la casa cuando todavía era soltero, con los detalles más finos que la época y su billetera podían costear. Él vivió en una cabaña de madera corroída mientras los peones heredados con la hacienda de un pariente que él nunca conoció, le edificaban la casa. Cuando terminó con su casa, volvió a Francia con la intención de comprar muebles y encontrar una esposa, cosas que él ahora podía permitirse debido a su astuto manejo de las cuerdas de caña de azúcar sembradas en filas largas que se extendían en todas direcciones desde la colina donde estaba su casa de piedra.

Él imaginó a su novia andando entre los cuartos ventilados, atendiendo las flores en el patio central, sin tener que mezclarse con los indígenas oscuros cuya labor hacía posible su fortuna.

Encontró una esposa, y le llenó la cabeza de cuentos de la tierra misteriosa donde ellos harían su vida, la selva en los bordes de los campos, el mar color turquesa a cuya orilla se levantaba un pueblo que él mismo había bautizado Esperanza. Para su excursión de recién casados viajaron por Francia e Italia, comprando muebles, lienzos, porcelana fina, todos embarcados a la casa que él había construido como monumento a su buena suerte y buena administración en el Nuevo Mundo.

Madame trajo a Marguerite, su criada de 16 años, la hija sin padre de la criada de su madre. Después de un largo viaje a través del Atlántico, plagado de tormentas y mares bravos aun en los días soleados, Madame llegó a su hermoso hogar encinta y sufriendo de fiebre. Después de un delirio prolongado, en el cual creía que todavía estaba en Vichy, Madame murió, llevándose al heredero, dejando a Marguerite a la deriva en una tierra nueva donde ni siquiera podía hablar el idioma.

El Francés sufrió su pérdida por muchas semanas, pero pronto descubrió a la dulce Marguerite, quien compartió su duelo y soledad. Tuvieron una hija, Dominique, quien nunca fue legitimada por su padre, que no podía admitir que se había enamorado de la criada de su difunta esposa. Cuando él murió, la hacienda pasó a un venezolano que visitaba la Casa durante los veranos. A Marguerite la retiraron a una cabaña al borde de la hacienda, a una distancia fácil de caminar desde la Casa, donde era el ama de llaves de los nuevos propietarios. A través de los años, la Casa cambió de manos muchas veces, y cada vez una de las descendientes de Marguerite, una mujer con una hija y sin esposo, aparecía en la puerta trasera afirmando ser el ama de llaves. Nadie dudó nunca de su derecho a limpiar los pasillos, mantener el jardín, desempolvar las habitaciones, fregar las tinas, pulir las losas. Don Irving es el último de una larga historia de dueños extranjeros de la Casa, a la que todavía se le llama La Casa del Francés. América es la hija de la tatara-tatara-tataranieta de la ingeniosa Marguerite.

América piensa en esta historia mientras pule las losas que las mujeres de su familia han pulido por más de cien años. Esperaba que Rosalinda rompiera con su historia, que se educara, se casara con un hombre rico, como lo hizo Yamila Valentín, y que viviera en una casa donde emplearía a criadas en vez de ser una de ellas.

Sacude su cabeza. Yo no estoy avergonzada de ser una criada. Es trabajo de casa, trabajo de mujer, nada de que avergonzarse.

Nunca ha conocido otra cosa, nunca ha querido aprender

mecanografía o trabajar con computadoras, como tantas chicas del pueblo están haciendo. A ella no le da vergüenza decir que le gusta atender una casa, que disfruta de aquellas tareas que son saboteadas en el instante mismo en que alguien entra en un cuarto que ella con tanto esfuerzo ha ordenado. Eso es lo que me gusta de los quehaceres domésticos, dice frecuentemente, siempre hay algo que hacer.

Sueña con tener algún día su propia casa, como las de las revistas que los turistas dejan en los zafacones, con alfombras y cortinas, paredes empapeladas y muebles formales. Una casa cuya sala sea tan grande como la casa donde vive ahora, y donde se pongan velas sobre la mesa del comedor en un candelabro ornado, como el que Liberace ponía en su piano.

Tenía una cinta grabada de Liberace tocando su piano, pero se le rompió, y después no pudo encontrar otra. Él aparecía en televisión de vez en cuando, y ésas eran las únicas veces que se sentaba al frente del aparato, embelesada por la música, las melodías que recordaba como acompañamiento a los muñequitos que miraba cuando niña.

No parecen haber pasando tantos años desde que yo miraba los muñequitos en la televisión. Y aquí estoy, una mujer madura con una hija que se cree mujer. Ay, ¡cómo duele ser madre!

América casi nunca escapa de la realidad para sentirse desgraciada, pero está en esos días del mes y no se puede controlar. Por veinticinco días toma una píldora anticonceptiva blanca, y por los próximos cinco las burbujitas plásticas contienen una píldora azul. El día en que las píldoras cambian de color, su personalidad cambia también, de blanca a azul por cinco días. Está segura de que hay algo en la píldora que la deprime, pero el doctor en la clínica de planificación familiar dice que lo está imaginando.

—Entonces debo de haber imaginado que me deprimo cinco días al mes por trece años— le replicó al último doctor con quien habló, y él se rió y le palmoteó el hombro y le dio otra receta para la misma cosa.

Pero algo sucede en esos cinco días. Toda su tristeza e indignación, sus miedos y frustraciones se acumulan durante cinco días del mes, para estallar a la menor provocación, en lágrimas e hipersensibilidad. Correa no se presenta por su casa cuando América tiene la regla. Ester cocina sopas y arroz con leche, que América come con una expresión abstraída, como si estuviera internamente mirando una película de interés turístico. En el sexto día, cuando abre una nueva cajita de píldoras blancas, vuelve a ser la misma, tarareando y cantando como siempre.

Los huéspedes en el cuarto número 8 son bellacos. Han dejado dos condones mocosos y viscosos en el piso, cerca de la cama. Ella los recoge con una toalla de papel y los enrolla en una pelota. ¡No les da vergüenza!, masculla al tirar la porquería a la basura. Eso es algo que nunca ha entendido de los yanquis. Hacen cosas como tirar sus condones usados en el piso, o las toallas sanitarias sangrientas, desenvueltas, en los zafacones. Pero les da un ataque si encuentran un pelo en el desagüe de la ducha, o si el inodoro no está desinfectado. A ellos no les importa exponer a otra gente a sus gérmenes, pero no quieren estar expuestos a los de nadie.

En su genio irritado y quisquilloso, nota cosas que comúnmente pasa por alto, como las toallas mojadas en la cama, las manchas de dentífrico en el espejo y el lavabo. Cuando están de vacaciones, la gente deja su ropa dondequiera, como si supieran que ésta es sólo una situación temporera: no quieren colgar nada en el armario ni guardar sus cosas en las gavetas. Los peores son los que deciden que no les gusta el arreglo de los muebles en las habitaciones. Más veces de las que ella quisiera, América ha entrado en una habitación y ha encontrado el colchón en el piso. Ella sabe que las camas en La Casa no son nada cómodas, pero la gente por lo menos debería devolver los muebles a donde pertenecen.

Sería distinto si Don Irving se molestara en poner las habitaciones más bonitas. Algunas no tienen tela metálica en las ventanas y, de vez en cuando, se oye un chillido anunciando que un huésped se encuentra cara a cara con un lagartijo verde desfilando por la cabecera de la cama. Ningún juego de cama combina. Si una sábana o colcha se rompe o está demasiado ajada por el uso, Don Irving simplemente va al mercado en Isabel Segunda, la capital de Vieques, y compra lo primero que encuentra. A América le irrita que las fundas no hagan juego con las sábanas, y que las toallas sean de tamaños y colores distintos y no peguen con las toallitas. Los muebles no son gran cosa, piezas mal combinadas que Don Irving ha encontrado quién sabe dónde, y los pone dondequiera que hacen falta. Ester dice que, cuando ella era una niña, todavía había magníficos muebles de estilo colonial en la casa, pero se los llevó el último propietario.

América se recuesta contra la pared y aspira unas bocanadas de aire. ¡Está tan cansada! Los cinco días del mes en los cuales se permite estar deprimida son también los cinco días en que siente su agotamiento, los dolores y los achaques causados por horas de levantar cosas del piso, fregar, limpiar, pulir, doblarse y enderezarse numerosas veces mientras arregla el desorden que dejan los turistas.

Le queda una habitación por limpiar antes de volver a su casa. La número 9 tiene que estar lista para nuevos huéspedes. Tomás ha sacado la cuna y ha puesto un catre, sobre el cual América tiende la ropa de cama ajustándola en las esquinas de manera que aguante al niño si éste tiene la mala costumbre de caerse de la cama. El año pasado, una nena se lastimó la cabeza contra el piso de losa y, desde entonces, América enrolla las sábanas de modo que, una vez el niño se mete debajo de ellas, queda pillado contra el colchón. Mejor eso que una conmoción cerebral.

Se endereza, se pone las manos en la cintura y se dobla hacia atrás para estirar la espalda. El movimiento la marea momentáneamente. Se sienta por un minuto, algo que rara vez hace en un cuarto de huéspedes, y sostiene su cabeza en sus manos hasta que le pasa. Luego lleva su cubo, su trapo y sus líquidos de limpieza hacia el armario en el primer piso, donde deja todo en su lugar, de modo que mañana, cuando Ester venga a trabajar, pueda encontrar todo lo que necesita.

Cada paso desde La Casa hacia su propia casa es como si estuviese caminando en un pantano. Sus pies se sienten pesados y parecen resistir el movimiento de sus rodillas tiesas. Así es como debe de sentirse una mosca en un papel matamoscas, piensa, y sonríe de su propio ingenio. Cuando sale por el portón de detrás de La Casa, se encuentra en medio del juego de un grupo de niños. Se arremolinan alrededor de ella, haciéndole perder el balance, de modo que alza sus brazos para estabilizarse, como una funámbula. Los niños se ríen de este movimiento, y una vez más ella sonríe, y ellos piensan que ella les sonríe a ellos. Sus voces alegres se desvanecen al irse corriendo lejos de ella y se meten por un callejón entre dos casas. Ella los sigue con la vista, recordando su propia niñez en estas calles. Jugaba, se reía, ensuciaba su ropa. ¡Pero le parece que fue hace tanto tiempo! ¿Cuándo —se pregunta— fue la última vez que me reí? Tarda un rato en recordar. Fue en el cine, con Correa. —No te rías tan fuerte— él le dijo al oído después de una escena bien cómica, y el resto de la película perdió su humor.

Ay, suspira cuando abre el portón y contempla el túnel de ramas espinosas de rosas que conducen hasta su puerta. Aspira profundamente antes de tirarse por entre las ramas invasoras, evitando las espinas más grandes, cuidadosa de no magullar las flores enormes que se tambalean como embriagadas por su propio perfume.

—Mami— dice América en cuanto entra—, tienes que hacer algo con esas rosas.

—¿Cuál es el problema con ellas?— Ester pregunta, despertando de su asiento al frente de la televisión.

—Atacan a todos los que entran.

—Está bien— ella dice—, las voy a podar más tarde.

En otros días del mes, Ester hubiese discutido con América sobre el destino de las rosas. Pero no lo hace durante los días azules de América. Es como si, durante esos cinco días del mes, las personalidades de madre e hija se intercambiaran. Ester, irritable y cabecidura, se vuelve tan dócil como América, quien se viste con el malhumor de su madre.

Ester le sirve un caldo de pescado con bolitas de maíz.

—Rosalinda comió cuando vino de la escuela— Ester le informa, como para evitar que América se preocupe por eso.

América mira en la dirección de la puerta de Rosalinda. —¿Qué estará haciendo ella ahí?

—Decorando— conjetura Ester—, ya ha sacado tres bolsas de basura llenas en las últimas dos horas.

América cabecea. —Me voy a acostar— dice y amontona sus platos sucios en el fregadero.

Rumbo a su cuarto, América se para al frente de la puerta de Rosalinda, escucha la actividad callada adentro pero no toca.

Se mete en su cuarto con la resolución de un oso que se va a hinbernar. Se queda dormida instantáneamente, aunque todavía no está oscuro. Un rato más tarde, oye la voz de Correa detrás de la puerta. Pero no se despierta lo suficiente como para entender lo que dice.

Duerme mal el resto de la noche, despierta varias veces en medio de pesadillas. En una está atrapada en un cuarto lleno de espejos. En otra, está en una balsa que se abalanza hacia cataratas espumosas, con miedo a saltar y con miedo a quedarse en ella. En una tercera pesadilla, busca agujas en el jardín de Ester y las matas de rosa la atacan. Después del último sueño, decide no dormir más. Se baña, hace café, luego se sienta a la mesa a repasar sus revistas hasta que Ester sale de su cuarto a prepararse para ir a trabajar.

—¿Qué día es?— pregunta con esperanzas cuando ve a América despierta, y se desilusiona cuando América confirma que es desde luego martes y se tiene que ir a La Casa.

Una vez que Ester se ha ido, América toca en la puerta de Rosalinda.

—Ya es hora de prepararte para la escuela— la llama, en el tono más alegre que puede encontrar. Unos minutos más tarde, Rosalinda sale de su cuarto, pero no está vestida en su uniforme. —¿Por qué no estás lista?— América pregunta, y Rosalinda hace una mueca.

—¿No te dijo Papi? Él me viene a buscar más tarde.

América siente su corazón apretarse. —No— dice—, él no me dijo nada.

—Nos vamos en la lancha de esta tarde— dice Rosalinda con miedo en su voz.

—¿Y cuándo me lo iban a decir?— América pregunta, sus manos en sus caderas.

—Ya hablamos de esto, Mami.

—¿Oh, sí? Todo lo que yo recuerdo es que yo traté de hablar

contigo y tú me cerraste la puerta en la cara. Me sorprende que esa puerta todavía esté en su quicio.

—Y yo me acuerdo haberte dicho que necesito irme de aquí por un tiempo y tú me diste un sermón.

Paradas cara a cara, Rosalinda es casi tan alta como su madre, de modo que no tiene que alzar su vista hacia ella.

Por un instante, América no sabe qué hacer. Lo que yo diga ahora, cae en cuenta, se recordará el resto de nuestras vidas. Es un alivio cuando Rosalinda es la primera en hablar.

—Por favor, Mami, déjame ir. Yo te prometo que no haré nada que te abochorne. Por favor, déjame, Mami.

América envuelve a su hija en sus brazos y la aprieta contra sí, como si al hacerlo Rosalinda nunca más pensara dejarla. Controlando sus propias lágrimas, siente los sollozos de su hija desgarrar la parte más profunda de sí misma, la parte que sostuvo a esta niña, que la llevó por nueve meses, que las vincula de mujer a mujer. Abraza a su hija furiosamente, abarcando todo lo que era, es y será. Esta niña, esta mujer, su niña, una mujer. América la suelta, besa su cara veteada de lágrimas, como hacía cuando Rosalinda se lastimaba y necesitaba que le aseguraran que el dolor no duraría. Y la misma cancioncita que le cantaba vuelve a su memoria, y la canta suavemente mientras retira con dulzura los mechones de pelo de la cara de su hija. *Sana, sana, colita de rana, si no sana hoy sanará mañana.* Rosalinda escucha a su madre, no con la entusiasmada confianza de la niña que sabe que sólo Mami puede hacer que todo salga mejor, sino con la certeza de que Mami muchas veces hace que todo salga peor.

América espera a Correa en el balcón. La lancha sale a las tres, así que, para ellos poder cogerla, Correa tiene que venir a buscar a Rosalinda no más tarde de las dos y media. Ella no le hizo ninguna promesa a Rosalinda, no le dio permiso para que se fuera, y no tiene ninguna intención de permitir que Correa se la lleve. Yo nunca le he hecho frente a él, se dice a sí misma, pero esto yo no lo permitiré. Él no me quitará a mi hija. Aunque me mate, no se la llevará. Se mece de aquí para allá, fortaleciéndose para el momento en que Correa entre por el camino regado con pétalos de rosas.

Se le olvidó, piensa, que yo no trabajo hoy. Él planificó llevársela cuando yo no estuviera aquí, de modo que no supiera que se había ido hasta que no regresara a casa. Rosalinda esperaba escabullirse de aquí como se fugó con Taíno.

Se guisa en su propia furia, creando escenarios para Correa y Rosalinda que la harían reírse de su tontería si se detuviera a pensar lo inverosímil que son. Ella ha tenido el mismo horario de trabajo desde hace años. No es probable que Correa se olvide de su paradero de un momento a otro. Rosalinda guarda el horario de América y de Ester pegado a su pared, con números de teléfono de La Casa y de la línea privada de Don Irving, y tiene otra copia en su libro de tareas de la escuela. Es imposible que ambos hayan olvidado que América no trabaja los martes ni los miércoles. Si América se detuviera a pensar, se preguntaría por qué Correa eligió justo el día de la semana en que ambos saben que ella de seguro está en casa.

Cuando el Jeep de Correa da la vuelta a la esquina, ella pierde un poquito de su determinación. Él estaciona al frente de la casa, la ve sentada en el balcón. Su ceño arrugado debilita la confianza de América. Debió haberlo esperado adentro.

En los segundos que él tarda en caminar alrededor del vehículo y abrir el portón, las emociones de América corren del miedo a la indignación, al resentimiento, al miedo de nuevo. Él no le presta atención a las ramas espinosas que lo rozan al pasar. Su paso airoso de caderas flojas no altera su ritmo ante ningún obstáculo. Hasta los tres peldaños del balcón parecen más bien diseñados para ayudarlo que para impedirle su avance hacia ella.

—¿Y a tí qué se te ha perdido acá afuera?— le pregunta, mirando hacia la acera vacía, hacia su Jeep que brilla en el sol del mediodía, hacia la vegetación marchitada por el calor en el jardín y al otro lado de la calle.

Ella entra a la casa sin una palabra. Él la sigue. La puerta de

Rosalinda chilla al abrirse y ella se asoma con una pregunta en su rostro.

—Quédate ahí— América le ordena. La puerta se cierra al instante.

—¿Qué te pasa a ti?— le reclama Correa, sus ojos vivaces, mirando de América a la puerta de Rosalinda y hacia América otra vez.

—Yo creo que tú sabes— América se estremece cuando oye lo débil que suena su voz, menos segura de lo que sonaba cuando repasaba posibles escenarios en su mente. Se alegra de estarle dando la espalda y de que él no pueda verle sus ojos asustados.

Lo oye suspirar profundamente, como si estuviese tratando de decidir lo que va a decir. —América— pronuncia su nombre suavemente, como un suspiro, como si estuviera cansado. —Tú sabes que esto es lo mejor que podemos hacer por ahora. Ella necesita descansar de todo esto.

América da la vuelta para mirarlo a la cara. —¿Desde cuándo eres tú un experto en lo que Rosalinda necesita?

—América— dice, con los labios apretados—, deja eso.

—¿Deja eso?— La cólera reemplaza al miedo. Los quince años que pasó estudiando los genios de Correa, su lenguaje corporal, el tono de su voz, anticipando cómo se comportaría la próxima vez que lo viera, vuelan por la ventana en las alas de su furia por tener que ceder una vez más. Quince años de negociar consigo misma precisamente cuán lejos iría para evitarse una paliza desaparecen en el instante en que lo oye diciéndole 'deja eso', como si 'eso' fuera insignificante, como si 'eso' no incluyera todos los momentos en esos quince años en los que ella ha 'dejado eso'. —¡No! —grita—, yo no voy a dejar eso. No lo voy a dejar—. Y se tira contra él, golpeando sus puños contra su pecho, arañando sus mejillas bien afeitadas, gritando lo más fuerte que puede —¡No!¡No! ¡No!¡No!

La sorpresa de Correa dura menos que un pestañear de sus ojos verdes. Sus brazos musculosos se contraen, sus manos alcanzan las de ella después de que sólo dos o tres rasguños han enrojecido su piel. Se la quita de encima con un empujón y con la otra mano la agarra antes de que ella se caiga contra el tablillero con la bailarina y el pastor que toca la flauta. Una vez que está de pie, todavía arañandolo, él la mira por un instante, y antes de que sus manos pudieran cubrirse el rostro, le da dos bofetadas. Un puño en el estómago le corta la respiración. América cae al piso, donde él la patea, primero con el pie derecho, luego con el izquierdo.

—¡Zángana, estúpida, carajo!— gime tan dulcemente que podría estar llamándola beibi, beibi.

Ella yace en el piso, ciega de lágrimas, sus manos sin saber dónde ir, dónde cubrir su carne de la bota dura de él. Pero él no la patea más. Se para ante ella, mirándola retorcerse, mientras Rosalinda le tira por la manga de su camisa.

—¡Déjala, Papi, déjala!— Rosalinda grita. Él la empuja como si ella fuese una mosca zumbándole alrededor de la cabeza, y la niña cae con estrépito contra la puerta abierta de su cuarto, rueda por el piso y se agacha contra lo que viene.

—Levántate— le ordena a América. Ella se incorpora dolorosamente. Él le ofrece su mano para ayudarla a levantarse, pero ella la abofetea, y él la patea otra vez. —¡Levántate!— le grita. Ciegamente, ella se tira contra él, tumbándolo. Él cae encima de ella, maldiciendo. Ella lo patea, pero él es demasiado pesado para ella y sus patadas no tienen mucho efecto, excepto el enojarlo más. Su aliento sale rápido y caliente. Él la inmoviliza bajo su cuerpo, la agarra por el pelo y le golpea la cabeza contra las losas del piso. Rosalinda está encima de ellos ahora, gritando, tirando de su padre, el maquillaje que tan cuidadosamente se aplicó hecho una grostesca máscara de manchas y rayas. Los gritos de Rosalinda penetran a América. Los gruñidos de Correa son salvajes, como los de un animal. Ella sigue lanzándole puñetazos, pateándolo, sin saber si sus golpes lo alcanzan, pero sintiéndose satisfecha con el esfuerzo. Rosalinda y Correa se gritan y se pelean. Ella los siente luchando, oye sus gritos repetirse monótonamente, como si en vez de estar siendo sujetada contra el piso por un gran peso, estuviese nadando en una piscina inmensa, donde cada sonido es una mera vibración. Pero luego ya no oye nada. Está flotando en un témpano de hielo hacia una isla oscura, con un centelleante cielo rojo y el tono sostenido y seco de truenos distantes.

Yo lo mataría

América se encuentra en la cama de Rosalinda, acostada boca arriba, un paño húmedo sobre su cara. Su cabeza está vuelta hacia la derecha, porque, si la mueve, un dolor intenso cerca de su oreja izquierda la hace sentir como si le fuera a estallar. Todo el cuerpo le duele. Trata de mover las piernas y le duelen las caderas. Levanta la mano para quitarse el paño y los brazos y el pecho le duelen. El subir y bajar de su respiración, ahora más rápida que cuando despertó, hace que le duela la barriga y alrededor de las costillas. Abre los ojos. Se sienten hinchados y hasta los párpados le duelen.

Cada movimiento que hace es acompañado por un ¡Ay! seguido por otro ¡Ay! seguido por muchos más. Logra levantarse y arrastrar los pies paso a minúsculo paso hasta la puerta. En la sala, la televisión está sintonizada en el programa de Cristina Saralegui. El tema, América se entera cuando se tambalea hacia el cuarto de baño, es hombres enamorados de transexuales que esperan su operación. ¿Son estos hombres homosexuales— Cristina le pregunta a su público— si hacen el amor con un hombre, aun cuando el hombre quiere ser una mujer? A América no le importa.

Cuando al fin alcanza la puerta del cuarto de baño, Ester sale volando de la cocina, ávida, parece, por averiguar lo que los invitados de Cristina dicen acerca de su situación.

—¿Qué haces tú fuera de la cama?— Ester le pregunta a América. —Yo te puedo traer todo lo que necesites.

—Ducha— América dice entre dientes, pasándole, disimulando sus quejidos, de modo que Ester no sepa exactamente lo mucho que le duele. Lastima más cuando no puede gemir un ¡Ay! con cada paso.

Ella está acostumbrada a evitar el espejo después de las tundas de Correa, pero hoy sí mira. Uno de sus ojos se ve amoratado. América se quita la ropa y encuentra magullones en su abdomen, en sus caderas, en sus brazos. Su sostén ha cortado surcos profundos en su piel alrededor de la espalda y en los hombros. Tiene un enorme chichón detrás de su oreja izquierda. Al levantar la pierna para entrar en la ducha siente más dolor en un nuevo lugar, en su rabadilla, entre sus nalgas. Deja correr el agua tan caliente como la puede soportar, se enjabona lentamente, se sorprende cuando ve sangre y entonces recuerda que tiene la regla. ¡Ay!, gime otra vez, como si ésta fuese una nueva herida.

Sale del cuarto de baño envuelta en tres toallas. Una alrededor de su cintura, otra cubriendo sus senos, y la tercera sobre su cabeza, como un velo, porque el chichón palpitante le hace imposible envolverla al estilo de turbante. Ester ha servido una sopa de pescado espesa con plátano guayado.

—Me tengo que vestir primero— América murmura cuando pasa, y Ester la mira con resentimiento, como si fuera un insulto el dejar la comida más de un minuto después de que se sirve.

América se viste con ropas que ocultan los cardenales. Escoge un vestido sencillo, con mangas hasta los codos y un escote lo suficientemente alto para que oculte los moretones en su pecho. No puede hacer nada por el ojo amoratado. Y no se puede peinar a causa del chichón, así es que se deja el pelo suelto sobre los hombros, la humedad empapándole el cuello de su vestido.

Duele sentarse. Tiene magulladuras en sus nalgas. Pero se sienta sin quejas, evitando los ojos de Ester al otro lado de la mesa.

—Te hice una cataplasma para ese ojo— le dice Ester, sus labios alargados en una línea recta, de modo que las arrugas alrededor de la boca parecen líneas tenues.

Le duele el cuello cuando baja la vista al plato de sopa. Sus hombros le duelen cuando mueve la cuchara desde el frente hasta el fondo del plato, cuando levanta una hoja de laurel y la aparta. Le duele abrir la boca. Le duele tragar. Le duele cuando el caldo cálido baja por su garganta hacia su estómago. Le duele mirar a su madre.

—Él se la llevó de todas maneras— dice Ester, y América asiente con su cabeza pesada, que le hace doler la espina dorsal desde el cuello hasta la rabadilla.

—Pero ella sabe que yo no la dejé ir— dice, su lengua espesa, cada sílaba es un esfuerzo deliberado que duele.

Al día siguiente le toca el turno de trabajo a Ester. América se queda en la cama por un rato. Los dolores intensos de ayer han disminuido, mitigados con aspirina y las compresas y ungüentos de Ester. Pero América no puede estar en cama por mucho tiempo porque no está acostumbrada a hacerlo. La hace sentirse peor quedarse allí sin nada que hacer, excepto pensar. Se levanta y hace algunas tareas, evitando hacer movimientos súbitos y el doblarse mucho, el radio sintonizado en una estación de salsa. Si llena la cabeza con música, si canta, es capaz de olvidar todo lo demás, hasta el dolor.

No recuerda cómo llegó al cuarto de Rosalinda después de que se desmayó. Entra en él como si buscara pistas. Las paredes están despojadas de todos los carteles. Manchas cuadradas de pega han teñido las paredes de cemento donde nacieron las fantasías de Rosalinda. América recuerda haber estado tirada en esta cama cuando era una adolescente, mirando los carteles que había arrancado de las revistas o había comprado en los quioscos de las fiestas patronales. Cuando Ester era una adolescente en esta casa, ella también había arrancado páginas de revistas, había pegado en la pared retratos de estrellas de película con ojos intensamente oscuros y grandes bigotes.

Rosalinda ha dejado algunas cosas. Dejó unos sostenes viejos en el aparador. Un peine sin dientes, tres chavitos. Su uniforme escolar cuelga abandonado y triste en un gancho de metal en su ropero. Pero no ha dejado nada más que le recuerde a América su hija. Es como si ella quisiera borrarse de aquí, como si quisiera que nadie supiera que éste era su cuarto, ésta su casa. América se sienta en el borde de la cama como hizo el día en que Rosalinda se fugó con Taíno. ¿Qué sentí yo ese día?, se pregunta a sí misma. ¿Tuve la menor idea de que llegaría a esto? ¿Debí haber actuado yo de otra manera? Recuerda su enojo con Rosalinda por ser tan estúpida, por jugar con su futuro cuando tenía dos ejemplos en casa de todo lo malo que le puede pasar a una niña que no piensa más allá de las promesas vacías de un hombre guapo. ¿Qué más debí yo hacer?, se pregunta. Pero aunque trata, no se sabe contestar.

América se incorpora de la cama con esfuerzo, le da la espalda al cuarto de Rosalinda, como si la respuesta estuviera allí pero no la quisiera saber. Tira la puerta detrás de sí, sorprendida con la satisfacción que le da, sintiendo que el ruido hueco es el punto final de una historia que no sabía que se estaba contando a sí misma. Es su vida, América murmura, irguiéndose, y yo no puedo vivirla por ella.

Pierde dos días de trabajo. La apariencia del ojo amoratado es particularmente fea y es duro peinarse a causa del chichón detrás de su oreja. Ester se queja de tener que trabajar cuatro días seguidos, pero se va de todas maneras.

El sábado, América se levanta temprano, se siente lo suficientemente bien como para mandar a acostar a Ester cuando sale de su cuarto tosiendo y resollando. Camina hacia La Casa, temiendo el día que le espera.

Los otros empleados notan sus moretones, pueden adivinar quién se los dio. Ella procura no tener contacto con ellos, ni siquiera almuerza por no tenerse que sentar a enfrentar su escrutinio, la compasión en los ojos de Nilda, el triunfo en los de Tomás y Feto.

Enrojece de vergüenza cuando Don Irving ve su ojo amoratado y aparta su mirada, como si él también se sintiera abochornado. Unos pocos huéspedes notan la magulladura azul y negra, e imagina que algunos deben preguntarse qué le pasó, pero nadie le pregunta, y si lo hicieran, ella mentiría.

Canturreando, América pone en orden los revoltijos grandes y pequeños dejados por gente extraña, cuyas vidas sólo puede adivinar, y que no piensan en ella a menos que necesiten papel higiénico o que no haya suficientes toallas en el baño.

El domingo, Correa aparece cargando una caja de chocolates Fannie Farmer y un teléfono portátil. Después de cada pela, él se aparece siempre unos días más tarde con un regalo en lugar de una disculpa. El tamaño y el costo del regalo va generalmente en proporción con la severidad de la tunda. Algun equipo electrónico típicamente significa que sabe que la ha lastimado de verdad, pero los chocolates siempre quieren decir que ella se lo merecía.

Correa trata de besarla como si su último encuentro no fuera digno ni de pensarse ni de recordarse. América aparta la cara; él espera que ella se comporte con frialdad la primera vez que se ven después de una pela. Pero si le parece demasiado altiva, la acusa de provocarlo, algo que él insiste que quiere evitar.

—Te compré esto en el PX— le dice, como hace cada vez que le trae un regalo. Correa no es un soldado, ni un veterano o un empleado de las fuerzas armadas de los EEUU. Pero de alguna manera, Correa logra comprar en el PX de la Marina. Ella se lo imagina allí, subiendo y bajando por los pasillos, evaluando cada artículo. Una coladora de café por un labio partido. Un hornito-tostadora por un ojo amoratado. Una silla mecedora por una costilla quebrada que la hizo perder una semana de trabajo.

—Nosotras no tenemos servicio de teléfono— América murmura, y guarda la caja en un estante de la cocina.

—Lo debes conectar— le dice, sacando una cerveza de la nevera— en caso de que Rosalinda necesite cualquier cosa.

Ella lo mira con escepticismo. Él le devuelve la mirada con el ceño fruncido, como advertencia de que ni se le ocurra decir lo que estuvo a punto de decir. América se alegra de que Ester esté con Don Irving. Si estuviera aquí, murmuraría algo sarcásticamente desde una esquina, dirigiendo miradas de desprecio hacia ella. Aun así, América está disgustada consigo misma.

¿Es que yo ya ni me respeto?, se pregunta mientras silenciosamente prepara la cena para Correa. Ella desearía saber, según enjuaga el arroz, lo qué sucedería si le echara veneno de rata. ¿Cambiaría el sabor? Mira debajo del fregadero, pero no encuentra veneno. Hay cloro. Pero el cloro tiene un olor característico que no desaparece si se cocina. Además, sospecha que él tendría que comer mucho arroz con Clorox para que tuviera efecto. Se pregunta si algunas de las yerbas y los condimentos de Ester son venenosos. Pero se imagina que, si lo fueran, Ester los habría usado en Correa hace tiempo. ¿Cuántas veces, se pregunta mientras corta un plátano, tendría que apuñalearlo antes de que muera desangrado? Sacude la cabeza, imaginando las manchas de sangre y lo difíciles que son de limpiar. A lo mejor puedo contratar a un asesino que lo mate, como aquella mujer en los Estados Unidos quien se acostó con su pastor. Se ríe por pensar que tal cosa se pudiera arreglar en Vieques, donde todos se conocen.

Sirve la cena. Puede ser que mientras él duerme yo pueda apalearle la cabeza con un bate. O, mejor, puedo prenderle fuego a la cama. O puedo incendiar el cuarto entero y se sofocará en ese lugar sin ventanas que me construyó. La imagen de Correa boqueando por aire, su cuerpo en llamas, la hace estremecer de arriba a abajo.

Él come con verdadero gusto lo que ella ha preparado, comentando de vez en cuando lo esponjoso que está el arroz, lo bien condimentadas que están las habichuelas, lo tostaditos que están los tostones. Pero América no lo oye. Lo puedo empujar del muelle en Esperanza, piensa. Puedo poner pastillas para dormir en su café. Le puedo cortar los frenos de su Jeep.

Sin huevos

América, ¿canayhafawoidwidiu?

Ella preferiría que Don Irving se sacara el cigarro de la boca antes de hablar. Le sería más fácil comprender lo que dice.

—¿Esquiús?

—Kemir.

—¿Sí?

—¿Kenyubeibisitunayt?

—¿Cómo?

Él se saca el cigarro, seca sus labios con su mano. —María está enferma— dice en inglés. —Unos huéspedes necesitan a alguien que le cuide los niños.

—Ah, sí, ¡beibisit!

—¿Kenyuduit?

—¿Esta noche?

Con irritación. —Sí, esta noche.

—Okei.

—A las seis y treinta.

—Okei.

—Bien—. Don Irving se retira, masticando su cigarro.

De vez en cuando, los huéspedes en La Casa requieren los servicios de una niñera mientras disfrutan de una noche solos. Usualmente, María, la hija mayor de Feto, es la niñera, porque ella habla inglés y su temperamento dulce tranquiliza a los padres. Pero de vez en cuando América lo hace si María no está disponible. Se le paga por hora y, frecuentemente, también le dan una propina. Aunque casi todo el sueldo lo usa para las necesidades de la casa, su dinero del cuido de niños lo gasta en sí misma, en un permanente profesional o en cosméticos.

Después de terminar su trabajo, América vuelve a su casa a cambiarse y a cenar. Pone una caja de lápices de colores y un libro para colorear en una bolsa de paja. También empaqueta tijeras con las puntas romas, unos pedazos de papel de construcción, goma, hilo y trozos de tela de su costurero. La mayoría de los americanitos que ella ha cuidado no están acostumbrados a las noches sin televisión. Ninguna de las habitaciones en La Casa tiene un televisor, y a los niños les toma unos días adaptarse. Aunque a los padres se les advierte, y la mayoría de ellos traen juguetes para sus hijos, a América le gusta venir preparada, por si acaso.

—¡Hola! Yo soy Karen Leverett— dice en inglés la joven que abre la puerta cuando América toca. —Y ésta es Meghan.

América le sonríe a la niña de tres años en los brazos de la Sra. Leverett, quien oculta su cara en el cuello de su madre. Un hombre joven ata el cordón del zapato de un nene.

—Este es Kyle— dice la Sra. Leverett, su mano libre enmarañando el pelo del niño de siete años —y mi esposo, Charlie.

América se agacha para estrechar la mano de Kyle. —Hola.

—Hi— sonríe, devolviéndole el gesto. El Sr. Leverett la saluda con la cabeza.

—Meghan, dile hola a América, ¿o.k.?— la Sra. Leverett levanta la cara de la nena. —Aquí está. Dile hola.

—Hola— dice Meghan, y de nuevo esconde la cara en el hombro de su mamá. La Sra. Leverett le envía una mirada irritada a su esposo.

—Okay, Meghan— dice su padre, tratando de liberarla de los brazos de su madre. —Nosotros vamos a salir y esta simpática señora se quedará con ustedes—. La niña aprieta más sus brazos y piernas alrededor de su madre.

—¡No!

El Sr. Leverett mira a América como disculpándose. —Ella es un poco tímida— dice. Camina hacia la mesa de noche y mete su billetera, anteojos y llaves en los bolsillos de su pantalón. —Karen, vamos a perder nuestra reservación si no nos vamos pronto—. Su tono de voz no se le escapa a América. El Sr. Leverett no es un hombre de mucha paciencia.

—Ay bring crayolas— América le ofrece a los niños en su inglés poco usado. Acaricia el pelo del nene. —Uí color—. Meghan no se mueve. El vestido de la Sra. Leverett se arruga donde Meghan la agarra.

—Vamos, Meghan, no seas una bebé— Kyle dice, halando a su hermana por la pierna.

América toma a Kyle de la mano. —Okei, Kyle mí and llú uí color—. Lo conduce a la mesa al otro lado del cuarto.

—Meghan, Mommy y Daddy se tienen que ir y tú y Kyle van a jugar con América, ¿o.k.? Qué nombre tan bonito, América, ¿verdad?

—América es donde nosotros vivimos— la niña murmura en el cuello de la Sra. Leverett.

La Sra. Leverett se ruboriza. —No, bobita. Eso es América, nuestro país. Ella es América. Es un nombre propio aquí.

—Yo conozco a un muchacho que se llama Jesús— Kyle dice, mientras rebusca en la bolsa de paja de América—, como en la iglesia.

—Llú inteligent boy— América le pasa la mano por la cabeza. Kyle le devuelve una sonrisa de placer. Por el rabo del ojo América nota que Meghan quiere ver lo que Kyle saca de su bolso. Ella se para de modo que la niña no pueda ver y tenga que separarse del hombro de su madre.

—Mira lo que trajo América— dice la Sra. Leverett—, ¿quieres ver?— Meghan menea la cabeza que no, pero estira su cuello tratando de mirar por detrás de América.

—Karen, Irving dijo que nos tomará diez minutos llegar allá—. El Sr. Leverett está en la puerta, su mano en la manija, su zapato derecho marcando levemente un ritmo sutil en las losas.

—Está bien, Meghan, tú te vas con América ahora, ¿o.k.? Daddy tiene prisa.

—¡Yo no quiero que te vayas!— Meghan se agarra de nuevo a su mamá y solloza desconsoladamente.

América viene hacia ella, le soba la espalda suavemente. —Com uít mí, béibi, com tú América—. Cuando oye a un niño llorando así, a América también le dan ganas de llorar, y su voz toma un tono quejumbroso que Meghan encuentra intrigante. —Ay teík gud kear llú. Com uít mí—. La Sra. Leverett empuja a Meghan hacia América, quien la desenreda de su madre y la aprieta contra sí. Meghan grita, pelea con América, la empuja tratando de llegar a su madre. Pero el Sr. Leverett toma a su esposa por el codo y la lleva afuera.

—Pórtense bien— dice al cerrar la puerta.

América siente un nudo en su garganta. Le da sentimiento por la nena que llora en sus brazos y por la madre que no le pudo besar su adiós. Ella vio la expresión de la Sra. Leverett cuando Meghan fue arrebatada de sus brazos. Fue una mezcla de alivio y de miedo, como si estuviese contenta de que América interviniera, pero como si prefiriera no ir con su esposo. Las lágrimas de Meghan han afectado a Kyle, quien se inclina contra América, haciendo ruido por la nariz, como si su valor durara sólo mientras está frente a su padre y a su madre y se desintegrara cuando ellos no están. Ella abraza a ambos niños en su regazo y los consuela, cantándoles La Malagueña, que no es una canción de cuna, pero ellos no hablan español, así que el sentido de las palabras no importa.

Cuando los niños se han aquietado, los conduce a la mesa. —Uí meik pikturs— ella les dice. Los niños se miran el uno al otro como si no comprendieran, así que América toma un lápiz de color y dibuja una figura de un hombre con el pelo rizo. Pone un papel al frente de cada uno de los niños y vierte los lápices de color en medio de la mesa. —Nau llú— les dice. Ellos se alegran tanto como ella cuando deducen lo que quiere que hagan. —Okei— ella les dice—, llú gud kids.

Cuando los Leverett regresan, los niños están en sus camas, profundamente dormidos, y América está sentada en la butaca, ojeando una revista. Sobre cada una de sus almohadas hay un dibujo.

—¡Oh, qué hermoso!— exclama la Sra. Leverett.

El Sr. Leverett estudia el dibujo de su hijo como si buscara un significado en los garabatos. —Muy bonito— concluye, y lo pone sobre la mesa al lado de la cama.

—¿Llú haf gud taim?— América pregunta, enfatizando cada palabra.

—Precioso— la Sra. Leverett responde.

—La comida estuvo deliciosa— el Sr. Leverett añade. Saca unos billetes doblados del bolsillo de su camisa y se los da.

—Gracias—. América recobra su bolso, lista para irse.

—Nos vemos mañana— dice la Sra. Leverett, y América piensa que le está pidiendo que regrese al otro día, pero entonces se da cuenta que significa simplemente lo que ha dicho.

—Buenas noches— les desea al salir.

Cuando llega abajo, Correa la está esperando en la puerta a de atrás.

—¡Ay, Dios santo, casi me diste un ataque del corazón!

—¿Necesitas pon?— Sonríe como un galán de cine. Huele a agua de colonia y a ron.

—¿Desde cuándo estás aquí?

Él la guía en la oscuridad hacia su Jeep. —Estaba en el Bohío— indicando la barra al aire libre debajo de un árbol de mangó. —Ester dijo que tú estabas cuidando nenes. ¿Era para la pareja que acaba de entrar?

—Sí—. Ella se monta al asiento de pasajeros, su cuerpo entero temblando ante la interrogación inevitable.

—¿Quiénes son?

—El Sr. y la Sra. Leverett, de Nueva York.

—Hmm. Él debería haberte llevado a casa.

—Él se ofreció, pero yo le dije que estaba bien—. Ella se alegra de que esté oscuro y él no pueda verla ruborizándose por la mentira.

—Debío haber insistido.

—Lo hizo. Pero yo también insistí—. Una vez un huésped la llevó a su casa después de que le cuidó a su hijo y Correa le dio una pela por montarse en un carro con un desconocido.

—Entonces me debiste haber llamado para venir a buscarte.

Ella se retuerce más en sí misma, endureciéndose como una pelota, tensando cada músculo desde afuera hacia adentro. —Te agradezco que me vinieras a buscar—. Mantiene su voz lo más firme que puede, sin indicios de desafío, de lágrimas o de miedo.

—Hmm— él responde cuando llegan al frente de su casa.

Ella entra y él la sigue, cargando una caja de cerveza desde el asiento posterior del Jeep. Ester está durmiendo, pero ha dejado la luz sobre la estufa prendida. América se prepara para acostarse, se pone un camisón bonito, suelta su pelo. Si ella lo puede distraer de sus celos, quizá no le dé una pela esta noche. Pero no puede ser demasiado agresiva, o él la golpeará más por portarse como una puta.

Sale de su cuarto cuando él está poniendo la cerveza en la nevera y se para frente al fregadero, bebiendo agua como si tuviese una gran sed. En el cristal de la ventana sobre el fregadero, ella lo puede ver mirándola cuando está a punto de sacar una cerveza. Su camisón es transparente, en el estilo baby-doll, que termina un poco más abajo de sus caderas. Los reflejos de él están un poco lentos. Permanece al frente de la puerta abierta de la nevera, velándola, ella mirándolo en el cristal, la cara de él refleja indecisión. Ella tararea un bolero dulcemente, se inclina sobre el fregadero para enjuagar el vaso y, mientras lo hace, empuja sus nalgas un poquito en su dirección. Él sonríe, se pasa el dorso de su mano por los labios y cierra la puerta de la nevera.

—Bunes dis, América.

—Buenos días, Kyle—. Unos días después, el Sr. Leverett y los niños están al lado de la piscina cuando América pasa con una carga de sábanas para la lavandería. —Llú rimenber bery gud— le dice.

—Yo también puedo decir bunes tardus, que quiere decir buenas tardes— le dice Kyle a su padre.

—¡Excelente!— El Sr. Leverett abraza a su hijo, le sonríe a América. —¿Le has enseñado español?

—Algunas palabritas— ella contesta. —¿Te acuerdas, Meghan?— La niña se sonríe con América el pulgar en su boca y menea la cabeza tímidamente. América le da palmaditas en su hombro. —¿Juér Mami?

—Descansando— Meghan dice a través de su pulgar. Su padre se lo quita de la boca impacientemente.

—Meghan, es mala educación hablar con la boca llena.

La nena se calla, chupa su pulgar de nuevo.

—Okei— América dice—. Adiós— le dice a Kyle.

—¡Uhdios!— le responde con una sonrisa.

A ella verdaderamente le gusta el nene, su franqueza, su inteligencia, su vehemencia por agradar. A diferencia de los otros americanitos que visitan La Casa y le tienen miedo a las personas desconocidas, él parece llevarse bien con todos.

Más tarde, cuando está a punto de regresar a su casa, los Leverett vuelven de la playa, con arena pegada a sus brazos y piernas, espaldas y cuellos. El Sr. Leverett está un poco quemado por el sol.

—¡Hi!— La Sra. Leverett canta su saludo. Kyle salta del Jeep y corre hacia América, halando un balde plástico.

—Mira, ¡encontré más de un millón de caracoles!

Su hermana lo sigue con su propio balde lleno. —Yo también. ¡Un millón!

Le muestran las muchas conchas de colores rosado pálido y marfil, algunas con rayas color uva, otras color mostaza. —¡Qué lindos!— América exclama, escogiendo una del balde de Meghan y examinándola. —Tan bonita.

—Mira las mías. ¡En ésta puede oírse el mar!— Él pone una concha cerca del oído de América y ella recula. Siempre cree que un animal va a salir de una de esas conchas y a pellizcarle la oreja. —Sí, gracias—. Ella lo retira.

—Bueno, vamónos— dice el Sr. Leverett. —¿Te quieres refrescar en la piscina?— le pregunta a su hijo.

—Claro.

Ellos se van por el caminito bordeado con flores de pabona que da a la piscina.

—Ya voy— dice la Sra. Leverett tras ellos, volviéndose hacia América. —Queríamos saber si puedes cuidar a los niños otra vez mañana.

—Sí. ¿A la misma hora?

—Un poco más temprano, a las seis.

—Okei.

—Y si puedes cenar con ellos. Irving no sirve hasta esa hora y la última vez tuvimos tanta prisa . . .

—No se preocupe— dice, abrazando a Meghan a su lado. —Llú stei uid América, ¿no cray?— Meghan clava su pulgar arenoso y salado en su boca y la mira dudosa. América la acerca más y le besa la cabeza. —Llú gud guerl.

—Hasta mañana, entonces— la Sra. Leverett se despide, asiendo el balde de Meghan lleno de caracoles. —Vamos a nadar con los muchachos, ¿o.k.?

América las sigue con la vista hasta la piscina. La Sra. Leverett parece una modelo. América adivina que debe de tener unos veintisiete años. Sus grandes ojos azules y pelo rubio corto la hacen parecer una niña, pero la severidad alrededor de sus labios es la de una mujer, y sus ojos, después de la primera mirada, no son inocentes sino cautos. Es una apariencia que América ha visto muchas veces.

Las mujeres estadounidenses cultivan un cuerpo de niña, pelo que nunca encanece, caras sin arrugas. Pero su experiencia de vida es algo que no pueden borrar. Se nota su edad en el ángulo de los labios y las miradas de alguien que ha visto bastante más de lo que aparenta. En la manera que llevan sus hombros. En sus manos, que, aunque bien manicuradas y suaves, están surcadas por arrugas.

Correa dice que no comprende cómo los hombres estadounidenses pueden hacer el amor con 'esos esqueletos'. América está de acuerdo en que las mujeres deben de ser suaves y redondeadas, no bruscas y angulares. Su propio cuerpo es lleno en las caderas y las nalgas, amplio en los senos, suficientemente carnoso como para servirle de cojín a los huesos, pero no tanto que se menee mucho. Bueno, algunas partes se menean, pero sólo si ella quiere. Está orgullosa de su sinuoso andar, el que desarrolló después de mucha práctica antes de que conociera a Correa, en las tardes inocentes de su primera adolescencia. Disfruta las miradas de los hombres que la admiran cuando pasa, espera oír los piropos murmurados o los silbidos suaves que le confirman que está buena, que todo el tiempo que se toma en la mañana vistiéndose, cepillándose el pelo, maquillándose, vale la pena, que bien merece levantarse una media hora más temprano de lo necesario.

Una mujer debe oler buena y verse buena, han dicho muchas veces los hombres que conoce, y ella está de acuerdo, y se lo ha enseñado a su hija. Rosalinda gasta casi todo su dinero en cosméticos y perfumes. Como Ester y América, ella es exigente con sus ropas, pasa mucho tiempo seleccionando los zapatos que van con tal vestido o pantalón.

Cada vez que Rosalinda entra en sus pensamientos, América siente que un puño invisible la golpea entre los senos. Le hace latir el corazón más rápido de lo que debe y amenaza con provocarle lágrimas. Entonces aprieta la mandíbula, como si hubiese mordido algo duro que requiere mucha fuerza para poder partirlo en dos.

La segunda noche que cuida a Kyle y a Meghan, América los lleva a caminar alrededor de los terrenos de La Casa antes de entrar a cenar. Ellos escogen flores de las matas de gardenia y de pabona, que ponen en un vaso en la mesa al lado de la cama de sus padres. Los niños se trepan al árbol de mangó cerca de la mesa de picnic y visitan la lavandería. Se sientan en los taburetes altos del Bohío y el barman les da una Coca-cola y un bol lleno de palomitas de maíz. Visitan los establos destartalados donde Don Irving tiene cinco caballos Paso Fino para los huéspedes que quieran pasear a lo largo de la playa. Felipe, el mozo de cuadra, cepilla a Silvestre, el caballo más viejo del establo. Él deja que los niños acaricien el caballo, les da un puñado de avena, y ellos, después de mucha sonrisa y persuasión, permiten que Silvestre coma de sus manos, y se ríen de la sensación que producen los labios gruesos contra sus palmas.

—¡Me da cosquillas!— chilla Meghan, quitando su mano, soltando casi toda la avena en el suelo.

—¿Puedo montar?— pide Kyle.

Felipe lo alza hasta el alto lomo de Silvestre.

—Cuidado que no se caiga— América le advierte cuando Felipe conduce el caballo alrededor del patio.

—Yo también, yo también— pide Meghan.

—Llú muy baby para horsy— dice América, pero Meghan insiste.

—Es un caballo viejo— Felipe la tranquiliza. —No le va a hacer nada.

Él levanta a Meghan y la acomoda detrás de su hermano, coloca sus manitas alrededor de su cintura y guía el caballo en un círculo angosto, mientras los niños ríen y chillan de placer.

América está un poco nerviosa, pero confía en Felipe. En quien no confía es en el caballo. A ella nunca le han gustado los caballos. Le parece que sus ojos grandes miran con resentimiento a los seres humanos, y piensa que están esperando la oportunidad para encabritarse y tumbar al jinete y pisarlo repetidamente con sus cascos anchos.

—Ya no más, apéense— llama, y los niños protestan, pero América va donde ellos y los ayuda a bajar del animal. —El horsy está cansado— les explica.

—¿Podemos volver mañana?— Kyle quiere saber y Meghan se une a su pedido. —¿Podemos?

—Le preguntamos a su Mami y Papi.

—A ellos no les importará— Kyle dice, y ella promete pedirle permiso a sus padres y le da las gracias a Felipe antes de llevarse a los niños.

Para la cena, ordena tostones. Tiene que convencer a los niños de que los prueben, y cuando al fin lo hacen, dicen que les gustan, y hasta los comen como ella, con una gota de aceite de oliva con ajo. Después regresan al cuarto, y ella los ayuda a pegar algunos de sus caracoles en un pedazo de madera de playa. Ella les habla en su versión del inglés, y ellos se entusiasman en corregir su pronunciación. Cuando están cansados o aburridos, se vuelven caprichosos, y Kyle se pone bien mandón con su hermanita, quien llora de frustración.

—Tienes que ser bueno con tu hermanita— América le advierte, pero a Kyle le gusta torturarla. —Si no te portas bien, no te llevo a ver el horsy mañana.

—Daddy nos llevará, entonces.

—No, él no lo hará— Meghan replica—, porque yo se lo voy a decir.

—¡Chismosa! ¡Chismosa!

Meghan le tira un lápiz de color y él le tira uno a ella, y América no encuentra qué hacer para evitar que se lastimen. Si fueran hijos suyos, le daría unas nalgadas a él, para que escarmentara y dejara de abusar de su hermanita, quien es mucho más pequeña y débil. Pero no son sus niños, y encuentra cómo distraerlos hasta que se cansan tanto que no protestan cuando es hora de acostarse. Ella mete a cada uno en su cama, les canta La Malagueña y les besa sus buenas noches, oliendo ajo en su aliento.

América arregla el cuarto por segunda vez en el día, guarda juguetes, dobla ropa, endereza libros en las tablillas. Este cuarto le es ya tan familiar como el suyo, y se mueve en él como si lo fuese y como si fueran suyos los niños durmiendo pacíficamente en el balcón resguardado.

Después de que los Leverett regresan de su salida, ella camina hacia su casa, una pequeña linterna en su mano. Sólo la prende cuando llega a la parte oscura del camino, donde dos árboles en lados opuestos obstruyen la luz de la luna llena. No le tiene miedo a la oscuridad, pero no le gustaría tropezar y lastimarse. La luna está tan brillante que ilumina el camino familiar, creando sombras largas más negras que las que tira el sol. El aire es de un color gris-plata, fresco, lleno de los sonidos nocturnos de criaturas invisibles que brincan y se escurren y vuelan al ella pasar, como si le abrieran paso, como si ella fuese una reina y ellos —los sapos, las serpientes, las lechuzas— sus súbditos. Los únicos que la tocan son los mosquitos, que, encontrando carne dulce, la aguijonean y chupan su sangre antes de que ella se dé cuenta de que tiene que aplastarlos.

A la tarde siguiente, una vez que ha terminado con su trabajo y está lista para irse a su casa, América encuentra al Sr. y a la Sra. Leverett y a los niños en la piscina.

—Yo les prometí a los niños que los llevaría a ver los horsys—le explica a la Sra. Leverett.

—¿Podemos, Mom?— Kyle pide, y su hermana brinca alrededor de su madre chillando ¡Caballos, caballos!

La Sra. Leverett mira con duda hacia su esposo, quien está nadando lo largo de la piscina. —Nosotros fuimos temprano y no estaban.

—Silvestre está— América le dice.

—Bueno, pues, o.k. Vamos entonces— dice ella, tirándose una T-shirt sobre su traje de baño.

América camina al frente con Kyle; Meghan y la Sra. Leverett los siguen por el camino detrás del Bohío. Felipe está entrenando a Pirulí, un caballo rojizo que confirma todos los peores temores de América. Es una potranca animosa, de paso orgulloso y agresivo. Tira su cabeza para atrás y relincha sin ninguna razón aparente. Ellos observan a Felipe caminarla por los alrededores unas cuantas veces, entonces él la conduce hacia su establo, a donde parece que ella no quiere entrar. Él tiene que persuadirla, para diversión de los niños y las expresiones preocupadas en las caras de América y de la Sra. Leverett.

—¿A usted tampoco le gustan los caballos?— América pregunta, y la Sra. Leverett sonríe.

—Yo me crié en un pueblo ecuestre, pero nunca aprendí a montar.

Felipe saca a Silvestre. América se vuelve hacia la Sra. Leverett.

—¿Pueden ellos montar el horsy?

—¡Por favor, Mom!— los niños piden a coro.

—Tengan cuidado y agárrense bien, ¿o.k.?— les dice mientras Felipe ayuda a los niños a montarse.

—El caballo es muy manso. Es un caballo viejo—. América la tranquiliza. La expresión preocupada en la cara de la Sra. Leverett no cambia.

A causa de su miedo a los caballos, América insistió en que Rosalinda aprendiera a montar cuando era niña, de modo que su hija no quedara paralizada por el mismo miedo. Se le ocurre ahora que puede ser que Rosalinda sea demasiado atrevida, demasiado descuidada ante las consecuencias. América clava la vista en el suelo.

La Sra. Leverett ha estado hablando y ella no la ha oído.

—. . . las vacaciones. Pero yo supongo que para ti no es igual, ya que vives aquí.

América la mira, esperando que ninguna respuesta sea necesaria. Cuando pasan, los niños agitan las manos en su dirección y ellas les devuelven el saludo.

—¿Cuánto tiempo llevas trabajando para Irving?— la Sra. Leverett pregunta.

—Diez años. Desde que él vino.

—¿Creciste por aquí cerca?

—He vivido aquí toda mi vida.

—¿No has vivido en ningún otro sitio?

América la mira, saluda a los niños, y vuelve a mirarla. —Yo me fui una vez, por un mes, pero volví.

—Es una isla hermosa.

—Sí.

—Da pena lo de la base de la Marina.

América no sabe cómo responder, así que suspira.

—¿Eres casada?

—No—. Ella dice la palabra como si acabara de morder la corteza amarga de un jobo verde, pero la Sra. Leverett no parece notarlo.

Felipe baja a los niños del caballo. Ellos corren hacia su madre, sus caras felices.

—¿Podemos tener un caballo, Mom?

—Sí, Mom, ¿podemos?

América y la Sra. Leverett se ríen. Los niños tiran de la T-shirt de su madre, rogándole que les compre un caballo. Ella mira a América como si fueran cómplices en un plan. —Hablamos luego ¿o.k.?— le dice a sus niños y sonríe misteriosamente.

América se despide, yéndose en una dirección mientras ellos van en la otra, preguntándose sobre ese hábito de los estadounidenses de hacer preguntas personales cuando apenas te conocen.

* * *

Correa está estirado en el sofá. —¿Dónde estabas?

—Les prometí a los niños que cuido que los llevaría a ver los caballos.

—¿Qué tienes tú con esos yanquis?

—No tengo nada con ellos. Yo les cuido a sus niños, eso es todo.

Se va a cambiar de ropa. En la cocina, Ester está haciendo algo que huele tan rico que su estómago salta del hambre. A ella le gustaría ser tan buena cocinera como Ester, quien tiene talento para mezclar condimentos y hacer que hasta los ingredientes más humildes tengan un sabor espectacular. Es su don, del cual ella está más que orgullosa, el que la gente usa para describirla. Ay, sí, Ester es una gran cocinera. Ella puede hacer que hasta las piedras sepan a mantequilla.

Porque cocina tan bueno, Ester es popular entre los vecinos, quienes pasan por alto su perpetuo mal humor, el que atribuyen a su amor a la cerveza. Cuando hay una boda o una fiesta de cumpleaños, invitan a Ester, y su regalo es siempre un caldero lleno del mejor arroz con gandules que jamás hayan comido, o un plato Pyrex lleno del más cremoso flan o, si es alguien a quien ella aprecia, o alguien que ha pagado por ellos, unos cuantos pasteles. —Yo pude haber sido cocinera en los mejores hoteles de San Juan— a ella le gusta decir, pero nunca explica por qué no lo fue.

Las visitas de Correa no son previsibles. Él se aparece cuando le da la gana. El hecho de que haya venido tantas veces en las últimas semanas América lo atribuye al problema con Rosalinda. Otras veces, cuando ha venido casi todas las noches, significa que tiene celos, y su presencia es un mensaje para América y su supuesto amante para que se acuerden a quien es que ella le pertenece. Pero América no cree que ésa sea la razón por la que él está aquí esta noche. Algo bueno de Correa es que él no la mantiene en suspenso. Él sale con una acusación, casi siempre unos segundos antes de abofetearla en la cara si está borracho, o de darle un puño en su abdomen y espalda si no lo está.

Ella piensa que quizás el problema con Rosalinda ha cambiado a Correa, que ahora será el hombre que ella siempre quiso que fuera. Lleva dos semanas sin golpearla, desde el día en que se llevó a Rosalinda. Ella anota los días que viene y duerme con ella como cualquier otro hombre con su esposa, no le hace ninguna exigencia del sexo, pide antes de subirle el camisón y mamarle los senos. Por supuesto, si ella dijera que no, sería distinto. Pero no quiere pensar en eso. Ya ha dejado de pensar en cómo matarlo. Lo ha escuchado atentamente cuando él trae noticias de Rosalinda porque Correa tiene un teléfono que funciona y ella no. Su manera calmada, sus caricias verbales son como una promesa. En el acto optimista de hacer el amor, América cree que él es un hombre cambiado, y por un instante olvida las magulladuras y los labios hinchados de los días pasados, los ojos amoratados, el adolorido cuero cabelludo donde él le ha halado el pelo.

Qué dulce se siente una niña en tu regazo, su cabecita en tu seno, su pelo fino acabado de lavar, húmedo, tan suave que te hace cosquillas cuando te acercas a darle un beso. Qué lindo el peso de una niña contra tu seno, su cuerpito acurrucado contra tu vientre cuando la meces de aquí para allá, cantándole un arrullo. Su corazoncito palpita muy rápido, mientras su respiración se hace más y más lenta según se queda dormida, su pulgar en su boquita, las sombras de las pupilas detrás de sus párpados finamente venosos.

América tiene a Meghan en su falda, le canta suavemente mientras al otro lado del cuarto su hermanito duerme, su aliento peinando la piel del oso de peluche que abraza. América podría tener a Meghan en su falda por horas, pero el sueño la ha vuelto pesada, así es que la lleva a la cama, la acuesta, acomoda la sábana alrededor de sus hombros, ajusta los bordes de modo que la nena no se caiga mientras duerme. Ella la mira dormir, observa el movimiento de sus mejillas al chupar, su dedo índice enganchado sobre su nariz, sus ojos revoloteando dentro de sus párpados como si estuviera mirando una película. Luego fija las mantas alrededor de Kyle, quien abraza a su osito más cerca de su pecho, mascullando algo que ella no puede entender.

Es la última noche de los Leverett en Vieques y ella está cuidando a los niños mientras ellos disfrutan de las horas finales de sus vacaciones. Ella nunca pasa tanto tiempo con los hijos de los huéspedes y sabe que éstos dos se han ganado un lugar en su memoria, que son diferentes de los incontables otros que han pasado por este cuarto. Se ha quedado con ellos cuatro de sus diez noches en La Casa, ha dado caminatas con ellos después de su turno de trabajo, se ha detenido en el proceso de trapear un pasillo o tender una cama para admirar un caracol o una vaina de bellota, o una mariposa capturada en un tarro. Su inocencia, su parloteo, la manera en que la escuchan, pacientemente tratando de comprender lo que ella dice, ha cambiado el ritmo de sus días. Y la dulzura de Meghan ha despertado un anhelo que había suprimido desde hace años, el deseo de tener otro bebé, de cargar un bebé en sus brazos, de lactar a un infante en su pecho, de sentir la tibieza de un ser en su vientre.

Cuántas veces ha soñado con una casa llena de niños, nenas y nenes que corren por aquí y por allá en un hogar pulcro, con cortinas que revoloteen en la brisa, jardines que florezcan en un millón de colores, pájaros que canten dulcemente en la sombra. Hay un esposo en esos sueños, un hombre no muy diferente a Correa, alto y trigueño, musculoso, con una voz bella, con pelo negro. Parados en el balcón de su fragante hogar, los brazos alrededor de sus cinturas, miran el juego de sus hijos alrededor de un árbol de mangó. Y se llenan de amor el uno para el otro, por lo que han creado, por un futuro brillante y promisorio.

Ella sacude la cabeza, se reprende a sí misma por tener esos sueños anticuados cuando las mujeres hoy en día quieren ser científicas y líderes de naciones. Pero yo nunca quise eso, argumenta consigo misma. Lo único que yo he querido ha sido un hogar y una familia, con una mamá y un papá y niños. Se sienta en la butaca, encuentra una de las revistas que la Sra. Leverett trajo. Es mayormente de modas, mujeres enjutas con caras grandes y vestidos extraordinarios. Ella se pregunta si la gente en los Estados Unidos viste así de verdad.

Se oyen pasos subiendo las escaleras y cruzando el vestíbulo. Es demasiado temprano para los Leverett, pero quizás fue que se cansaron, o no les gustó el restaurante donde fueron o la música a todo volumen en las barras a la orilla de la playa. La puerta se abre.

—Aquí estás—. Los ojos de Correa brillan con el inconfundible lustre del licor y la sospecha. Se queda parado en el umbral de la puerta, inclinándose un poco de lado, lamiéndose los labios como si se preparara para un festín.

Es el Correa de siempre, el que ella teme, no el de su sueño doméstico. La expresión en su cara le ablanda las rodillas hasta que no la pueden sostener, la hace sentir como si su pecho estuviera vacío. Su cabeza retumba con un millón de voces, repitiendo un sinfin de acusaciones a través de los años. No hay un hombre en toda la isla de Vieques a quien Correa no haya citado como alguien con quien ella lo ha engañado. Ni los residentes permanentes ni los visitantes casuales son inmunes a sus sospechas, y América rebusca en su mente la última vez que tuvo contacto con un hombre, se pregunta a sí misma con quien ha hablado, a quien ha mirado en el pasado reciente que pueda cualificar como candidato para los celos de Correa.

Mira hacia el balcón y él sigue su mirada y se tambalea hacia los niños durmientes. Ella le sigue como si tuviera miedo de lo que él encontrará en los catres. Él sonríe, lo suficientemente apaciguado como para hacerla sentir que quizás esta vez se irá sin traerle problemas.

—Su Mami y su Papi están gozando en Eddie's— dice. —¡Si vieras a esos gringos bailando! — Se ríe, y a ella le parece como si hubiese sonado un trueno, tan fuerte es el ruido que hace. Está segura de que los niños se han despertado, pero cuando él le pasa por el lado y se tira en la butaca, ve que todavía están dormidos.

—No te puedes quedar aquí— le dice. Se para entre él y el balcón, al borde sombreado de la luz de la lámpara al lado de la butaca.

Él recoge la revista que ella estaba mirando, ojea las páginas, se ríe. —Mira cómo se visten esas mujeres. Parecen ganchos con ropa encima, eso es lo que parecen.

Tira la revista de un lado al otro del cuarto, agarra un peluche del estante detrás de la butaca, un león con una sonrisa necia. Lo vira patas arriba.

—Nunca les ponen huevos— dice, y le gruñe al peluche,

luego le gruñe a ella, empujando el leoncito en su dirección de una manera que podría considerarse juguetona si ella no estuviese tan asustada. Ella salta hacia atrás y él se ríe, gruñe, se pone de pie, la agarra por la cintura, y le hace cosquillas con el muñeco.

Ella trata de liberarse, pero él la retiene con un brazo y, con el otro, restrega el animal contra sus hombros, luego sigue con un gruñido dulce y un mordisco suave en sus labios. Ella lo empuja, pero él la aprieta, finge ser un león, gruñe, ronronea, araña como si tuviera garras, la muerde, con sus dientes ahora, en su hombro, su cuello, sus brazos. —Correa, ¡no!

Mira detrás de ella, hacia el balcón donde los niños duermen. Kyle se voltea, aprieta su osito más cerca. Meghan mama su pulgar. Correa empuja a América sobre la cama, se tira encima de ella, la araña con dedos como garras, le muerde los muslos, la barriga, los senos. Ella se resiste, trata de llamar su atención.

—No, Correa. Se van a despertar los nenes.

Él frota su erección contra las piernas de ella, le muerde los labios, ronronea en sus oídos, empieza a bajarle el pantalón. Ella lo empuja con más fuerza esta vez y las facciones de él cambian de una expresión juguetona a una seria, y aplasta su peso contra ella, busca con manos torpes la cremallera de sus jeans, totalmente ajeno a lo que ella diga o haga.

Ella no puede ganar esta lucha. El aliento de Correa sale en ráfagas calientes apestosas a ron, y sigue mordiéndole las mejillas, el cuello, los senos, y le quita los pantalones. Ella quiere gritar, pero imagina las caras asustadas de los niños, que no tienen nada que ver con esto. Ella orienta la cabeza de él de modo que la muerda donde nadie lo verá, más abajo del cuello de su camisa, en su pecho, sus hombros, y él lo hace. La muerde y zambulle su pene como si ella fuera un hoyo, sólo un boquete cálido de la textura y el tamaño apropiados. Ella lo mordería, pero no quiere que él piense que está disfrutando, que está participando en lo que él llama su placer, el tomar a América cuándo y cómo él la quiera. Su mente está al otro lado de la cortina, en el balcón donde dos inocentes duermen, ruega ella, ajenos a lo que está sucediendo a menos de diez pies de ellos. Ella reza mientras

Correa se le mece encima. Le reza a Jesús, protector de la niñez, que Él mantenga cerrados los ojos de los niños y sus oídos sordos a todo menos al coquí que canta a fuera, su canción chillona más un grito que una melodía.

Cuando acaba con ella, Correa se voltea de lado, listo para dormir. Ella tiene que rogarle, halarlo por el brazo, convencerlo de que éste no es su cuarto o su cama. Él mira alrededor como si tuviese amnesia, sin reconocer dónde está, sin comprender lo que ella le dice.

—Te tienes que ir, Correa— ella le ruega, ayudándole a subirse el pantalón, metiéndole la camisa porque él no puede hacerlo. —Me pueden botar por esto.

Como un niño, él deja que ella lo voltee de aquí para allá mientras le endereza su ropa, su propio cuerpo desnudo de la cintura para abajo. Él camina como un oso borracho, colocando su peso sobre un pie, después el otro. Pero el aire fresco del patio lo revive y, en la puerta, levanta su dedo hacia ella. —Te espero abajo—. No ha terminado con ella. Lo que acaba de pasar ha sido una mera distracción. Ella cierra la puerta mientras él arrastra sus pies por el vestíbulo, cepillando su pelo con una mano, mientras con la otra se balancea contra la pared, como si el piso fuera un mar turbulento.

Ella se lava, se seca con el papel higiénico para no ensuciar las toallas de los Leverett. En el espejo, examina las mordeduras en su pecho y sus senos, su barriga, sus brazos. Su cara está hinchada. Se salpica agua fría en las mejillas, se cepilla el pelo, y se endereza la ropa. Luego encuentra un chal de la Sra. Leverett y lo pone sobre la pantalla de la lámpara para oscurecer el cuarto, suavizar la luz, crear sombras que oculten sus moretones y que nieguen el ultraje cometido en su cuarto, en su cama, apenas a diez pies de donde duermen sus niños.

Te llaman por teléfono

El día que se van los Leverett, ella limpia la habitación, que se siente diferente. Cada rincón adquiere una importancia que nunca tuvo. El catre donde Meghan dormía se ve más vacío. Las huellas digitales que Kyle ha dejado en el espejo del cuarto de baño parecen puestas allí deliberadamente: un mensaje oculto que ella tiene que descifrar.

Es inexplicable el mucho cariño que le tengo a esos niños; cómo, en tan pocos días, ellos llenaron un lugar en mi corazón que yo ni sabía que estaba vacío. Quizás, se dice, yo sólo estoy buscando un reemplazo para Rosalinda. Pero la teoría le suena como una de las que Cristina Saralegui le propone a las madres afligidas que aparecen en su famoso "talk show".

Antes de partir, el Sr. y la Sra. Leverett y los niños la encuentran en una de las habitaciones.

—Queríamos despedirnos.

América tiene que tragarse las ganas de llorar. Los niños la abrazan y la besan. El Sr. Leverett le estrecha la mano.

—De verdad que tú hiciste de nuestras vacaciones unas buenas vacaciones—, le dice y le entrega un sobre. Los huéspedes por lo común le dejan una propina encima de un aparador. Recibirla de la mano de él la confunde. No está segura de si debe abrirlo ahora o si sería de mala educación. Hay algo escrito en el sobre, sus nombres en letras de molde, uno debajo del otro. —Escribimos nuestra dirección y número de teléfono— le explica el Sr. Leverett. —Si alguna vez vienes a Nueva York, nos llamas.

La Sra. Leverett la abraza afectuosamente, y cuando se van, América siente celos de su espíritu de familia, de su capacidad de entrar y salir de su vida con tanta facilidad, sin pensar siquiera en lo que ellos significaron en la de ella. Supone que tan pronto se monten en el avión hacia Nueva York, ella pasará a ser simplemente otro de los recuerdos de sus vacaciones. Pero ella desea ser recordada por sí misma, no como una de las caras sonrientes que los turistas ven camino a la playa, o en un restaurante, o silenciosamente empujando por el vestíbulo un carrito con implementos de limpieza.

Con el dinero que se ganó con los Leverett, incluyendo los veinticinco dólares que le dejaron en el sobre, América se da el lujo de reinstalar el servicio teléfonico. La primera persona a quien llama esa Rosalinda. Su conversación consiste más de silencio que de palabras, como si cada palabra estuviese siendo evaluada para buscar significados ocultos e insinuaciones.

—¿Cómo va la escuela?

—Está bien.

—¿Te tratan bien las monjas?

—Son buenas.

—¿Tienes amigas?

—¿Por qué quieres saber?

—Bueno, es un pueblo nuevo y todo . . .

—Ya conocí algunas muchachas.

—¿Te gustan Tia Estrella y Prima Fefa?

—Son buenas—. Silencio. Silencio. Silencio. —¿Por qué haces tantas preguntas?

—¿Y de qué otra manera voy a saber cómo estás?

—Estoy bien.

—Me quiero asegurar . . .

—Si necesito cualquier cosa, te llamo.

—¿Nos vienes a visitar, el fin de semana largo quizás?

—Tengo exámenes.

—Quizá sería mejor que yo fuera a verte.

—Si quieres.

—Bueno, pues, cuídate.

—Okei.

—Adiós.

—Adiós.

América cuelga y, en cuanto lo hace, le dan ganas de tirar el teléfono contra la pared del cuarto. Rosalinda debe presentir esta cólera dentro de ella, el coraje que le da bregar con Rosalinda, que se convierte en un anhelo vacío y doloroso de abrazarla estrechamente.

Todas las madres que conoce hablan así de sus hijos, una mezcla de amor y desagrado tiñe sus palabras, una sensación de derrota que acecha bajo la superficie, que nunca surge totalmente, como si la esperanza lo suprimiera. Se imagina que ella también desilusionó a Ester, y concluye que es el destino de las madres el ser continuamente desilusionadas por sus hijos.

Quizás yo espero demasiado, considera, pero dice que no con su cabeza. Yo sólo esperaba que ella hiciera lo contrario a lo que hice yo. Eso no es tan difícil. Ella ve lo que salir encinta a los catorce años ha significado para mí. América se voltea en su cama, le da dos o tres puños a la almohada veces antes de reposar su cabeza.

Pero hay esperanza. Rosalinda está en la escuela, tratando de enderezar su camino. ¿Y qué si tuvo relaciones sexuales? La rabia ardiente que hierve bajo su piel estalla y América golpea la almohada, sus puños apretados, una y otra vez, golpea la almohada hasta que queda aplastada en partes, abultada en otras. La tira contra la pared, llora en silencio, las manos apretadas contra su vientre.

Si Rosalinda fuera varón, ella lo llamaría un hombre. Si Rosalinda fuera varón y hubiera tenido relaciones sexuales a los catorce años, habría bromas y miradas maliciosas y orgullo porque su "equipo" funciona. Si Rosalinda fuera varón, América lo perdonaría, porque así son los hombres, criaturas sexuales con un vínculo directo del seso a los cojones.

Es de esperar que los niños sean hombres, pero las niñas se supone que nunca sean mujeres. Las niñas se supone que vayan directamente de la niñez a la maternidad casada sin paradas intermedias, deben de tener más auto-control, no deben permitir que la pasión defina sus acciones, tienen que ser capaces de decir que no y decirlo con la mayor seriedad. Cuando un varón tiene relaciones sexuales, se eleva ante los ojos de la gente. Cuando una hembra hace lo mismo, cae.

Ese fue mi error. Yo caí y nunca salí de eso. América se levanta, recobra su almohada, la arregla, la coloca en su lecho y se acuesta otra vez, de lado, tapándose la cabeza con la almohada. No, yo caí, y permití que Correa me empujara más abajo. Ese pensamiento la asusta, la deja con los ojos abiertos en la oscuridad. Yo lo permití. Lo permití porque es hombre. Por ninguna otra razón. Él no sabe más que yo. Él es más grande y más fuerte y le tengo miedo. Pero yo soy más inteligente. Cierra los ojos y puntos de luz brillante estallan dentro de su cabeza. Sí, bien inteligente que soy, dejando que Correa controle mi vida. ¡Gran sabia que soy!

Se sienta en la cama. Al otro lado de su puerta, una de las estrellas de las telenovelas de Ester grita histéricamente. Los gritos se desvanecen y un locutor le dice a los televidentes que el nuevo y renovado Tide con cloro limpia mejor que todos los otros.

¡Qué estúpidas somos! ¡Todas las mujeres somos unas zánganas! Nos dejamos convencer de que los hombres son mejores que las mujeres. Y se lo hemos enseñado a nuestros hijos y se lo hemos enseñado a nuestras hijas.

Ella deshace su rabo de caballo, quitándose la gomita de un tirón. ¡Ay, Dios Mío! Estoy enloqueciendo. Ya sueno como esas feministas que le dicen a las mujeres que aborten y a cada hombre que limpie la casa. América sacude la cabeza para desenredar su pelo, y deja que le roze los hombros. ¡Si fuera tan fácil! Se recoje el pelo de nuevo en un moño encima de la cabeza. Pagán probablemente dijo la verdad. ¡Yo he escuchado demasiadas conversaciones en La Casa!

* * *

—Dersafoncolferie.

—¿Esquiús?—. América está cambiando los manteles en la veranda cuando Don Irving la encuentra.

Él se saca el cigarro de la boca. —Una llamada de teléfono, en la oficina.

—¿Para mí?— Tienen que ser malas noticias. La última vez que alguien la llamó al trabajo fue cuando Rosalinda se desmayó de dolor en la escuela después del almuerzo y tuvo que ser llevada de urgencia al hospital, donde le sacaron el apéndice. Corriendo desde el frente del hotel, a través del patio, bajando los escalones de la terraza posterior, alrededor de la piscina hacia la oficina, se imagina todos los cuadros posibles con Rosalinda en una sala de emergencia en Fajardo. Cuando finalmente llega a la oficina desde donde Don Irving administra La Casa, está sin aliento, su corazón se le quiere salir del pecho está casi llorando.

—¿Haló?

—Hola, ¿América?— Es una voz conocida, hablando inglés.

—Sí.

—Etskrenlevret.

—¿Esquiús?

—Karen Leverett, ¿te acuerdas?, con los niños, Meghan y Kyle.

—Ay, sí, Sra. Leverett. ¿Cómo está?— América se sienta en la silla al lado del mostrador donde los turistas firman sus cuentas de tarjeta de crédito.

—Suenas sin aliento.

—Corrí—. América respira, deja el aire salir lentamente.

—Oh, lo siento. Yo no quise . . .

—Estoy okei ahora. ¿Cómo los niños?

—Están bien, todos estamos bien aquí. ¿Y tú?

—También—. Hay sólo una razón por la cual la Sra. Leverett la llamaría. —¿Ustedes vuelven?

—Oh, no, no— ella se ríe—, ha pasado sólo una semana. Me encantaría poder salir de vacaciones tan seguido.

Se ríe de nuevo, pero América no sabe por qué ya que no ha entendido todo lo que la Sra. Leverett ha dicho. —Sí— responde.

—América, Charlie y yo hemos hablado . . .

—Disculpe, ¿Sra. Leverett?

—¿Sí?

—¿Puede usted hablar un poco más despacio?— América se ruboriza. Debe pensar que soy estúpida, se dice a sí misma, y aprieta el teléfono más cerca de su oído. —Lo siento, pero no entiendo el inglés tan bien por teléfono.

—Oh, seguro, lo siento, por supuesto. De cualquier manera, Charlie, el Sr. Leverett, y yo hablamos, y hablamos con Irving. Tú sabes que él tiene una opinión muy elevada de ti.

Sr. Leverett. Hablamos. Irving. Una respuesta es necesaria.

—Uhmm.

—Y nosotros, bueno, los niños te adoran. Y nuestra ama de llaves, ella era de Irlanda pero tuvo que regresar. Y tenemos que contratar a alguien. Y, bueno, Irving dice que tú necesitas un cambio. Así que queremos saber si tú considerarías dejar La Casa y venir a trabajar para nosotros aquí.

Niños adoran. Ama de llaves. Isla. Irving. Dejar La Casa. Trabajar aquí. —Lo siento . . . — El esfuerzo de comprender la ha mareado.

—No tienes que contestar ahora. Puedes pensarlo y llamarme, a cobrar. ¿Tienes el número, no?

—¿El número?

—Nuestro número de teléfono. Si lo perdiste, Irving lo tiene.

—Ah, sí, su número. Lo tengo en casa.

—¡Bien! Llámame el martes si piensas que estás interesada. Así podemos hablar más en detalle.

—Llamar martes.

—Por la noche es mejor. Después de las ocho.

—Martes a las ocho.

—Hablamos entonces. Los niños te envían cariños.

—Okei.

América cuelga. En su mano izquierda todavía tiene agarrado el trapo que estaba usando para enjuagar las mesas antes de ponerle los manteles limpios. Ella cree que sabe lo que la Sra. Leverett ha pedido, pero no está segura. ¿Dejar La Casa para irse a Nueva York? No puede ser.

Don Irving entra, se sienta en la silla de secretaria detrás del escritorio que generalmente ocupa su contable, que hoy está enferma.

—¿Juadiathink?— Sus ojos pardos centellean, como si hubiese oído un chiste muy gracioso y todavía se estuviera riendo.

—¿Usted habló con ella?

—Ella quería saber si tú irías a trabajar para ella en Nueva York.

—¿En Nueva York?

—En su casa, como su ama de llaves y, tú sabes, niñera.

—¿Usted le dijo que sí?

Él se ríe, la chispa en sus ojos lo hace verse más joven. —Yo no tengo nada que ver con eso. Yo le dije que podría ser bueno para ti hacer algo diferente—. Él se inclina hacia ella, baja su voz en tono de confidencia. —Podría ser bueno para ti irte lejos. Tú sabes lo que quiero decir—. Mira vagamente por la ventana.

Ella sigue su mirada, esperando ver a Correa parado debajo del árbol de mangó. Pero él nunca está donde ella espera verlo.

—¿En Nueva York hace frío?

—Por eso es que todos vienen aquí— Don Irving se ríe.

—Yo no sé.

—Si no resulta— él se inclina hacia ella de nuevo—, sabes que siempre tendrás un lugar aquí.

La pone nerviosa tenerlo tan cerca, tan paternal. —Tengo que pensarlo.

Él se inclina hacia atrás, indica el final de la conversación con una palmada en sus rodillas. —Eso es lo que debes hacer— dice y se vuelve hacia el libro mayor en el escritorio.

—Gracias— dice América, pero él no parece oírla.

Ella regresa a la veranda, inquieta tanto por la llamada como por la interferencia de Don Irving. Ella sospecha la influencia de Ester en este asunto. ¿No le sugirió Ester a América que se fuera de Vieques? ¿No le dijo Ester que Don Irving podría ayudarla a encontrar trabajo? Puede ser que los Leverett sean amigos de Don Irving. Quizás él los llamó y les pidió que vinieran a Vieques. A lo mejor el día que le preguntó a América si podía cuidar a los niños María no estaba enferma de verdad. Quizás Don Irving les dijo a los Leverett que la convencieran de irse con ellos a Nueva York. Pero ¿por qué Don Irving haría tal cosa? Él la aprecia a ella y a Ester, pero no cree que él tramaría una jugada tan elaborada.

Correa nunca me dejará ir. Él no me dejará irme de Vieques a trabajar de interna. Como están las cosas, él siempre se la pasa fisgoneando alrededor de La Casa, sospechando de cada hombre cuya cama tengo que tender, cuyas ropas tengo que recoger de dondequiera que las hayan dejado después de una noche en el pueblo.

Nueva York. Es tan lejos. América nunca ha ido a ningún sitio excepto a Fajardo y sólo estuvo allí un mes, escondida en la misma casa donde Rosalinda vive ahora con la tía y la prima de Correa. A ella no le gustó mucho. Es un pueblo grande, más ruidoso y sobrepoblado que Vieques.

Algunos de sus vecinos que han ido a Nueva York dicen que la vida es dura por allá, que los apartamentos están plagados de cucarachas y ratones, que hay tiroteos y venta de drogas en frente de sus puertas. Los que han tenido éxito en Nueva York y regresan a Vieques son unos jodones. La hija de Paulina, Carmen, quien es unos meses mayor que América, es así, siempre criticando a los puertorriqueños, hablando de cómo las cosas serían mejor si la isla fuera un estado de los Estados Unidos.

No, ella no podría vivir en Nueva York. Los turistas que vienen en el invierno se reúnen alrededor del radio portátil en el Bohío a escuchar las noticias, y aúllan y gritan cuando se anuncia el tiempo y está nevando en Nueva York y ellos están en Vieques. América ha visto en las noticias por televisión largas colas de automóviles atascados en amplias autopistas cubiertas de nieve, y los camiones atravesados en carreteras resbalosas por el hielo y gente que se sostienen unos a otros cuando tratan de brincar charcos fangosos con el viento soplando fuerte como un huracán, sus ropas pesadas haciéndoles parecer osos con bufandas. Cuando los turistas de Nueva York se aparecen aquí, se ven pálidos y enfermizos, y tardan unos días en verse saludables, una vez que el sol toca sus mejillas y pueden moverse libremente ya que no están envueltos en tanta ropa. No, yo no puedo vivir así.

Correa nunca dejará que me vaya. Aunque jurara que es sólo por unas cuantas semanas, para ver si me gusta, él no lo permitirá. Una vez, cuando Paulina la visitó y ofreció llevársela de vacaciones por unas dos semanas, dijo que ella no podía ir a ningún sitio sin él. Si él no podía ir, ella no iría. Y él no podía ir y ella no fue.

Él dice que las mujeres puertorriqueñas que van a Nueva York vuelven comportándose como americanas, y a él no le gustan las americanas. —Nuestras portorras— dice él—, las tradicionales quiero decir, saben cómo tratar a un hombre, saben el significado del respeto. Nuestras mujeres— le dice a sus amigos —están bien entrenadas.

Ella se sobresalta ante el recuerdo del entrenamiento de Correa, los puños y las bofetadas, los puntapiés, las violaciones. Es violación, se dice a sí misma, si yo no quiero hacerlo. Ella menea la cabeza de lado a lado. ¡Ay, Dios mío! ¡Esto es demasiado! Se golpea la sien con la palma de su mano, como para ahuyentar los pensamientos.

América termina con las mesas en la veranda, ha desempolvado las barandas, ha barrido y trapeado el piso de losa, espantado las arañas de los rincones. Ahora le trae los manteles sucios a Nilda en la lavandería.

—¿Qué te pasa?— Nilda pregunta.

La pregunta sorprende a América, y ella se mira en el espejito sobre el fregadero, donde su reflejo le devuelve la mirada, un surco profundo entre sus cejas, sus labios tan fruncidos como el culo de un perro. —Estoy bien— dice, borrándose la expresión con la mano.

—Parecías enojada.

—No, no estoy enojada. Sólo un poco cansada. Hasta mañana.

América siente los ojos de Nilda sobre ella. ¡Entrometida! Siempre metiéndose en los asuntos de la gente. Si me voy a Nueva York, no se lo diré a nadie. No me presentaré en el trabajo un día y una semana después recibirán una tarjeta con un retrato de un rascacielos o algo así. Nadie tiene que saber mis asuntos. Es mi vida.

América se para en medio del camino, donde los dos árboles forman una bóveda sobre el suelo guijarroso. Nadie tiene que saber. Ella sacude su cabeza, sigue caminando. Una culebra cruza en frente de ella, lenta y sinuosa, despreocupada. América se paraliza, vela la culebra sesear a través de la parte arenosa del camino, dejando un tenue rastro de su forma, sutil pero inconfundible. Salta por encima de donde la serpiente cruzó, como para no perturbar su firma. Camina de prisa hacia su casa, preguntándose si es mala o buena suerte o si no tiene ninguna importancia el que una serpiente se te cruce delante.

—Lo estás considerando, ¿verdad?

Ester y América están frente a frente, comiendo arroz con calamares y amarrillos fritos.

—Supongo que sí.

Ester mastica por un minuto, gesticula con su tenedor. —¿Y qué vas a hacer con Rosalinda? ¿Te la llevas?

—Yo creo que es mejor si la mando a buscar después de que yo esté bien ubicada por allá.

—¿Y esa gente va a querer a tu hija en su casa?

Se le ocurre a América que la Sra. Leverett no le ha preguntado si ella tiene hijos. Quizás no le importa. O quizás Don Irving le habló de Rosalinda. —Puede ser que yo pueda alquilar un cuarto para las dos cerca de donde trabajo.

Ester toma otro tenedor lleno de arroz, mastica cuidadosamente, mira su plato, separa los minúsculos tentáculos grises, los distribuye de modo que cada vez que llene el tenedor mezcle un pedazo de carne con el arroz. América se le queda mirando, esperando la pregunta inevitable, sabiendo que está escondida en una esquina mental de Ester, pero que ella teme articularla, o quizás prefiere que América diga algo.

—Si tú tambien quieres venir— América dice—, puedes.

Ester la mira, los ojos lagrimosos, América no está segura si por el licor o la emoción. —Nah. A mí no me gustan las ciudades— dice, como si hubiese viajado extensamente.

—Pero quizás te gustaría visitar. No has visto a Paulina hace años.

—Bah!— Ester mueve su tenedor como si fuera una vara mágica y todas las cosas que a ella no le gustan fueran a desaparecer con el movimiento. —¿Y Correa?— Es una amenaza, no una pregunta como si Ester estuviera probando su resolución.

—Él no tiene que saber dónde estoy— dice América, centelleando los ojos, repitiendo las palabras de su madre de unas semanas antes.

Ester le dirige una sonrisa pícara. Todavía queda una pizca de niña en ella, América nota. Todavía queda brío.

—Yo no se lo voy a decir— responde ella con una risita. — Pero no me digas dónde vas a estar, por si acaso él . . . — Ester se atiborra la boca con un tenedor lleno de arroz como para callarse a sí misma.

—Él no se atrevería a hacerte nada, Mami. Él nunca ha tratado, ¿verdad?

Ester menea la cabeza de lado a lado. —Amenaza.

—Vamos a decirle a Odilio que ponga el ojo por ahí. Ésta es tu casa. Si él trata cualquier cosa, tú puedes mandarlo a arrestar.

Ella se pregunta de dónde vienen estas palabras. ¿Arrestar a Correa? Cinco veces el oficial de policía Odilio Pagán se ha aparecido en su casa en medio de una pela porque los vecinos se han quejado de sus gritos. Cinco veces Rosalinda se ha parado en el balcón gritándole a su padre que deje de aporrear a su madre. Cinco veces Odilio Pagán ha luchado con Correa hasta sacarlo afuera, le ha dicho que lo tiene que llevar a la cárcel. Cinco veces América ha corrido detrás de ellos y le ha dicho a Odilio que suelte a Correa, que él no hizo nada, que los moretones en su cara y brazos fueron infligidos por ella misma. Me caí de una silla cuando estaba colgando las cortinas. Me caí por las escaleras en La Casa. Nosotros sólo estábamos discutiendo. Los vecinos no se deben de meter en lo que no les importa. Y tú, Rosalinda, América le ha gritado a su hija, regresa a tu cuarto y deja de estar trayéndole problemas a tu papá.

Cinco veces Odilio Pagán la ha sacado aparte, le ha dicho que es su derecho hacer que Correa sea arrestado. Cinco veces ella ha dicho no, no fue nada, es que él está borracho. Tú sabes como él se pone cuando bebe. Incontables son las veces que

Odilio Pagán le ha dicho que ella es una tonta por dejar que Correa la trate así. Y muchas otras veces América ha deseado no tener tanto miedo de lo que Correa le haría si ella lo denunciara, si le ocasionara la vergüenza de pasar una noche en la cárcel.

Ester sonríe tristemente, toda la travesura de los últimos minutos totalmente disipada. —Sí, claro. Lo puedo mandar a arrestar.

Escribe sus preguntas en un pedazo de papel de libreta que dobla y guarda en su sostén. ¿Cuánto voy a ganar por semana? ¿Cuántas horas trabajo? ¿Que días? ¿Me dan vacaciones? ¿Tengo mi propio cuarto, o tengo que dormir con los niños? Escribe las preguntas según se le ocurren, sin saber si las preguntará, usándolas para organizar sus pensamientos, para concentrarse en el trabajo, no en la oportunidad.

¿Tengo que cocinar? ¿Tengo que planchar? ¿Me pagan cuando ustedes se van de vacaciones con los niños? La lista crece según pasan los días. Se encuentra añadiendo más cosas a la lista, lo que debe de traer, lo que debe de dejar. Cuáles direcciones debe de llevar, cuáles números de teléfono. A quién conoce en Nueva York a excepción de su tía Paulina y sus primos. El papel, plegado y llevado debajo de su seno izquierdo, se amarillenta con el sudor, las letras se destiñen hasta que se ven borrosas, fuera de foco, los pliegues comienzan a rasgarse en los bordes. ¿Cuánto dinero tengo ahorrado? ¿Cuánto dejaré para que Mami pague las cuentas de agua y luz? La dirección de Rosalinda y de Tía Estrella con el número de teléfono. El tamaño de zapato y de vestido de Rosalinda para enviarle regalos. El tamaño de zapato y de vestido de Ester. Sus cumpleaños. La lista crece, y pronto tiene que escribir en los márgenes, alrededor de los bordes, entre artículos que ya enumeró, como si se le hubiesen olvidado la primera vez.

Correa viene tres veces en una semana, y ella esconde el papel debajo del colchón, en el lado en que ella duerme, bien adentro, donde no hay posibilidad de que se vea una esquina, que él descubra que le ha ocultado algo. Él le da una pela porque hay sólo tres latas de la marca de cerveza que a él le gusta, menos de las que el se bebe en una noche. Tiene relaciones sexuales con ella, sexo rápido y amargo que la envía a la ducha mientras él duerme.

Correa no viene el martes. América llama a Karen Leverett. Sí, vengo, le dice después de que hace todas las preguntas que se siente cómoda haciendo, y la Sra. Leverett suena tan contenta que América está segura de que ha tomado una buena decisión. Tacha las preguntas que hizo y agrega más cosas a su lista. La Sra. Leverett le enviará un boleto. Saldrá dos semanas después del domingo que viene. Se lo dirá a Don Irving mañana. Ester trabajará su turno en La Casa, en caso de que no resulten las cosas y América necesite regresar. Su estómago se agita al pensar en su regreso. Correa la matará por traicionarlo. Cueste lo que cueste, ella no puede volver.

Ester llevará la maleta de América a la casita de Don Irving detrás de las matas de pabona y todos pensarán que se va a vivir con él de nuevo. Temprano en la mañana, Don Irving llevará a América al aeropuerto y, por primera vez, América se montará en un avión. Volará a Fajardo primero, visitará a Rosalinda antes de ir al aeropuerto internacional de San Juan. Si Correa viene el sábado por la noche, le complicará el plan, pero aún así cree que conseguirá irse. Él está acostumbrado a que ella salga temprano las mañanas en que trabaja. Él no se dará cuenta de que ella se ha ido de la isla hasta que no pase por lo menos un día. Y para entonces estará en Nueva York. En una vida nueva. Empezando otra vez.

Casi ciega

Tía Estrella y Prima Fefa viven en una casa de concreto en una urbanización a la sombra de un hotel enorme. —Es el hotel más grande en toda la isla— Tía Estrella dice—, la gente viene de todas partes a quedarse ahí.

Tía Estrella está casi ciega, sus ojos enjaulados dentro de gruesos lentes oscuros que no parecen ayudarla mucho. Su pelo es gris, amarrado descuidadamente en la nuca. Está encorvada como una vieja, pero América piensa que sólo le lleva unos diez años a Ester.

—¡Qué sorpresa cuando llamaste esta mañana! Qué bueno que estás aquí—. Tía Estrella conduce a América, quien arrastra su pesada maleta dentro de la casita adornada con rejas pintadas de color amarillo. —Fefa y Rosalinda están en la iglesia, pero ya pronto estarán de vuelta.

América deja la maleta en la puerta de enfrente, contra la pared. Tía Estrella tropieza contra sus propios muebles, empuja el aire en frente de ella rumbo a la cocina. Varias veces América tiene que enderezarla hacia una dirección distinta a la que se dirige, pero Tía Estrella parece necesitar estos errores, como un bebé aprendiendo a caminar.

—Es terrible, sabes, mi vista. Los doctores están preocupados de que me vaya a quedar ciega, pero ya puedo ver un poco mejor que antes. Me estoy mejorando, tú sabes cómo es.

América no puede imaginar cómo debe haber sido su condición si ahora está mejor. Le hace recordar a los niños con los ojos vendados tratando de ponerle el rabo al burrito, dirigiéndose con convicción en la dirección exactamente opuesta a donde deben de ir.

—Siéntate, siéntate— Tía Estrella se dirige hacia la nevera. —Déjame colarnos un cafecito—. Se dirige hacia la puerta del cuarto de baño.

—Yo lo hago— América se ofrece. —Usted siéntese y cuénteme cómo van las cosas con Rosalinda.

—Ay, te lo agradezco, es un tanto difícil, tú sabes. Todavía no estoy acostumbrada. A ser ciega, eso es—. Se quita los espejuelos y los limpia con el ruedo de su falda. Sus ojos son más grandes de lo que América recuerda, grises, velados en las esquinas con una sustancia que parece como niebla gelatinada. —Rosalinda está lo más bien. Debes estar orgullosa de ella. Se va a la escuela todas las mañanas, bien paradita, y vuelve a casa en cuanto terminan las clases—. Tía Estrella se pone sus lentes de nuevo. —Ella ha sido una gran ayuda, tú sabes. Con mi problema y Fefa como es . . . —La única hija de Tía Estrella nació sorda. —Ella ha aprendido a leer lo que dice Fefa, espera que la veas.

En la casa de Tía Estrella, el café se cuela a la manera tradicional, con un colador de franela negro bien sazonado por el uso. América encuentra lo que necesita fácilmente porque la cocina de Tía Estrella es toda estantería, todo está donde uno lo puede ver, sin tener que abrir y cerrar puertas.

América sirve dos tazas de café caliente y se sienta cerca de Tía Estrella. —Rosalinda necesitaba un cambio— le dice —y yo le agradezco todo lo que ha hecho por ella.

—Ay, nena, no te preocupes por eso. Ella es un encanto. Y tan inteligente.

América toma su café, preocupada de que la pobre Tía Estrella, ciega y confiada, haya confundido a su hija adolescente de genio áspero con otra muchacha.

—¿Y cómo está Fefa?

Estrella agita su mano como para desechar la pregunta.

—Así como siempre.

Desde donde está sentada, América puede ver la puerta de entrada, y cuando se abre, Rosalinda entra, sonriéndole a alguien detrás de ella, aguantando la puerta abierta con gran cuidado de modo que la persona pueda pasar adelante. Es Prima Fefa, quien se ve tan gris y encorvada y arrugada como su madre. ¿Cómo es posible que estas dos mujeres hayan envejecido tanto en sólo catorce años?

Rosalinda ve la maleta nueva contra la pared antes de que se dé cuenta a quién pertenece. Sus ojos se agrandan con asombro cuando ve a América.

—¡Mami!— Rosalinda corre hacia su madre, la abraza con una emoción que América no había sentido en ella en meses.

Ella abraza a su hija, pecho con pecho. Rosalinda es la primera en soltarse. Prima Fefa se lanza hacia América, la besa húmedamente en la mejilla. Ella gesticula, estira su pelo, hace una forma de reloj de arena con sus manos, besa las yemas de sus dedos. Rosalinda interpreta.

—Ella dice que te ves lo más bien, Mami, pero recuerda que tu pelo era más oscuro.

—Lady Clairol— América pronuncia claramente hacia Fefa, y Fefa se ríe, un sonido gutural distante, como una tos sofocada.

—¿Por qué no le enseñas tu cuarto a tu Mami?— Tía Estrella sugiere, y Rosalinda se aterra por un segundo, pero entonces lleva a su madre al fondo de la casa.

El cuarto está bien ordenado, una pared está adornada con sus carteles viejos, un poco andrajosos por el viaje en la lancha. Es el mismo cuarto donde Correa y América se quedaron, el cuarto de costura de Estrella, las paredes con anaqueles donde ella amontona rollos de tela, hilos e implementos de coser. Las telas son antiguas, con patrones que ya han pasado de moda. Una sección de anaqueles está cargada con las pertenencias de Rosalinda.

—¿Qué haces tú aquí?— La pregunta comienza inocentemente, pero ya en la última sílaba llega a ser una acusación mientras la cara de Rosalinda se oscurece de sospecha.

—Te quería ver. ¿Te acuerdas que te dije que vendría un día de éstos?

—Pero tú no dijiste nada cuando llamaste la semana pasada.

—Decidí venir anoche—. Ella trata de ignorar la mirada fija de Rosalinda, su esfuerzo por leer en las facciones de América algo que no se ha dicho.

—Te pintaste el pelo rubio.

—Lady Clairol— América dice como cuando Fefa le preguntó, pero Rosalinda no se ríe. —Necesitaba un cambio.

—¿Por qué la maleta?

América se sienta al borde de la cama de Rosalinda, estira su vestido sobre sus rodillas, como si tratara de planchar las arrugas.—Yo me voy por un tiempo.

—¿A dónde?— Es casi un grito lagrimoso. América piensa que oye miedo en él.

—A los Estados Unidos.

Rosalinda abre la boca, pero no le sale ningún sonido; como si hubiera sido golpeada por un objeto sólido invisible, sus ojos sorprendidos, su cuerpo rígido.

—Tu papá no lo sabe—. América tiene que decírselo todo ahora, mientras Rosalinda no habla ni discute. —Él no debe saber nada. Yo ya no puedo aguantar su abuso. Si me quedo, me va a matar— ella mira su falda de nuevo, hala el vestido más abajo de sus rodillas, le estira el ruedo hasta que está tieso.

—Mami, no digas eso—. Rosalinda se tira contra su madre, la abraza como para protegerla.

América levanta la cara de Rosalinda, busca sus ojos, trata de mantener su voz imperturbable, sin miedo. —¿Me entiendes? Es importante que él no sepa dónde yo estoy, Rosalinda.

—Yo no se lo voy a decir, Mami. Yo sé cómo él es.

—Te voy a mandar dinero. Te llamaré tan pronto como pueda. Pero no te voy a dar mi dirección o número de teléfono.

Rosalinda se asusta. —¿Y si sucede algo? ¿Y si necesito comunicarme contigo?

—No me asustes Rosalinda. Yo necesito que tú te cuides y que te portes bien—. Le besa la coronilla. —Yo te mando a buscar si quieres vivir . . . — levanta la cara de Rosalinda otra vez y busca sus ojos —. . . si quieres vivir conmigo de nuevo.

Rosalinda la abraza más estrechamente. —Yo no quiero que tú pienses que yo ya no te quiero, Mami—. Tan dulce, tan dulce y gentil, como una niñita otra vez, su hijita.

—Yo lo sé, mamita—. Se abrazan sin lágrimas, creando calor en el espacio entre sus cuerpos, en la brecha que las separa. Una distancia lo suficientemente amplia como para contener a cualquiera de las dos o, para mantenerlas juntas si cada una se acercara un poco. América es la primera en soltarse.

¿Se habrá enterado?

Yo nunca he viajado, piensa América, pero aquí estoy, en un avión sobre el mar rumbo a un país donde se habla un idioma que yo apenas entiendo. Ajusta la almohadita de goma que el auxiliar de vuelo le dio, tira la mantita azul hasta su barbilla. ¿Sabrá él que me fui?

Cada hora desde que salió de Vieques ha sido marcada por esa pregunta. ¿Nos vería alguien cuando Don Irving me llevó al aeropuerto? Ella se fue en la camioneta del hotel, en medio de los turistas, sus ojos alertos al Jeep de Correa en la carretera o estacionado en el lote del aeropuerto. Don Irving esperó hasta que ella abordó el avión. La gente la miraba con curiosidad. Pero ella mantuvo una expresión seria, evitó conversar con nadie, se sentó con sus manos en la falda, preguntándose cómo un avión tan chiquito puede volar tan serenamente sobre el agua. Por dentro estaba rígida de miedo.

Yo tengo sólo una oportunidad de escapar de Correa. Si él me coge, nunca tendré otra. Me matará. O si no, me golpeará hasta que no pueda caminar, entonces me velará más celosamente, hasta que cada aliento mío salga con el permiso de él.

Se siente fuera de peligro en el avión grande que la lleva hacia Nueva York. Ella no conoce a nadie aquí. Casi todos los pasajeros son turistas o puertorriqueños. Personas de edad avanzada, vestidas en colores vivos. Familias con niños chillones. Una mujer vestida de negro, rezando un rosario. En los asientos frente a ella, hombres de negocio trabajan diligentemente en computadoras portátiles, una mujer se pone rolos en el pelo, otra se pinta las uñas. Unos cuantos pasajeros leen. Un joven con una gorra de pelotero ronca dulcemente. Su cabeza rebota en su pecho y se despierta. Mira alrededor, desorientado, y vuelve a dormirse.

América cierra los ojos. Le duele el cuerpo, como si el estar sentada por más tiempo del que recuerda haberlo hecho jamás, la hiciera repentinamente consciente de lo cansada que está. No ha dormido bien desde el día que decidió irse de Vieques. Ha pasado las noches que Correa no vino clasificando sus cosas, decidiendo qué llevar y qué dejar. Se ha traído todos sus retratos de Rosalinda, desde la infancia hasta la foto escolar del año pasado. Tres pares de jeans y T-shirts. Dos vestidos, tres faldas, tres blusas. Sus tenis. Dos pares de zapatos, uno con tacos, el otro bajito. Dos pares de sandalias. Zapatillas nuevas. Cinco camisones, sostenes y pantis. Una sudadera con Minnie Mouse vestida de bailarina. Trae puesto su vestido más bonito, color turquesa con lentejuelas a lo largo del cuello y en los puños de las mangas largas, zapatos azules con imitaciones de diamantes en los tacos altos. Sobre sus hombros lleva un suéter gris con hilos plateados tejidos en la tela. Se sintió como la puerca de Juan Bobo vestida así a las seis de la mañana, pero llegará a Nueva York por la noche y no sabía si tendría una oportunidad para cambiarse de ropa. Ahora desearía haber empaquetado su vestido en un maletín separado. Está arrugado de tanto viajar. Se podía haber cambiado en el cuarto de baño del avión.

La mujer enrolándose el pelo al otro lado del pasillo es una viajera con experiencia. Se montó en el avión vistiendo pantalones cortos, una T-shirt y sandalias. Durante las últimas dos horas, se ha pintado las uñas, se ha maquillado y se ha cambiado de ropa. Se ha puesto un mono con manchas de leopardo, mangas largas y pantalón remangado. Desde el maletín que tiene al frente de ella, ha retirado un par de botas cortas y calcetines marrones. Todo lo que le falta antes de aterrizar es desenrolarse, peinarse y rociar espray por su pelo.

La próxima vez que yo viaje, lo haré mejor, piensa América. Mira por la ventana al cielo arriba, las nubes abajo. No habrá una próxima vez, no mientras Correa viva. Se envuelve más en la manta. ¿Se habrá enterado?

Una ráfaga de aire frío la saluda cuando sale del avión y la sigue por el túnel hacia la terminal. Nadie la está esperando. La gente se besa y se abraza, se toman de las manos al alejarse del avión. Muchas más personas esperan en áreas discretas presididas por ayudantes uniformados detrás de un mostrador. Los altavoces dan direcciones incomprensibles. Quizás me esperan otro día. Pero el boleto dice hoy.

América sigue a los pasajeros hacia el reclamo de equipaje. Tanta gente, vestidas en botas y abrigos gruesos, gorros estirados sobre sus frentes, guantes que abultan sus bolsillos. América tiembla de frío, su lindo vestido con lentejuelas al cuello y los puños de las mangas es demasiado liviano para la temperatura de finales de febrero.

Hay más confusión donde se reclama el equipaje. La gente se empuja para ponerse primero al frente del transportador que matraquea en curvas sinuosas desde una esquina de la sala a la otra. Las puertas automáticas de salida se abren y se cierran, y cada vez que lo hacen, los dientes de América rechinan por el frío. Un yanqui vestido con un pantalón sudadero y una camisa floreada se sonríe con ella. Ella mira en la otra dirección, ansiosa de encontrar a la Sra. Leverett. La gente choca contra ella con sus bultos y maletas y le piden disculpas, sin esperar su respuesta, como si no les importara.

Ella reconoce su maleta y tiene que empujar entre el gentío para alcanzarla. —¿Esquiús? Es mía. ¿Esquiús, plis?

La gente le abre paso, pero se amontonan otra vez cuando ha pasado. El hombre con la camisa floreada agarra su maleta, la ayuda a levantarla fuera del transportador antes de que se la lleve otra vez.

—Oomph, ¡es pesada!— dice en inglés al colocarla al lado de ella.

—Gracias— le responde, sonriendo tímidamente, y él la ayuda a halarla lejos del gentío. —Es okei. Yo puedo ahora—. El hombre la hace sentir nerviosa.

—Está loco esto aquí esta noche— dice, y ella asiente como si comprendiera lo que él ha dicho.

—¿Usted vino en el vuelo de Puerto Rico?— le pregunta.

América repasa la muchedumbre buscando a la Sra. Leverett, hala su maleta como si se estuviera yendo.

—¿Vino en ese vuelo?— el hombre insiste. Un rastro de alcohol en su aliento flota hacia ella.

—Lo siento. No spik inglis.

Él parece apaciguado, pero no se mueve para irse. —¿Nadie la viene a buscar?

—Lo siento— ella repite, halando su maleta, su corazón acelerando su palpitar.

—¡Aquí, América!— La Sra. Leverett la saluda desde el otro lado de la sala.

—¡Gracias a Dios!— Con esfuerzo, América agarra su maleta. —Gracias— masculla en dirección del hombre mientras hala su maleta hacia la Sra. Leverett. Él se inclina hacia ella, un gesto que ella encuentra ofensivo, porque parece mofarse de ella.

—Oh, siento que tuviste que esperar— la Sra. Leverett la abraza rápidamente, se echa dos pasos hacia atrás, la mira de arriba a abajo críticamente. —¡Qué guapa te ves!— América siente que está vestida con demasiado elegancia, aunque sea de noche, aunque esté en Nueva York. La Sra. Leverett le entrega un abrigo y un gorro. —Aquí tienes éstos. Los vas a necesitar. Está bien frío allá afuera—. Ella nota los zapatos de taco alto con brillantes que América trae puestos. —Esos se van a arruinar. No se me ocurrió traer botas.

El abrigo es abultado, demasiado grande para ella, y si se pone el gorro de lana con rayas multicolores, le aplastará el pelo. Ella lo mete en un bolsillo.

La Sra. Leverett parlotea acerca del frío, el tránsito, algo sobre la cena. —Estoy estacionada al otro lado. ¿Es éste todo tu equipaje?— Ella trata de ayudar a América a cargarlo.

—No se preocupe. Yo la llevo—. América la levanta como si no pesara nada.

Las puertas automáticas se abren y América es paralizada por una ráfaga de aire frío. —¡Ay, Santo Dios!— exclama en voz alta. Deja caer la maleta a su lado y la Sra. Leverett la agarra.

—Déjame ayudarte con esto.

—No, no, Sra. Leverett. Es okei. Yo lo hago—.

Pero la Sra. Leverett, más alta y más delgada que América, es fuerte. Ella alza la maleta y camina rápidamente en la otra dirección. América se mortifica. Ella ha venido a través del mar a ser la ayudante de esta mujer y lo primero que pasa es que no puede ni siquiera llevar su propio equipaje. ¿Qué pensará la Sra. Leverett?

Sus tacones son traicioneros sobre el pavimento resbaladizo. Los gruesos copos de nieve apedrean su cara, se derriten al hacer contacto. Su pelo, rizado y rociado en un peinado de fiesta, está húmedo. Saca el gorro de su bolsillo y lo coloca ligeramente en su cabeza. Pero necesita ajustarlo al casco para que se quede en su lugar, así que tiene que halarlo hasta la frente, espacharrando sus rizos.

—Estamos por aquí— dice la Sra. Leverett, conduciendo a América a través de una calle congestionada con automóviles, autobuses, camionetas y limosinas.

América no puede caminar tan rápido como la Sra. Leverett. Sus pies están mojados por el aguanieve, sus piernas, cubiertas sólo con pantimedias, están entumecidas de frío, especialmente sus rodillas, que se sienten como si necesitaran ser aceitadas. Los huesos de sus manos se sienten quebradizos y los mete en los bolsillos profundos del abrigo, encorva sus hombros como si protegiera su pecho contra un golpe. Nunca había pensado en la nieve excepto como algo que los turistas evitan cuando vienen a Vieques. Pero aquí está, en medio de una nevada, en un lugar del que la mayoría de la gente que ella ha conocido trata de escapar. ¿Qué he hecho?, se pregunta, incrédula de que haya venido desde tan lejos y ya se esté arrepintiendo.

La Sra. Leverett levanta la puerta trasera de un Explorer rojo, lucha un poco con la maleta, pero, con la ayuda de América, logra meterla adentro. Corre hacia el asiento del conductor, le hace una señal con la mano a América para que entre, la puerta está abierta, y prende el vehículo. Se sienta al volante refregándose las manos, soplándoles aire.

—Vamos a dejar que se caliente un poquito.

América trata de abrocharse el cinturón de seguridad, pero sus dedos están tan yertos que no puede hacerlo. La Sra. Leverett se lo abrocha, como si ella fuera una niña.

—Gracias— dice, y nota que todo lo que dice se materializa en chorros de aire nebuloso. La Sra. Leverett platica como si América la comprendiera. La casa. El tránsito. La tormenta. Los niños. Charlie. América asiente de vez en cuando, entendiendo la mayor parte de lo que dice, confiando en que lo que se le escapa eventualmente se repetirá o no es importante. Hay una larga fila de automóviles delante de ellas. Poco a poco, salen del aero-puerto y se encuentran en una autopista bordeada de edificios de tres y cuatro pisos. La nieve cae ininterrumpidamente, como si la ciudad entera fuera a quedar sepultada en agua congelada. Se le ocurre que quizás hay inundaciones cuando la nieve se derrite. Ay, Dios mío, se pregunta de nuevo, ¿qué he hecho? ¿Qué estoy haciendo aquí?

Cuando cruzan sobre un puente, el tránsito disminuye.

—Allá está Nueva York— la Sra. Leverett señala hacia su izquierda. Se ven las siluetas de edificios angulares contra un cielo denso. Luces opacas, como luciérnagas inmóviles, parpadean un mensaje a través de la cortina de nieve.

—¡Qué lindo!

Los edificios altos parecen agruparse en una parte de la ciudad, a su izquierda, mientras a la derecha, la mayoría de las estructuras son más bajas, las luces menos brillantes. El puente que están cruzando es precioso, pero América no puede disfrutar de su belleza, consciente de que están sobre una superficie resbalosa encima de un río negro. Suspira de alivio cuando llegan a la carretera pavimentada aunque se encuentran haciendo fila frente a una caseta de peaje que está lejos de donde ellas están paradas.

La Sra. Leverett maldice bajito, pero América finge no oír. Se siente mal porque la Sra. Leverett tuvo que salir por ella en este tiempo tan peligroso, pero no cree que el disculparse haga ninguna diferencia, ya que no es su culpa. Pero de todos modos, se siente culpable.

La Sra. Leverett enciende el radio, oprime los butones hasta que encuentra una estación latina. —¡Eso es!— dice con alegría. Un trompetazo seguido por una dulce voz de tenor que canta sobre el amor perdido hace sonreír a América, y la Sra. Leverett también sonríe, como si la música fuera un regalo especial sólo para América.

—¿Cuánto lejos usted del Bronx?— América pregunta, y la Sra. Leverett baja el volumen para contestar.

—Como una hora por tren. ¿Conoces gente allí?

—Mi tía y primos.

—Qué bueno— dice, aparentemente desilusionada con la noticia.

—Yo no veo desde muchos años— América añade.

—¿Es la hermana de tu padre o de tu madre?

—Mi madre.

—¿Todavía está viva?

El corazón de América late violentamente, como si la idea de la muerte de Ester jamás se le hubiera ocurrido. —Sí. Vivo con ella.

—Oh, sí, es verdad, Irving me lo dijo. Tú tienes una hija también, ¿no?

—Ella vive con tía su papá—. Por favor, no pregunte más. Por favor, déjelo.

—Ella debe ser muy joven. ¿Cuántos años tienes tú?

—Yo treinta en mayo.

—Oh, qué bueno. Entonces te cantamos "happy birthday".

América sonríe. Sus natalicios han sido ignorados por todos menos por Correa, quien todos los años la lleva a comer langosta y luego a una noche de baile en PeeWee's Pub. Él siempre le regala algo especial, una cadena de oro, un vestido, una cama cuando la otra se puso demasiado vieja. A ella le gustaría saber lo que él tiene planificado para su próximo cumpleaños. Un golpe de miedo choca dentro de su pecho. Ay, Dios, ¿sabrá él que me fui?

—¿. . . su hija?

—¿Mi hija?

—¿Qué edad tiene?

—Oh, ella . . . — Nunca antes se había avergonzado al decir la edad de Rosalinda, pero ahora se siente absurdamente joven para tener una hija adolescente. —Ella catorce.

—¡Wow!—es todo lo que la Sra. Leverett puede decir. —¡Catorce!— Como si fuera un récord, una sorpresa el que alguien pueda llegar a esa edad. Ella desvía sus ojos del camino por un momento, mira a América como si fuera un nuevo espécimen humano. Se da cuenta de que está mirándola y regresa su vista a la autopista.

—Cometí error— América se disculpa, su cuerpo entero quemándose de vergüenza. —Quince mucho joven tener bebés.

—Sí que es joven— la Sra. Leverett dice, y el resto del viaje las dos mantienen silencio en el vehículo oscuro, rodeadas por más oscuridad, los limpiaparabrisas pulsando al ritmo de la incesante nieve, desentonados con la salsa en la radio.

Me va a despedir, América se apura a concluir. Ella creía que yo era más responsable y ahora sabe lo estúpida que puedo ser. Se encoge dentro del abrigo, ya no tanto contra el frío, sino tratando de ocultarse en él. Se lo debí haber dicho cuando hablamos por teléfono. Debí habérselo mencionado entonces. Ahora tiene una mala opinión de mí, ¡y quién sabe lo que su esposo pensará! Ay, bendito, ¿qué será de mí si me despide?

Es como un viaje hacia la oscuridad, cada ruta que toman tiene menos postes de luz, hasta que llegan a un camino serpenteante y sin luces. Los árboles sin hojas estiran sus ramas hacia la carretera por ambos lados, sus raíces sobresaliendo de los bordes del asfalto esculpido alrededor de ellas como para no perturbar el orden natural. El Explorer se desvía hacia la izquierda, hacia la derecha, hacia la izquierda de nuevo bajo la mano segura de la Sra. Leverett, como si al acercarse a la casa ya no le preocuparan tanto las condiciones resbaladizas de la carretera.

—Casi llegamos— dice, y le da una mirada con el rabo del ojo a América, cuyas manos empuñan el apoyabrazos.

—Aquí estamos—. Ella entra por una vía de acceso con luces que se prenden al pasar, una puerta que se abre automáticamente para revelar un garaje esmeradamente organizado, con anaqueles a lo largo de las paredes. Una puerta se abre al fondo del garaje y el Sr. Leverett y los niños salen al umbral. Meghan y Kyle visten sus pijamas. El Sr. Leverett baja y le estrecha la mano a América, pero los niños se quedan en el umbral, brincando, chillando y saludando con sus manos.

—Hi, América. Bienvenida, América. ¡Está nevando!— Meghan grita como si lo acabara de notar.

—Adelante. Yo te traigo tus cosas—. El Sr. Leverett saca la maleta, mientras la Sra. Leverett la conduce a la cocina.

—Aquí está América, chicos— la Sra. Leverett le dice a los niños.

—Hola, béibi— América coge a Meghan en un brazo y con el otro abraza a Kyle a su lado. Los niños parecen sorprenderse de su ardor, pero se acomodan contra ella como en un cojín cómodo. —¡Qué casa hermosa!— América exclama y el Sr. y la Sra. Leverett sonríen con placer.

—¿Quieres ver mi cuarto?— pregunta Meghan y Kyle le dice que debe ver el suyo primero.

—No, niños— el Sr. Leverett interrumpe—, América debe de estar cansada de su viaje. Vamos a dejarla descansar ahora y mañana le enseñamos todo.

—Es okei, no estoy tan cansada— ella protesta y el Sr. Leverett parece molestarse. Ella suelta a Meghan. —Pero es mejor mañana cuando no esté oscuro— enmienda. El Sr. Leverett asiente en su dirección.

—Vamos a enseñarle su cuarto a América, ¿o.k.?— La Sra. Leverett sube por una escalera estrecha que da al segundo piso. Los niños la siguen, indican la dirección de sus cuartos cuando llegan arriba. En el vestíbulo, giran a la izquierda por otro vestíbulo, hacia una puerta ancha pintada de blanco con una manija de bronce y una cerradura con llave.

La Sra. Leverett abre la puerta, enciende una luz. El cuarto queda sobre el garaje, con cielorrasos bajos sesgados y buhardillas en dos lados. Una cama doble con un edredón y muchas almohadas está contra la pared más alejada, al otro lado de un área con un sofá al frente de un televisor, una mesa redonda pequeña con dos sillas y anaqueles en la pared. El cuarto está alfombrado de pared a pared, pintado de azul pálido y blanco, con cortinas que hacen juego con la ropa de cama.

—¡Es hermoso!— América exclama, y la Sra. Leverett se calma, una mirada orgullosa en su cara.

—Esta es la llave de tu cuarto— le dice, tomando un llavero de cuero del aparador al lado de la puerta. —Las otras llaves son para la casa y los automóviles. Mañana lo repasamos.

El Sr. Leverett entra con la maleta de América. —¿Cómo te gusta?— le pregunta con una sonrisa.

—Es muy lindo—. América no tiene que fingir entusiasmo. El cuarto es el más bonito en que jamás haya vivido, más grande que la sala de su casa en Vieques.

—La televisión se prende con este control— le muestra Kyle.

—Esta puerta conduce a tu ropero— la Sra. Leverett continúa.

América está mareada. Todavía vestida con el abrigo pesado de la Sra. Leverett, entra en el ropero iluminado, con estantes a cada lado y anaqueles al fondo. La puerta tiene un espejo en el lado interior.

— . . . y aquí está tu cuarto de baño.

Una tina, inodoro y lavabo que hacen juego, una alfombra pequeña sobre el piso de losa. Otro espejo enorme. Kyle y Meghan la siguen a cada cuarto, se persiguen el uno al otro alrededor de ella.

—¡Esténse quietos!— dice la Sra. Leverett, su espalda hacia ellos, y ellos se aquietan, esperan unos segundos, y luego continúan correteando.

—Bueno, niños— dice con firmeza el Sr. Leverett—, vamos a dejar que América se acomode. Ya la verán en la mañana.

Los niños miran a su padre indecisos, entonces deciden seguirlo.

—Buenas noches, América— repiten obedientemente detrás de su madre.

—Si tienes hambre o sed . . . — la Sra. Leverett sugiere.

—Yo okei, se lo agradezco— América le asegura. —Buenas noches.

Ellos salen, los niños persiguiéndose el uno al otro por el vestíbulo, su padre gritándoles que dejen de correr.

Es un alivio cuando se van. América quiere explorar el cuarto sin sentir los ojos de ellos esperando su reacción. No quiere parecer una jíbara que nunca ha visto roperos del tamaño de cuartos y puertas que son espejos. No quiere que la vean cuando se quita los zapatos y frota los dedos de sus pies congelados en la alfombra cálida, o cuando se tira de espaldas sobre el edredón suave, su cabeza contra las almohadas esponjosas. Alguien llama a la puerta.

América se sienta, endereza el lecho. —¿Sí?

La Sra. Leverett abre la puerta y se para en el umbral. —Se me olvidó mostrarte el termostato—. Se inclina hacia adentro, manipula un disco en la pared al lado de la puerta. —Si te da frío, subes la calefacción aquí. ¡Qué descanses bien!— Y desaparece.

América se para al frente del disco. No está segura de qué fue lo que la Sra. Leverett hizo, o por qué, pero un cacareo mullido sale desde el zócalo. Ella lo toca y lo siente caliente. Oh, okei, se dice a sí misma. Se quita el abrigo, abre la puerta del ropero, que hace encender una luz adentro. Coloca el abrigo en un gancho, luego no puede decidir en qué lado del ropero colgarlo, decide hacerlo a mano derecha cuando sale. Su maleta está en el medio del cuarto, donde el Sr. Leverett la dejó.

Lo primero que retira es su peluche blanco en forma de gato con ojos azules. Lo acomoda contra las almohadas. Hay un teléfono en la mesita al lado de la cama, con tono de marcar, y también hay un radio-despertador. Trata de sintonizar la radio, pero no puede conseguir una estación. Sólo son las 9 de la noche, pero se siente como si fuera más tarde. Como si días en vez de horas hubiesen pasado desde que se fue de Vieques.

Saca su ropa de la maleta, cuelga todo en el ropero, donde ocupa muy poco espacio. Se alegra de haber traído sus cosméticos y artículos de tocador, porque de camino a la casa no vio tiendas. No vio nada desde que dejaron la ciudad y la Sra. Leverett indicó una señal que decía Westchester County, New York.

Puede ser que las tiendas cierren durante una tormenta de nieve, pero entonces se hubieran visto letreros o algo así. América no quiere pensar que tengan que ir a la ciudad a hacer compras.

Se quita el maquillaje, cepilla su pelo, se pone un camisón. Las toallas en el cuarto de baño son gruesas y suaves. El cuarto es tan tranquilo que le da miedo. Va a la ventana, sube la pantalla y se asoma. ¡Está tan oscuro afuera! La nieve flota en copos gruesos, se acomoda en valles y montículos blancos misteriosos, alrededor de un rectángulo enorme, sobre una casita con un tejado puntiagudo, y más allá, la oscuridad es sólida. América tirita. Su camisón de algodón no es lo suficientemente caliente. Apaga las luces, se mete debajo del edredón, golpea las almohadas con sus puños para darles la forma que le gusta, decide que hay demasiadas y desliza unas cuantas desde la cama hacia el piso.

Ve estrellas. Cierra los ojos, los abre, y todavía ve estrellas, reluciendo pálidamente sobre su cama. Enciende la lámpara a su lado. Una constelación de estrellas plásticas está pegada al cielorraso. Apaga la luz y mira las estrellas sobre su lecho, las cuenta, considera que hace años que no ha estado acostada boca arriba mirando estrellas. Rendida en su cama, el suave edredón como una nube, la tierra se mueve, no, ella se mueve, cayendo, cayendo, cayendo, hacia un lugar oscuro blando y cómodo con estrellas que brillan en lo alto, estrellas verdes, como sus ojos, verdes. Sus ojos. Él está tan enojado. Me va a golpear. ¡No, Correa! ¡No! Se despierta y se encuentra sentada, sus brazos alrededor de su cabeza. Tarda un rato en comprender dónde está. Está tan quieto, tan oscuro. Nadie la oyó gritar. Se acuesta de nuevo. Todo es tan extraño y tranquilo, tantas estrellas en el cielo. Tan frío. Estoy en Nueva York. No en casa. Él me está buscando. Ya sabe.

Con hambre

Un siseo en su oído la despierta. ¿Una serpiente? Se sienta de golpe. Está en una habitación enorme, con demasiadas ventanas y con los cielorrasos inclinados. Una luz pálida forma rayas alrededor de los alféizares y debajo de las pantallas cerradas. América se frota los ojos con los puños. Cuando abre los párpados, ve fuera de foco la misma habitación, las mismas rayas de luz alrededor de las ventanas tapadas y oye el siseo que la despertó. El radio-despertador suena con estática. Son las 6:30 de la mañana. Se ríe de su necedad y se tira de espaldas contra las almohadas, hala el edredón hasta su barbilla, mira las estrellas arriba, no tan brillantes ahora, como si la llegada de la mañana las hubiera atenuado. Siente frío en su cara y tira el edredón sobre su cabeza y se enrosca en la cálida oscuridad.

Alguien llama a una puerta distante. Pún pún pún pún. Pausa. Pún pún pún pún. —¡Amé-rica!

América se voltea, destapa su cara. El radio-despertador todavía sisea, pero ahora son las 7:48.

—Ay, ¡no!— Salta de la cama y se pasma por el aire frío.

Pún pún pún pún. —Amé-rica—. La Sra. Leverett suena irritada.

—Si, ya vengo. Un minuto—. Corre a la puerta, la abre, esconde su cuerpo encamisonado. La Sra. Leverett está en el pasillo vestida con su gorro, abrigo, botas y guantes. América se contrae de vergüenza.

—Lo siento. Yo nunca duermo tanto.

La Sra. Leverett sonríe desganadamente. —Voy a llevar a los niños a la escuela. Estaré de vuelta en quince minutos. Entonces te puedo enseñar la casa.

—Okei. Yo me visto.

La Sra. Leverett retrocede por el largo vestíbulo hacia las escaleras sin mirar para atrás. América cierra la puerta y se inclina contra ella, refriega las telarañas de su seso. Su primer día de trabajo ¡y duerme hasta tarde!

Necesita concentrarse en lo que debe de hacer primero. Una ducha. No, hace demasiado frío para eso, mejor más tarde. Le da otra vuelta y media al termostato. Se lava la cara, se cepilla los dientes, el pelo. Se viste apresuradamente en el ropero, que se siente más caliente que la habitación.

Recoge su cama, trata de poner la profusión de almohadas tan artísticamente como las encontró, pero no puede. Sube una de las pantallas. El mundo es blanco. La nieve cubre el terreno a lo largo del camino de entrada, que está limpio. Más allá hay una calle no pavimentada. Rodean la casa árboles verdes altos y puntiagudos y árboles anchos pelados de hojas, de modo que no se ve ninguna otra vivienda. La nieve amontonada suaviza el paisaje. El sol brillante parece ser caliente, pero los vidrios en la parte más baja de la ventana están cubiertos de hielo.

Mientras América mira por la ventana decidiendo si esperar abajo hasta que La Sra. Leverett regrese, el Explorer rojo aparece en el camino de entrada. América se retira de la ventana, sintiéndose culpable. Llega al fondo de las escaleras cuando la Sra. Leverett entra del garaje.

—¡Hi!— Las mejillas de la Sra. Leverett se ven rosadas por el frío. Cuando se quita el gorro, su pelo rubio fino revolotea alrededor de su cara, como en los comerciales de champú. América sonríe.

—Déjame quitarme las botas . . . — La Sra. Leverett entra en un guardarropas debajo de las escaleras, dándole la oportunidad a América de mirar alrededor.

Un mueble forma una isla que divide la cocina del comedor de diario. La mesa está apiñada con platos, bols, tazas, una caja de cereal, servilletas sucias, vasos y cucharas. América empieza a recoger la mesa, poniéndolo todo sobre el tope de la isla.

—No, no hagas eso ahora— la Sra. Leverett llama desde el guardarropa. —Déjame enseñarte todo primero.

Se pone un par de pantuflas que convierten sus pies en garras de oso. Cuando ve que América se les queda mirando, se ruboriza hermosamente. —Ya lo sé, son ridículas, ¿verdad? Pero son calientitas y cómodas.

Aunque tiene puesta mucha ropa, la Sra. Leverett se ve demasiado delgada, América piensa. Pero una mirada a la mesa llena de lo que queda del desayuno le deja saber que la familia seguramente tiene suficiente para comer. A América le hubiese gustado bajar más temprano y tomarse un traguito de café, que, juzgando por el filtro abandonado al fondo del fregadero, debe de estar en alguna parte de la cocina.

La Sra. Leverett se para contra la isla. —Como puedes ver, ésta es la cocina—. Ella señala las cosas con su mano igual a como las modelos en los programas de televisión demuestran lo que uno se puede ganar si contesta correctamente. —Nosotros comúnmente tomamos nuestras comidas en el comedor de diario—indica la mesa y sillas. —A veces Charlie ve las noticias antes de irse— indicando el televisor colgada de la pared. Saca el control remoto cubierto por una servilleta en la mesa y lo pone en un estante debajo del televisor.

Conduce a América hacia un cuarto estrecho, ocupado por gabinetes con puertas de cristal, llenos de porcelanas, vasos en tamaños y formas diversos, bols y platos de servir. Sobre los largos topes de piedra hay aparatos para la preparación de alimentos, candelabros, floreros. La Sra. Levererret abre y cierra gavetas para mostrar implementos para servir, servilletas y manteles doblados, piezas para los aparatos eléctricos. Una sección del cuarto se reserva para cubiertos plásticos, platos y tazas de colores que se ven lo suficientemente buenos para el servicio cotidiano, pero que la Sra. Leverett dice se usan sólo en el verano.

—Y por aquí— dice, pasándole por el lado a América sin mirarla —está el comedor.

Ella espera que América quede impresionada. El comedor es tan grande como la casa de América en Vieques. En una pared hay un hogar enorme de piedra y, al lado opuesto, un aparador masivo elaboradamente tallado. Entre los dos, hay una mesa larga bajo dos lámparas de arañas. Doce sillas con asientos tapizados están contra la mesa y cuatro sillas más del mismo tipo están contra las paredes, dos flanqueando una mesa larga de bufet que hace juego con el aparador y las otras dos entre las puertas francesas que dan a unas filas bien cuidadas de lo que América conjetura es un jardín cubierto de nieve. A sus pies, una alfombra enorme con diseños fantásticos se siente gruesa y mullida y América se pregunta cuánto tiempo se tardará una persona en limpiar esta sala después de una cena formal.

—Nosotros recibimos aquí— dice la Sra. Leverett, caminando alrededor del cuarto—, mayormente en el otoño e invierno. En la primavera y el verano usualmente cocinamos fuera.

—Okei—. América espera que, mientras más tiempo esté en Nueva York, más fácil se le hará comprender lo que dice la gente. ¡La Sra. Leverett habla tan rápido!

—Esta es la sala— la Sra. Leverett dice cuando entran en la próxima pieza. Es casi tan grande como el comedor, con otro hogar frente al cual hay dos sofás con una mesa de café entremedio cubierta con revistas. También hay cuatro butacas tapizadas cada una con cojines contrastantes, cuatro mesitas ocasionales sobre las cuales se encuentran cajitas y fuentes de porcelana y fotografías en marcos. Contra una esquina, hay un piano y a su lado un atril.

—¿Usted toca?— América pregunta, y la Sra. Leverett menea la cabeza.

—Charlie toca y queremos que los niños aprendan.

Unos estantes cargados de libros y más fotos en marcos están contra dos de las paredes.

—Esa fue tomada en nuestra boda— la Sra. Leverett explica cuando ve a América escudriñando una fotografía grande de ella y el Sr. Leverett sonriendo, sus brazos alrededor de sus cinturas como en el medio de un baile. —Aquí está nuestro retrato nupcial—. La Sra. Leverett en un traje blanco ajustado a su cuerpo que acentúa su delgadez, su pelo más largo y más lleno, estilo gitana, con un velo de encaje colgando lánguidamente de una corona de flores.

—Qué linda se ve— exclama, y la Sra. Leverett se ruboriza, estudia el retrato, lo endereza sobre el estante. —Hace diez años— dice suavemente y acaricia la fotografía, dejando leves huellas sobre el cristal.

—Por aquí está la sala informal— dice en una voz más firme, como si tratara de cambiar de tema. Cruza un pasillo con escaleras que conducen hacia el segundo piso y se encuentran en otra sala, más pequeña que la primera, pero igual de impresionante, con un enorme sofá de cuero negro desmontable, dos sillones de cuero y una mesa rectangular hecha de un pedazo de granito altamente pulido. Sus esquinas agudas quedan a la altura de la canilla y América tropieza contra una cuando la pasa. La Sra. Leverett no nota la mueca de dolor de América.

Una pared entera contiene equipo electrónico, incluyendo un televisor de pantalla grande. En una esquina entre ventanas, hay una mesa con una computadora y otras máquinas con minúsculas luces verdes y anaranjadas, un montón de papeles y un tablón de edictos con tantos dibujos y mensajes pegados que queda muy poca superficie donde poner un solo papel más. —Esa es la computadora de los niños— dice la Sra. Leverett—, las nuestras están en nuestras oficinas—. Ella sale por la puerta al otro lado de la sala y América la sigue y se encuentra otra vez en la cocina.

—¡Oh!— exclama y la Sra. Leverett se ríe.

—Sí, yo sé que parece confuso, pero ya te acostumbrarás.

—Es casa grande— América dice.

La Sra. Leverett se ríe e indica las escaleras de atrás. —Hay más.

América mira hacia las escaleras. Su estómago gruñe y se lleva las manos a la barriga como tratando de calmar una bestia salvaje. Espera que la Sra. Leverett no lo haya oído. Ella ya se está alejando de América hacia una línea de enseres debajo de un gabinete al lado de la enorme estufa de ocho hornillas, dos hornos, y una parrilla. América supone que los Leverett reciben visitas todas las noches para necesitar una estufa de restaurante en su cocina. Se pregunta si le tocará a ella cocinar, servir y limpiar después de sus fiestas.

—Subimos luego. Yo escribí una lista de lo que debes hacer y deberíamos repasarla ahora—. La Sra. Leverett saca dos tazas del gabinete que está sobre los aparatos y vierte café de un termo.—Hice bastante antes de salir. No vas a creer el mucho café que se toma aquí.

Le entrega una taza llena a América y el calor y el aroma hacen que su estómago haga ruido de nuevo. ¿Cuándo fue la última vez que comió? Anoche en el avión. Una pechuga de pollo y brócoli. Con razón.

—¿Te gusta la leche o el azúcar en tu café?— La Sra. Leverett pregunta, sacando un recipiente de la nevera.

—No, gracias.

La Sra. Leverett vierte leche descremada fría en el suyo, y conduce a América al comedor de diario. Con su mano, quita las migas de una esquina de la mesa, retira una silla para América, y se sienta en su silla frente a ella. Sobre la mesa hay una libreta donde hay con una larga lista.

—Si no lo escribo todo, se me olvida hacerlo—. La Sra. Leverett sonríe tristemente. América toma sorbitos de su café, que es fuerte y amargo, como si no fuera fresco.

La Sra. Leverett repasa su lista y América escucha, aunque no entiende todo lo que ella le dice. Ella preferiría que la Sra. Leverett se fuera y la dejara descubrir dónde están las cosas. Puede ver que la casa necesita mucha atención. Hay mucho cristal, alfombras que limpiar, muebles que pulir.

—Charlie sale a las siete menos cuarto— la Sra. Leverett explica —para coger su tren. Yo tengo que irme no más tarde de las ocho menos diez. De camino a la oficina, puedo llevar a Kyle y a Meghan a la escuela. A ella hay que recogerla al mediodía y a Kyle a las tres y media.

Mientras habla, la Sra. Leverett tacha en su lista. El cereal seco en los bols ya debe estar calcificado y América está ansiosa por levantarse a limpiar. Odia estar sentada a la mesa con platos sucios acumulados al frente de ella. Los gruñidos de sus tripas la molestan y le gustaría un pedazo de pan tostado para calmar el hambre, pero se avergüenza de pedir de comer. Le sorprende que la Sra. Leverett no le haya ofrecido nada más que café.

—Tus días libres son los domingos y los lunes. Te necesito aquí temprano los martes. A veces, si no tenemos visita los sábados en la noche, te puedes ir a tu casa temprano—. La Sra. Leverett nota su error. —Quiero decir, puedes salir temprano si quieres—. Ella sorbe su café y estudia su lista.

No tengo casa a excepción de la que dejé. América mira por la ventana el paisaje blanco y frío que brilla bajo el sol engañoso. Sorbe la última gota del café amargo.

—¿Te enseño arriba ahora?

El cuarto de Kyle queda inmediatamente a la derecha de las escaleras posteriores, y al otro lado del vestíbulo anterior, el cuarto de Meghan, adornado con flores y muñecas. Cada niño tiene un cuarto de juego y un cuarto de baño particular. Los estantes en el cuarto de juego de Kyle están llenos de criaturas plásticas, carritos, trenes, rompecabezas, libros y juegos electrónicos. En el cuarto de Meghan también se encuentra una cantidad de muñecas y peluches, bloques, un atril con pinturas, lápices de colores y marcadores. El resto del segundo piso, que da hacia el patio de atrás, contiene la recámara principal, y los cuartos de vestir y baños de él y de ella. En el tercer piso hay otro baño, dos cuartos para invitados y las oficinas del Sr. y la Sra. Leverett, cada una mirando hacia el frente de la casa, cada una con su propia computadora, cada una limpia y bien ordenada, como si muy poco trabajo se hiciera allí. Cuando América y la Sra. Leverett regresan a la cocina, ya son las once de la mañana.

—Oh, mira cómo vuela el tiempo. Todavía no hemos bajado al sótano.

Abajo hay una sala con espejos en las paredes que está llena de equipo para hacer ejercicio y con otro televisor suspendido en la pared, hay un cuarto de baño, un salón de billar, una barra con su propia nevera, y otra sala informal con muebles de cuero, otro conjunto grande de televisión y estéreo, carteles de atletas enmarcados.

—Nosotros llamamos a ésta la sala deportiva— la Sra. Leverett explica.

Sobre un estante, hay un cajón de madera con tapa de cristal con una colección de cuchillos. América tiembla al ver los siete filos lustrosos y agudos uno al lado del otro.

—Son de la colección de Charlie— Karen explica—, los tiene desde que era muchacho.

—¿Hay más?

—Él tiene unos cuantos en su oficina arriba y otros en la ciudad.

Le asusta a América que un hombre con tan poca paciencia como Charlie Leverett tenga objetos agudos donde los pueda alcanzar con facilidad.

—¿Usted no miedo niños tocan?

—El cajón está cerrado con llave— Karen responde—. Además, ellos saben que no deben jugar con las cosas de su padre.

Los cuchillos la horrorizan. América no puede ver belleza en un objeto diseñado para infligir dolor, no puede entender qué hace que estos cuchillos sean tan especiales, a excepción del hecho de que se ven más mortíferos y atroces que los que usa Ester para destripar pollos. Verifica que de verdad el cajón este cerrado con llave. No quiere que manos que no deben consigan agarrar uno de esos cuchillos.

La lavandería y el almacenaje seco están detrás de la sala deportiva. —Yo compro las cosas por volumen— explica la Sra. Leverett, indicando cajas enormes de detergente, un estante lleno de toallas sanitarias, de papel toalla, cubiertos y envases plásticos, servilletas, recipientes de tamaño industrial llenos de líquidos para la limpieza, cajas de soda, cerveza, agua embotellada.

América está agotada. No sólo por el sube y baja por las escaleras, el entrar y salir de cuartos, sino de ver tanta cosa en un solo lugar.

¿Cómo encuentro tiempo para limpiar esta casota con dos niños que cuidar? Sigue a la Sra. Leverett de cuarto en cuarto, escuchando a medias sus instrucciones, tomando inventario mental del número de inodoros que hay que lavar y desinfectar, los lavabos incrustados con residuos de jabón y dentífrico, los espejos veteados que hay que enjuagar con solución de vinagre, las camas con su profusión de almohadas, los montones de toallas para lavar, las alfombras a las que se les tiene que pasar aspiradora.

Cuando vuelven a la cocina, la Sra. Leverett abre y cierra los gabinetes, le enseña a América dónde se guardan los alimentos, en qué gavetas se guardan los cubiertos y los trastes. Ella le enseña el calendario con los programas de los niños escritos en letras de molde. Kyle debe recoger su cama todos los días, lo que explica las esquinas ladeadas y lo mal puesto que está el edredón. Meghan debe ayudar a recoger la mesa después de las comidas. Ambas miran la mesa apiñada con los trastes del desayuno, y la Sra. Leverett sonríe y dice —Teníamos prisa esta mañana. —Pasa sus dedos por su pelo, y empuja las manos en los bolsillos de sus jeans.

—Bueno, mejor es que trabaje un poco antes de ir a buscar a Meghan. Quizás puedes comenzar con la cocina. Si necesitas algo, me llamas a mi oficina—. Sube las escaleras corriendo, sin mirar hacia atrás, donde América queda parada en medio de la cocina, preguntándose por dónde empezar. Sus tripas hacen ruido, y lo que a ella le gustaría hacer es comer algo, pero no puede hasta que no limpie la cocina desordenada.

—Okei, aquí es donde empiezo— se dice a sí misma.

Recoge y lava los platos a mano, limpia el fregadero, le pasa un paño húmedo a la mesa, los topes y las sillas, barre el piso, enjuaga la olla de café, raspa las migas quemadas del fondo del horno tostador. Una canción se insinúa en su mente y, antes de que se dé cuenta, está tarareando, y pasados unos minutos, cantándose a sí misma mientras frota los gabinetes con su paño húmedo. Se distrae tanto con su trabajo que salta cuando la Sra. Leverett aparece al pie de las escaleras, anunciando que va a la escuela a buscar a Meghan.

América no come en todo el día. Tan pronto como Meghan llega, se le tiene que dar almuerzo, un emparedado de queso derretido y un vaso de leche. Unas horas más tarde, Kyle tiene que ser recogido de la escuela.

Una vez que los niños están en casa, América no puede hacer mucho. Quieren mostrarle sus cuartos, y se desilusionan al saber que ella ya los ha visto. Discuten sobre qué cuartos ella deber limpiar primero en la mañana, sobre quién debe jugar con ella primero y si ella debe agacharse y jugar con ellos o si debe sentarse a ver las maravillas que pueden hacer con sus bloques o trenes o lo que sea. América se esfuerza por comprender lo que ellos dicen y la tensión le da dolor de cabeza.

—Charlie no viene a cenar— la Sra. Leverett les informa a todos. —Yo prepararé pasta para nosotros, ¿okey?

Cocina espaguetis con vegetales, pan con ajo y llena vasos de leche para los niños. América pone la mesa.

—Pon un lugar para ti también— la Sra. Leverett le recuerda. —Tú comes con nosotros.

América se siente incómoda en la mesa con ellos, salta cada vez que los niños piden más leche o más queso para su pasta.

—Siéntate, relájate un rato. Yo lo traigo— la Sra. Leverett le dice, pero América no quiere descansar. Ella quiere impresionarla con lo útil que puede ser. Quiere hacer su trabajo como ella piensa que debe de ser hecho, lo que incluye servirle a la familia su cena, asegurarse que los niños coman mucho y que haya suficiente de todo.

Ya sabe por qué en la familia Leverett todos son tan delgados. Los espaguetis sosos, los vegetales al vapor, el pan arenoso, la leche descremada son todos alimentos de dieta. La familia entera está a dieta. A diferencia de otros hogares con niños, no hay caramelos en esta casa, ni galletitas, ni helado en el congelador, ni mantequilla en la nevera. A América le da pena por los niños.

La Sra. Leverett guía la conversación como si fuese una profesora, le pregunta a Kyle y a Meghan acerca de su día, insiste en obtener información sobre lo que aprendieron en la escuela, si este o aquel amigo jugó con ellos hoy, si a la maestra le gustó su trabajo. Hasta la pequeña Meghan tiene que relatar lo que sucedió en su salón y América se pregunta si esto es para su beneficio o si la Sra. Leverett interroga a sus niños así todas las noches.

América come los espaguetis insípidos porque tiene hambre, pero desearía que fuera uno de los asopaos espesos de Ester, o su arroz con habichuelas. Aparta el pensamiento tan rápido como le vino, temerosa de que si comienza a extrañar su otra vida tan pronto nunca se acostumbrará a la nueva.

Mientras la familia mira la televisión en la sala informal ella limpia la cocina y decide jamás comer con ellos. Se preparará sus comidas a su gusto. No tiene ninguna intención de ponerse a dieta y llegar a ser tan pálida y enjuta como una norteamericana.

A las nueve de la noche, después de que los niños se bañan y se acuestan, América entra en su cuarto por primera vez desde que lo dejó esta mañana y se desploma en la cama sin quitarse los zapatos. Mirando las estrellas en el cielorraso, repasa todo lo que ha visto y hecho hoy.

Un día entero ha pasado y no ha pensado ni una vez en Rosalinda o Correa. ¿Sucede tan pronto? ¿Sale una de su vida vieja y en menos de un día lo olvida todo? Se pregunta lo que le gustaría olvidar, a excepción de lo obvio, y no puede contestarse. No quiere olvidar nada ni a nadie. Simplemente quiere no tener que pensar en ellos todo el tiempo.

Aprendiendo sus costumbres

Al otro día, América se levanta temprano y baja a desayunar antes de que la familia despierte. Todavía está oscuro afuera, pero un sol endeble comienza a tocar el paisaje blanco como un amante tímido.

Se sienta con su café y tostada con jalea disfrutando de la casa quieta, deseando que estuviera un poco más cálida, preguntándose a qué hora el Sr. Leverett regresó a su casa. Recuerda haber oido la puerta del garaje subir y bajar en medio de la noche, pero estaba demasiado soñolienta para levantar su cabeza y mirar el reloj al lado de la cama. Su maletín está al borde de la mesa, como si él lo hubiera colocado ahí sólo por un momento.

Ella oye correr el agua arriba, y sabe que los adultos de la familia están despiertos. La Sra. Leverett no dijo si América debe despertar a los niños y no está segura de lo que desayunan, así que recoge un poco la sala informal y el comedor de diario mientras espera que bajen.

El Sr. Leverett es el primero en bajar y parece sorprenderse y alegrarse al verla.

—Buenos días. ¿Cómo estás hoy?— pregunta como si verdaderamente le importara.

—Muy bien, Sr. Leverett, ¿y usted?

—Charlie.

—¿Esquiús?

—Yo soy Charlie en casa, Sr. Leverett en la oficina.

—Ah, sí, gracias Don Charlie.

—No, simplemente Charlie.

—Okei, Charlie—. Ella sonríe. Él es alegre y enérgico, con los movimientos confiados de un atleta. Pero su manera abrupta y los movimientos eficientes parecen estudiados, como si tuviera que recordarse a si mismo que ya es un adulto. —¿Gusta desayuno?

—No, gracias, yo compro café en la estación—. Busca su abrigo en el ropero, ajusta su corbata antes de agarrar su maletín y guantes. —Bueno, que tengas buen día— le desea y no espera que ella le desee lo mismo antes de salir. En un minuto, oye cuando se abre la puerta del garaje y su automóvil se prende.

Arriba, hay mucho corre-corre, y las voces de la Sra. Leverett y de los niños hablando incomprensiblemente rápido. El teléfono suena y alguien lo contesta arriba. América no sabe si debe ayudar a los niños a vestirse, y cuando está a punto de subir a hacerlo, la Sra. Leverett baja corriendo, el teléfono portátil en su oreja, seguida por Kyle y Meghan.

—Okay, chicos, siéntense que nosotras les preparamos el desayuno, ¿okey? Buenos días— dice cuando pasa por el lado de América. Abre y cierra gabinetes frenéticamente, retira fuentes, saca cereal, toma un guineo de la canasta llena de frutas sobre el tope, a la vez que continúa su conversación telefónica.

—Yo hago, no preocupe— América dice, y la Sra. Leverett asiente y se inclina contra la isla, señala el cereal, luego a los niños, y vuelve su espalda para garabatear algo en un pedazo de papel.

América trae todo a la mesa, llena los bols, corta el guineo sobre el cereal, vierte la leche aguachosa.

—Es demasiado— Kyle se queja.

—Leche bueno— América dice suavemente para no interrumpir la llamada de teléfono de la Sra. Leverett. —Crece fuerte.

—Ella puso demasiada leche en el cereal, Mom—. El tono de Kyle sorprende a América. Es un gimoteo que ella no había oído antes.

La Sra. Leverett sube la vista de sus garabatos. —Un minuto— dice en el teléfono, luego viene a la mesa a mirar. —Nosotros sólo usamos una pizca— dice—, nos gusta el cereal crujiente—. Ella regresa al teléfono.

—Yo no me lo como así—. Kyle empuja su bol.

Meghan lo copia. —Ni yo tampoco.

La Sra. Leverett mira hacia América, como esperando que ella diga o haga algo. Lo que América quisiera hacer es enseñarles lo que es respeto a los niños y obligarles a comer su desayuno.

Pero, en vez, sonríe obsequiosamente. —Come ahora, mañana pongo menos.

—Yo no lo quiero— Kyle dice, sin probarlo—, está empapado.

América saca una cucharada de cereal esponjoso. —Es bueno, ¿ves?

La Sra. Leverett cuelga el teléfono, agarra los bols, tira sus contenidos en el fregadero y los llena de nuevo. —América está aprendiendo cómo nos gustan las cosas. No sean groseros con ella, ¿okey?— le dice a los niños mientras les salpica una pizca de leche sobre su segundo bol de cereal. Sin mirar a América, camina hasta el otro lado de la isla para vertirse café.

América se queda al lado de la mesa, sintiendo como que ha fracasado una prueba. Los niños siguen sentados en sus puestos como un príncipe y una princesa, mirando de América a su madre como si ambas los hubieran decepcionado. América toma otro guineo del bol de frutas.

—¿Cómo le gusta, ancho o fino?— les pregunta, sus labios apretados, el cuchillo suspendido sobre el guineo por encima del bol de Kyle. Él la mira, sus ojos fijos en los de ella como si tratara de adivinar sus intenciones. Ella le devuelve la mirada, seria. Él encoge los hombros. Ella corta la mitad del guineo en su bol, y la otra mitad en el de su hermana, en tajadas deliberadamente parejas, ni muy finas, ni muy anchas. Los niños la miran silenciosamente hundir el filo del cuchillo en la fruta firme. Cuando ella termina, los mira a ellos, sus facciones rígidas, en una expresión que desafía quejas. —Comer— les dice suavemente, y ellos llevan el cereal a sus bocas, sus ojos en ella mientras se mueve por la cocina, donde la Sra. Leverett espera que la tostadora suene. —Usted sentar, Missis Leverett— América dice— . Yo traer—. La Sra. Leverett se sienta al lado de los niños, quienes se están comiendo hasta la última pizca del cereal, la leche y el guineo.

—Llámame Karen— ella dice—, nosotros no somos tan formales aquí.

—Okei, gracias, Karen—. América sonríe con los labios apretados al poner la tostada al frente de ella. —¿Les gusta más cereal?— le pregunta a los niños, y los dos sacuden sus cabezas al unísono, como títeres. —Prepárense para la escuela —ella les dice y ellos se deslizan de sus sillas y se van.

Karen Leverett sube la vista de su tostada seca. —Yo no debí haberles gritado— dice—, pero tienen que aprender.

América limpia los lugares de los niños, preguntándose que querrá decir Karen y si la entendió bien. Los niños vuelven luchando con sus abrigos y América los ayuda mientras Karen busca su abrigo y sus botas.

—Mañana— Karen dice —vienes con nosotros de modo que puedas aprender la ruta.

—Okei—. América le abotona el abrigo a Meghan hasta el cuello, ajusta su gorro sobre sus ojos. —Nosotras jugamos cuando vuelvas—. Meghan asiente solemnemente.

—Yo tengo que hacer algunos mandados mientras estoy fuera. Estaré de vuelta en un par de horas—. Karen le indica a los niños que caminen al frente de ella y América se para en el umbral para despedirse. Cuando la puerta del garaje se abre, una ráfaga de aire helado le da escalofríos. Los saluda con la mano y cierra la puerta con un estremecimiento.

Nos tenemos que acostumbrar unos a otros, se dice mientras limpia el lugar de Karen. Ellos no están acostumbrados a mi manera de ser y yo no estoy acostumbrada a la de ellos. En el fregadero, los restos del primer desayuno de los niños parece vómito. Deja correr el agua sobre el residuo, empuja las todavía brillantes tajadas de guineo sin tocar en el triturador. Tiene ganas de llorar, y atribuye el impulso súbito a que no le gusta desperdiciar comida.

* * *

Le toma una semana el aprender las rutinas de la familia y su papel en ellas. Charlie Leverett deja la casa a la misma hora todas las mañanas, porque tiene que coger un tren, y no vuelve antes de las siete y media de la noche y, a veces, no hasta mucho después de que la familia se ha acostado. Karen Leverett es lenta en prepararse por las mañanas y los niños esperan que ella les ayude a vestirse. Todos bajan las escaleras a la carrera con diez minutos para desayunar. Después de la tercera mañana, América sube tan pronto como Charlie se va, ayuda a vestir a Kyle, ayuda a Meghan, entonces los lleva abajo a desayunar. Cuando Karen baja, ya los niños están casi terminando su desayuno.

—Ustedes comen desayuno bueno— América les dice. —Ustedes crecen grande.

Sus declaraciones les suenan a ellos como mandamientos. A diferencia de su madre, ella no termina cada instrucción con el ¿okey? No espera que estén de acuerdo con ella, espera que la obedezcan. Si discuten, insiste en que no comprende lo que dicen y repite sus instrucciones y ellos hacen como ella dice, porque si no, pone una cara como la mañana en que cortó el guineo como si cada tajada fuese una advertencia.

—Desayuno frío no bueno— ella les dice y al otro día, cuando Karen baja al comedor de diario, los niños están comiendo una olorosa avena caliente con miel y bebiendo una taza de leche caliente endulzada, por la cual América ha pasado una varita de canela para darle gusto.

—Oh, qué rico huele— dice y América le pone un bol lleno al lado de su taza de café.

—Es bueno para usted— dice, y Karen Leverett lo come como si nunca antes lo hubiese probado.

Cuando cierra la puerta detrás de ellos al quinto día, América suspira con satisfacción. Ella está aprendiendo sus costumbres y poco a poco las está cambiando.

Todo en la casa Leverett se hace con máquinas. Algunos de los aparatos los ha usado antes en las casas que limpiaba en las altas colinas de Vieques, otros los ha visto anunciados en las paginas de los especiales que vienen dentro del periódico de los domingos. Pero los Leverett parecen tener más aparatos de lo necesario. Hay tres máquinas para hacer una taza de café. Una para moler los granos y, dependiendo de si ella quiere capuchino o café regular, dos para hacerlo. Hay máquinas para hacer pan, para hacer pasta, para hacer arroz al vapor, para aplastar y tostar sangüiches, para cortar vegetales, para hacer jugo de fruta, para cortar papas. Hay dos hornos regulares, más un horno-tostadora y uno de microonda, una nevera enorme en la cocina, una más pequeña en la sala deportiva, un congelador. Hay máquinas para lavar y secar platos y ropa. Hay máquinas para barrer las alfombras, para encerar los pisos, para aspirar migajas de los muebles. Hay máquinas para cepillar los dientes, para encrespar el pelo, para afeitar piernas. Hay máquinas para remar, para caminar, para subir escaleras. Hay una máquina para planchar pantalones, una máquina de coser, una máquina que chisporrotea vapor para desarrugar vestidos. Charlie tiene una máquina para brillar sus zapatos y Karen tiene una que le echa vapor en su cara. Hay tres computadoras en la casa, un sistema de teléfono con intercomunicador y números programados para la escuela Montessori de los niños, las oficinas de Karen y Charlie, sus "beepers" y los números de teléfono de sus automóviles. Y hay otras máquinas cuyo uso no puede identificar.

—Deben de pagar una fortuna en cuentas eléctricas cada mes— América le dice a Ester cuando la llama el domingo por la mañana. —Por lo menos pagan por mes lo que nosotras pagamos en un año.

—Toda esa electricidad flotando por ahí causa el cáncer.

—¿Quién te dijo tal cosa?

—Dieron un especial sobre eso . . .

—Mami, no todo lo que ves por la televisión es cierto.

—¿Por qué van a mentir acerca de algo así?—. Cuando la desafían, la voz de Ester suena como el gimoteo petulante de un niño irritado. —Entrevistaron a una gente que les dio cáncer del cerebro por vivir debajo de cables eléctricos. Y un doctor dijo que podría suceder.

—Bueno, yo no me voy a preocupar por eso.

—Puede ser que sea sólo ciertos tipos de electricidad.

—Hay sólo un tipo . . .

—¿Por qué tú siempre me contradices?

—Yo llamé para decirte que estoy bien y que no te preocupes por mí, y acabamos con una pelea.

—Yo no estoy peleando. Sólo estoy tratando de decirte algo para tu propio beneficio.

—Gracias, entonces—. América arregla las almohadas en su cama, se enrosca en una posición más cómoda. Ni ella ni Ester han mencionado el nombre que cuelga en el silencio entre palabras. Los silencios crecen más largos cuanto más tiempo hablan por teléfono, mientras cada una evita decir el nombre, evita ser la primera en introducirlo en la conversación.

—¿Hablaste con Rosalinda?— Ester pregunta.

—No, la llamo después. ¿Y tú?

—Ella se sorprendió al verte.

—Tuve una bonita conversación con ella antes de irme. Puede ser que se venga a vivir aquí . . . una vez que yo me radique bien—. No preguntará por él, no admitirá ni a sí misma que ha pensado en él, que se ha preguntado cómo él ha tomado su ausencia.

—Todo el mundo habla de cómo tú te fuiste— Ester dice tentativamente, como sondeando una reacción antes de continuar.

—¿Cómo me fui?

—Sin despedirte de nadie.

—Yo le dije adiós a la gente que importaba.

—Están hablando de ti.

—¿Quién?

—Dicen que te fugaste con uno de los huéspedes.

—Mami, eso no me da ninguna gracia.

—Correa vino a La Casa y amenazó a Irving—. Ahora sus palabras salen con una prisa sofocada, como si las hubiera aguantado desde hace tiempo y ya no pudiera más y tuviera que sacárselas de adentro. —Yo me mudé con él un tiempito.

—¿Con quién?

—Con Irving, hasta que Correa se calme un poco. Estoy aquí hoy porque tú dijiste que llamarías. Pagán pensó que sería mejor así.

—¿Pagán? Mami, ¿qué es esto? ¿Está la isla entera metida en este lío?

—Tú no sabes cómo son las cosas aquí.

—Yo sólo he estado fuera una semana. Yo bien sé cómo son las cosas allí. Por eso es que estoy aquí.

—Se enloqueció. Alguien le contó que tú estabas en el aeropuerto y ya estaba llamando a mi puerta antes de que me tomara mi primera taza de café.

—Ay, Dios mío, Mami. ¿Te hizo algo?

—Yo estaba lista, nena, no te preocupes—. Su voz cambia a un gorjeo jovial. —Agarré mi machete . . . — Su risa retumba en arranques espasmódicos que la hacen toser. América la imagina, con sus rolos rosados y su camisón arrugado, amenazando a un Correa fuera de control con el machete mohoso que usa para desyerbar su jardín. América se estremece. —Yo le dije . . . — Ester se ríe, tose, se ríe de nuevo, incapaz de encontrar las palabras. A pesar de sí misma, una sonrisa juega en los labios de América.

—Dímelo, Mami, ¿qué hiciste?

—Agarré el machete y lo meneé sobre mi cabeza . . . Ay, Dios mío, ¡si hubieras estado allí! . . . Y le dije "¡Te voy a hacer como hizo Lorena!"— Ester se ríe, tose, se da contra el pecho para apaciguar la tos.

América tira una carcajada. —Ay, mi Dios, ¡no!

—Sí, así fue. Le dije que le cortaba el bicho si se atrevía acercarse a mí.

América no se ha reído así desde hace años. Ester también se lo está gozando. Pero América se corta, sus manos aprietan el receptor con tanta fuerza que lo podría aplastar. —Milagro que él no te contestó "Te voy a hacer como hizo O.J."

Pero Ester no oye su tono solemne, el cambio súbito en la voz de su hija.

—Yo creo que al fin se dio cuenta de que alguien en esta casa está más loco que él—. Ester se ríe de su ingenio, su coraje. ¿Cuánto tiempo habrá fantaseado con confrontar a Correa de este modo?

—¿Se ha aparecido por ahí desde entonces?

Ester para, respira en esfuerzos que marearían a otra persona.

—Ay, fue tan cómico. Yo nunca he visto a un hombre tan asustado.

—¿Ha venido, Mami? ¿Lo has visto despues . . . ?

Ester se pone seria de nuevo, pero no cortará la historia. —Muchacha, se fue con el rabo entre las patas y voló a Fajardo, debe haber llegado unos minutos después de que tú te fuiste de la casa de su tía. Regresó a Vieques al otro día, tan borracho que apenas podía estar de pie. Eso es cuando fue a La Casa. Irving hizo que lo arrestaran.

Un dolor constante comienza a machacar contra sus sienes. —¿Él está en la cárcel?

—¡Nah! Pasó una noche allí. Feto dijo que ya estaba de vuelta en el trabajo ayer.

—Eso no termina ahí. Él debe estar planificando algo.

—Él no sabe dónde tú estás. Nadie aquí lo sabe, ni siquiera yo.

—Don Irving sabe. ¡Ay, qué vergüenza!

—Él dijo que te dijera que no te preocupes por nada. Sólo que te cuides bien.

A pesar de sí misma, América comienza a sollozar. —Todos se están portando tan bien conmigo . . .

—¿Cuándo vas a mandar dinero?

—¿Qué?

—La razón por la que uno se va a Nueva York es para enviar dinero a su familia.

América sonríe entre sus lágrimas. —Te envío un giro tan pronto me paguen.

—Y no te olvides de llamar a Paulina.

—Okei, Mami. Yo la llamo hoy—. El silencio que sigue es como un abrazo.—Yo te llamo la semana que viene.

—Estaré aquí.

—Gracias, Mami.

—Pues, adiós.

América cuelga el receptor y acomoda la espalda contra las almohadas. A Correa no se le apacigua tan fácilmente. Y menos si sospecha que se ha fugado con un amante. ¿Cómo puede haber comenzado ese chisme? Ella no le habló a nadie en la camioneta hacia el aeropuerto ni en el avión. ¿Cómo puede alguien, sabiendo el genio y maltrato de Correa, ser tan cruel como para sugerir que ella viajó acompañada por un hombre? No tiene sentido. Pero no importa. Puede ser que los rumores fueran iniciados por el mismo Correa. Sus celos, su carácter dominante no le permiten aceptar el hecho de que ella lo dejara simplemente porque quería hacerlo. Esto no queda ahí. Ella lo conoce lo suficiente como para temer que tratará de desquitarse de algún modo, sino mediante Ester, mediante Rosalinda. No cabe duda en su mente que Correa no ignorará la humillación pública que le ha ocasionado. Esperará hasta que pueda lastimarla tanto como ella lo ha lastimado a él.

El teléfono de Tía Estrella es contestado al primer timbrazo.

—Rosalinda, soy yo.

—Ay, Mami, ¡él estuvo aquí! Te está buscando.

—Cálmate, mi'ja, él no sabe dónde estoy. ¿Cómo estás?

—Estaba tan enojado. Yo nunca lo he visto así, Mami. Él dijo cosas feas y le gritó a Tía Estrella. Te insultó. Y dijo que él los mataría a los dos. Mami, ¿tú estás con otro hombre?—. Rosalinda está histérica. Las palabras salen de su boca en un torrente interrumpido por sollozos. América traga duro contra la tensión en su garganta.

—Ahora escúchame a mí, Rosalinda, escucha. ¿Estás escuchando, mi'ja?

—Yo nunca lo he visto tan enojado. Me abofeteó . . . — Hay un suspiro, como si las palabras salieron de su boca contra su voluntad. —Él no lo hizo de maldad, Mami, yo me entrometí.

—No lo defiendas, Rosalinda. Eso no tiene justificación.

—Él te quiere tanto, Mami. No puede aceptar que te ha perdido.

¿De dónde vienen esas palabras? ¿Ha dicho algo ella, América, que le diera la impresión a Rosalinda de que las pelas tienen algo que ver con el amor? ¿Lo ha creído ella misma?

—Rosalinda, él no me ama—. ¿Por qué es que su garganta se contrae, sus labios tiemblan? —Él no me ama.

—Él dice que jamás permitirá que lo abandones. Él dice que ningún otro hombre puede tenerte.

América cierra sus ojos, como si de esa manera la oscuridad que ella crea fuese más penetrante que la del cuarto de muchas ventanas con cielorrasos sesgados en el que está rodeada de almohadas. —Rosalinda, contrólate. Tienes que prestarme atención—. La niña deja de plañir, pero su resuello acompaña las palabras de América. —Yo no estoy con otro hombre. No creas esos chismes. Yo no sé dónde empezaron, o por qué, pero no son ciertos. ¿Comprendes?

—Sí, Mami.

América se muerde los labios, cambia el teléfono de una mano a la otra. —La manera en que tu papá me ha tratado . . . no tiene nada que ver con el amor. Es difícil de explicar, pero tú no debes pensar que es así que los hombres muestran su amor.— Su pecho se siente apretado y es difícil respirar. De pronto siente frío, sus dedos están rígidas y sus dientes rechinan como castañuelas. —O que el hecho que yo lo dejara que me golpeara quiere decir que así es como las mujeres muestran el suyo—. ¿Qué quiere decir? ¿Qué quiere decir? ¿Qué quiere decir? Está tan fría que se tiene que tirar la ropa de cama encima y habla con su hija desde la oscuridad debajo del edredón.

Rosalinda solloza, musita en el receptor. —Ajá—. Pero no ha oído nada. —Él cambiará, Mami, si vuelves. Él te ama tanto . . . él quiere que seamos una familia de nuevo.

—Rosalinda, nosotros nunca hemos sido una familia—. En la oscuridad cada palabra suena como una confesión.

—¿Cómo que no somos una familia? Él no ha vivido siempre con nosotras, pero . . . pero . . . pero . . .

Su voz es baja, confidencial, como si las palabras fueran prohibidas. —Él tiene una familia en Fajardo, Rosalinda, tú lo sabes. Una esposa y niños.

—¿Cómo pueden ellos ser una familia y nosotras no? ¿Sólo porque está casado con la otra mujer? Él se tuvo que casar con ella, pero no la quiere como te quiere a ti. Tú sabes que eso es verdad.

—Ay, Rosalinda, me estás lastimando.

—Él no es un hombre malo, Mami.

—No, mi'ja, no es un hombre malo. Sólo que . . . No, no es un hombre malo.

Rosalinda habla tan rápido que casi no puede respirar, trata de convencer a su madre con cada argumento que se le ocurre. —Él lloró, Mami. Se sentó en el sofá de Tía Estrella y lloró. Él nunca ha hecho eso, Mami.

Borracho, probablemente, América quiere responder, pero se avergüenza de no darle a Correa el beneficio de la duda. Él no es tan buen actor como para llorar lágrimas de cocodrilo frente a mujeres que lo adoran y la verdad es que a veces a él le da sentimiento. Al final de la película "Terminator II", cuando el hombre robot se cayó en la tinaja de metal hirviendo, Correa se emocionó y tuvo que secarse las lágrimas. Cuando se prendieron las luces en el teatro, fingió haber dejado caer algo debajo del asiento hasta que recobró su compostura.

—Tu padre es . . . sentimental . . . — América sugiere. —A lo mejor se dio cuenta de lo mal que me ha tratado todos estos años.

—Así es, Mami, y él jura que si vuelves cambiará—. Hay esperanza en su voz.

—¿Te dijo él que me dijeras eso?

—No, Mami—. Hay una mentira en su negación.

—Yo no vuelvo—. Sale un grito sofocado por el teléfono, seguido por otro ataque de lágrimas. América no comprende cómo, después de tanto tratar de alejarse de ella, Rosalinda la quiere en su vida.

—Es mi culpa, ¿verdad? Por lo que hice.

Está demasiado caliente debajo del edredón. —Esto no tiene nada que ver contigo, Rosalinda, esto tiene que ver con mi vida.

—Pero si yo y Taíno no hubiéramos . . .

—Lo que tú y Taíno hicieron fue algo malo . . .

Un lamento y, por un momento, América espera que Rosalinda cuelgue el teléfono. Pero Rosalinda se queda en la línea, gimiendo en el teléfono, como si alguien la estuviera torturando. Cada sollozo es como una soga que ata a América en nudos, cada palabra, cada aliento de la boca de su hija, apretándola más y más hasta que la sofocan.

—Cometí un error, Mami, ¿entiendes? Fue un error—. Rosalinda grita en el teléfono, de modo que América tiene que separarlo de su oreja y lo aguanta al frente de ella, como si esperara que Rosalinda, chillando, gimiendo, sollozando, fuera a saltar de su interior. Después de unos segundos, Rosalinda sí cuelga, y América se queda mirando fijamente un receptor silencioso.

Está enroscada en su cama, sus rodillas contra su barriga, mirando el teléfono como si estuviera a punto de convertirse en algo vivo. Pero sólo se oye el tono de marcar. Ya es algo, supongo, que Rosalinda admita su equivocación con Taíno. Ella no habia hecho eso antes.

América se voltea en la cama, estira sus piernas, preguntándose en qué punto de la conversación con su hija se enroscó en sí misma, de modo que su lado derecho se le quedó dormido.

Yo no voy a llorar por ella, por él, por nadie. No voy a llorar. Las lágrimas ruedan desde las orillas de sus ojos hacia sus mejillas. Él me ama. Él siempre ha dicho que me ama. Rosalinda también me ama. Y Mami. Pero si me aman tanto, ¿por qué me tratan como si no me amaran? Rosalinda sólo me quiere si la dejo hacer lo que le da la gana. Mami sólo me ama si no me meto en su vida. Correa, me ama, yo lo sé. Pero yo no quiero que me ame tanto. No tanto.

"Si necesita hacer una llamada, por favor cuelgue e intente otra vez. Si necesita ayuda, cuelgue y marque la operadora".

La voz mecánica repite su mensaje, deliberado, tranquilo, cada palabra pronunciada claramente, de modo que no haya mala interpretación. Ayuda, América cuchichea al colgar. Ayuda.

—Los domingos— Karen Leverett le dijo anoche—, nosotros comúnmente hacemos algo juntos en familia. Vamos de caminata o al museo o a ver una película.

—¿América viene con nosotros?— Meghan le preguntó a su madre.

—Si quiere— Karen dijo, pasándole la mano por la cabeza a su hija. —Los domingos y los lunes son sus días libres.

—Mejor yo me quedo— América dijo.

Karen pareció desilusionada. —Si decides dar un paseo, usa el Volvo.

¿A dónde iría?, América se preguntó a sí misma.

La casa está tranquila. Después de su mañana de llamadas de teléfono, América se alegra de que no haya nadie que vea sus ojos hinchados y su cara triste. Prepara una sopa enlatada de pollo con fideos y dos pedazos de pan tostado y se sienta en el comedor de diario, comiendo y mirando cómo se derrite el hielo que cuelga del alero del tejado. Yo no puedo pasar cada fin de semana así, se dice en voz alta, llorando por la mañana y comiendo sopa enlatada por la tarde. Un cardenal aterriza en la orilla de la terraza. Es el primer pájaro que ha visto desde que llegó a Nueva York. Sus plumas rojas parecen fuera de lugar contra las piedras grises, los montículos blancos de nieve, el ramaje verde melancólico invernal. Se hizo un vestido de ese color un año para su cumpleaños y Correa la obligó a cambiarse de ropa por algo menos llamativo. El color rojo, dijo, es para putas. El cardenal picotea algo en los intersticios de la terraza de laja, alza su cabeza como si alguien lo hubiera llamado, y vuela lejos, su plumaje una racha ardiente contra el paisaje triste.

Cuando América cumplió diecisiete años, Correa le enseñó a manejar. A él siempre le han gustado los carros, gasta todo su dinero y tiempo libre en cacharras que compra por casi nada y que arregla hasta que el motor zumba y el acabado brilla.

Temprano en la mañana de un domingo él la llevó al lote de estacionamiento de la Playa Sun Bay y levantó el bonete de su carro, para ese entonces un Monte Carlo gris. Esto, le dijo, como si estuviera dándole a conocer un secreto maravilloso, es el motor. Le mostró cómo verificar el nivel de aceite del motor y de agua en el radiador. Le demostró cómo raspar granos minúsculos de las conexiones de la batería. Sacó de su camisa un calibre parecido a un lápiz y le mostró cómo leer la presión de las llantas. Las llantas, le dijo, son el único contacto que tienes con la carretera. Las tienes que mantener infladas y verificar frecuentemente que las bandas de rodaje no estén peladas.

Correa la llevó por los estrechos caminos de Vieques y la

dejó practicar. Acelera y mantén una velocidad constante, no esperes que el motor te lo pida. No guíes con el pie en el pedal de los frenos o se gastan. Lava el carro por lo menos una vez por semana porque el salitre es malo para el acabado.

Cuando consiguió su licencia, él le dejó su carro para que practicara y se lo regaló cuando compró el primero de sus tres Jeeps. Pero un día, vino a la casa y América no estaba. Ella se había ido sola a Isabel Segunda, a unos veinte minutos al otro extremo de la isla. Cuando regresó, sus brazos cargados con la compra de la semana, él le dio una pela porque no le enseñó a manejar para que estuviera vagabundeando por el pueblo. Se llevó el carro y le dijo que no la quería manejando más.

Sentada al volante de la camioneta Volvo color plata de Karen Leverett, América reflexiona que Correa tampoco le enseñó a manejar para que un día estuviera malgastando su tiempo en el camino de entrada de una mansión decidiendo qué hacer con el resto de un domingo nublado en medio de sólo Dios sabe donde.

Se va hacia la izquierda, por el camino no pavimentado. Más allá, tiene que guiar despacio para dejar pasar un grupo de jinetes. Al pie de la colina, toma otra izquierda, hacia las tintorerías y las tiendas gourmet donde Karen le dijo que siempre compra los granos de café y el aceite de oliva extra virgen que le gusta.

Al otro lado de la calle, donde se encuentran las tiendas gourmet, hay un cine pequeño. Casi todo el resto de las tiendas son oficinas de bienes raíces, con fotos de casas de millonarios en las ventanas. Pasa un centro comercial con un supermercado en una esquina y un banco en la otra. Este no es donde Karen dijo que ella debe hacer compras, aunque es el mercado más cerca de la casa. Al lado hay una floristería y un veterinario, y al doblar la esquina, una estación de gasolina que está abierta las veinticuatro horas del día. Pasa praderas verdes cercadas, donde juegan una yegua y su potro. Más allá, al pie de la colina, está la escuela superior, con sus campos para fútbol y pelota, una charca con patos y una pista de correr. Maneja como si supiera dónde va, bajo el puente de la carretera, pasando una flecha que indica un club de tenis. La carretera de dos carriles continúa después de la escuela de Kyle y Meghan hacia una encrucijada al frente de un hospital.

Sigue a mano derecha por la calle principal de Mount Kisco, el pueblo más cercano, a siete millas de donde vive. Estaciona en el primer espacio que encuentra y brinca un charco fangoso hasta la acera limpia de nieve. Ella dejó la casa porque se cansó de estar sola, repasando y reviviendo imágenes inducidas por las conversaciones de esta mañana. Pero se encuentra también sola en una calle cuya arquitectura, carteles y aire frío son extraños. Una vitrina al lado de un estudio de karate anuncia OFICINA HISPANA, y éste es el primer indicio que tiene de que no es la única persona que habla español en Westchester County, Nueva York. La oficina está cerrada, pero por los cristales ve carteles de Perú, Ecuador y Guatemala.

Más abajo, encuentra un restaurante con un nombre en español, Casa Miguel. América se asoma por la puerta y ve una sala oscura, larga y estrecha, decorada con sarapes y sombreros con lentejuelas, lleno de yanquis que son servidos por camareros que parecen latinos. Un hombre le pregunta si puede ayudarla y ella retrocede, diciendo no con la cabeza.

Salones de belleza, un joyero, tiendas vacías con letreros que anuncian SE ALQUILA en las vitrinas. Al frente del cine hay una pizzería llena de niños parlanchines y adultos nerviosos. América apresura su paso.

Al dar vuelta a la esquina, hay un parque pequeño al lado de un arroyo, con una estatua de Cristóbal Colón parado de tal manera que, a primera vista, parece que está orinando. Pero, al acercarse, ve que lo que aguanta es un pergamino. Al otro lado de la calle hay una estatua de un indio emplumado, su cara mirando sobre su hombro izquierdo, aparentemente rechazando a Colón.

Hay parejas que caminan tomadas de las manos. En una esquina hay un grupo de hombres fumando. Cuando pasa, la miran pero no dicen nada. Parecen latinos, pero cuando se acerca, ellos dejan de hablar, así que no está segura. Se sorprende de no oír los piropos tan típicos de los grupos de hombres jóvenes allá en Vieques. Quizás, piensa, no estoy lo suficientemente bien vestida.

Tiene puesta su única ropa caliente, jeans, su sudadera de Minnie Mouse, las botas y el abrigo pesado de Karen Leverett. Sus rizos están aplastados bajo el gorro de punto azul. Con razón los hombres no le dicen nada a las mujeres aquí, se dice a sí misma, estudiando la gente que pasa empaquetada en abrigos. No hay nada que ver.

Tanto caminar en el aire frío le da hambre y sigue un aroma de ajo hasta un restaurante chino. El lugar está lleno de clientes que hablan español.

—Buenas tardes— dice la mujer china al otro lado del mostrador.

—Buenas tardes— América responde, sonriendo por la sorpresa de escuchar una persona china hablando español. Detrás del mostrador hay una cocina, en la cual tres hombres con gorros blancos cocinan en enormes woks sobre fuego vivo. Ellos la saludan con la cabeza.

—El menú— dice la mujer, empujando en su dirección el menú en una hoja impresa en caracteres chinos con su traducción al inglés, que a América le parecen tan incomprensibles como el idioma original.

—Gracias—. Mira la lista de platos, tratando de encontrar chow mein, arroz frito y eggrolls, la única comida china que ha comido. Y no está segura de que de verdad fuera comida china, ya que el dueño del restaurante era un viequense que vivió en Nueva York por diez años y que nunca, ella cree, visitó la China. La mujer detrás del mostrador señala unas fotos en las paredes.

—El menú— repite, sonriendo, pero ahora no lo dice con tanta amabilidad al darse cuenta de que América no sabe lo que quiere ordenar.

Entra una pareja y la mujer sonríe y los saluda de la misma manera que saludó a América. Les da un menú y a América se le ocurre que quizás la mujer china sólo sabe suficiente español para saludar y servir a su clientela.

—Número cuatro— América dice, señalando hacia el plato de camarones con langosta, con un servicio de arroz frito y eggroll.

—¿Y para beber?

—Coca-Cola.

La mujer le da un pedacito de papel, una Coke y un sorbeto y le señala una mesa vacía. —Yo llamo el número— dice, e indica los números en el papel en la mano de América, y la mesa nuevamente, como si América no hubiera entendido la primera vez.

Cuando se sienta, la gente en la mesa de al lado la mira. Cuando les devuelve la mirada, el hombre la saluda y la mujer la tasa descaradamente con una advertencia en sus ojos. América abre la lata de soda, mira por la ventana, evitando los ojos de las otras mujeres en el restaurante, que la miran como si ella hubiese entrado allí específicamente para seducir a sus hombres frente a sus propias narices. Este es mi hombre, dice la mirada, no te acerques. Ella ha tenido esa mirada en su cara. Cuando Correa la saca a pasear, es posesiva si otra mujer se acerca. Es la misma mirada que tiene Correa cuando está con ella, la misma mirada que Don Irving tenía en su cara durante los tres meses que Ester vivió con él. Y, ¿quién sabe?, puede ser que la tenga ahora que Ester ha vuelto a su lado.

Será posible, América se pregunta, el amar sin poseer. ¿Será posible amar sin preocuparte de que la próxima persona que pase por la puerta se va a llevar a tu amante con una mirada?

Llaman su número, en español, y recoge su orden, paga y se sienta en la mesa sola, rodeada de parejas que hablan un español distinto al que siempre ha oído, pero español no obstante. Y a ella le gustaría hablar con esta gente en su lengua, le gustaría averiguar de dónde vienen, y si están acostumbrados a este clima frío y si viven en este pueblo o, si como ella, lo visitan en su día libre. Pero la expresión en las caras de las mujeres la desalientan. Ella es una mujer sola, lo que la hace sospechosa para las demás. Come su comida china, que está rica, en silencio, evitando los ojos oscuros de los otros comensales, velando a los transeúntes por la ventana, sintiéndose tan sola como jamás se ha sentido en su vida.

Cuando regresa a la casa, América marca el número de teléfono de Estrella, esperando que Rosalinda se haya tranquilizado y esté en condiciones de hablar con ella. Le gustaría disculparse con Rosalinda por haber sonado como si hubiera estado a punto de sermonearla sobre Taíno. Lo que estaba a punto de decirle a su hija era que, aunque lo que hizo fue algo malo, ésa no fue la razón por la cual América decidió dejar a Correa. Debí hacerlo hace tiempo, pero no sabía cómo, ni que podía. Pero América va a tientas formulando las palabras, insegura de cómo contestarse sus propias preguntas, temerosa de que las de Rosalinda, más exigentes serán, serán aún más difíciles de contestar. Es un alivio cuando el teléfono suena ocupado.

Supongo que el hecho de que Rosalinda se fugó con Taíno tuvo algo que ver con mi decisión, se admite a sí misma, el saber que yo hice todo lo que pude por ella y que, al fin y al cabo, no importó. Esta manera de pensar le sube la temperatura, así es que se pone su ropa de dormir, aunque recién son las seis de la tarde. Quizás no debo llamarla, quizás es ella quien debe de llamar, quien debe disculparse por haber colgado con tanta falta de respeto. Entonces se acuerda de que Rosalinda no tiene su número de teléfono.

Marca de nuevo. O Rosalinda está hablando por teléfono con su papá o ha descolgado el teléfono por despecho. Piensa que es más probable que Rosalinda y Correa estén hablando por teléfono acerca de ella, entonces decide que está siendo paranoica. Pero entonces los recuerda sentados en el sofá allá en casa, cuchicheando hasta que ella entró, silenciándose el uno al otro con una mirada misteriosa que ni siquiera intentaron ocultar. ¿De que lado está Rosalinda?

La puerta del garaje sube y baja. Los Leverett deben haber regresado de su domingo familiar. Los oye pasear por la cocina y el comedor y por un momento considera bajar a ayudarles a preparar la cena o lo que sea que están haciendo. Pero es su día libre.

Se enrosca más debajo de su edredón. Si el teléfono todavía está ocupado la próxima vez que marque, América se dice a sí misma, no voy a intentar más. Espera quince minutos, marca de nuevo, cuelga el teléfono de golpe cuando oye el zumbido insistente. Ahora está convencida de que Rosalinda ha dejado el teléfono descolgado. Debo sentirme culpable por haber mencionado a Taíno. Debo olvidarme que pasó lo que pasó. Bueno, pues quiero que sepas algo. Nunca lo voy a olvidar. Nunca. Tendiste tu cama, le dice a su hija a través del mar, ahora acuéstate en ella.

Hace su última llamada del día.

—¿Tía Paulina? Es su sobrina, América.

—Ay, nena, ¡qué sorpresa! Un momentito—. En una voz más alta, despegada del teléfono, dice:—Bajen la voz, es América. ¿Cómo estás, mi'ja?

—Lo más bien, Tía. ¿Recibió mi carta?

—Sí, mi'ja, pero no me diste una dirección o un número de teléfono . . . ¿Ya estás en Nueva York?

—Sí, vine la semana pasada.

—¿De verdad?

—Estoy trabajando con una familia.

—Sí, nos contaste eso en tu carta. ¿Dónde queda la casa?

—El pueblo se llama Bedford.

—Yo no sé dónde es. No te me retires, un momentito—. El receptor suena como si ella lo hubiese puesto sobre una mesa. La voz de Paulina suena distante y apagada al hablar con lo que parecen ser muchas personas. América no oye bien lo que se está diciendo, pero le suena como que ellos están tratando de determinar dónde está ella y si alguno de ellos ha oído mencionar el sitio. Paulina coge el teléfono de nuevo. —Leopoldo sabe donde queda ese pueblo.

—¿Cómo está Tio Poldo?

—Ay, mi'ja, igual que siempre. Todos estamos igual, gracias a Dios. ¿Y tu mamá?

—Está bien. Les manda recuerdos.

—¿Cuándo es tu día libre? ¿Nos puedes venir a visitar?

—Yo estoy libre los domingos y los lunes.

—Bueno, pues ven la semana que viene. La familia se reúne aquí todos los domingos y así puedes ver a tus primos.

—Sí, me gustaría verlos.

—Poldo te puede ir a buscar.

—Yo creo que hay un tren de acá.

—Qué bueno será verte, mi'ja. Hace años.

—Sí, Tía.

—Déjame anotar tu número para devolverte la llamada. Nos acabamos de sentar a comer . . .

—Lo siento, yo no sabía . . .

—No te preocupes, nena, ¿cómo lo ibas a saber? Aquí encontré una pluma. No, ésta no escribe. No te me retires—. América la oye rebuscando, luego pidiéndole a alguien si tiene una pluma. Luego pregunta si hay papel por algún sitio, y varias voces contestan, y hay un susurro y Paulina regresa al teléfono, pero esa pluma tampoco funciona y tiene que encontrar otra y, al fondo, la gente se ríe.

Al otro extremo, América se siente excluída. Paulina, tres años mayor que Ester, ha estado casada con el mismo hombre por más de treinta años. En sus cartas y conversaciones durante sus raras visitas a Vieques, Paulina presume de su familia. Sus tarjetas de Navidad siempre son un retrato de Paulina y Leopoldo rodeados por sus hijos. Aun de adultos, Carmen, Orlando y Elena han posado para el retrato, como si el no hacerlo pudiera echarle "mal de ojo" a la imagen de una familia unida. En su pared de memorias, Ester tiene una progresión de la vida de su hermana, desde su retrato de bodas, hasta fotos de Paulina y Leopoldo con Carmen, y tres años después, Orlando, Carmen sonriéndole al bebé, y seis años después de eso, Paulina con Elena en su falda, con Orlando y Carmen a cada lado de ella, sonriendo angelicalmente mientras Leopoldo, parado detrás de todos, se ve tan orgulloso como el único gallo en el patio. En años recientes, la tarjeta de Navidad de la familia ha incluido también a la esposa de Orlando, Teresa, y a su hija, Edén.

Cuando Paulina al fin regresa al teléfono con una pluma que escribe y un pedazo de papel limpio, América le da el número y cuelga con muchas disculpas por haber interrumpido la reunión familiar.

Le habría gustado que la invitaran para mañana, lunes. No puede pasar otro día en Mount Kisco siendo velada por mujeres que no sueltan a sus hombres.

Pero si la hubiesen invitado, no se atrevería manejar el carro de los Leverett hasta el Bronx. En la semana que ha vivido en Westchester, ha oído mencionar al Bronx tres veces. La primera vez fue cuando le preguntó a Karen a qué distancia queda el Bronx de su casa, y Karen pareció hacer una mueca, pero estaba oscuro en el carro y es posible que América no viera bien. Luego, unos días más tarde, vio las noticias mientras se preparaba para acostarse y enseñaron unos rascacielos en el Bronx que el reportero dijo se habían convertido en el hogar de unas mil familias rusas. Ella se sorprendió de esto, porque las únicas personas del Bronx que ella ha conocido eran puertorriqueñas. Ninguno de los huéspedes en La Casa del Francés era del Bronx. Pero muchos de los parientes de sus vecinos, como su tía, vivieron en el Bronx, y por eso siempre había pensado en el Bronx como una isla para puertorriqueños. La idea de rusos viviendo en el Bronx añade una dimensión nueva, como cuando se enteró de que Rubén Blades era panameño.

Anoche, las noticias desde el Bronx no fueron tan buenas. Alguien trató de robarle el auto a un policía franco de servicio. Tanto el asaltante, que resultó herido, como el policía que lo baleó tenían apellidos hispanos. Pero el asaltante no parecía puertorriqueño, ni se parecía a la gente que vio hoy en Mount Kisco. Se pregunta de dónde viene la gente que vive en el Bronx, a excepción de Puerto Rico y Rusia.

—Oh, es como unas Naciones Unidas aquí— Paulina le dice cuando le devuelve la llamada más tarde. —Nosotros vivimos en un barrio italiano y unos pocos bloques más allá es mayormente judío. El barrio puertorriqueño es un poco más abajo, pero nosotros nos mudamos de allí hace años.

—¿Viven ustedes lejos de donde yo estoy?

—Poldo dijo que estás más o menos a una hora de aquí. Mi'ja, ¡estás en medio de la nada!

—Aun así, me gusta. Es bonito y tranquilo.

—Es como Vieques, entonces. Puede ser que a ti no te guste el Bronx porque es demasiado vivo—. Paulina nota lo que ha dicho. —Pero no es para decir que la gente aquí es desordenada. Nosotros vivimos en un vecindario muy bonito de gente trabajadora.

—Si voy el próximo fin de semana . . .

—No hay peros, mi'ja. Tienes de venir.

América sonríe. —Cuando vaya el fin de semana que viene,

¿puede usted llevarme a comprar ropa más caliente?

—Sí, por supuesto. Pero ¿por qué gastar dinero? Nosotras tenemos abrigos y suéteres que te podemos dar. Tú conoces a mis hijas. Siempre tienen que tener lo último, así que me dan lo que ya no se ponen a mí. Lo que no quiere decir que a mí me queden. Ya tengo casi cincuenta años, tú sabes.

—Usted siempre nos envió cosas tan lindas.

—Bueno, yo siempre digo que no tiene sentido guardar más de lo que es necesario.

—Mami nunca desecha nada. Todavía tiene el vestido que se puso para la boda de usted y Tío Poldo.

—Ay, mi'ja, mi hermana siempre ha sido así. Siempre almacenando. Tu abuela, que en paz descanse, se pasaba detrás de ella tratando de convencerla de que botara botellas vacías y tucos de lápices y cosas así. Pero Ester siempre ha sido una coleccionista. Hasta guardó tu ombligo desde que tú naciste—. Paulina se ríe, un sonido claro y aniñado que trae una sonrisa a los labios de América.

—Yo lo sé y también el de Rosalinda—. En su altar, Ester tiene dos pequeños tarros cubiertos con el nudo umbilical de ella y de Rosalinda flotando en un líquido amarillento. —Yo no sé por qué ella hace eso.

—¿Quién sabe por qué la gente hace lo que hace? Debe de ser la manera en que Dios nos hace interesantes el uno al otro. Imagínate lo aburrida que sería nuestra vida si todos fuéramos iguales.

En verdad, América piensa al prepararse para dormir, sería muy bonito si todos fuéramos iguales, si todos tuviéramos las mismas cosas y nos pareciéramos y no tuviéramos que preocuparnos si aquél es más guapo o aquélla tiene un carro más lujoso. El pastor Núñez predicó sobre ese tema, pero no recuerda su conclusión. Algo acerca de que nosotros somos todos iguales ante los ojos de Dios y en el Día del Juicio Final. Arregla sus almohadas antes de apagar la lámpara. Ese es el problema con la religión. No se puede obtener una respuesta directa hasta que te mueras, cuando la pregunta ya no importa.

Asopao

La mañana del lunes, América espera a que el Explorer de Karen dé la vuelta hacia el camino no pavimentado antes de salir de su cuarto. La cocina está tan desordenada como la primera mañana que la vio, con platos por dondequiera, una caja de cereal seco, bols, cucharas y tazas donde fueron usadas la última vez. América despeja la mesa, lava los platos, se prepara café y tostada. Karen le dijo que los lunes una niñera recoge a Meghan y a Kyle en la escuela y los cuida hasta que ella regresa del trabajo. Aunque Karen no le dijo nada, América piensa que no debe estar allí cuando llegue la niñera con Meghan. De todos modos, si se queda en la casa por mucho más tiempo, va a empezar a limpiar como hizo en la cocina, aunque éste se supone que sea su día libre.

Decide llevarse el carro y explorar un poco más. Sería buena idea, América piensa, ir a la escuela de los niños para asegurarse de que puede llegar sola. Pero esto es sólo una excusa. La verdad es que a América le encanta manejar.

Le gusta estar en control de una máquina tan complicada como un automóvil. Adora el ronroneo del motor, el viento soplando por la ventana abierta. Le gusta que sólo tiene un segundo para mirar las cosas antes de que desaparezcan detrás de ella.

Toma con facilidad los estrechos caminos de muchas curvas.

Aprendió a manejar en caminos tan estrechos, de tantas curvas, tan llenos de vegetación a cada lado como éstos. Se para varias veces a mirar las praderas cercadas, donde los caballos pastan plácidamente. A veces puede vislumbrar casonas al otro lado de enormes portones. Se siente agradecida de que los dueños no hayan ocultado estas casas a la orilla del camino detrás de setos o verjas altas. Estaciona el automóvil y las admira desde el otro lado de la calle, imaginándose dentro de ellas.

En Vieques, las casas de los yanquis son de concreto y de cristal, expuestas al sol y a los vientos de la isla. Aquí, las casas están escondidas detrás de matas y árboles, con cortinas que protegen los secretos de la familia contra miradas entremetidas. Piensa en los dueños de estos hogares, en si su riqueza es algo que dan por sentado o si se arrodillan para agradecerle a Dios su buena fortuna, como el Pastor Núñez le sugiere a sus feligreses. En la semana que ha estado con los Leverett, Dios no ha sido mencionado ni una vez, y América se pregunta si la gente rica lo necesita tanto como la gente pobre.

Regresa a Mount Kisco, pero esta vez no sale del carro. Pasando las estatuas de Cristóbal Colón y del indio indiferente, llega a una zona comercial. Por esta calle, recuerda, queda el supermercado donde debe hacer la compra, aunque está segura de que Karen llegó aquí por otro camino. Más allá hay una enorme tienda por departamentos, llamada Caldor. Entra en el estacionamiento, mira por las ventanas, pero no sale del carro, dejando el descubrimiento de lo que hay adentro para otro día.

—Es un trabajo nuevo— Karen le dice el lunes por la noche. —Así que las horas serán un poco locas al principio—. Sentada en el sofá en el cuarto de América, Karen mira a su alrededor a ver si ella ha hecho cambios.

—No preocuparse, yo cuido todo.

Karen le entrega una hoja de papel. América estudia los bloques de colores con los nombres de los niños y el lugar y número de teléfono donde se suponen que ellos estén a diversas horas.

—Este es el horario de Meghan para esta semana. Mañana tiene una *playdate* con Lauren Ripley.

América levanta la vista del horario. —¿Cómo?

—Meghan— Karen pronuncia lentamente, sus ojos fijos sobre los de América.

—Sí, Meghan. Ella tiene . . . No comprendo—. Su cuerpo entero arde de vergüenza.

—Oh— Karen sonríe—, una *playdate*. Quiere decir que ella va a jugar a la casa de su amiga.

—Ah, sí. ¿Cómo se dice? ¿Plé det?

—Play-date— Karen pronuncia de nuevo. —Play-date.

América asiente con la cabeza. —Plé det— repite en voz baja. —Plé det.

—La niñera de los Ripley las recogerá las en la escuela y traerá a Meghan a casa alrededor de las tres—. Le entrega a América el horario de Kyle.

—Después los dos tienen clases de natación. ¿Te acuerdas de cómo llegar al Health Club?

—Sí—.

Durante su paseo ayer, América se aseguró de que podía llegar a todos los sitios que Karen espera que conozca, como la escuela de los niños, el Health Club, el supermercado, el salón de karate y de gimnasia donde los niños toman clases.

—Yo estaré en casa alrededor de las siete—. Karen estudia otra hoja de papel con los números de teléfono para ella y Charlie, los de los doctores de los niños, el de la farmacia, los de los abuelos maternos y paternos en Florida, el de una vecina cercana. —Puse uno de éstos al lado del teléfono de la cocina, pero pensé que te gustaría tener uno al lado del tuyo.

América lo pone en la mesa de noche sin mirarlo.

—Y esto— Karen dice, entregándole un folleto— es la guía teléfonica de la escuela, donde puedes encontrar los nombres y números de los amigos de los niños. Yo he marcado los amigos de Kyle en amarillo y los de Meghan en anaranjado.

—Qué bien organizada es usted— América dice con admiración.

—Si no lo fuera, nuestra vida sería caótica.

Quizás ése era mi problema en Vieques, América considera, no estaba lo suficientemente organizada.

—Yo creo que sería mejor si le dieras la cena a los niños temprano, como a las cinco y media, para que no tengan que esperarnos a nosotros.

—Okei.

—Ya sabes cómo conseguirme en caso de emergencia.

—Yo tengo todos sus números.

—Kyle sabe cómo marcar el 911.

—¿Esquiús?

—Tú sabes, el número de emergencia . . .

—Oh, okei—. Karen es tan cuidadosa que a América no se le ocurre qué más preguntar que no se haya mencionado ya.

Al salir del cuarto, Karen nota el termostato en la pared. —Te gusta mantener el cuarto caliente.

—Hace frío afuera.

Karen sonríe. —Buenas noches entonces— y cierra la puerta.

El termostato está puesto en la temperatura más alta, cuatro muescas después del número 80 dorado. No lo ha bajado desde que llegó. Es la única habitación en la casa lo suficientemente cálida, y América ahora se pregunta si Karen Leverett la estaba criticando por tener la temperatura tan alta. Después de todo, ellos son los que pagan. Lo baja dos muescas y, al prepararse para dormir, se pone otro par de medias en caso de que le dé frío durante la noche.

La niñera de los Ripley es una joven enérgica con pelo largo rubio y ojos tan claros que parecen no tener ningún color. Con Meghan en su cadera, anda a trote corto hacia la puerta del frente. América las ha estado esperando, preocupada de que si no llegan en los próximos cinco minutos, se le va a hacer tarde para recoger a Kyle.

—Hi— la chica dice animadamente, pasándole a Meghan a América. —Ya comió su merienda. Hicimos dulces de Rice Krispies.

—Oh— América responde.

—Okay, bye— la niñera brinca los escalones y trota hacia el carro donde una nena tan pálida como ella saluda desganadamente con la mano.

—¿Qué se dice?— América le pregunta a Meghan.

—Gracias— dice, a la vez que el carro de la niñera sale del camino de entrada.

—¿Gozaste mucho?— América le pregunta a la niña, y Meghan asiente con la cabeza.

—Okei, nosotras conseguimos Kyle ahora para nadar—. Ella cierra la puerta del frente y camina alrededor de la casa llevando a Meghan de la mano.

—Yo tengo que hacer pipi— la nena le dice cuando están a punto de montarse en el carro.

—¿Ahora?— América pregunta, algo irritada. Meghan asiente con la cabeza, y América la toma en brazos y corre con ella hacia la casa. —No tenemos tiempo— le dice al abrir la puerta. —Tú haces pipi rápido—. Corre con Meghan hacia el baño en el vestíbulo, la ayuda a quitarse su abrigo para alcanzar los overales que tiene debajo. Se los desabrocha y está a punto de bajarle las pantys a Meghan cuando la nena grita.

—¡Yo lo hago!

—Okei, okei— América sale del baño de espaldas, se para en el umbral a esperarla. Meghan se sienta.

—Cierra la puerta.

—Okei— América la cierra, se para afuera para asegurarse de que Meghan haga correr el agua. Estos americanitos son tan independientes. Recuerda haberle limpiado los fondillos a Rosalinda hasta que cumplió los cuatro años. —Apúrate que vamos tarde— le dice.

—Ya— Meghan sale del baño luchando con sus overales.

—Yo ayudo— América se ofrece, pero Meghan le da la espalda y logra abrochar un lado. —Aquí está tu abrigo—América le dice, pero Meghan todavía está luchando con el segundo broche. —Por favor, Meghan, nos tenemos que ir—. Detesta estar rogándole a una niña de tres años. Espera unos segundos, pero Meghan es incapaz de abrocharse.

—Yo hago— América dice, virando a Meghan hasta que

están frente a frente, le abrocha los overales y le mete los brazos dentro del abrigo. Meghan se resiste, llorando porque no lo puede hacer sola. —Nos tenemos que ir— América le explica, esquivando las manos de Meghan que tratan de empujar las suyas. —No tenemos tiempo tú hacer tú misma—. Meghan chilla de frustración, pero América está resuelta. La levanta en su cadera y sale de la casa corriendo, Meghan tratando de soltarse con sorprendente fuerza, gritando —Suéltame, suéltame, suéltame—. América la mete en el carro, la pone en el asiento de seguridad infantil con dificultad, ya que Meghan lucha por salirse de él, pateando y chillando que la deje tranquila.

América también está a punto de llorar. Resiente tener que usar su fuerza contra la nena. Al abrocharle el cinturón de seguridad, la niña raspa su cara y América le pega en la mano antes de darse cuenta de lo que ha hecho. Meghan grita aún más duro. América cierra la puerta del carro y se inclina contra él, sus manos sobre su cara. —Ay, Dios mío— murmura entre sus dedos—, le pegué a Meghan. Ay, Señor—. Vuelve en sí, se mete en el carro y mira a Meghan de reojo. La niña todavía llora y lucha por salirse del asiento infantil. América prende el carro, su cabeza zumbando con la certeza de que, si Meghan le dice a su mamá que América le pegó, Karen Leverett la despedirá sin darle una oportunidad.

—Meghan— se vuelve para mirar a la niña—, por favor, deja de llorar. Lo siento. Lo siento mucho—. América estira su mano hacia la de Meghan, pero la niña retira la suya. —Por favor, béibi. América muy triste. Tú perdonas a América, ¿sí?— Meghan calma su llanto. América estira su mano de nuevo y Meghan deja que le toque la de ella. —Yo nunca hago otra vez. Yo prometo, amorcito—. América está consciente del sonido de su voz, del tono mullido y suplicante que Correa usa cuando quiere tranquilizarla. —Yo amo a ti muy mucho— le dice a Meghan, avergonzada de tener que tomar de Correa lo que siempre resintió más. Su uso de la palabra amor como chantaje.

Con Karen y Charlie fuera todo el día y los niños en la escuela, América está en la casa sola casi todas las mañanas y puede arreglar las habitaciones, llenar las lavadoras de ropa y de platos, planchar la ropa de diario de los niños y de Karen y Charlie.

Cuando están en casa los Leverett pasan la mayor parte de su tiempo en la cocina, sus dormitorios, el comedor y la sala informales, así que los otros cuartos no se desordenan tanto y no requieren una limpieza profunda tan frecuentemente. A mediados de la semana siguiente, América ya ha encajado en la rutina. Los niños empiezan sus clases a las ocho y treinta de la mañana y, casi todos los días, Karen los deja en la escuela de camino a su trabajo. Meghan sale más temprano y muchas veces tiene una plé det en casa o en la casa de una amiga.

América se monta en el carro a las once y cincuenta de la mañana y pasa casi toda la tarde conduciendo a Meghan a una plé det, ida y vuelta, recogiendo a Kyle de la escuela, llevándolos a sus clases de natación en el Health Club, Meghan a sus clases de gimnasia, Kyle a karate. Por lo general, no regresan a la casa hasta las cinco de la tarde, cuando América prepara y sirve la cena para los tres y permite que los niños miren media hora de televisión antes de que regrese Karen, lo cual marca el fin de su día de trabajo.

La primera vez que va al supermercado sola encuentra la sección Goya. Cuando Karen llega a la casa, un estante entero en la alacena está lleno de productos que antes no estaban allí.

—¿Qué es esto?

—Adobo, sazón, achiote. No sé decir en inglés. Necesito para cocinar puertorriqueño.

Karen examina las etiquetas. Con sus labios fruncidos en un puchero crítico, entrecierra los ojos para leer las letras diminutas de la etiqueta. —Hmmm . . .

—¿Le gustó alimento en Vieques?

—Comimos mucha fritura— dice como arrepentida.

—El alimento turístico no bueno. Puertorriqueño alimento saludable. Arroz y habichuelas. Usted verá, yo hago para usted—. Mientras habla, América se da cuenta de por qué los vendedores sonríen tontamente al hablar de sus productos y por qué las palabras salen de sus bocas a toda velocidad. No le pueden dar una oportunidad a los clientes de pensar hasta que no hagan la venta.

—Nosotros no comemos mucha carne . . .

—Yo cocino sin—. Ester, si hubiese oído eso, la miraría con desprecio. Su arroz es salteado en tocino antes de echarle agua hirviendo, sus habichuelas son generosamente condimentadas con trocitos de jamón.

—Pero, ¿si a los niños no les gusta?

—No se preocupe, les gusta.

—Yo no sé— dice Karen tentativamente, todavía leyendo las etiquetas.

—Si ellos no comen, yo hago alimento de americanos.

—¿Piensas cocinar dos cenas a la vez?

—No. Si ellos no comen puertorriqueño, yo hago otra cosa. Pero yo pienso les gusta. En Vieques ellos comieron tostones.

Karen devuelve el tarro de achiote al estante. —¿Qué más comen ustedes aparte de arroz y habichuelas?

—Yo sorprendo mañana, ¿okei? Yo hago algo bueno.

—Pero no te ofendas si no nos gusta.

—Les gusta, no se preocupe.

Al otro día hace un espeso asopao, cuidándose de quitarle el pellejo al pollo para reducir la grasa.

—¿Qué es esto?— Kyle pregunta cuando le presenta una fuente llena de asopao.

—Sopa de papa arroz pollo.

—No parece sopa.

—Come. Es bueno, hace fuerte.

—¡En la mía hay una hoja!— Meghan lloriquea.

—Es hoja de laurel. Da gusto. Yo saco.

Los niños estudian el asopao con duda.

—Ustedes comen todo, yo doy sorpresa.

—¿Qué sorpresa?

—En mi cuarto tengo sorpresa si ustedes comen todo.

—¡Yo quiero mi sorpresa ahora!

—No, Meghan, sorpresa en mi cuarto después si ustedes comen asopao.

—Vamos, Meghan, no es tan malo— Kyle dice, llevándose con la cuchara un chispito a la boca. —Uhmm, es bueno—. Al principio está fingiendo, pero después de la tercera cucharada, lo dice en serio.

Meghan sumerge su cuchara en el caldo y prueba lo que se pega a ella. Hace una mueca. —No me gusta—. Baja su cuchara, cruza sus brazos sobre la mesa y solloza. —Yo quiero la sorpresa.

—Tú eres una gran bebé— Kyle se burla.

—¡Yo no soy un bebé!— ella le grita.

—Deja de molestar a tu hermanita— América le advierte a Kyle. —Venir acá, béibi, no llores—. América trata de cogerla en los brazos, pero Meghan la empuja lejos de sí.

—¡Yo no soy un bebé!

América acaricia su pelo. —No, lo siento, tú no bebé. Tú mi béibi.

Como de costumbre cuando lo que ella dice los confunde, ambos niños la miran como si hubiese perdido la cabeza. Los ojos azules de Meghan se agrandan y Kyle la mira como si tratara de entrar en su seso. —Meghan América béibi, ¿sí?— ella repite, y la nena cae en sus brazos, sepultando su nariz en el pecho de América como si buscara una fragancia perdida. —¿Tú comes asopao América hizo para ti?

—Sabe raro— Meghan insiste, pero con menos convicción.

—Si comes cinco cucharas yo doy sorpresa.

—¿Cinco cucharas?— Kyle resopla.

—Cinco cucharas con sopa adentro— ella se corrige y Kyle se ríe.

—¿Cuántas cucharas como yo?— él pregunta seriamente, y América no comprende que se está burlando de ella hasta que no suelta una carcajada. Entonces cae en cuenta de su error y se ríe con él. Meghan se come una cucharada del asopao.

—Yo comí una cuchara—. La niña dice y Kyle anuncia que él está en su séptima, y contando cucharas, ambos comen su asopao hasta el último grano de arroz.

—Mañana— América dice —comemos tenedores—. Y la risa de los niños es como música en sus oídos, las fuentes vacías lo más lindo que ha visto desde que se fue de Vieques.

La promesa de una sorpresa después de la cena funciona. Comen asopao, o arroz con habichuelas, espaguetis al estilo puertorriqueño, con mucho ajo y no tan viscoso como el de Karen. Cada noche después de la cena, los dos suben a su cuarto y ella finge estar en busca de una sorpresa y al fin sale con un puñado de M&M's o unos besitos de chocolate, que ellos se comen sentados frente al televisor en su cuarto. Después, los hace cepillar sus dientes para que su madre no vea las manchas de chocolate cuando regrese del trabajo.

Otro día de esa semana, América tiene hambre alrededor de las diez de la noche y baja a buscar algo que comer. Pensaba que todos estaban dormidos pero, cuando llega al último escalón, Karen sale de la sala informal en sus zapatillas de garras de oso y su sudadera.

—Oh, eres tú..

—Lo siento. ¿La asusté?

—No, todo está bien . . . Yo sólo . . . estaba tan tranquilo aquí. Buenas noches—. Karen vuelve a la sala informal y se sienta en el rincón del sofá donde, a juzgar por todos los papeles y libros esparcidos a su alrededor, ha estado trabajando.

América se lleva una manzana a su cuarto. Charlie no vino a cenar esta noche ni la noche anterior. En los diez días que América ha trabajado aquí, él sólo ha venido a cenar tres veces. Los otros días, ha oído la puerta del garaje debajo de su cuarto subir y caer después de la madrugada, pero al otro día, cuando él baja, se ve tan fresco y listo como si hubiese dormido diez horas.

Karen también trabaja duro. Se queda despierta hasta tarde casi todas las noches, leyendo en el sofá, aunque tiene una oficina en el tercer piso y otra en el hospital donde trabaja. Casi todas las mañanas baja con el teléfono portátil pegado a la oreja, garabateando notas mientras toma la primera de sus tres tazas de café antes de llevar los niños a la escuela.

¿Se divertirán? Dos de las noches que ha estado aquí, Karen le ha dicho que va a cenar con Charlie en la ciudad. Regresan tarde en la noche y, al otro día, la ropa de cama está más arrugada que lo normal y hay leves manchas en el medio, donde ninguno de los dos duerme. Se pregunta si Karen, quien es tan organizada, planea hacer el amor igual que planea el juego de los niños, y luego se reprende por ser irrespetuosa.

* * *

América no ha tenido relaciones sexuales en más de dos semanas. La última vez que vio a Correa fue cuando vino a la casa después de una noche de jugar dominós y de beber con sus amigos. La despertó de un sueño profundo con su aliento caliente en su cuello y sus manos subiéndole el camisón. —Béibi—siseaba—, béibi.

Sus senos se sienten rebosantes, como cuando primero amamantó a Rosalinda y producía más leche de lo que la niña podía mamar. Correa desaguaba sus senos entonces, y en los días que él no venía, tenía que halarlos hasta su boca para mamárselos ella misma o le dolían. Cierra sus ojos e imagina un amante tocándola como ella se está tocando, sus pezones firmes y erguidos, una almohada entre sus piernas. Un amante que cuchichea "béibi, béibi" en su oído. Un amante que se parece, se siente y la toca igual que Correa lo hace cuando no está enojado, cuando es dulce y cariñoso.

Ella sólo ha tenido un amante, pero él ha sido como dos: el hombre áspero y violento que la golpea, y el amante tierno y dulce que jura que la adora. Esta noche, se aferra a la última imagen, como si la otra no existiera, como si su violencia fuera algo del pasado, una aberración, una falla de juicio, una parte de su naturaleza que él no puede controlar. Esta noche las pelas se olvidan, mientras recuerda sus manos grandes sobre sus senos, el peso de sus caderas contra las suyas, sus labios carnosos sobre los de ella. En los segundos cuando su cuerpo serpentea de lado a lado contra el colchón, cuando pierde control sobre sus pensamientos, forma su nombre como si él fuera una divinidad. Pero luego pasa y, en en la pesadez antes del sueño, sus manos, que por un momento eran como las de él, se transforman en puños y flota en la oscuridad maldiciendo su nombre.

Le gustas

El domingo América se despierta temprano, empaqueta una muda de ropa en una bolsa de compras y guía el Volvo hasta la estación de trenes. Nunca se ha montado en un tren, y la imagen que tiene ha sido formada por las locomotoras de hierro de las películas del Oeste americano, del tipo que entra a la estación resoplando, que silba un luctuoso chu-chu. Se desilusiona cuando aparece un coche de acero gris cuadrado, arrastrando otros coches iguales al primero, su bocina balando como una cabra ronca. Adentro, el tren es limpio, con asientos tapizados en azul y rojo, con ventanas grandes y claras. Tiene un boleto de ida y vuelta a la estación Fordham que Karen le compró, y cuando el conductor pasa, lo perfora y mueve la cabeza como si aprobara su destino.

El campo pasa silbando como una película en avance rápido. Sus ojos captan imágenes efímeras, y antes de que las pueda interpretar, surge otra, hasta que tiene un sentido de la totalidad que no se parece en nada a cómo son las cosas en realidad. Cuando pasan por un puente, se le ocurre que nunca ha estado sobre uno de ellos en un tren y por primera vez en dos semanas cae en cuenta de que ya está dando esta nueva vida por sentada, como si siempre hubiera sido y siempre fuera a ser así.

Yo soy América González, se dice, la misma mujer que hace

quince días dobló su uniforme de camarera y lo guardó en la última gaveta de un aparador vacío por si lo necesitaba otra vez. Sólo porque estoy guiando un Volvo casi nuevo, y vivo en una casa grande, y me puedo montar sola en un tren hacia la ciudad . . . está sonriendo. Capta su reflejo en la ventana y ve una gran sonrisa de satisfacción en su cara. Se reprende a sí misma por olvidar que su vida ahora es la misma que trajo consigo. Pero es distinta, argumenta consigo misma, es distinta. Por primera vez en mi vida yo soy la que tengo el control. Eso no lo podía decir hace dos semanas.

Leopoldo la viene a recoger a la estación. Toma su bolsa de compras, insiste en llevarla hasta un Subaru destartalado, abre la puerta con una galantería anticuada para que ella entre. Él es más viejo y calmoso de lo que ella recuerda.

—¿Cuánto tiempo hace que no nos vemos?— él pregunta.

—Más de cinco años.

—¿Tanto tiempo?— Leopoldo suspira tristemente.

Es un hombre callado, unas pulgadas más alto que ella, con una manera solemne que le cae mejor ahora que está en sus cincuenta que cuando era más joven. En las fotos de la familia, siempre está al fondo, tieso detrás de su esposa, una sonrisa complacida en sus labios. —Es difícil creer que no hemos ido a Puerto Rico en tantos años.

Ella no sabe cómo responder. Leopoldo siempre le ha parecido como un hombre cuya mente no está donde está su cuerpo. No es que sea distraído. Él es, de hecho, el hombre más solícito y calmoso que jamás ha conocido. Pero hablar con él la hace recordar la única vez que fue a confesarse. El cura estaba sentado detrás de una pantalla y ella sólo podía ver su silueta. Cuando empezó a hablar, tuvo la sensación de que el cura estaba contando los ingresos de la recaudación de la semana previa. Ella no sabía por qué tenía esa sensación, pero la tenía. Se paró en medio de una frase y se fue y jamás regresó a la iglesia. La manera ausente de Leopoldo la hace sentir igual que la silueta del cura. Él parece prestarle tanta atención que ella sospecha que debe estar fingiendo su interés.

Leopoldo conduce a lo largo de una avenida ancha entre filas de edificios de tres y cuatro pisos, de los cuales el primero es de tiendas: una bodega, una botánica, un servicio de cambiar cheques. Es domingo. Casi todas las tiendas están cerradas con puertas de hierro corrugado cubiertas de grafitos indescifrables. Aunque es temprano, hay mucha gente por la calle. Las mujeres empujan cochecitos con niños bien envueltos en mantas. Un grupo de muchachas adolescentes, con jeans rasgados, botas de combate y pelo perfectamente peinado, baila por la calle al ritmo de una música insinuada. Un muchacho ayuda a una viejita a entrar en una minivan. Unos hombres haraganean al frente de un café.

—Así que esto es Nueva York— América dice suavemente.

—¿Nunca has estado aquí?— Leopoldo pregunta, y se contesta a sí mismo. —No, tienes razón. Casi viniste, pero no pudiste.

Correa no me dejó, se dice a sí misma, y siente el calor subir a su cara.

Un ruido enorme viene desde atrás. Primero cree que es algo en el carro, pero entonces un Camaro se para al lado de ellos, el radio a todo volumen tocando salsa-rap. Dos jóvenes están en los asientos del frente y las dos ventanas y el techo corredizo están abiertos para mejor compartir la ensordecedora música que sale de las enormes bocinas que ocupan todo el asiento trasero.

Leopoldo frunce el ceño en su dirección. —¡Desordenados!— murmura, y por un instante ella ve la cólera que él guarda tan bien la mayoría del tiempo. El chofer del Camaro acelera el motor al máximo tan pronto como cambia la luz y la música se desvanece, dejando un rítmico tomp-tomp-tomp que se atenúa cuando el carro da la vuelta debajo de las vías elevadas del tren.

—Es diferente aquí de donde yo vivo.

—Sí, seguro, tú estás en el campo. Nosotros estuvimos allá arriba una vez. Nuestra iglesia tuvo un picnic al lado de un lago por allá por donde tú vives.

—Yo no sabía que Nueva York era tan grande.

—Sí, es enorme. Desde aquí nosotros podemos ir manejando por siete horas y todavía podemos estar en Nueva York.

—¡Wow! En Vieques, se puede atravesar la isla entera en veinte minutos.

—Sí, claro, es una isla pequeña. Pero allá ustedes no tienen gente que tocan sus radios a todo volumen los domingos por la mañana.

—Los sábados por la noche son alegres . . .

—La gente en Puerto Rico todavía sabe lo que es el respeto— Leopoldo continúa, como si no la hubiese oído. —Todavía se portan con consideración hacia otros. Aquí— él gesticula con su mano hacia la avenida en frente de ellos —todo va cuesta abajo. Esta área era tranquila antes.

Se aproximan a un vecindario de casas de dos y tres pisos, con cercas de alambre alrededor de patios de cemento. La calle es angosta, con carros estacionados a cada lado. Unos pocos árboles torturados parecen desafiar las aceras de cemento que sus raíces han agrietado para abrirse camino. En la esquina hay un edificio más alto, pintado verde pálido, con los marcos de las ventanas color aceituna. Con considerables maniobras, Leopoldo logra estacionar su carro en un espacio que a América nunca se le ocurriría intentar. Al lado del edificio verde queda una casita, y más allá, en la esquina, una gasolinera en otra avenida ancha.

—¡Aquí están!— La voz de Paulina viene desde arriba, y cuando América sale del carro, mira hacia el último piso del edificio verde, donde su tía está inclinada por la ventana, saludándola alegremente.

—Hola, Tía— exclama y le devuelve el saludo.

Leopoldo le lleva la bolsa de compras hasta dentro de un vestíbulo donde hay una puerta cerrada. Un zumbido la abre y suben al tercer piso hasta otra puerta donde Paulina los espera, excitada como una niña.

—Ay, mi'ja, ¡hace tanto tiempo!— Le acaricia el pelo. —¡Qué linda te ves rubia!— Rodea con su brazo la cintura de América y la lleva adentro. —Y estás gordita.

Su entusiasmo es contagioso y América se encuentra sonriendo, comentando que sí, que ha pasado mucho tiempo desde que se vieron, devolviéndole el abrazo a su tía con un cariño que no recuerda haber compartido con nadie más.

Una muchacha de baja estatura sale de uno de los cuartos, la abraza y le besa las mejillas. Es su prima Elena, la hija menor de

Leopoldo y Paulina. Tiene espeso pelo castaño que le llega hasta la cintura, anudado en una trenza que le cuelga por la espalda. Huele a rosas.

—Qué bueno verlos— América dice, de repente abrumada en lágrimas. Paulina la abraza más estrechamente, la conduce a una butaca al lado de la ventana.

—Está bien, mi'ja, estás con tu familia.

Elena trae un Kleenex.

—Lo siento, Tía— América dice, soplándose la nariz. Paulina y Elena revolotean a su alrededor, le frotan los hombros, murmuran consuelo. Leopoldo le trae un vaso de agua. —Gracias—. Ella sorbe, mantiene sus ojos bajos, avergonzada de encontrar sus expresiones inquietas. Le mortifica que no ha estado con sus parientes ni cinco minutos y ya ellos tienen que preocuparse por ella. No sabe cómo explicar, aun a sí misma, lo que pasó, por qué el abrazo de Paulina y su bienvenida cálida rompieron una ola de tristeza que no sabía que llevaba adentro.

—Ay— suspira, calmándose con un aliento profundo—, ¡es tan bueno hablar español!

Paulina, Leopoldo y Elena sonríen con alivio, aceptan esta explicación como la causa de las lágrimas de América, y lo hacen de buena gana y sin contradecirla. ¡Como no le va a hacer falta el español! La pobre ha estado viviendo con yanquis por dos semanas, pobrecita. Pero América no se puede convencer a sí misma tan fácilmente. Es un alivio el no tener que traducir sus pensamientos, pero es lo mismo que ponerse un par de zapatos cómodos: después de un rato se te olvida el placer inicial.

Ellos preguntan por Ester y por Rosalinda y de Vieques, y ella les contesta, aunque no es información nueva para ellos. No preguntan por Correa; saben que ella está aquí huyéndole a él, pero desea que sí le pregunten, aunque sea para poder decirles que no le importa ni cómo ni dónde está él.

—Ven, acompáñame a la cocina—. Paulina la lleva a través de un comedor hasta una cocina estrecha detrás del apartamento. Elena y su padre se excusan y desaparecen en distintos cuartos.

—Qué linda es Elena— América le dice a Paulina. —Los retratos no le hacen justicia.

—Ay, mi'ja, ¿qué vale ser hermosa cuando tu cabeza está llena de paja?— Paulina saca una licuadora de un gabinete.

—¿Qué quiere decir?

—Esa nena, debo de decir mujer porque ya tiene los veinte años, salió a su papá. Soñadores los dos, aunque Leopoldo tiene su lado serio, tú sabes. Es responsable y siempre ha sido buen proveedor—. De una gaveta, saca cebollas y ajo. —Elena es una soñadora, pero sin ambición. Trabaja como recepcionista en una clínica allá arriba. A mí me gustaría que se encontrara un doctor joven y guapo y que se casara ya pronto.

—Déjeme ayudarla con el sofrito— América se ofrece, y Paulina le da un cuchillo y el ajo. América le quita la piel crujiente al ajo mientras Paulina pela y corta las cebollas. Es la primera vez que ha escuchado a Paulina quejarse de sus hijos. En sus raras visitas a Vieques, Carmen, Orlando y Elena siempre parecían comportarse demasiado bien. Ester afirmaba que su hermana y cuñado endrogaban a sus hijos para que no se portaran con el abandono salvaje de los niños normales. Ellos eran cariñosos con sus padres, con Ester, con América y Rosalinda, quien tenía nueve años la última vez que los visitaron como familia. América sabe que Ester quiere mucho a Orlando, su único sobrino y, América cree, el único varón nacido en su familia en varias generaciones.

—¿Y cómo está Orlando?

—Lo más bien, mi'ja. Ya ahorita viene con su esposa y su nena. Esa muchachita es lo más dulce que jamás vas a conocer.

—Tan raro ese nombre, Edén.

—Ay, imagínate, su madre es una maestra de yoga. Algo rara para ser puertorriqueña, tú sabes, tan americanizada que casi no habla español. Pero yo le estoy enseñando unas palabritas a Edén. Es una delicia, espera que la conozcas—. Paulina no espera a que América le pregunte acerca de su hija mayor. —Carmen es maestra. La única de mis hijos que tiene una profesión. Orlando es un cantante de salsa. Tú te acuerdas que él siempre ha tenido una voz bella. Así que ha decidido ser cantante, y yo no sé cómo va a mantener a su familia esperando a que lo descubran, tú sabes lo difícil que es ese negocio, ¡y su esposa una maestra de yoga! . . . ¡Ay, Dios mío!

Paulina coge el ajo pelado y los trozos de cebolla y los tira dentro de la licuadora. —¿Dónde puse el pimiento verde, lo saqué de la nevera?

—Yo no lo vi.

—Ay, Dios mío, estoy perdiendo la cabeza—. Abre la nevera irritada, rebusca hasta que encuentra un pimiento verde firme y un ramillete de hojas verdes y fragantes.

—¿Eso es recao?— América pregunta, incrédula.

—Sí. Yo lo compro en la bodega calle abajo. El dueño era un puertorriqueño, pero ahora es un dominicano. Todo lo que era de los puertorriqueños ahora es de los dominicanos.

América lava unas cuantas hojas del recao, pasando sus dedos sobre las suaves orillas espinosas. —Hay muchos dominicanos en Puerto Rico también. No tanto en Vieques, pero en la isla grande—. Seca las hojas una por una, cada hoja un recuerdo de su niñez, de Ester en su jardín eligiendo delicadamente recao, orégano y achiote fresco para la comida de ese día.

—¡Pobrecitos!— Paulina tira el recao en la licuadora, le echa unos cuantos granos de pimienta, oprime el botón que hace la navaja girar violentamente alrededor del ajo, la cebolla, la pimienta, el recao, picando todo para su oloroso sofrito, más verde, América piensa, que el de Ester. —Su país es tan atrasado como era Puerto Rico hace treinta años. Vienen aquí como nosotros, llenos de sueños, esperando que las calles estén pavimentadas de oro.

El parloteo de Paulina es reconfortante como una radio prendida. Todo lo que dice es familiar, como si América lo hubiese oído ayer, pero es nuevo también. Medita sobre la diferencia entre su madre y su tía, dos hijas de una madre, una de ellas alcohólica y la otra sobria, con un matrimonio duradero e hijos que, a pesar de sus quejas, todavía quieren a sus padres y respetan sus expectativas. Ester nunca tuvo el ánimo de Paulina. Su vida, restringida a su jardín, sus telenovelas, sus uniones ocasionales con Don Irving, es todo lo que ella parece querer. Quizás, si Mami hubiese sido más como Paulina, América piensa, mi vida sería distinta. Se ruboriza entonces, avergonzada de los pensamientos tan pronto como es consciente de ellos.

Mientras progresa la comida, el apartamento se llena de gente. Primero llega Carmen, la hija mayor de Paulina, más alta que su madre, con labios más llenos, ojos más grandes, más pelo, pero con la misma sonrisa alegre y la misma manera de reír, como si las dos lo hubiesen practicado hasta sonar igual. Entonces entra Orlando, con Edén, su hija de seis años, tomada de la mano, seguidos por Teresa, la maestra de yoga puertorriqueña. Ambas, madre e hija, son delgadas pero fuertes, vigilantes, con ojos salvajes, como si acabaran de salir de una cueva antigua y todavía estuvieran tratando de aprender cómo portarse al frente de la gente. Orlando es un hombre guapo, como América jamás ha visto, alto y delgado, con el aplomo del galán pero sin el contoneo. Todos la saludan con tanto entusiasmo que por poco llora de nuevo.

Cuando los primos han preguntado y ella les ha contestado acerca de su vida en Puerto Rico, incluyendo el problema con Rosalinda, y su propia salida subrepticia del hogar donde nació y donde ha vivido la mayoría de sus veintinueve años, entra otro grupo de personas. Son los vecinos del apartamento de abajo, Lourdes y Rufo y su hijo, Darío, con sus dos hijos, los mellizos Janey y Johnny.

Después de las presentaciones, las preguntas discretas y las respuestas evasivas a los no parientes, Paulina anuncia que la cena está lista. Las mujeres se meten en la cocina y los cuatro hombres en la sala, y los niños juegan alrededor de todos hasta que toda la comida se pone en la mesa angosta con sillas que no hacen juego. A los niños se les pone un sitio en una esquina de la mesa y los hombres también se sientan mientras las mujeres mayores sirven. América ofrece su ayuda, pero no la dejan. Paulina la hace sentar al lado de Elena, quien la entretiene preguntándole de su vida en Bedford hasta que todos están sentados y Leopoldo le pide a Dios que bendiga la comida y a todos los presentes.

América no se acuerda de la última vez que se sentó a la mesa con gente que reza. Probablemente fue la última vez que Paulina y Leopoldo estuvieron en Vieques. Es probable también que Ester rezongara durante toda la oración y que estuviera Correa, con los ojos bajos, rogando que el encuentro con personas religiosas le sirviera para cuando llegara a las puertas de San Pedro. Porque, aunque Correa no es un hombre religioso, sí le es fiel a Dios. Él le da rienda suelta a pecados de libertinaje, de adulterio y de lascivia, pero observa el Miércoles de Ceniza y la Cuaresma con una pasión que América le ha indicado más de una vez que es hipócrita.

A través de la mesa, Darío mira tristemente en su dirección. Ella finge ignorarlo, mira a su madre, quien está sentada a la izquierda de él, o por la ventana a las azoteas de otros edificios y más allá, a un puente, quizás el mismo puente que cruzó aquella noche de nieve cuando aterrizó en Nueva York.

No quiero tener nada que ver con los hombres, se dice a sí misma. Especialmente no quiero tener nada que ver con hombres que me miren con ojos de palomo herido. Jamás he visto a nadie tan triste y solitario, aun en medio de toda esta gente.

— . . . y tú también debes venir, América—. Le llega la dulce voz de Orlando, como si él le hubiese tocado el hombro.

—Sí, América, ven con nosotros— Elena ruega.

—¿A dónde?

—Otra soñadora en la familia— Paulina murmura, su risa de niña suavizando lo que América sospecha es un insulto.

—Lo siento, sólo estaba mirando aquel puente.

Como si nunca lo hubieran visto, todos en la mesa siguen su mirada y Leopoldo se acerca a la ventana para darle una mirada a un puente que tiene que ver cada vez que pasa por ahí.

—Oh, el Whitestone— como si se hubiera extraviado y reaparecido en medio de la cena. Se sienta de nuevo.

—De todos modos— Orlando continúa—, no es un club lujoso, pero el bajista toca con Rubén Blades y el pianista tocaba con Celia Cruz.

Elena se inclina más hacia América. —Mi hermano va a hacer su debut con una orquesta famosa. Él quiere que todos estemos allí.

América le sonríe agradecida. Como en la casa de los Leverett, las cenas en esta familia proveen la oportunidad de ponerse al día sobre sus vidas. La buena voluntad con que comparten sus vidas la pone incómoda.

Carmen anuncia que tiene un nuevo amigo, quien permanecerá anónimo por ahora.

—¿Por qué no lo invitaste a comer con nosotros, nena?— pregunta Paulina.

—Es muy pronto para presentarlo a una familia puerto-rriqueña— Carmen dice con coquetería.

—Ah, otro americano, entonces— dice Lourdes, guiñando un ojo.

—¿Quién sabe?— murmura Paulina.

—El caso es que— Carmen dice —él es asiático.

Se oye una exclamación, como si la idea de un asiático fuera tan extraña, tan inesperada, que los asustara a todos. Leopoldo es el primero en recuperarse.

—En mi oficina hay un hombre chino muy amable. Pero es algo reservado y no se mezcla con el resto de nosotros.

—Él no es chino, Papi, es coreano.

—Mi papá peleó en Corea— anuncia Rufo —y mi hermano mayor estuvo estacionado allí por tres años.

Elena se inclina más cerca a América. —Mi hermana nunca ha salido con un puertorriqueño.

—Ni pienso hacerlo— dice. —Los puertorriqueños son muy machistas.

—Cuidado, nena— Paulina le advierte—, tu padre, hermano y los vecinos son hombres puertorriqueños.

—Yo no estoy hablando de ellos—Carmen se defiende, como una niña culpable, aunque es dos meses menor que América.

—Ah, pues, si no hablabas de nosotros— dice su hermano jovialmente —sigue insultando al resto.

—Yo creo que tú tienes algún residuo del machismo— dice Teresa en inglés desde su esquina de la mesa, donde está apretada entre Rufo y Elena.

—Estáte quieta, mujer— dice Orlando en una voz juguetona, y todos se ríen, menos Teresa.

—Tú sabes que eso no me hace ninguna gracia.

—Vamos, Teresa, no lo tomes tan en serio— dice Rufo—, él sólo está jugando.

—Usted no lo defienda— dice Lourdes, asomándose por el lado de Darío, señalando a su esposo con un tenedor.

—Señoras, señores, tenemos visita— dice Leopoldo, y todos se ríen y miran a América.

—Mejor es que se acostumbre a nuestros pequeños pleitos— dice Paulina con una sonrisa dulce.

—No se preocupen— América les dice. —Ya pronto yo también estaré discutiendo con ustedes—. Todos se ríen de esto, generosamente ella piensa, porque, mientras lo estaba diciendo, le sonó más como una amenaza que como una broma.

Después de la cena, Teresa se sienta con los niños al frente del televisor, donde todos están igualmente embelesados con una película acerca de un perro perdido. Los hombres ponen la mesa de dominó en el comedor. Elena y Carmen agarran a América por la mano y se la llevan de la cocina para evitar que ayude a Paulina y a Lourdes con los platos.

—Tú lavas suficientes trastes durante la semana—Carmen dice, empujándola hasta del cuarto de Elena.

—¡Qué lindo!— América admira el fragante cuarto con cortinas en las dos ventanas que hacen juego con el cubrecama, el dosel de encaje, la alfombra rosada de pared a pared, que es suave y esponjosa.

—Mi hermana adora a Martha Stewart— Carmen explica.

—¿A quién?— América pregunta y las hermanas se ríen.

—Ella es una decoradora—. Elena le enseña una revista con una rubia guapa en la portada, sus brazos cargados de flores recién cortadas. —Esta es ella— Elena dice en inglés.

América ojea las páginas repletas de fotografías de interiores, de anuncios para porcelana y cubiertos de plata, instrucciones detalladas de cómo hacer coronas y centros para la mesa. —Muy bonito— dice, por cortesía. La verdad es que las habitaciones le parecen claustrofóbicas, con su profusión de muebles y cojines, cortinas de volantes, paredes estampadas.

Carmen echa una carcajada. —El estilo de Martha Stewart no es para todos—. En inglés dice: —Ella es la reina WASP del universo.

—¿Qué quiere decir eso?— América pregunta, y Elena y Carmen se ríen otra vez.

—WASP— Elena explica —viene de White Anglo-Saxon Protestant, que significa protestante anglosajón blanco—. Ella cambia al español. —No es una palabra muy bonita— dice, regañando a su hermana con la mirada.

—Yo creo que la gente con quien yo trabajo son protestantes— América dice con gravedad. —No he visto cruces ni estatuas de santos en la casa.

—Puede ser que sean judíos— Carmen dice—. Dime su apellido de nuevo.

—Leverett.

—Ese no es un nombre judío— Elena dice con convicción.

—¿Qué sabes tú?— Carmen la desafía.

—No suena judío, eso es todo.

A América le gustaría saber cómo suena un nombre judío, pero no quiere preguntar, porque parece que a estas hermanas les gusta discutir y no quiere que sigan como empezaron.

Carmen se estira en la cama de Elena, donde las tres han estado sentadas. Las otras dos le dan más espacio.

—Le gustas a Darío— dice en español, mirando hacia América, quien se cambia de sitio como si estuviera incómoda. —No te asustes, es un buen muchacho— añade en inglés, sentándose, luego se tira de espaldas sobre la cama otra vez. —Desde que dejó las drogas—dice en voz baja.

—¿Cómo?

—Darío tenía un problema con las drogas— Elena explica—, él y su esposa eran adictos.

—Pero entonces a ella le dio SIDA— dice Carmen —y se murió.

—Ay, Carmen, ¡tú lo haces sonar tan feo!

—El SIDA no es nada bonito— Carmen dice seriamente.

—Claro que no— responde Elena—, pero lo que él hizo fue realmente maravilloso.

América mira de una a la otra, tratando de seguir la conversación, que ha sido en inglés. —¿Él tiene SIDA?

—No, su esposa tenía SIDA—. La cara de Elena se vuelve solemne. —Cuando ella se enfermó, él la cuidó. Ella murió en sus brazos— Elena dice con lágrimas en los ojos.

—Mi hermana— Carmen dice —cree que la vida es una telenovela. No importa lo malas que estén las cosas, ella logra hacerlo todo un romance.

—Mi mamá es así— América dice, recordando a Ester sentada al frente de la televisión noche tras noche mirando las vidas torturadas de las protagonistas de las telenovelas.

—A ella saliste, Elena— Carmen dice, tirándole un cojín a su hermana—, a Tía Ester.

La puerta se abre y Teresa entra. —¿Qué hacen ustedes, niñas?— Sus ojos grandes y negros repasan la habitación, como si buscara a alguien escondido en un rincón. —¿Qué me perdí?

—Le estábamos contando a América la triste historia de Darío Perez Vivó.

—Ay, pues, no salimos de aquí en días— suspira Teresa. Se tira en una butaca, sube los pies y dobla sus piernas en una posición de yoga.

—¿Cómo puedes hacer eso?— pregunta América, admirando la facilidad con la que Teresa hala sus pies por la V formada por sus muslos.

—Se llama la postura del loto— Teresa dice —y es fácil una vez que sabes lo que estás haciendo.

—Yo traté de hacerla una vez y creí que mis rodillas jamás se recuperarían—. Carmen sonríe.

—Fue que tú lo querías hacer a la fuerza. No lo niegues, yo te vi—Teresa la reprende.

—Mi hermana es muy obstinada— Elena le dice a América, como si este comentario constituyera una respuesta a lo que Carmen dijo de ella anteriormente.

—¿Por dónde iba el cuento?— pregunta Teresa, tirando su larga trenza negra al frente de su cuerpo.

—La dramática muerte de Rita en los brazos de Darío.

—Ay, Carmen, deja de molestar a tu hermana— dice Teresa. —Yo creo que le gustas— le dice a América.

—Me huele a café— responde América y huye del cuarto seguida por la risa de las muchachas.

Cómo se atreven ellas burlarse de una vida triste, América se pregunta. No es su culpa que su esposa muriera de SIDA. Al pasar, lo vislumbra doblado sobre los dominós, la piel de su cara tan apretada que es fácil imaginar su calavera. Parece un drogadicto, concluye. Por lo menos, se ve igual a Pedro Goya, un viequense que volvió de Nueva York hecho un esqueleto demacrado a quien nadie podía reconocer. Él también murió, en los brazos de su madre, cuando un caballo lo derribó contra el pavimento de la carretera de la playa.

—No puedes ayudar— Paulina le avisa—. Ya hicimos todo lo que había que hacer.

—Yo creo que ella olió el café— Lourdes se ríe, señalando hacia América, quien sonríe y agarra una taza del montón en la mesa de la cocina.

—¿Te han estado llenando la cabeza con cuentos esas niñas?—pregunta Paulina con una chispa en los ojos y América asiente y esconde su sonrisa detrás del vapor que sube de la taza.

—Así son nuestros domingos— Paulina le explica más tarde. —Todas las semanas que pueden, vienen los hijos y la nieta. Y casi siempre Rufo y Lourdes y Darío y, por supuesto, los mellizos.

—¿Todas las semanas?

—Sí, mi'ja, todas las semanas. Y a veces vienen otros parientes o los vecinos. Pero siempre tengo la casa llena los domingos.

Elena se ha ido al cine con Carmen. Leopoldo se ha desplomado en frente de la televisión a mirar un documental sobre pingüinos. Paulina y América están sentadas en la mesa de la cocina, hablando en voz baja.

—Usted parece tener una relación tan linda con sus hijos, Tía— América dice con tanta sinceridad que Paulina se infla de orgullo.

—Sí, es verdad. Leopoldo y yo tratamos de no entrometernos mucho en sus vidas. Les permitimos cometer errores.

—Eso es lo que yo traté de hacer con Rosalinda, pero no me salió bien.

—El darles la libertad de cometer errores no quiere decir que no los cometerán, América.

Ella considera esto un minuto, y la tensión de siempre vuelve a su pecho, un dolor tan profundo que no puede nombrarlo, no puede separarlo de su ser. Se deslizan lágrimas por sus mejillas.

—Lo has tomado tan personalmente—Paulina dice con verdadera sorpresa, como si nunca se le hubiera ocurrido que los errores de sus hijos se reflejarían en ella.

—¿Usted no lo haría, Tía?— América dice resentida. —Si Elena se hubiese fugado con su novio a los catorce años, ¿no lo hubiera usted tomado personalmente?

—Nena, tú no tienes ni idea del sufrimiento que me han ocasionado mis hijos— Paulina sube sus manos a su pecho.

América la mira como si la estuviera viendo por primera vez. —¿Ellos la han hecho sufrir?— No encaja con la imagen de las caras sonrientes en las tarjetas de Navidad en la pared de memorias de Ester.

—Si yo contara las horas que pasé sentada en esta misma silla esperando que Orlando regresara a casa de estas calles peligrosas, o de las batallas que tuve con Carmen sobre sus amigos . . . Ay, no, nena, tú no quieras saber—. Paulina mira sus manos fijamente, manos arrugadas, manchadas por la edad, con uñas desafiladas y cutículas gruesas.

—Lo que yo no comprendo— América dice —es qué tiene que hacer una madre para prevenir que sus hijos no repitan sus errores. ¿Como se les enseña que nuestra vida no es su modelo?

—No se les puede enseñar, nena, ellos tienen que aprender eso por sí mismos.

—Yo no puedo estar de acuerdo con eso, Tía. ¿Para qué somos madres si no es para enseñarles?

—No se les puede enseñar— Paulina insiste. —Sólo puedes escucharles y orientarlos. Y después sólo si te lo piden puedes guiarles—. Ella toca el antebrazo de América suavemente. —¿Oíste a Carmen esta tarde hablando de su amigo?— América asiente. —Todos los domingos se aparece con otro cuento de otro amigo para hacerme ver ridícula. Como que quiere castigarme por todos los años que yo no la dejaba salir sola con muchachos. Cada vez que viene a cenar, habla de otro amigo, de un país distinto, como si tratara de ver cuál me va a hacer salir gritando y lamentando que deje de hacer eso—. Su voz suena estrangulada con lágrimas. —Yo soy una mujer religiosa, nena. Yo he dedicado mi vida a ser una buena cristiana. Imagínate cómo me siento al saber que mi hija, de casi treinta años, va a venir a casa todos los domingos a contarme de otro novio de otro país. Y el saber que se acuesta con fulano de tal de quién sabe dónde—. Paulina se sopla la nariz con una servilleta que toma del servilletero plástico que está en el centro de la mesa. —Yo traté de criar a mis hijos lo mejor que pude, lo mejor que pudimos, porque Poldo siempre estuvo aquí para ellos. Él siempre ha estado aquí—. Ella suspira hondamente.

—Yo creo que Rosalinda se fugó con Taíno para castigarme por algo. Pero no sé por qué. Yo no sé qué hice para que ella hiciera lo que hizo.

—Puede ser que ella no pensara en ti cuando hizo lo que hizo—, Paulina sugiere.

—Si hubiese pensado en mí, no lo hubiese hecho. Ella sabe lo que yo espero de ella—. América mira los ojos cansados de su tía.—Aunque si ella no hubiera hecho lo que hizo, probablemente yo no estaría aquí hoy hablándole a usted de eso—. Es una chispa, una minúscula chispa que centellea brevemente. Quizás Rosalinda trató de forzarme a enfrentrar mi propia situación. Sacude la cabeza para borrar el pensamiento. Rosalinda no es ni tan sofisticada ni tan dispuesta a sacrificarse por otra persona. Ella se fue con Taíno porque no quiso perderlo. Eso es todo. A los catorce años, todo lo que te importa es conseguir lo que quieres. Y ella quería a Taíno, y sólo había una manera de conseguirlo. A América se le había olvidado lo duro que es perder cuando una tiene catorce años.

—Rosalinda va a salir bien de esto— Paulina la tranquiliza.

—Juzgando por lo que dijiste antes, suena como que está bien ubicada en la escuela y está tratando de ser una adolescente normal.

—Yo no debí haberla dejado— América deja escapar impulsivamente, como si lo hubiera estado aguantando por mucho tiempo. —Debí habérmela traído.

—¿Cómo podías tú haber logrado eso, nena? Además si te la traes, Correa te puede acusar de secuestrarla. ¿No se te ha ocurrido eso?

América mira a Paulina con asombro. —No.

—Tú estás en medio de una situación . . . perdóname, no quiero ofender, pero . . . tú has prolongado tu situación mucho más tiempo de lo que debió haber durado. Ya era tiempo que salieras de eso—. Lo dice con convicción, como si hubiera estado esperando la oportunidad de decirlo.

América queda aturdida. No es que le sorprenda que su tía sepa del abuso de Correa. Es de conocimiento público en Vieques y Ester indudablemente ha confiado en su hermana. Pero le avergüenza que su "situación", como Paulina lo pone, haya sido motivo de preocupación para su tía.

—Hay sitios aquí— Paulina continúa, en tono confidencial —donde puedes conseguir terapia.

—¿Terapia?

—Este tipo de cosa— Paulina tantea, buscando las palabras apropiadas— es importante hablarlo con alguien.

—¿Quiere usted decir con un psiquiatra?

—No, no necesariamente. Hay grupos de mujeres . . . mujeres como tú . . . en tu situación. Lugares donde puedes ir y hablar de eso— repite.

—¿Para qué quiero yo hablar de eso? Me escapé de él, ¿qué más debo hacer?

—No es cuestión de hacer más, América. Es . . . esas situaciones . . . la violencia . . . Disculpa. Te he ofendido . . . Créeme, nena, desde el fondo de mi corazón, yo sólo estoy tratando de ayudarte.

¿Pensará ella que estoy loca? ¿Por qué iría yo a un psiquiatra?

Yo no hice nada. El que está loco es él. Es él quien necesita un psiquiatra.

—Agradezco su interés, Tía— América dice glacialmente—, pero yo sé cuidarme.

—¡Ay! Te has ofendido. Por favor, perdóname, nena, yo no te quise ofender.

—Estoy un poco cansada . . .

—Sí, vamos a abrir el sofá-cama. Lo siento, mi'ja. Yo no quise ofenderte.

—No se preocupe, Tía—. Pero su tono es distante, formal, como si estuviera envuelta en una capa impenetrable y dura que la hace erguir su espalda y cortar sus palabras. Cree que es mi culpa, se dice a sí misma, ella me culpa a mí.

Desde el sofá-cama en la sala, América oye el murmullo de Paulina y de Leopoldo hablando en su cuarto. En el apartamento de abajo, Janey y Johnny gritan por lo que le parece a ella son horas, antes de que una voz masculina los aquiete y los envíe llorando a otra parte del apartamento. Las sirenas chillan, los camiones retumban tan cerca que parecen estar pasando por debajo de la ventana, un camión detrás del otro toda la noche. No es tranquilo en el Bronx como es en Bedford, como es en Vieques. Nunca ha estado tan consciente de la vida a su alrededor como está ahora. La distraen del sueño los vecinos llamándose unos a otros, la televisión en el apartamento de abajo, las voces de Paulina y de Leopoldo, una radio de no sabe dónde, las bocinas, sirenas, los pasos en la acera tres pisos más abajo. El sofá-cama está lleno de chichones, y ella se revuelve en la cama tratando de encontrar alguna parte cómoda. En algún sitio, un reloj suena su tictac y ella se concentra en el sonido, hasta que el constante, predecible chasquido la pone a dormir.

En medio de la noche, Elena entra en puntillas, dejando una estela de olor a rosas.

Nostálgica

¡Qué bueno que llegaste!— Karen dice en cuanto América entra a la casa el lunes en la tarde. —La niñera nunca llegó—. La cocina es una confusión de platos y cubiertos y ollas. Meghan llora en la falda de su mamá. Karen se ve agotada. —Tuve que dejar el trabajo temprano para recoger a los niños de la escuela. No sabía cómo comunicarme contigo—. Hay un minúsculo indicio de reproche en su voz.

—¿Dónde Kyle?

—Kyle está aislado en su cuarto—. dice Karen con los labios apretados. A la mención de su hermano, Meghan gimotea.

—Yo ayudo. Un minuto—. América arrastra dos bolsas grandes adentro.

—¿Fuiste de compras?

—Mi tía dio. La ropa caliente—. Paulina, todavía disculpándose por haberla ofendido, insistió en que América se llevara lo mejor que tenía en su ropero. Pantalones y suéteres de lana, un par de botas de cuero, varios jeans, un par de chaquetas, todos apenas usados por Carmen y Elena, a quienes pertenecían. —Yo tengo sorpresa para niños también—. América canta hacia Meghan, quien la mira llena de esperanza, su carita manchada por lágrimas. —¿Vienes América cuarto?

Meghan mira a su madre, quien sonríe su aprobación, y

renuentemente deja su falda para seguir a América, quien sube las escaleras hacia su cuarto sobre el garaje.

—Él me pegó— Meghan explica cuando pasan por la puerta de Kyle, por la cual se le oye llamando quejumbrosamente. —Lo siento, Mom, lo siento.

En su cuarto, América busca en el fondo de una de las bolsas de compras y retira un paquete de celofán lleno de Cien en Boca.

—¿Qué son éstos?

—Galletitas. Son buenas—. Ella saca unas galletitas del tamaño de una uña y las come. —Mmmm.

Deja a Meghan comiendo galletas al frente de su televisor y baja corriendo a la cocina. Karen está hablando por teléfono.

—Un momento . . . ¿Sí, América?

—¿Kyle puede salir?

Karen mira su reloj. —Sí, ya han pasado diez minutos.

—Okei—. América sube corriendo. Cuando toca en la puerta de Kyle, él abre y hace una mueca de desilusión al verla a ella en vez de a su madre. —Mami dice puedes salir.

—¡No!— Él da un portazo.

Ella traga gordo para suprimir la cólera que le ha subido y ha apretado cada músculo de su cuerpo. Toca en la puerta de nuevo.—Kyle, por favor, abre puerta. Yo no enojada contigo. Por favor, abre.

—No es plis— él dice al abrir, —es please. No lo estás pronunciando bien.

—Plis.

—Please, please—. Él patea el piso.

—Plis. Yo no puedo decir mejor—. Es absurdo. Aquí está, parada en un pasillo, recibiendo instrucciones de pronunciación de un nene de siete años con la cara manchada por lágrimas. —¿Yo entro su cuarto, plis?

—¿Que si puedes entrar? No.

—¿Tú vienes afuera? Yo necesito decir algo a ti—. Ella espera en el pasillo. La puerta de su cuarto se abre y Meghan se asoma. —Tú espera a mí, béibi. Yo vengo pronto—. Meghan cierra la puerta.

—¡Ella no es una bebé!

—Me gusta llamarla bebé porque ella pequeña. Tú grande. Tú no bebé.

—¡Ella es una brat!

—¿Qué significa brat?

—Quiere decir que es estúpida y mimada y sonsa.

—No bonito llamar la gente nombres feos. No respeto.

—Ella siempre consigue meterme en líos.

—No bueno pegar a hermanita.

—Ella me dio primero.

—No bueno. Tú más fuerte, más grande.

—Ella es una brat.

—Tú no golpeas más, ¿promesa?

—La odio.

—Promete tú no golpeas hermanita nunca más—. América lo aguanta por los hombros, busca sus ojos. —Promesa a América tú nunca pegas hermana. Promete nunca golpear niñas. Promesa—. Sus ojos son salvajes, insistentes, atemorizantes.

—Okey, prometo—. Él sacude sus hombros para deshacerse de ella, ásustado pero simulando no estarlo. —¡Jeez!— Él aprieta su espalda contra la pared. —Fue sólo un golpecito.

—Nunca, ¿okei?— Ella todavía lo mira con esa expresión salvaje, esos ojos salvajes.

—Okey, okey.

—Buen muchacho. Ven, tengo sorpresa mi cuarto.

Después de que los niños se acuestan a dormir, América saca toda la ropa de la bolsa de compras y trata de determinar qué suéter combina con qué pantalón. Alguien llama a la puerta.

Es Karen. —Necesito hablar contigo—.

—Un minuto, plis—. América quita la ropa del sofá para que Karen se siente. —Tengo un desorden aquí.

—Cosas bonitas— Karen comenta distraídamente, sin mirar. Se tira en el sofá, irritada. —Esto simplemente no está funcionando.

El corazón de América se contrae. —Yo hago lo posible.

Karen mueve su cabeza de lado a lado, alza sus manos como

para apaciguarla. —Oh, no, disculpa, yo no quise decir tú. Yo quise decir el arrangement.

—El arrangement—. América se siente estúpida. Dos días de hablar español y parece que se le ha olvidado el poco inglés que conocía.

—Déjame empezar de nuevo—. Karen empuja sus manos contra sus rodillas, suspira profundamente. Sentada en la silla al frente de ella, América espera que Karen se reponga y se pregunta cómo Karen puede ser tan exitosa en su trabajo cuando es tan indecisa en su vida personal. —Okey. El problema es que los lunes son los días más atareados en el hospital y lo que pasó hoy no puede volver a suceder.

—¿Qué pasó?

—Johanna tiene gripe. Estuvo enferma todo el fin de semana, pero no me llamó hasta unos minutos antes de que se suponía que llegara aquí. Yo no sabía cómo comunicarme contigo—. Esta vez sí la reprocha.

—Yo doy teléfono mi tía—. América se mueve hacia la mesita al lado de la cama, su espalda hacia Karen, para que ella no vea su expresión molesta. Es mi día libre, piensa, puedo ir donde me dé la gana sin tener que consultarla a ella.

—No lo tienes que hacer ahora.

—Yo tengo—. América escribe los números en una libreta de la gaveta, puesta ahí, indudablemente, por Karen, quien piensa en todo.

—Gracias—. Karen, estudia el papel como para verificar si su escritura es legible. —De todas maneras, yo quería hablarte a ver si podíamos hacer un cambio en tus días de trabajo. En vez de trabajar de martes a sábado, ¿puedes trabajar de lunes a viernes? Entonces Johanna puede cubrir los fines de semana.

—Okei.

—Oh, ¡qué bueno!— Karen parece estar sorprendida, como si hubiera esperado una discusión. —Pues, ¿vamos a comenzar este fin de semana? —Indecisa de nuevo, lista a que América cambie de opinión.

—Okei, no problema.

—Muy bien—. Se para del sofá con aplomo, mira la ropa

esparcida por el piso, encima de la cama. —De verdad que son muy lindas— repite, y de nuevo América tiene la sensación de que ella no las ve, que sólo necesita decir algo. —Bien, buenas noches— Karen dice. Camino a la puerta, mira el termostato, sonríe y cierra la puerta tras de sí.

América no recuerda haberse levantado y seguido a Karen, pero se encuentra aguantándose de la manija de la puerta con gran fuerza. Estudia la ropa sobre la cama y el piso, las blusas y los suéteres con los pantalones y las faldas unos al lado de los otros, con las piernas y los brazos tiesos, rígidamente estirados. Igual a como se siente ella, rígida y tiesa y extrañamente fría, aunque el termostato está en la muesca más alta otra vez.

—Yo traté de llamarte, pero la línea estaba ocupada—. Rosalinda masculla algo al otro lado, y aunque América no entiende bien lo que dijo, decide seguirle la corriente. —¿Te sientes mejor?

—Yo no estaba enferma.

—Pero estabas enojada conmigo.

—Claro—. Son ambas cosas, una declaración y un desafío.

—¿Todavía estás enojada?

—Sí—. Segura.

—¿Vas a sobreponerte?

—Sí—. Indecisa, temblando con lágrimas que no quiere soltar.

—Yo no estoy haciendo esto por hacerte daño, Rosalinda.

—Yo lo sé—. En voz de niña.

—Si pensara que te estaba perjudicando, yo regresaría.

—¿De veras?

—Sí.

Hay una aspiración profunda, un jadeo sin sorpresa. —¿Y por qué la semana pasada dijiste que no lo harías?

—La semana pasada tú me pedías que regresara por tu papá.

—Oh—. Rosalinda considera esto. América casi puede ver cómo se muerde el labio inferior, sus ojos bajos en la actitud que toma cuando está pensando en algo difícil de comprender. —¿Estás contenta por allá?

Ahora es el turno de América de morderse el labio inferior,

de jugar con los dedos sobre el edredón. —No estoy tan nerviosa como antes.

—¿Cómo es?

América empuja las almohadas detrás de su espalda, se acomoda y le cuenta a su hija sobre la nieve, sobre los hielos que brillan en el sol frío, sobre árboles que parecen estar muertos pero que todos dicen tendran hojas en más o menos un mes. Le cuenta a Rosalinda sobre la casa enorme de los Leverett, con su piscina, casa de verano y césped inclinado.

—¿Queda cerca de un pueblo?— Rosalinda pregunta, y América le cuenta sobre la estatua amarillenta de Cristóbal Colón y la del indio marrón mirando en la otra dirección, sobre mujeres chinas que hablan español y caminos de tierra llenos de surcos, a las orillas de los cuales se encuentran las mansiones. Le cuenta a Rosalinda sobre su visita al Bronx a ver a su tía y a sus primas, sobre la ropa que Paulina le regaló, y que algunas no le quedan y se las va a mandar a Rosalinda porque son más su estilo.

Se ríen las dos de lo serio que es Tío Leopoldo y de que Paulina piensa que es raro que su nuera es maestra de yoga. Le describe su viaje en el tren. —Pasa tan rápido— le dice a su hija —que el viento pita—. Es la conversación más larga que ha tenido con su hija desde hace meses, en la cual Rosalinda aprende algo y parece agradecérselo.

Cuando cuelga, después de hablar por más de una hora, América se abraza a sí misma, se mece de lado a lado en la cama en el cuarto grande, con el cielorraso inclinado y las muchas ventanas, meciéndose y riéndose y llorando, todo a la misma vez, asombrada de que Rosalinda escuchó atentamente, pareció alegrarse por ella y no le pidió que regresara.

Charlie es como un huésped en su propia casa. Si América no lavara su ropa y limpiara su baño, nunca sabría que él vive en esta casa. Después del fin de semana, encuentra su ropa informal en el canasto, arrugada, sudorosa, olorosa a hombre. Durante la semana, sus camisas de algodón, cada una idéntica a la otra a excepción del color, parecen no tanto arrugadas como acariciadas. Como si el cuerpo en ellas se moviera tan pocas veces que no dejara ninguna impresión, aun en la ropa que se pone. Se pregunta qué hará él en su oficina en la ciudad. Tiene algo que ver con hospitales, igual que Karen, aunque ninguno de los dos es médico.

En su oficina en el tercer piso hay retratos de Karen y de los niños, de una pareja mayor, que supone que son sus padres, de Charlie en una cumbre cubierta de nieve, con sogas colgando de su cintura. En otra foto, está suspendido por lo que le parece a América una soga demasiado fina sobre un abismo rocoso, un horizonte plano en la distancia, bien abajo de donde él cuelga. Uno de los roperos en el sótano está lleno de sogas, correas largas, botas, anillos y ganchos de metal en colores vivos. Otro ropero contiene equipo de camping.

—Esas son las cosas de Charlie— Karen le indicó. —No necesitas meterte ahí.

Pero a América le encanta mirar los sacos de dormir empaquetados, las carpas, las mochilas con monturas resistentes y presillas y bolsillos de malla y correas. Admira la artesanía de las costuras precisas, lo ingenioso que son los sujetadores de velcro. Le encantan los colores, verde-bosque, morado vivo, anaranjado, fucsia.

Su trabajo es probablemente aburrido, se dice a sí misma, por eso necesita en su vida alguna diversión más estimulante. Lo imagina trepándose por la montaña como una araña, colgando de una soga fina que alguien debe haber atado a la cima, pero luego no puede deducir cómo esa persona se trepó allá arriba a amarrar la soga en primer lugar. Son locuras, concluye, lo que se le ocurre a la gente para divertirse.

Su colección de cuchillos todavía la asusta. Supone que los necesita para cortar las sogas cuando va escalando montañas. Pero ¿por qué querrá él cortar sogas? Razona que él querrá que las sogas que lo sostienen sean lo más largas posibles. Cuando desempolva el cajón, evita mirar los cuchillos. Aunque están encerrados detrás de un cristal, no puede pensar en ellos más que como en una amenaza.

América se pregunta cómo Karen y Charlie pudieron concebir dos niños. Las sábanas del dormitorio principal raramente están arrugadas como después de una relación sexual. El diafragma de Karen está en su cajita dentro de la gaveta en la mesita al lado de su cama noche tras noche tras noche, olvidado, sin uso.

Algunas noches, sus voces apagadas la despiertan, no porque hablan duro, sino porque el silencio hasta ese momento ha sido tan completo. Discuten brevemente y entonces Karen llora y se acaba. La mañana siguiente, Charlie está tan alegre como siempre y Karen baja con su prisa habitual, maquillada y lista para el trabajo. En los días después de una pelea, él llega a la casa temprano para cenar con Karen y leerles un cuento a los niños antes de que se acuesten, pero luego baja al gimnasio a hacer ejercicios o se mete en su oficina del tercer piso mientras Karen despliega sus papeles en el sofá de cuero de la sala de estar.

¿La golpeará?, América se pregunta. La primera vez que los oyó discutiendo puso su oreja contra su puerta, sus dedos alrededor de la manija, lista para salir corriendo. No podía entender lo que decían, sólo las notas altas de sus voces, la de ella acusándolo y la de él defendiéndose, y luego cambiaron de papeles y él sonaba herido y ella fuerte. Pero no hubo gritos, ni ruido de una pela, ni resuellos estrangulados de dolor. Discuten y uno de los dos deja el dormitorio y se va a dormir en uno de los cuartos de invitados. A veces es Charlie, otras veces es Karen. Puede deducir cuál de los dos es por el pelo que dejan en la almohada.

En esas mañanas cuando sabe que la noche anterior estuvieron peleando, América no puede mirarlos a los ojos. Charlie baja, listo para irse a trabajar, y ella tiembla tanto que tiene que esconder sus manos en sus bolsillos, o abre la pluma y finge estar lavando el fondo del fregadero. Él no parece darse cuenta. Saca su abrigo del ropero, ajusta su corbata a la derecha y a la izquierda, agarra su maletín y guantes de la esquina de la mesa y se va.

Karen también se comporta como si nada hubiera sucedido. Se sienta con los niños y espera a que América le sirva uno de los desayunos de muchos platos que ella ha decidido que la familia debe comer. Tortillas de huevos con cebollas y queso, panqueques de bayas azules, farina condimentada con clavos y canela, crujientes tostadas francesas con conservas de frambuesas. Es como si lo que sucediera detrás de las puertas cerradas de su cuarto permaneciera ahí, no se desparramara por el resto de su gran casa, no afectara el resto de sus vidas.

¿Cómo pueden hacerlo?, América se pregunta mientras desempolva, le pasa aspiradora a las alfombras, enjuaga los gabinetes. ¿Cómo pueden pelear y al día siguiente ninguno de los dos estar enojado? Las peleas de ella con Correa duraban días. La rabia, el resentimiento, las fantasías de revancha, permanecían con ella hasta mucho después de que había olvidado por qué habian peleado.

No quiere decir que el porqué importara. Sus peleas no tenían ni lógica ni patrón. La única certeza era que Correa la golpearía. La golpeaba si le prestaba demasiada atención a otro hombre, y la golpeaba si no lo hacía, porque el ignorar a otro hombre significaba que ella estaba fingiendo no conocerlo para ocultar sus deseos verdaderos. La golpeaba si ella no se ponía guapa y bien aseada, pero si se vestía muy bien, la golpeaba porque estaba tratando de atraer demasiada atención hacia sí misma. La golpeaba si estaba bebido. La golpeaba si no había bebido. La golpeaba si perdía a los dominós, y si ganaba, la golpeaba porque ella no lo felicitó lo suficiente.

No recuerda haber tenido una pelea con Correa en la que ella no hubiera salido llena de moretones, hasta el punto que, aun cuando él se portaba dulce y contrito, no confíaba en él. Él la besaba, le traía regalos, le acariciaba su cadera suavemente y le decía que era bella. Y ella lo escuchaba y a veces le creía, pero siguío cauta.

Le es difícil creer que Charlie, con sus sogas y sus cuchillos y su manera abrupta, no sea violento cuando se enoja. Se pregunta si las peleas entre Karen y Charlie son tan comedidas porque saben que ella está ahí, al final del pasillo.

Pero desecha la idea. La cercanía forzada de vivir con los Leverett, piensa, la afecta más a ella que a ellos. Esta es su casa. Pueden comportarse como quieran en ella. América es la que tiene que cuidar cada paso y mantenerse alerta. Ella es la que siempre tiene que andar consciente de cómo la perciben, porque depende de ellos. Pero ellos dependen de mí también, se contradice. Karen, por lo menos. Ella empuja duro contra la funda que ha estado planchando. Que estúpida soy, se reprende a sí misma, los ricos no necesitan a nadie. Me pueden reemplazar con una llamada telefónica.

—Me estoy acostumbrando— América le dice a Ester cuando la consigue en casa después de tratar por varios días. —Lo único es que las horas son largas. Cuando llego a acostarme ya estoy agotada.

—¿Te pagan extra por trabajar tarde?

—Es sólo por un tiempito, hasta que Karen se acostumbre en su trabajo nuevo.

—Aquí no trabajabas tan duro.

—No trabajaba horas tan largas pero sí trabajaba duro.

América oye un suspiro largo y lento mientras Ester chupa su cigarrillo. —Recibí tu giro— dice. —Lo usé para pagar la luz y el agua.

—Viene otro esta semana.

América no quiere preguntar por Correa, no quiere que Ester se dé cuenta de que siente curiosidad por saber si él todavía la anda buscando. —Vi a Paulina y su familia el domingo pasado.

Le cuenta a Ester lo mismo que le contó a Rosalinda, pero suena forzado, con poco interés hasta para ella. —Elena es bella, bien delicadita—. Habla de su visita, describe la vista de un puente por la ventana de Paulina, lo que sirvió para la cena, la ropa que le dio a América, pero el recuerdo de Correa le corroe la mente. Quiere darle a Ester la impresión de que su vida está progresando como debe, que la está disfrutando en Nueva York. ¿Pero me ha olvidado tan pronto?, quiere saber, ¿me está buscando todavía?

Ester no menciona a Correa. América estira la conversación lo más que puede, hasta que no hay más que decir, hasta que ha preguntado por todos los vecinos que se le ocurre, pero no por Correa, no por él. Ester no menciona el nombre de Correa, y a América le da vergüenza preguntar. Cuelga el teléfono, frustrada y enojada consigo misma. ¿Por qué le importa lo que él esté haciendo y dónde esté? Ella lo ha dejado para siempre, no quiere verlo jamás. No le importa lo que él esté haciendo. Ya no hay nada entre nosotros. No hay nada. Nada.

—¿Habla español?— La voz suena incierta, suave, con un fuerte acento. La mujer es bajita y rechoncha, con piel del color de una nuez tostada, con pelo negro lacio, ojos negros, labios tan carnosos que las estrellas de cine los envidiarían.

—Sí, hablo español—. América ha estado empujando a Meghan en un columpio. Ella y la mujer se han estado observando por los últimos diez minutos mientras los niños que trajeron al parque corren, saltan y se balancean desde anillos de acero suspendidos de una estructura de juegos.

—Mi nombre es Adela.

América se presenta. Está tiritando. El aire húmedo de marzo, que Karen dice significa que la primavera viene pronto, se siente tan frío como el aire de febrero. Meghan quiere jugar en los túneles de madera, así que Adela y América la siguen, charlando y conociéndose.

—Yo trabajo de interna— Adela le explica y señala a las dos niñas que cuida. Ella es de Guatemala, donde trabajó como enfermera en una clínica privada. —Pero aquí, como usted sabe, nosotras tenemos que hacer lo necesario—. Su esposo vive en otro pueblo, donde trabaja cuando puede como jardinero. —Es difícil conseguir trabajo para una pareja— dice—, y cuando se encuentran, no quieren pagar mucho.

—Pero ¿cuándo lo ve?

—Él me recoge los sábados por la noche. Él no trabaja los domingos, así que pasamos el día juntos. Alquilamos un cuarto en una casa con otras tres parejas.

El español de Adela es tan musical que América sigue haciéndole preguntas, fascinada por el sonido de su voz, el ritmo de sus palabras.

—¿Cuánto tiempo lleva usted aquí?

—En mayo cumplo tres años, pero yo no estaba, uhm, casada cuando primero vine.

Adela le hace preguntas a América sobre su situación, pero América no está tan dispuesta a hablar de su vida y da tan poca información como puede sin ser descortés.

Meghan viene corriendo, sus manos entre sus piernas. —Yo tengo que hacer pipi.

—Okei, vámonos a casa—. América la levanta hasta su cadera y llama a Kyle del tobogán.

—Yo no me quiero ir todavía.

—Nos tenemos que ir. Meghan necesita inodoro.

—Vayánse ustedes y regresen luego.

—Casa muy lejos. Tú vienes ahora—. Ella camina hacia el carro. Él finge ignorarla, pero cuando ve que ella no mira para atrás, la sigue sin ganas.

Adela viene corriendo. —Yo vivo aquí cerca. Si usted quiere, puede usar el baño.

—Oh, no, se lo agradezco. De todas maneras, ya es hora que estemos en casa.

Meghan rebota sobre la cadera de América. —Yo tengo que hacer pipi ahora.

—La niña podría tener un accidente— Adela indica.

América mira a Meghan, cuya cara está forzada en una mueca. —Okei— dice, —pero no podemos estar mucho tiempo.

Pone a Meghan en el asiento de seguridad infantil. Kyle saca su Gameboy del bolsillo detrás del asiento, y antes de que salgan del lote de estacionamiento, está gruñiéndole a las criaturas que brincan alrededor de la pequeña pantalla.

Ella es tan amable, América piensa al seguir el Caravan de Adela fuera del lote del parque. América no considera que la amabilidad de Adela sea gran cosa. Piensa que Adela es demasiado atrevida, que invitar a una mujer que acaba de conocer a entrar en la casa de la gente donde trabaja, ni siquiera su propia casa, es tomarse libertades que señalan falta de respeto para sus patronos.

Ella sigue la camioneta por un largo camino de entrada que da a una casa que se le parece a América a las moradas de asesinos y fantasmas que ha visto en las películas. Está pintada de marrón oscuro. Tiene miradores en el segundo piso, un balcón alrededor del primero y decoraciones talladas que dan la impresión de encaje alrededor de los aleros y a lo largo del balcón.

—¡Se parece a la casa de los Addams Family!— Kyle chilla.

—¿Quién familia de Adán?— América pregunta.

Kyle tararea una cancioncita y castañetea sus dedos.

—Okei, Meghan, vamos. Tú permaneces en carro, Kyle. Nosotras salimos pronto.

Con Meghan en su cadera, América sigue a Adela y a las dos niñas adentro de la casa. Una puerta enorme tallada con diseños enigmáticos se abre a la oscuridad de un vestíbulo con paneles de madera.

—El baño está aquí— Adela las conduce al fondo de la casa. Meghan entra corriendo y cierra la puerta antes de que América tenga la oportunidad de entrar con ella.

—¿Le gustaría beber algo?

—No, gracias— América responde—, tengo que ir a casa a cocinar.

—Oh, ¿usted tiene que cocinar también?

—Sí. ¿Usted no?

—No. Yo sólo soy niñera. La señora cocina.

—Yo cocino para los niños— América miente, de pronto a la defensiva.

—Ya—. Meghan sale del baño luchando por abrocharse sus jeans por sí misma.

—¡Qué niña grande!— Adela la felicita, y América toma a la niña de la mano y regresa por el vestíbulo.

—Gracias.

—Porque no nos encontramos otra vez— Adela sugiere. —Aquí está mi número de teléfono. Usted me llama.

América toma el trozo de papel, rasgado de una revista, y baja las escaleras del balcón corriendo. —Nos vemos— le dice a Adela.

Adela es la primera sirvienta que habla español que ha conocido desde que llegó aquí, y América está excitada y aprensiva a la vez de haberla conocido. Es que ella es tan . . . América se esfuerza por encontrar la palabra. Confianzuda. Eso es. Aunque se trataron formalmente, usando el usted, aun así América todavía siente que Adela cree que pueden ser amigas sólo porque las dos son criadas. Pero las amistades, se dice, dependen de mucho más que una ocupación en común. Sacude su cabeza, murmurando: ¿Qué estoy diciendo? Yo no tengo amigas.

Llega al fondo del camino de entrada de la casa de los Leverett, camina a la entrada posterior y abre la puerta con sus llaves.

—¡Se te olvidó Meghan!— Kyle chilla cuando América lo deja entrar en la casa.

La niñita llora sosegadamente y rehúsa mirar a América cuando ella tiernamente la levanta del asiento infantil, la estrecha contra a su pecho y la lleva adentro.

Se va a pasar el fin de semana en el Bronx porque no sabe a dónde más ir. Es un sábado húmedo y ventoso cuando América sube las escaleras de la estación en Fordham. No hay nadie esperándola. Permanece debajo de la marquesina de un almacén, temblando de frío, preguntándose cuánto debe de esperar antes de llamar a Paulina. Al cruzar la calle, un carro se para con un chillido de frenos. Cuando mira en esa dirección, ve a Darío agitando la mano por la ventana abierta del carro. Ella le devuelve el saludo y mira con horror cuando hace un viraje en U desde el carril derecho, causando que se desvíen los carros de ambas direcciones y frenen a fin de evitar chocar con él. Estaciona en doble fila al frente de ella, ignorando las bocinas y las maldiciones de los otros conductores.

—Yo la llevo— le dice, caminando alrededor del carro para abrirle la puerta, —Doña Paulina me mandó porque Don Leo no está en casa—. Está mojado de pies a cabeza y su figura huesuda pálida la hace recordar un pollo después de que se le arrancan las plumas. América esconde su sonrisa al deslizarse en el asiento de pasajeros.

—Siento que tuviera que esperar— Darío se disculpa al montarse en el carro. —Doña Paulina me llamó a última hora.

Él entra al tránsito sin hacer señales, pisa el acelerador con el otro pie en el freno. América busca un cinturón de seguridad, pero no lo encuentra. Ella agarra el apoyabrazos, empuja su pie derecho contra el piso hasta que le parece que saldrá al otro lado.

—No queda lejos de aquí— Darío dice, quitando sus ojos del camino para hablarle.

—Ah, bueno— contesta ella, temerosa de que la conversación lo distraiga y ponga su vida en peligro. Él se come dos señales de STOP sin disminuir la velocidad, usa su bocina liberalmente al acercarse a la intersección. Cuando ve el alto edificio verde al final del bloque, América suspira de alivio. La calle está llena de vehículos estacionados. América teme que Darío quiera dar la vuelta al bloque buscando un espacio, pero se detiene frente al edificio para dejarla bajar.

—No tiene sentido que usted se moje— le explica, abriéndole la puerta de pasajeros.

América corre hasta el vestíbulo, se inclina contra la puerta para controlar su respiración y dar una oración de gracias al cielo. Es un loco, se dice a sí misma, apretando el botón del apartamento de Paulina.

—Ay, mi'ja, yo hubiera preferido mandar a otra persona a recogerte, pero no quería que esperaras bajo ese aguacero.

—Yo creo que él te quería impresionar— agrega Elena.

—¿Tratando de matarme?

—Es que él trabaja como chofer de taxi— Paulina explica—, ellos todos guían así.

—No le digas eso Mami, o la vas a hacer caminar a dondequiera que vaya— Elena dice con una sonrisa.

Las tres han pasado el día terminando cortinas nuevas; volantes de ojalillo blanco en la sala, gasa verde en la cocina, diseños de fruta en el comedor. Parada en una de las fuertes sillas de la cocina, Elena ha colgado las cortinas, y las tres mujeres ahora caminan de un cuarto al otro admirando su trabajo y arreglando los muebles en configuraciones nuevas.

—Ese es el problema con cambiar las cortinas— Paulina suspira—, todo lo demás se ve viejo y gastado.

—Quizás deberíamos pintar— Elena sugiere, sus manos en sus caderas, entrecerrando los ojos críticamente, mirando las paredes azul pálido.

—Ay, nena, ¡por favor! Yo no podría vivir con el desorden.

—Sólo la sala. Nosotras podríamos terminarla en una tarde.

América retrocede a una esquina, temerosa de que Elena está incluyéndola a ella en su "nosotras".

—Se vería bonito con un azul más oscuro en el cielorraso— oye a Elena decirle a su mamá cuando se escabulle a la cocina para servirse un vaso de jugo. Afuera, la lluvia continúa a cántaros y le hace recordar las tormentas que atacan a Vieques de vez en cuando, que arrastran la tierra desde las colinas hacia el mar. Cuando era niña, América siguió una de las barrancas desde las colinas de Puerto Real hasta la playa, donde el agua de lluvia entraba al mar, cargando hojas, ramas y animales muertos como para devolverlos de donde vinieron. Se le ocurrió entonces que si seguía lloviendo así, la isla de Vieques entera podría desaparecer en el mar. Por varias semanas tuvo pesadillas de que se estaba ahogando. Las tormentas todavía la llenan con el terror de un peligro inminente, con la sensación de que el terreno bajo sus pies no es sólido y que podría resbalar y caerse a la nada en cualquier momento.

Eso no puede suceder aquí, se consuela a sí misma, mirando por la ventana y viendo nada más que azoteas. No hay tierra que se lave hacia el mar. Es todo cemento duro, ni un pedacito de tierra. Se siente llena de tristeza, de un anhelo que no puede todavía identificar porque es tan nuevo. Bebe su jugo de naranja y mira la lluvia que apedrea los tejados oscuros de los edificios y se pregunta qué significa esta nueva tristeza. Tarda un rato en darse cuenta de que siente nostalgia por las vistas familiares de Vieques, por las verdes colinas y la luz amarilla del sol cálido, las brisas saladas del mar, las casas bajas, cerca del suelo. América se aparta de la ventana como para borrar este mundo nuevo, tan duro y gris, tan frío, desprovisto de memorias.

Darío la mira a lo largo de la cena del domingo. Su mirada es constante, como la de un lagarto, fija en cada uno de sus movimientos. Pero cuando ella mira en su dirección, él baja los ojos y un rubor de vergüenza matiza su tez pálida.

—Él es tímido— Elena le dice a América cuando las jóvenes se reúnen en su cuarto después de la cena.

—Ese pobre tipo te tiene miedo— Carmen sugiere.

—Es que tú no le das un chance— agrega Teresa.

—Yo no quiero darle un chance.

—Los hombres buenos y trabajadores son difíciles de conseguir— advierte Carmen.

—Yo no estoy buscando un hombre.

—Pero es buena idea tener uno por ahí en caso que lo necesites— dice Teresa, y las niñas se ríen y se dan palmadas las unas a las otras.

—Esto es lo que debes hacer— Carmen dice. —Debes ser más amable con él. Sonríele de vez en cuando. Déjalo que te invite a cenar, o al cine, si prefieres un sitio donde no tengas que hablarle.

—Ay, Carmen, qué mala eres— Elena hace pucheros. —Le estás diciendo que lo use.

—¿Y por qué no? Los hombres siempre usan a las mujeres.

—Pero eso no es bueno para América— añade Teresa—, porque ella todavía se está recuperando de unas relaciones malas.

Al oír esto, las otras dos mujeres evitan mirar hacia América, cuya cara ha enrojecido.—Disculpen— ella dice, y deja el cuarto.

—¿Dije algo malo?— Teresa le pregunta a las otras en un tono quejumbroso.

América se encierra en el baño. El espejo sobre el lavamanos refleja su cara enrojecida, sombreada por un ceño profundo. Le gustaría lavarse la vergüenza con el agua nueva y fresca, pero eso le dañaría su maquillaje, así que le da la espalda al espejo.

Unas relaciones malas, ella dijo. Quince años de mi vida resumidos en tres palabras. Como si las relaciones malas fueran una enfermedad, como el cáncer o la gripe. Algo de lo que una se tiene que recuperar.

Se oyen unos rasguños en la puerta, seguidos por un suave,— ¿Puedo entrar?

—Ya voy— América llama, haciendo correr el agua en el inodoro. Cuando abre la puerta, Teresa entra sin dejar salir a América.

—Siento mucho si te ofendí— dice ella afligida. —Yo no quise decir . . .

—Está bien— América evita mirar los ojos vivaces y amplios de Teresa.

—No está bien. Te he insultado y te he lastimado y lo que tú deseas es que yo me vaya y que te deje tranquila. No lo niegues, yo sé que es cierto—. Teresa se inclina contra la puerta, sus brazos enjutos cruzados al frente de su pecho plano.

—Es que todavía estoy un poco sensible con ese asunto— América se disculpa.

—Y tienes todo derecho de estarlo, y de decirle a personas como yo que dejen de estar metiéndose en lo que no les importa.

Pues no te metas en lo que no te importa, América piensa pero no lo dice.

—Mírame— dice Teresa—, me molesta que no me mires a los ojos cuando hablamos.

América se sorprende. ¿Teresa leerá mentes? Levanta sus ojos a los de Teresa. Son ojos bondadosos, grandes y redondos, como si vieran más que los de otra gente.

—Lo siento— América dice.

—Tú te disculpas demasiado.

—Lo sien. . . — América se ríe.

—Debes de reír más.

—Tú tienes muchas opiniones.

—Mi madre es psíquica— dice Teresa con aplomo, como si todas las madres lo fueran. —Ella no habla. Ella hace pronunciamientos. Yo creo que de ahí es que sale esta actitud.

—¿Eres tú psíquica?

—¡Ni en sueños! Yo no te puedo decir lo que voy a hacer en los próximos cinco segundos—. Ella mira a América. —Pero sí puedo decirte algo sobre ti misma que quizás tú no sepas.

—¿Qué?

—Que todos aquí somos tus amigos y queremos ayudarte a empezar de nuevo.

—Gracias . . .

—No voy a fingir que no he oído lo que dicen de ese hombre con quien tú vivías . . .

—Correa . . .

—Y te puedo asegurar que aquí nadie te culpa a ti por dejarlo. Así que debes de dejar de sentirte culpable por eso . . .

—Yo no me siento culp . . .

—No es tu culpa que él te maltratara. Ese tipo de hombre no necesita ninguna excusa para golpear a las mujeres. Sólo porque él es así no significa que todos los hombres sean iguales—. Teresa abre la puerta del cuarto de baño. —Eso es todo lo que te quería decir—. Ella alcanza el inodoro detrás de América y hace correr el agua. —Hasta luego— dice con una sonrisa pícara y se va.

Ahora es América la que está agitada. Mientras Teresa hablaba, América se sentía sofocada por la ira. ¿Quién se cree ella que es, sermoneándome a mí como si yo fuera una niña? Ella vuelve a su reflejo, pero esta vez su rostro enrojecido parece feroz, los ojos brillan con furia. América se asusta de sí misma.

Ay, Dios mío, murmura, llevando sus manos hasta las mejillas. Esta es la cara que Rosalinda ve cuando estoy enojada. Refriega sus dedos contra sus mejillas calientes, aprieta sus labios, sus ojos, como si todo este esfuerzo fuese necesario para reclamar la cara tranquila que piensa que presenta al mundo. Cuando abre sus ojos, ve a la América conocida, con los ojos pintados y las mejillas rosadas con colorete. Traga duro varias veces, como si el nudo que se le forma en la garganta por la rabia frustrada fuera tan sólido como un alimento que nutriera una parte de ella sepultada hondo, hondo, hondo en sus entrañas.

Las empleadas

Karen Leverett usa ropa interior cara. La primera vez que América organiza su aparador encuentra cinco pares de pantys y tres brassieres con las etiquetas del precio todavía colgando. Cada panty costó quince dólares, cada brassier treinta. Hay quince pantys más de la misma marca y otros doce brassieres. En ropa íntima nada más, América calcula, Karen Leverett gastó no menos de $750, sin incluir el impuesto de la venta. ¿Cuánto, se pregunta, pagará Karen Leverett por la ropa que la gente puede ver?

Uno de los tres roperos de Karen está lleno de trajes sastre para la oficina, en telas y colores moderados. También hay diez blusas de seda y cuatro de algodón, doce vestidos, tres sastres con pantalones, veintitrés pares de zapatos, seis pares de botas. En otro ropero guarda su ropa de vestir, con sus zapatos en combinación adornados con pedrería, carteras minúsculas, dos chales de cachemira y dos abrigos de piel, uno largo y uno corto. Además tiene ropa casual, que guarda en el tercer ropero de su vestidor. Una montaña de jeans, suéteres, jerseys con cuello de tortuga, medias de lana gruesa, cuatro pares de zapatos deportivos, tres pares de zapatos de taco bajo en negro, marrón y verde-aceituna.

—A mí me encanta la ropa— Karen le dijo cuando le enseñó su cuarto vestidor, y America, a quien también le gusta la ropa, se pregunta lo que será vestir pantys de quince dólares y brassieres de treinta. No se pueden sentir tan diferentes, considera, al pasarle los dedos por el encaje delicado, los lacitos, las perlitas entre las copas de los brassieres. Los dobla y los arregla en filas por color, hasta que toda la gaveta parece un brillante arco iris de seda y satén.

Setecientos cincuenta dólares, América murmura, en ropa íntima. Yo tendría que trabajar tres semanas para ganar lo suficiente para aguantarme las tetas y taparme el culo. Karen Leverett debe de ganar mucho dinero en ese hospital donde trabaja.

Examina las cajas de zapatos en el ropero: $260 por un par de sandalias de gamuza, $159.99 por zapatos de lona, $429 por un par de botas. América inspecciona estos objetos en sus manos, acaricia el interior donde los dedos de los pies de Karen han estampado tiernos valles y montes. Se sienten diferente a mis zapatos de veinte dólares, América concluye, pero no tan diferentes. Desempolva y pasa la aspiradora alrededor de los tres roperos, rozándose contra las sedas susurrantes, las lanas cálidas, las pieles que pican. Si se sumara todo lo que cuesta la ropa en este ropero, calcula, sería tanto como lo que cuesta una casa en Vieques. Y hasta puede ser que más. Se para a secarse el sudor de su frente. Una semana de mi trabajo le cuesta el precio de un par de zapatos. Saca la aspiradora del ropero con luz autómatica, cierra la puerta con su cadera. No parece justo, concluye. Cuando mis tres meses de probatoria terminen, América decide, voy a pedir un aumento de sueldo.

—¿Y usted por qué trabaja de interna si es americana?— le pregunta Adela un día cuando están velando a los niños que juegan en el parque.

—Pero yo no soy americana— América protesta—, yo soy viequense, quiero decir, puertorriqueña. Es que los puertorriqueños tenemos ciudadanía.

—Pero ¿no quiere eso decir que es americana?

—No, yo soy puertorriqueña, pero tambien soy ciudadana americana. Quiere decir que no necesitamos permiso para vivir y trabajar aquí.

Adela no entiende la distinción, y hasta que empezó a hacerle preguntas acerca de su status legal, América no había pasado mucho tiempo pensando en eso.

—Entonces, ¿su social es de verdad?

—Sí, lo tengo desde que nací—. Una tarjeta del seguro social legal, la que ella siempre ha dado por hecho, es tan codiciada como una green card, la cual ha oído mencionar pero nunca ha visto.

—Si yo fuera americana como usted, podría practicar mi oficio de enfermera. Yo le dije que era enfermera en Guatemala, ¿verdad?

América asiente con la cabeza. Casi cada vez que hablan, Adela menciona que el trabajo que hace ahora es indigno porque en su país ella era enfermera.

Porque en su primer encuentro con Adela no tuvo una buena impresión, América se resistió a llamarla por varios días. Pero al fin cedió, sino por la soledad, por la curiosidad, y decidieron encontrarse en el parque. A través de Adela, América ha conocido a otras mujeres que trabajan en las mansiones y casonas escondidas al final de largos caminos que se iluminan cuando uno entra. Liana, de El Salvador, era cajera en un banco. Frida, de Paraguay, era maestra de escuela. Mercedes, de la República Dominicana, era operadora de teléfono. Las mujeres se ven en el parque, o cuando dejan o recogen a los niños que cuidan en sus casas. Todas tienen algo en común. Todas han entrado a los Estados Unidos ilegalmente y todas se asombran de que ella, una ciudadana americana, trabaje como sirvienta.

—A mí no me molesta el trabajo que hago— América les dice, y ellas parecen horrorizarse, como si la ciudadanía americana incluyera el derecho de aspirar a más. —A mí me gusta atender la casa y me gustan los niños.

—Pero usted puede ser maestra— sugiere Frida.

—A mí no me gusta estar encerrada todo el día— ella protesta—, ni tener a alguien velando todo lo que hago.

—A mí no me importaría atender mi propia casa— dice Liana—. Pero hacerlo para otra persona es algo distinto.

—Es un oficio como cualquier otro— dice América—. No hay nada vergonzoso en eso.

—Yo no dije que me avergonzaba— Adela se defiende.

—Pero es verdad— dice Frida—. Todo trabajo es valioso a los ojos del Señor.

—Pero algunos oficios son más valiosos que otros— Adela insiste—. Puede ser que sea distinto en este país, pero en el mío una enfermera es más importante que una empleada.

Ella no usa las palabras sirvienta ni criada; ninguna de ellas lo hace. Se llaman a sí mismas empleadas, o dicen que trabajan en casas, o se llaman niñeras o nannys, aunque el trabajo doméstico que hacen es tanto como el de cuidar niños.

—Sí, usted tiene razón— dice Frida—. Es así dondequiera.

—Nosotras no tenemos otro remedio cuando llegamos aquí— Adela sigue. —Nosotras tenemos que aceptar cualquier trabajo que encontremos. Pero usted, una ciudadana americana . . . Y con su buen inglés.

—Mi inglés no es tan bueno.

—Aun así. Usted puede estudiar, aprender otro oficio. Usted no tiene que hacer este tipo de trabajo el resto de sus días.

Puede ser, piensa América al día siguiente mientras le pasa la aspiradora a las alfombras del primer piso, que Adela tenga razón. Yo no soy lo suficientemente ambiciosa. Esas mujeres, viviendo temerosas de ser devueltas a sus países, tienen grandes sueños para sí mismas. Yo no los tengo. ¿Tuve sueños cuando era niña? ¿Quise yo más de lo que tenía? Yo quería mi propia casa, pero todas las mujeres quieren eso. Yo quería un esposo e hijos, muebles bonitos, un carro. Pero no me resultó bien. Yo quería que alguien se ocupara de mí. El quejido de la aspiradora es como un lamento. Eso es todo lo que yo siempre quise. Que alguien se ocupara de mí.

—¿Has pensado en lo que te gustaría ser cuando seas mayor?— América le pregunta a Rosalinda cuando la llama.

—¿Qué clase de pregunta es ésa?

—Es una pregunta normal. El tipo de pregunta que una madre le debe de hacer a su hija.

—Es de ésas que uno le hace a nenes chiquitos.

—¿Es que nunca te he preguntado a ti?

—Yo no sé—. El malhumor en su voz dice que no.

—Bueno, pues, ¿tienes alguna idea?— quiere sonar juguetona, quiere hacer como si sólo estuviera tratando de conversar. Pero la naturaleza suspicaz de Rosalinda no lo permite.

—¿Por qué quieres saber de repente?

—Es que se me ocurrió preguntarte, eso es todo—. Aunque no lo quiso decir así, le suena como una disculpa.

Se oye silencio al otro lado, como si Rosalinda estuviese repasando una lista de posibilidades antes de contestar. —No te puedes reír.

—¿Por qué me reiría?— América contesta con una risita.

—Quiero ser una vedette.

—¿Cómo?—. Se le escapa una carcajada, deleitada con el buen sentido de humor de Rosalinda.

—Yo sabía que no debía decírtelo.

Lo está diciendo en serio. Ay, Señor, no es una broma. —No, nena, no, no me mal interpretes. Es que es . . . Una sorpresa—. A América le aparecen imágenes de mujeres casi desnudas meneando las nalgas al frente de una cámara de televisión y, más arriba de las tetas con lentejuelas pegadas en los pezones, la cara de su hija, maquillada en tonos oscuros, su pelo enmarañado con plumas saliéndole por cada rizo. —Cuéntame más— le dice, con la esperanza de no haber entendido.

—Estoy en una obra y la maestra dice que soy muy buena bailarina. Y Dina dice que tengo el look.

—¿Quién es Dina?

—No la conoces. Es la mamá de mi mejor amiga.

—¿Y ella te dijo que pareces una corista?

—Ella es coreógrafa. Ha trabajado con la MTV y con Iris Chacón.

Las palabras se le escapan a América antes de que se dé cuenta. —Pero esas mujeres son poco más que putas. ¿Cómo se te ocurre . . . ?

—¿Cómo puedes decir eso? Ni la conoces.

—Pero sí sé lo que es una vedette. Yo no soy zángana.

—¡Tú no sabes nada!— Rosalinda cuelga el teléfono de un cantazo.

Esto no puede seguir así. Ella no puede colgar cada vez que no le gusta lo que yo le digo. Una vedette. Quiere ser . . . Un redoble de risa empieza desde lo más profundo de su vientre y rompe en carcajadas. Así es como se contesta una pregunta como ésa. Tu hija de catorce años aspira a ser una corista. América se ríe sola en su cuarto, una risa profunda que satisface y que le trae lágrimas a los ojos. Así es mi vida. Empiezo con tantas buenas intenciones, y esto es lo que pasa. Se ríe tanto que le duele la barriga. Me enamoro de un hombre y me cae encima en cada oportunidad. Trato de encargarme de mi mamá y bebe hasta que cae rendida. Trabajo como una perra limpiando lo que otra gente ensucia y me pagan menos de lo que gastan en ropa interior. Y mi hija quiere ser una vedette cuando sea mayor. Es muy chistoso. Ahora sé en que estaba Dios pensando cuando me hizo. Mi vida es un chiste. No debo tomarla en serio. Ése ha sido mi error todos estos años. Lo tomo todo muy en serio. Esto es el colmo. Una vedette. ¿Qué dirá Correa cuando lo oiga? Su preciosa hija una vedette que cualquier hombre pueda comerse con los ojos. Es demasiado irónico. Él quizás ni lo note. Puede ser que hasta orgullo le dé.

América se voltea en la cama y la risa se aplaca, reemplazada por la cara sonriente de Correa.

Una mañana, se asoma por la ventana y los árboles muertos tienen vida. Están cubiertos por una pelusa de un verde intenso que, cuando se miran de cerca, son hojas en ciernes. Dos casas más allá hay un patio que parece un mar de narcisos. Los pájaros se persiguen entre los árboles. Los ciervos salen del follaje a comerse los capullos de tulipanes. Los comerciantes, la mujer que ayuda a los niños a cruzar la calle al frente de la escuela, el hombre que trae el propano para cocinar, todos tienen sonrisas en sus caras. América también se encuentra sonriendo por nada.

—Fiebre de primavera— Karen observa una mañana cuando todos se ríen por nada mientras América sirve el desayuno.

Una noche, Karen se aparece con varios ramos de flores y llenan floreros y ponen flores en el comedor de diario y en la sala, en el cuarto matrimonial, en los cuartos de los niños y hasta en el de América. No tienen olor, lo que América encuentra raro.

Estas bellas flores, que duran por días, no huelen a nada.

A Charlie no le gusta la primavera tanto como a los otros. —Alergias— explica una mañana cuando baja, sus ojos hinchados, su voz gangosa.

Es difícil mantener a los niños en la casa. Aunque tienen una estructura con columpios y una chorrera en el patio, prefieren el parque, donde encuentran a otros niños a quienes perseguir, con quienes competir a ver quien puede subir más alto, quien los empuje y a quien empujar en los columpios.

En un día cualquiera, América puede encontrarse con Adela, Mercedes, Liana o con Frida, y a veces con todas. A ella le gustan algunas más que otras. Adela, todavía piensa, es muy confianzuda, y cuando está, América tiene cuidado de no revelar nada que no quiera oír repetido más tarde. Mercedes es joven, alegre, con un sentido del humor vulgar que América admira, aun cuando se pregunta cómo alguien puede ser tan libre. Liana es seria y sombría, y cuando está con ella, América se deprime. Frida es la mayor de todas, cuarentona, con una actitud ecuánime que América encuentra consoladora. Todas han dejado hijos para venir a los Estados Unidos, donde cuidan los hijos de otras personas.

—El mes que viene voy a poder mandarlos a buscar— Liana le dice a Mercedes y a América. —Papá ya arregló todo con el coyote. Van a entrar por México.

—Pero ¿qué va a hacer cuando lleguen?— Mercedes pregunta. —¿A dónde van a vivir?

—En un apartamento en White Plains. Mi hermana Genia los va a cuidar mientras yo trabajo.

Liana no ha visto a sus dos hijos desde que empezaron a dar sus primeros pasos. Ya cumplidos nueve y ocho años cada uno, conocen a su mamá por medio de retratos. Dos veces al mes ella llama a un centro de teléfonos que queda a diez millas de su aldea y habla con sus hijos, y les dice que los quiere mucho y que los va a mandar a buscar. Hasta hace dos meses también hablaba con su mamá, quien le cuidaba a los nenes. Ella murió de una infección en la sangre, y el papá de Liana ahora insiste en que ella vuelva a cuidar a sus hijos o que mande por ellos.

—Y el papá de los nenes, ¿le puede ayudar?— pregunta América.

Liana vino con su esposo, bien casada, ella explica. El único trabajo que ella pudo conseguir fue como sirvienta interna. Él trabajaba para una compañia de jardinería. Como Adela y su esposo, se veían los fines de semana, hasta que Liana se enteró de que él vivía con otra mujer mientras ella trabajaba. —Yo no sé ni por dónde anda— dice ella. Las tres mujeres caen en silencio, rememorando, quizás, la intratabilidad de sus hombres.

—Se va a sentir mejor cuando los tenga cerca— América dice, volviendo la conversación hacia los niños.

—Mrs. Friedland me va a dar dos semanas de vacaciones con paga— Liana añade, y todas murmuran lo generosa que es Mrs. Friedland. —Lo único es que tengo que cogerlas durante las vacaciones de la escuela, cuando toda la familia se va para Disneyworld.

Entonces los murmullos son acerca de lo difícil que será eso, ya que el papá de Liana es un anciano, y los niños todavía están chiquitos, y tienen que viajar por vía terrestre desde El Salvador a través de Guatemala hasta México, y quién sabe cuánto tendrán que esperar a que el coyote los ayude a cruzar hasta los Estados Unidos. El aire se vuelve pesado otra vez.

—Hola, mujeres— dice Frida, quien acaba de llegar. Unos minutos después, Adela también se une a ellas. Las dos niñas que cuida se van corriendo hacia el tobogán.

—Tengo que conseguir otro trabajo— Adela dice sin saludarlas. —Ya no aguanto más.

—¿Qué pasó?

—Ignacio perdió su trabajo—. Esta no es la primera vez que esto ha sucedido. Ignacio pierde su trabajo casi tanto como trabaja. Con una reserva poco característica en ella, Adela nunca dice por qué, pero América cree que él es un borrachón. —Les pedí un aumento y me dijeron que no. Yo he trabajado con ellos tres años. Se supone que sean más considerados—. Está furiosa. Sus ojos negros están ocultos detrás de un ceño profundo y sus labios están apretados contra su cara, como si estuviera mordiendo y tragándose lo que no quiere decir.

—¿No le dieron ellos un aumento en las navidades?— pregunta Frida. Todas saben lo que las demás ganan. Cuando primero entran en las casas que las otras atienden, miran el tamaño de la residencia, cuántos niños hay, si hay animales, si tienen que cocinar, para entonces comparar sus situaciones. A excepción de América, todas limpian otras casas en sus días libres. Hasta las que tienen hombres tienen que suplementar su sueldo con trabajo adicional.

—Yo he trabajado con ellos tres años— Adela repite—, pero me gano menos que todas ustedes—. Los patronos de Adela, a quienes ella se refiere como Ella y Él, tanto que nadie la ha oído decir sus nombres, no viven en una mansión. Su casa, aunque grande, queda en el pueblo, sin extensos jardines ni boscaje a su alrededor, y no es considerada por las criadas como una casa de gente rica, así como las de los Leverett o la de los Friedland de Liana.

—¿Abandonó su puesto?— pregunta Mercedes con preocupación.

—Estoy desesperada, pero no loca— dice Adela, irritada. Si una de las sirvientas quiere dejar su puesto, primero se lo dice a las otras, por si ellas saben de una situación mejor.

—Yo no he oído de nadie que esté buscando— dice Frida, cuyos contactos se extienden por tres estados, ya que su hermana y su hija trabajan como criadas en Connecticut y New Jersey.

—Lo que yo quisiera conseguir es un trabajo para una pareja. Eso nos resolverá todos nuestros problemas.

—Vamos a ver si alguien conoce de una situación así— dice Liana, cuya hermana Genia trabaja en casas por día, pero de vez en cuando se entera de un trabajo.

La verdad es que ninguna de ellas recomendaría a Adela, quien, han notado, no se esmera tanto como debiera en el cuidado de su casa. También está el problema de su 'esposo', a quien nadie ha visto en persona, pero cuyos problemas con los patronos dejan mucho que desear. Adela dice que él es 'orgulloso', lo que probablemente quiere decir que, como ella, se cree que es muy refinado para el tipo de trabajo que tiene que hacer.

—¿Oyeron lo de Nati?— pregunta Mercedes, y todas vuelven sus ojos hacia ella, agradecidas por el cambio de tema. —La tuvieron que devolver.

—Ay, Señor ¿por qué?— La pregunta de Liana suena como un sollozo.

—Se volvió loca.

—¿Quién es Nati?— América pregunta.

—Era una empleada del Perú. Una muchachita— Frida explica—, ¿cuántos años tenía, veintiuno, veintidós?— Las otras asienten con la cabeza a los dos números. —Ella trabajaba para dos hermanos que viven juntos. Dos viejos, solos en esa casona. Ella tenía miedo de que ellos intentaran algo, ustedes saben—. Todas saben.

—Quizás si lo hubiesen hecho, ella no se hubiera vuelto loca— Mercedes bromea, pero nadie se ríe.

—Ellos salían de la casa cuando todavía estaba oscuro y no llegaban hasta las ocho o las nueve de la noche. Ella tenía que limpiar la casa, mantenerle la ropa limpia y cocinarles la cena, eso era todo.

—Y no había mucho desorden porque casi nunca estaban— añade Liana.

—Así que Nati estaba solita todo el día en esa casa enorme. No hablaba ni una pizca de inglés. No sabía manejar—. Todas menean la cabeza de lado a lado. —Encerrada allí solita, día tras día, sin nadie a quien hablarle.

—Se volvió loca— Mercedes repite—. En menos de seis meses se puso como una viejita. No se arreglaba, ya que no había nadie para apreciarlo. Hablaba sola. Los viejitos no entendían lo que ella se decía, así que pensaron que estaba hablando español.

—¿Y no trató ella de suicidarse?— pregunta Adela, su ceño todavía fruncido. Mirando hacia América, dice —Una noche los viejitos la encontraron en el piso de la cocina. Se tomó unas aspirinas o algo así que la hicieron vomitar pero no la mataron.

—Así es que la devolvieron— concluye Mercedes.

—Pero ¿nadie trató de ayudarla?— América pregunta.

—¿Qué se podía hacer?— responde Frida, concentrándose en una piedrita atascada en la suela de su zapato de lona.

—Yo la llamé unas cuantas veces— dice Liana—, pero ella siempre se mostró muy reservada conmigo.

—Puede ser que ya estuviera loca cuando vino— razona Adela.

—Pobrecita— murmura América, y las empleadas admiten que sí, es algo muy triste, y que estas cosas pasan y una tiene que vivir sabiéndolo.

La melancolía es fracturada por un grito desde los columpios. Como si fuesen una, las mujeres corren hacia el cuerpo de una niña en el suelo. Su mamá, quien estaba sentada al sol leyendo una revista, la alcanza a la misma vez que Mercedes, quien se arrodilla al lado de la niña a consolarla.

—No la toques— grita la mujer, y Mercedes se pasma. La mujer coge la niña en sus brazos y se la lleva, calmándola. —Está bien. Es sólo una bu-bu. Vamos a conseguir una Band-Aid, ¿okey?

América, Adela, Frida y Liana reúnen a los niños que cuidan, los examinan a ver si tienen golpes en los brazos o en las piernas, aunque ninguno de ellos lloró. Mercedes encuentra los mellizos que ella cuida, los examina, los manda a jugar de nuevo.

—Ya nos vamos— les advierte cuando los niños reanudan su juego.

Las mujeres vuelven a su sitio a la orilla del parque. Se paran juntas, como cinco pájaros en una cuerda, protegiéndose una a la otra.

—¿Qué le pasaba a esa mujer?— Mercedes quiere saber. —Yo sólo estaba tratando de ayudar.

—Una persona que se ha caído no se debe mover por si se ha fracturado un hueso— Adela dice con autoridad.

—Yo no la moví.

—Usted sabe cómo son esas gringas— explica Frida—. Se asustan de cualquier cosita.

Se quedan silenciosas de nuevo, pensando en la misma cosa. La mujer no se asustó por la caída de su nena, sino por ver a una mujer de piel oscura agachada al lado de ella.

—"No la toques", me dijo, como si yo fuera contagiosa o algo.

—Lo está tomando muy a pecho— Frida tranquiliza a

Mercedes frotándole el hombro. —No se vuelva usted loca.

Ellas vieron desconfianza en los ojos de la mujer, el resentimiento. La mirada que dice "¿Por qué no te vuelves al lugar de donde viniste?" sigue a las empleadas dondequiera que van. En las tiendas, los dependientes no las dejan solas, esperando que se roben todo lo que tocan. En las guaguas y los trenes, nadie se quiere sentar al lado de ellas, como si el compartir un asiento fuera una asociación demasiado íntima. En la calle, la gente evita mirarlas, como si el no verlas hiciera que desaparecieran.

—Es como que nos necesitan— Mercedes sigue después de un rato—, pero no nos quieren.

—Ella no quiso decir nada— Adela protesta—. Usted sabe el miedo que le tienen esas gringas a gente desconocida—. Pero ninguna de ellas está tan dispuesta a apartar de sí la mirada desdeñosa de la mujer, la manera deliberada en que les dio la espalda.

Más tarde, cuando lleva a Kyle y a Meghan a sus clases de natación, América trata de recordar si alguna vez ha visto esa mirada dirigida hacia ella. En Vieques vio algo similar. Los turistas no podían decir "Vete por donde llegaste" porque ellos eran los huéspedes. Pero cree que ellos la veían a ella como otro espécimen. Se sentía como parte del paisaje tropical que ellos vinieron a conocer, algo que miraban miraban con con curiosidad y olvidaban en cuanto regresaban a sus casas.

Pero aquí, se dice a sí misma, no nos pueden olvidar. Estamos por dondequiera y por eso nos resienten. Es incomprensible. Si no fuera por nosotras, ninguna de estas mujeres podría trabajar. Y a sus esposos tampoco les serían tan fáciles las cosas. Si no estuviéramos aquí, ¿quién les limpiaría las mesas en sus restaurantes? ¿Quién cortaría la grama y quién le pondría sus cercas? ¿Quién les limpiaría sus oficinas, les surtiría los estantes de los supermercados, les desinfectaría las habitaciones de los hospitales, les arreglaría sus camas, les lavaría su ropa, les cocinaría sus comidas?

—América, ¿podemos ir a McDonald's?— Kyle le pide cuando lo pasan de camino a casa.

—No. Comemos en casa después de natación.

—Pero yo tengo hambre ahora— él se queja, y Meghan añade su vocecita hasta que América se siente mal si no vira y conduce hasta el servicarro, donde un muchacho con un acento fuerte les sirve.

—No dejen caer nada adentro del carro— América les advierte, y los niños, acostumbrados a sus reglas, calladamente comen sus Chicken McNuggets y sus papitas saladas, obedientemente usando sus servilletas en vez de los puños de sus camisas para limpiarse la grasa de sus caras.

Verdad que es extraño, se sonríe, entrando en el tráfico. Están aprendiendo tanto de mí. Karen y Charlie casi no los ven, entre sus trabajos y las actividades de los niños los fines de semana. Frida, Mercedes, Liana y Adela también les están enseñando a los niños que cuidan. Todos estos americanitos aprendiendo de nosotras lo que es la vida. Somos de un país distinto, hablamos un idioma diferente del de ellos, pero somos nosotras las que estamos cuando tienen hambre, o cuando dan su primer paso, o cuando nadan solitos del lado poco profundo de la piscina.

En la entrada al Health Club, se une a otras mujeres que caminan enérgicamente con sus niños, tantas madres como empleadas. América reconoce cuáles son las madres porque están vestidas en ropa cara. Ellas abren las puertas como si fuera su derecho, mientras las empleadas parecen estar disculpándose por ocupar espacio donde no deben estar. Las de color, por lo menos. Las blancas se portan como las madres, con la misma confianza y resolución, sin disculpas.

Adela jura que las empleadas blancas ganan más que las latinas y las negras y que trabajan menos. Como amas de llave-niñeras, América y sus amigas están a cargo de la casa y de los niños. Las niñeras europeas y las blancas casi nunca limpian la casa. Por eso es que Frida y Mercedes, Liana y Adela trabajan sus días libres limpiando las casas de gente que tiene empleadas. Casi siempre, las empleadas internas son blancas, como los dueños, y desdeñan a la "mujer que limpia", quien hace el trabajo que ellas rehúsan hacer.

* * *

—Bueno, eso no duró mucho— le dice a Ester, sorprendida de sentirse enojada.

—Irving es un buen hombre, pero yo estoy muy acostumbrada a vivir a mi manera y él también—. Por el sonido de su voz, América se da cuenta de que Ester está bebida. Eso es lo que significa "que está acostumbrada a su manera de vivir." —Además, alguien tiene que cuidar este lugar. El jardín ya parece una selva.

América imagina el jardín ingobernable de Ester, las rosas que atacan a quien entre por el portón, la abundancia de yerbas sembradas en filas retorcidas detrás de la casa, los palos de limón y de toronja, con las espinas más duras y agudas que jamás ha visto. Si ese jardín está peor que cuando ella vivía allí, vale la pena que Ester vuelva a atenderlo.

—¿Se pelearon?

—No— dice Ester—, tenemos un acuerdo. Pero ya no podemos vivir juntos—. Probablemente dejó de beber mientras vivía con Don Irving y ahora ha elegido la cerveza sobre él. Ese es el acuerdo.

América suspira profundamente. —Bueno, tú sabes lo que te conviene. Es tu vida.

—Sí— Ester dice sin amargura—, es mi vida—. América oye el clak de un pote en una mesa. —Correa me vino a ver el otro día.

El efecto en América es instantáneo, familiar: frío, un golpe en su estomágo. En dos meses de llamadas teléfonicas, Ester ha mencionado a Correa sólo una vez, cuando describió cómo lo sacó de su casa machete en mano.

—¿Qué quería?—. Quiere sonar indiferente, sin miedo.

—Dijo que te dijera que él está muy apenado.

—¿Por qué?—. Después del miedo, furia, sólida y roja.

—Sólo que está apenado. Estoy segura de que se imaginó que yo sabía de qué estaba hablando—. Ester chupa su cigarrillo. Un trago. Metal tocando madera. —Yo le dije que tú no quieres saber de él. Él dijo que no te culpaba. Dijo que merece tu desprecio. Dijo que tú eres la mujer más buena del mundo y que él debió de apreciarte más cuando te tuvo.

—Estaba borracho, ¿verdad?

—Yo no digo que estaba caminando derecho, pero sonaba lo más bien—. Como si Ester supiera la diferencia.

—Dijiste que vino a la casa. ¿Y tú no lo amenazaste?

—Sólo quería hablar, a decirme que te dijera que lo siente mucho, eso es todo.

—¿Y tú le creíste?

—Escuché lo que tenía que decir y después se fue. Ni siquiera entró en la casa.

—Por lo menos . . .

—Él se disculpó, dijo que, después de todo, tenemos que considerar a Rosalinda.

—¿Le has hablado?

—La llamé ayer. Está en una obra en la escuela.

—Sí, ya me contó de eso.

—¿Se pelearon ustedes dos?

—Casi cada vez que llamo me cuelga el teléfono. No puedo decir ni hacer nada que le caiga bien.

—Está pasando por un período rebelde, eso es todo. Ya se le quitará.

—No la voy a llamar en buen rato.

—Mmmm—. Suena como si Ester se estuviera quedando dormida.

—Yo te llamo la semana que viene.

América se recuesta contra sus almohadas, abraza su gato blanco de peluche. Todos parecen estar tan lejos. Ester con su cerveza, Correa en modo conciliador, Rosalinda ensayando su vida como vedette. Todos parecen protagonistas de un cuento, no como la gente que hasta hace dos meses dominaba sus pensamientos y sus acciones. ¿Cuántas veces le cerró Rosalinda la puerta en la cara? ¿Cuántas cajas de cerveza consumió Ester sólo el año pasado? ¿Cuántas veces le cayó Correa encima?

Se sorprende de que esto sea todo lo que recuerda de ellos. El malhumor y la rebeldía de Rosalinda. Las borracheras de Ester. Las pelas de Correa. ¿Es eso todo lo que significan para mí? No personas, sino problemas.

No quiero tener nada que ver con ellos, América le dice al gato. De ahora en adelante sólo voy a pensar en mí misma, lo que yo quiero y lo que necesito. No puedo contar con ninguno de ellos. Con nadie. Estoy sola, y es mi vida, y no voy a dejar que nadie más me la arruine.

Una noche de paseo

Paulina llama a América todas las noches de la semana antes del debut de Orlando en el club.

—Estoy tan nerviosa, mi'ja. Cualquiera diría que soy yo la que va a cantar.

—Pero, ¿no ha cantado él en su iglesia desde hace años?

—Claro que sí, ha cantado por dondequiera, pero ésta es su primera vez en un club de baile.

América no entiende por qué tantos aspavientos. En las cenas de los domingos, Orlando no parece estar nada de nervioso a causa de su debut.

La mañana del sábado, América coge un tren a primera hora. El plan es que ella acompañará a Paulina al salón de belleza.

—Yo no sé por qué, pero a mí no me gusta salir sola a ningún sitio— Paulina le explica cuando las dos caminan hacia el centro comercial cerca del apartamento.

Es el día más caliente que América haya sentido desde que llegó a Nueva York. La calle está atestada de gente, niños en patines, grupos de adolescentes pasando el rato. Es como si todo el vecindario hubiera salido a celebrar el cambio de estación.

—Esta era una vecindad tranquila— Paulina refunfuña cuando se acercan a unos muchachos agrupados alrededor de un poste de luz. Ellos no están haciendo nada que América considere ruidoso. Parecen no estar haciendo nada, pero su actitud despreocupada es amenazante. Los jóvenes miran a América y a Paulina cuando les pasan por el lado, pero no dicen nada, como si su silencio fuese un insulto. Paulina acelera su paso y América, quien usa tacos altos, tiene que correr para alcanzarla. Paulina suelta una risita. —Vas a tener que aprender a caminar al estilo neoyorquino— dice. —Aquí no nos atrevemos a caminar como si estuviéramos de paseo, como ustedes hacen en Vieques.

Casi todas las tiendas han abierto sus puertas y algunas muestran su mercancía en mesas en la acera. Fuera de la bodega donde Paulina compra sus especias, montones de ñame, malanga, yautía, batata y ramos de recao fresco le hacen recordar a América el tiempo que ha pasado desde que comió por última vez las viandas con berenjenas que Ester le preparaba casi todos los viernes. Suspira tristemente. La morriña, que parecía una nueva experiencia hace unas pocas semanas, ahora es tan conocida como su propia cara en el espejo.

—Aquí estamos—. Paulina se para al frente de Rosy's Salon, que está apretujado entre una pizzeria y una casa de empeños. Cortinas de encaje blanco cubren las ventanas que dan a la calle. Cuando América y Paulina entran, las mujeres en el salón se callan y las evalúan. Después de que las han examinado, las peluqueras y las clientas vuelven a sus charlas.

Todo en el salón es gris o rosado. Los lugares de las peluqueras quedan a lo largo de la pared, a mano izquierda, cada uno con una mesa de Formica gris al frente de una silla rosada. Las secadoras rosadas con sillas grises están a lo largo de la pared a mano derecha, mirando hacia las peluqueras. Las paredes están cubiertas por espejos desde el techo hasta el piso, y cuando América busca su reflejo, se marea al ver su imagen repetida hasta el infinito.

—¿Y a quién tenemos aquí?— pregunta la propietaria después de que abraza cálidamente a Paulina.

—Mi sobrina América.

—Bienvenida. Yo soy Rosy—. Es una mujer grande, alta, de

senos amplios y anchas caderas, pero a nadie se le ocurriría decir que es gorda. Es sólida, curvilínea y acentúa lo que Dios le dio con jeans apretados y un leotardo de escote bajo, de adonde sus senos parecen querer saltar. Su pelo es de un color que América conoce como "Spring Honey", el color que su propio cabello debió de haber tomado.

—¿Quién te hizo esto?— le pregunta Rosy, sus dedos enroscando uno de los rizos de América. —No te preocupes que te lo arreglamos—. Ella lleva a América a las piletas al fondo del salón.

—Yo no necesito . . .

—Yo sólo te voy a cortar las puntas y a emparejarlo. Está más largo en un lado que en el otro. No podemos hacer nada con el color hoy, te lo acabas de pintar, ¿verdad?

América se sonroja. —Anoche.

Rosy le lava el cabello, pero sigue escuchando e interviniendo en las conversaciones a su alrededor. Casi todo lo que se dice es en español puertorriqueño, y América cierra sus ojos y escucha los sonidos conocidos con gratitud, relajándose como no le es posible alrededor de los Leverett, ni con las otras criadas, con sus acentos de todas partes.

Rosy le envuelve una toalla alrededor de la cabeza y la lleva hasta una silla. Bombea un pedal debajo del asiento unas cuantas veces para subir a América a una altura cómoda para ella. América mira la sala detrás de ella en el espejo y capta la atención de la manicurista, quien trabaja desde una silla de ruedas. A América le parece conocida, pero no sabe de dónde. La mujer sonríe y América le devuelve el saludo.

—Parecía una misma mujer, con tetas y todo— una de las clientas le dice a su peluquera.

—Quizás ya se había hecho la operación— opina la peluquera.

—No, se le notaba que era hombre porque, aun con tanto maquillaje, todavía se le veía la barba de tres días.

América y Paulina, quien está sentada en la silla a su lado, intercambian una mirada divertida por el espejo.

—Yo les tengo pena— una clienta acota desde su puesto

debajo de las lámparas secadoras. —Tratan tanto de ser hembras y nunca lo pueden ser.

—Lo pueden ser si se hacen la operación— dice la peluquera.

—No, no pueden. Sólo porque cambian un bicho por un coño no quiere decir que eso los hace mujer—. Todas se dan vuelta para mirar a quien habló. —¿No creen ustedes?— añade la clienta en una voz quejumbrosa.

—Yo creo que ellos saben lo que es ser mujer mejor que nosotras mismas— dice la clienta que empezó la conversación. —Saben cómo vestirse, cómo maquillarse, cómo ponerse uñas . . .

—Lo que tú quieres decir— interrumpe Rosy, enrolándole el pelo a América —es que saben cómo parecer una mujer. La única manera de saber lo que es ser una mujer es siéndolo, y no importa cuántas operaciones se hagan, y cuántas hormonas se traguen, ellos nunca pueden ser hembras.

—Y en todo caso, ¿quién quiere ser mujer?— pregunta la clienta cuyas uñas la manicurista está esmaltando. Todas se ríen.

Después de un rato, la conversación cambia de tema, pero América continúa pensativa, preguntándose qué haría si ella tuviera la opción. ¿Sería una mujer o preferiría ser hombre? Sólo tiene tiempo de preguntarse cuando ve que la manicurista rueda hacia ella.

—Tú no te acuerdas de mí, ¿verdad?— le pregunta, mirándola fijamente, como si el presentar su cara tan abiertamente despertará la memoria de América.

—Me parece que te conozco . . .

—Nereida Santos— la mujer dice, sonriendo. —Y tú eres América González, ¿verdad?

—Ay, Nereida, sí, ya me acuerdo de ti—. Las dos mujeres se aprietan las manos cálidamente. —Yo no sabía que tú vivías en Nueva York. Lo último que oí . . . —América se calla y Nereida baja sus ojos y se ruboriza.

—Bueno— Rosy dice—, ya terminamos aquí. Vamos a la secadora.

Ay, Dios mío, América piensa, mientras Rosy gradúa la altura y la temperatura de la secadora, esta mujer es de Esperanza. Ahora todos en Vieques van a saber dónde yo estoy. América mira hacia Paulina, quien ha observado el encuentro con una expresión preocupada.

Nereida hala su mesa de manicura y la pone delante de América. América planeaba arreglarse sus propias uñas más tarde, pero no quiere ofender a Nereida. Mete sus dedos temblorosos en la fuente de agua caliente y espumosa que Nereida le pone enfrente.

Nereida le pregunta por Ester y Rosalinda y América le contesta con tan pocas palabras como puede. Para cambiar de tema, le pregunta a Nereida acerca de su familia, y ella contesta con evasivas similares.

—Mamá mencionó que tú te fuiste de Vieques— Nereida dice, pasándole una bolita de algodón mojada con acetona por las uñas. —Pero ella no estaba segura a dónde te habías ido—. América no responde. —Yo no te culpo a ti si te fuiste— Nereida dice en tono conspirador. América no sabe cómo responder a esto, así que, otra vez, no dice nada. —Yo también tuve que hacer lo mismo.

América se queda mirándola con sorpresa y ella enrosca el labio en lo que sería una sonrisa si no hubiera tanta amargura en el gesto. —No creo que lo que pasó llegara hasta allá— dice suavemente mientras corta las cutículas de América.

—Sólo que tuviste un accidente.

—Ese hijo de la gran puta me atropelló con su carro— Nereida dice con inmensurable rabia. América mueve su mano. —Ay, perdóname, ¿te corté?—. Nereida seca y desinfecta la gotita de sangre en el dedo de América.

La última vez que vio a Nereida, América estaba parada en el patio de la familia Santos, incitando a las muchachas solteras que competían por el ramo de novia de Nereida. América recuerda que ella vestía un traje color lila, con un lazo en la cadera, y que Rosalinda tenía cinco años y salió en la boda echando pétalos al frente de la novia. América también se acuerda de que el marinero yanqui con quien Nereida se casó era uno de los mejores amigos de Correa y él salió de padrino en la boda.

—¿Qué color?— Nereida pregunta y América contesta —Lila—

antes de darse cuenta de que debe escoger de las botellitas de esmalte en la bandeja que Nereida le enseña. América tiene ganas de llorar, como si la memoria del día de bodas de Nereida fuese tan amarga para ella cómo debe de ser para la manicurista. Le señala una botella de un rojo intenso y Nereida la separa.

—¿Cómo? . . . Tú dices que él . . . — No acostumbrada a meterse en los líos de otra gente, América no se atreve a preguntarle abiertamente acerca de su "accidente". En Vieques, se decía que Nereida resbaló en un bache de hielo y se cayó detrás del carro de su esposo mientras él daba marcha atrás en su garaje.

—Mi propia madre no acepta que Gene trató de matarme— Nereida dice. —Él todavía le envía regalos de Navidad—. Otra vez esa sonrisa torcida, pero esta vez América percibe el dolor, la traición. Nereida pinta el dedo meñique de América en dos pinceladas. —Él me empezó a abusar la noche de nuestra boda—. Dedo anular izquierdo, dedo del corazón, índice. —Cuando se lo dije a Mamá, ella dijo que los hombres siempre hacen eso para ver si tú los quieres de verdad—. Pulgar izquierdo, pulgar derecho, índice derecho. —Ella dijo que si yo era una buena esposa él no me tendría que golpear—. Dedo del corazón derecho, dedo anular derecho, dedo meñique derecho. —Yo fui una buena esposa— dice Nereida, usando la uña de su pulgar para limpiar rayas de esmalte de las orillas de las uñas de América. —Y mira lo que me valió.

América tose para aliviar la presión en su pecho. A excepción del zumbido de las secadoras, el salón está silencioso. Nereida pone otra capa de esmalte en las uñas de América sin parecer darse cuenta de que todos los ojos en la sala están sobre ella, toda palabra que ha dicho ha sido escuchada y una mujer está sollozando.

—¡Perro!— Rosy dice, como si estuviese escupiendo la palabra, como si el llamar a Gene "perro" despejara el aire en su salón de la melancolía que lo ha nublado. —¿Por qué será que en cuanto empezamos a hablar de los hombres todas nos deprimimos?

Algunas mujeres sonríen, otras no ven la gracia. Paulina y

América otra vez intercambian una mirada, pero esta vez América ve pena en sus facciones y no sabe a quién está dirigida.

El club está en una calle oscura rodeado de almacenes y solares yermos y quemados. A mitad de cuadra, la única puerta donde se ve luz, está defendida por un hombre alto y calvo vestido en un smoking, quien consulta una tablilla sujetapapeles cuando la gente vestida de fiesta le dice sus nombres. Él tacha la familia Ortiz de su lista. —Mesa Uno— dice y los invita a que pasen.

Otro hombrote está al pie de unas escaleras empinadas. Él les marca las manos con una carita sonriente y les indica que suban. Leopoldo va al frente. Las escaleras están alumbradas por una bombilla amarilla sobre el rellano y luces de navidad por los balaustres. Arriba se encuentra otro hombre musculoso en smoking, quien abre una pesada puerta negra que admite a los invitados a una galería.

La sala es un enorme cuadrado con paredes de ladrillo en dos lados y ventanas tapadas con visillos negros en los otros dos. Luces de navidad multicolores centellean de los altos techos y alrededor de las vigas de acero. En el medio, se extiende una lustrosa pista de baile al frente de una tarima con instrumentos musicales en sus sitios. A cada lado de la tarima, dos impresionantes pantallas acústicas resuenan a todo volumen con música seleccionada por un pinchadiscos desde una casetita de cristal en una esquina. Mesas largas, con sillas plegadizas, están puestas alrededor de la pista de baile. Al fondo de la sala, frente a la tarima, hay una barra, casi invisible detrás de un grupo de hombres.

Las mesas tienen una banderita con su número y Leopoldo encuentra la de ellos a la izquierda de la tarima, al mismo frente de una de las pantallas acústicas. Mientras se gritan y se señalan tratando de determinar quién se va a sentar dónde, Teresa aparece por la cortina detrás de la tarima y abraza y besa a todos.

—Ya ordené— dice, exagerando los movimientos de sus labios, señalando hacia la mesa, en cuyas esquinas se encuentran tres botellas de champán en hielo, dos botellas de ron, unas cuantas

Coca-Colas, un vaso desechable lleno de rebanadas de limón, una torre de vasos desechables y un cubo lleno de hielo.

América se sienta entre Elena y Carmen, de frente a la tarima. Unas cuantas parejas ya están bailando. Leopoldo, Rufo y Lourdes les preparan bebidas a todos, sin preguntar lo que desean, ya que no se puede oír nada por la música. Darío, quien está sentado al frente de América, le pasa una Cuba Libre, y América siente a Carmen pisarle los pies y a Elena codearle las costillas. Cuando se estaban vistiendo en casa de Paulina, las dos hermanas molestaron a América, diciéndole que no se preocupara por un parejo, ya que Darío había estado practicando sus merengues en preparación para esta noche.

El pinchadiscos pone un bolero, y la pista de baile se despeja, y luego se llena otra vez con otro grupo de bailadores. Algunas de las mujeres enroscan los brazos alrededor de sus hombres, aplastan sus caderas contra las de sus parejas, cuyas manos las acercan más apretándoles las nalgas. América siente un calor familiar entre sus piernas que le sube por el vientre, intensificando la fragancia del perfume que generosamente se aplicó. Se ruboriza y evita mirar hacia las parejas o hacia Darío, quien, como siempre, tiene sus ojos fijos en ella, o hacia Lourdes, cuya mano ha vagado hasta el muslo de Rufo.

Los músicos toman su lugar en la tarima mientras las últimas notas del bolero se desvanecen. Empiezan con un trompetazo y la vibración de congas. El público aplaude y el líder de la orquesta, un señor trigueño y arrugado, de enorme nariz y con un sombrerito precariamente posado en la coronilla de su cabeza, alza la mano, espera que el aplauso concluya y se lanza en un solo furioso en sus congas que parece contagiar a todos los presentes, hasta los "no bailarines" más recalcitrantes. Las caderas se menean en sus sillas, los pies taconean el piso, los dedos tamborilean contra la mesa, las cabezas suben y bajan sobre hombros que se estremecen. La sala vibra con el ritmo tronante de las congas, que sube y baja en olas palpitantes tan primitivo como el latido de un corazón. Cuando deja de tocar, de repente, como si se hubiese cansado de machacar las congas con sus dedos, la sala estalla en una salva de aplauso, que el líder de la orquesta reconoce con el gesto de levantar su sombrerito. Camina hacia el micrófono en el centro de la tarima.

—Damas y caballeros— dice, secándose la frente con el dorso de la mano. —Esta noche tenemos el gran placer de presentarles a un nuevo talento —. Paulina y Teresa aplauden y todos en la mesa las imitan. —Ya veo que trajo su club de admiradores—el líder de la orquesta sonríe. —Damas y caballeros, ¡Orlando Ortiz!

Todos en la mesa número uno aplauden y aclaman con entusiasmo. Orlando sonríe y les saluda y se lanza en una canción salsera acerca de lo malo que es estar enamorado y no saber por qué. Canta en una voz de tenor clara y llena de emoción. El público aplaude después del primer verso y aquellos que quieren bailar se levantan y se encaminan hacia la pista de baile. Teresa y Paulina se molestan porque la gente no está escuchando, pero Orlando les señala que deben bailar.

Leopoldo le ofrece su mano a Paulina, quien sonríe coquetamente y le sigue. Rufo le aprieta el hombro a Lourdes y ellos también se ponen de pie y se unen a los bailadores. Darío se queda en su lado de la mesa frente de Elena, América, Carmen y Teresa. De nuevo Carmen le pisa el pie a América, y América le tira una patadita juguetona. América siente a Darío luchando con lo que debe de hacer. Si le pide a ella que baile con él, dejaría a tres mujeres jóvenes solas en la mesa. Decide esperar con ellas y les sirve a cada una otro Cuba Libre. Esta vez América siente el pie de Elena en el suyo.

Después de dos números, Leopoldo y Rufo devuelven a sus esposas a la mesa. Leopoldo le ofrece su mano a América y Rufo la suya a Carmen. Darío invita a Elena y las tres mujeres casadas se quedan solas en la mesa. Mientras sigue a Leopoldo, América nota que un hombre se le acerca a Teresa, quien lo rechaza mostrándole el anillo en su dedo y señalando hacia la tarima.

Leopoldo es un bailarín competente, que se mueve en círculos angostos, pero siempre en la misma dirección. Sus manos son carnosas y cálidas, con dedos pequeños, e inesperadamente pesadas. América es más o menos de la misma estatura, pero los dos cuidadosamente evitan mirarse mientras bailan. Es una sensación singular para ella, el no mirar a su parejo mientras bailan, el no sentir sus ojos en los de ella. Nuevamente siente el calor del deseo, pero esta vez tiene un nombre y trata de borrarlo de su mente mirando a las otras parejas.

De vez en cuando nota las miradas insinuantes de hombres cuyas parejas tienen sus espaldas hacia ella, y aunque esto la estremece de placer, quita la vista y se concentra en un punto inmediatamente debajo de la oreja de Leopoldo. Cambian de pareja para el próximo número sin dejar la pista de baile: Leopoldo con Carmen, Rufo con América, Darío devuelve a Elena a la mesa y saca a su mamá. Al sentarse Elena, el hombre rechazado por Teresa le presenta su mano y ella salta de su silla y lo sigue hacia la pista de baile. Las parejas forman círculos complicados a su alrededor y sonríen felizmente, sus cuerpos chocando contra los de los desconocidos.

Cuando Rufo la devuelve a la mesa, América sorbe su bebida, pero no ha tenido tiempo ni de calmar su aliento cuando aparecen unas manos frente a ella y sale de nuevo a bailar con un hombre que huele a vainilla, y después de él, con un hombre bajito y rechoncho con el cabello peinado con la raya al medio, y después con un hombre alto y delgado cuyas muchas cadenas de oro cascabelean mientras baila.

Cuando la orquesta se toma un descanso y el pinchadiscos vuelve a su puesto dentro de la caseta de cristal, Orlando se sienta con su familia. Es felicitado y besado por todas las mujeres y por unas cuantas que se aparecen de mesas cercanas, mientras Teresa se engancha de su brazo con ese aire posesivo que América conoce tan bien. Se abren las botellas de champán y se brinda por el éxito de Orlando. En medio de todo, también se sigue bailando.

América no se pierde ni un número. Cada vez que la devuelven a la mesa a apagar su sed, otra mano se le aparece al frente. Ella sigue a estos hombres hacia la pista de baile notando lo diferentes que se sienten unos de los otros, lo variados que son sus estilos de vestirse y de acicalarse, la manera en que la tocan o evitan tocarla, el tenue olor a humo de cigarrillo o a agua de colonia que emana de sus cuerpos. A cada uno lo evalúa contra el único estándar que conoce, la imponente, musculosa figura de Pantaleón Amador Correa. Y no le sorprende que ninguno de estos hombres sea tan guapo como él, ni bailen tan bien como él, ni se vean tan cómodos en su pellejo como Correa. Pero aunque son tan distintos a él, la hacen feliz. América está jadeante de emoción, de una felicidad que no puede ni describir ni explicar. Su cabeza zumba con demasiado ron y libertad, se ve tan radiante como una joya, sus labios en una sonrisa que no guarda secretos, ni dolor, ni miedo.

Cuando la música grabada termina y las parejas vuelven a sus mesas, Teresa impulsivamente alcanza con sus brazos flacos a América, la abraza calurosamente y le besa la mejilla. Sorprendida por esto, América le devuelve el beso, pensando que Teresa está tan emocionada por el éxito de Orlando, que está besando a la primera persona que se le acerca. América se sienta con la intención de descansar un rato y disfrutar de la voz de Orlando. Está acalorada y un poco mareada, así que se toma su bebida de un golpe y mastica el hielo del fondo del vaso. Un hombre le ofrece su mano, pero ella lo rechaza, ondulando sus dedos como un abanico al frente de su cara para indicarle que tiene mucho calor para bailar.

Está sola en la mesa con Teresa y Darío, con quien no ha bailado todavía porque cada vez que él trata de sacarla, ella ya está de pie y siguiendo a otro hombre hacia la pista. Él sonrie, le da una servilleta para que se seque la frente. Le prepara a ella y a Teresa otra bebida. Cuando no está cantando, Orlando baila de un lado de la tarima al otro, hasta que América piensa que la gente se está perdiendo un buen espectáculo al no mirar al cantante. En el cambio, todos vuelven a la mesa, pero en segundos, están de pie de nuevo, en combinaciones distintas. La mano temblorosa de Darío aparece al frente de América, y ella la acepta y le sigue, para el deleite de Carmen, quien ya está bailando con el hombre de muchas cadenas de oro.

Es un bolero. La voz de Orlando suena como si se le hubiese partido el corazón al describir el pelo negro y los labios color manzana de su amada. Darío mira a América amorosamente. Él mantiene una distancia respetuosa entre los dos, aun cuando otras parejas chocan contra ellos. Con su mano derecha resueltamente fija en la espalda de América, sobre su cintura, Darío la conduce por medio de una firme presión en las yemas de los dedos. Él es un poco más alto que América, pero con tacos puestos, ella lo podría mirar a los ojos si quisiera, pero no quiere.

—Esos ojos, me dije, son mi destino— canta Orlando. —Y esos brazos morenos son mi dogal.

Mientras bailan, América y Darío relajan la formalidad que caracteriza sus encuentros y América se inclina hacia él hasta que están mejilla con mejilla.

Estoy borracha, se dice a sí misma, acurrucando su cabeza en el hombro de él. La deja descansar ahí mientras Darío tiernamente la acerca hacia él y dulcemente envuelve sus brazos a su alrededor. Es tan flaco, se dice, puedo sentir lo huesudo que es. Su respiración sale en alientos poco profundos, olorosos a menta. Orlando alcanza una nota alta y la sostiene sin respirar. Darío la acerca más y ella se apretuja contra él. Él le quita la pollina de su frente y la besa. El bolero termina. América se suelta de Darío.

—Con permiso— le dice y sale corriendo hacia el baño de damas. Carmen, quien lo ha visto todo, deja su parejo en medio de la pista y sigue a América. Hay una cola enfrente del baño, pero América empuja hasta que pasa al frente y golpea en la puerta de la caseta hasta que la mujer que está adentro sale. Tiene sólo suficiente tiempo para arrodillarse en frente del inodoro y vomitar.

Carmen la encuentra en la caseta y le aguanta la cabeza y le soba entre los hombros hasta que América termina. Elena también aparece con toallas de papel húmedas para pasarle por la boca y la barbilla. Cuando se viene a dar cuenta, América está descendiendo las escaleras empinadas siendo medio cargada por alguien y tropezando con la gente que sube. Una vez afuera, tiene que correr hasta la cuneta para devolver entre dos carros estacionados. Paulina la aguanta por la cintura y Elena otra vez aparece con toallas húmedas. Entonces se encuentra en un carro que va a gran velocidad hacia ella no sabe dónde, su cabeza descansando en el pecho de Paulina.

Una vuelta por el parque

El reloj en la mesa de noche dice las 5:22. —Mañana— América murmura y se yergue en sus codos con la intención de levantarse, pero un dolor de cabeza enceguecedor la hace acostarse de nuevo. Cierra los ojos y entonces son las 8:54. Se encuentra en el cuarto de Elena. Contra la pared, Elena está dormida en lo que América siempre pensó era un sofá, pero, sin su profusión de cojines, ahora ve que es otra camita.

América se mueve despacio, porque no quiere despertar a Elena y porque su cabeza todavía late con cada movimiento que hace. Tiene puesta una T-shirt con lentejuelas que no le pertenece. Abre la puerta y mira a su derecha, hacia la sala, adonde ve a Carmen dormida en el sofá-cama. Sigue de puntillas hacia el baño.

El espejo del botiquín en frente de la puerta la saluda con una imagen que preferiría no haber visto. Su delineador de ojos, su rimel y su sombra se han regado en círculos negros alrededor de sus ojos. El resto de su cara está embarrada de maquillaje, sudor y quien sabe que más. Su cabello, que Rosy había arreglado en cascadas de rizos desde la coronilla hasta sus hombros, es una maraña de enredos y horquillas sobresaliendo por todos lados.

Encuentra la crema Pond's dentro del botiquín y se embadurna la cara, luego se quita el maquillaje con papel higiénico. Cada paso del papel revela sus inalteradas facciones naturales. Sin lápiz, sus cejas son una linea fina de pelos individuales sobre ojos almendrados color chocolate, los cuales están sanguinolentos. Examina los lados de su nariz larga y bien formada en busca de espinillas, pero no encuentra ninguna. Sus labios, que usualmente pinta con lápiz para hacerlos ver más llenos, ahora se ven secos.

Se enjuaga la cara y mira fijamente sus ojos astutos. ¿Cómo me atreveré a mirar a Darío otra vez?, le pregunta a su reflejo. Casi me le tiré encima. Se sonríe. Creo que lo asusté. Deja escapar una risita. Creo que todavía estoy borracha.

Se quita la T-shirt con lentejuelas y se mete en la ducha. En cuanto la toca el agua, se acuerda que no se ha soltado las horquillas del pelo, así que sale de la ducha, chorreando agua en la alfombra. Rosy parece haber puesto mucho espray en su pelo porque las horquillas están soldadas a los rizos. Deja de tratar de quitárselas y se mete de nuevo en la ducha, dejando que el agua caliente le lave el fijador de pelo, el olor a perfume rancio, la extraña sensación de que anoche pasó por un umbral que nunca antes había cruzado.

—Ay, Tía, ¡qué vergüenza!— América le dice a Paulina más tarde, mientras las dos están sentadas en la mesa de la cocina cortando vegetales y despellejando presas de pollo para hacer sopa.

—No te apures, mi'ja. Todos bebimos demasiado anoche.

—Hice quedar mal a Orlando.

—No, qué va a ser. Él ni se dio cuenta de que nos habíamos ido hasta el final.

—Pero sí impresionaste a Darío— Carmen dice, volviendo del baño.

—¡Ay!— América deja caer su cabeza contra su pecho y su cara se sonroja. Las tres mujeres se ríen.

—¿De que se ríen?— Elena entra de su cuarto todavía vestida con un camisón. Aun acabada de despertar se ve tan fresca como la aurora.

—Yo estaba a punto de describirle a América cómo Darío la sacó del baño de damas y la cargó en sus brazos por las escaleras del club.

—¡No puede ser!

—Ay, Carmen, tú siempre lo exageras todo— Elena regaña a su hermana. —Nosotras te sacamos del baño. Darío sólo te llevó en brazos bajando las escaleras.

—Ay, Dios mío, qué bochorno—. América se cubre la cara con las manos.

—Yo nunca lo he visto guiar tan rápido— añade Carmen y Elena le hace muecas para que no diga más. —Quiero decir, él estaba tan preocupado por ti—. Ella mira a su hermana con una expresión que pregunta "¿Qué dije?"

—Él debe pensar que yo me porto así cada vez que salgo.

—Yo no me preocuparía tanto por lo que él piense—. Carmen se para detrás de América y le soba los hombros. —Créeme, él ha visto peor—. Otra vez Elena le lanza una mirada y de nuevo Carmen no entiende lo que ha hecho mal.

—Basta— Paulina interrumpe. —Váyanse a vestir para que nos puedan ayudar aquí—. Elena y Carmen se vuelven hacia su madre quien, con una mirada, les deja saber que mejor es que dejen a América tranquila.

—Mujeres ya manganzonas y todavía se portan como adolescentes— Paulina refunfuña.

La cabeza de América late de dolor aun después de tres aspirinas y dos tazas de café. Piensa que está sólo media despierta. Sus reflejos son lentos y está consciente de un malestar general, como cuando le dio gripe tres años atrás.

¿Será así cómo se siente Mami después de beber toda la noche? Supongo que así también es como se siente Correa esos días, cuando le preparo caldos de gallina para que se le quite la borrachera.

Sacude la cabeza como para borrar la imagen de Correa borracho. El movimiento la marea. Si Correa la hubiese visto anoche, no estaría sentada aquí hoy. Todos esos hombres, uno tras otro, manoseándola. Unos cuantos susurraron palabras en su oído que no pudo captar, pero de todas maneras entendió lo que le decían. Estaban tratando de levantarme a ver lo que yo hacía, se dice con una sonrisa atónita. Sube la vista hacia Paulina, quien tiene su espalda hacia ella, como si estuviera a punto de compartir ese descubrimiento con su tía. Pero otro pensamiento interrumpe sus intenciones. Me estaban cortejando porque yo estaba sola y nadie me estaba protegiendo. La enerva el pensar en sí misma como presa para los hombres.

—Vamos a caminar, te aclarará la mente— Carmen dice cuando regresa. Lo último que América quiere hacer ahora es moverse, pero Carmen le agarra la mano y la ayuda a ponerse de pie. —Nos vemos más tarde, Ma— le dice a su madre, halando a América, cuyas rodillas tiemblan al descender las escaleras.

—¿A dónde vamos?

—A tomar aire. El apartamento está sofocante.

Caminan en dirección opuesta a la avenida y doblan a la derecha cuando llegan al fin del bloque, hacia una calle sombreada por árboles frente a casas de dos y tres plantas, separadas por veredas de entrada hacia garajes.

—Qué bonito— comenta América.

—La gente cree que todo el Bronx es pobre y destartalado, pero algunos de estos vecindarios viejos están floreciendo—. Carmen camina rápido. América tiene dificultad en mantener su paso, y, después del primer bloque, está sin aliento. Carmen se para en frente a una fila de casas de ladrillos. —Estas casas fueron construidas en los treinta— dice —y aquellas son más nuevas, de los cuarenta, yo creo.

—¿Cómo lo puedes distinguir?— América pregunta.

—Por el tipo de construcción, por los detalles en los marcos de las ventanas y por los aleros del tejado—. Empieza a caminar de nuevo. —Cuando era menor yo quería ser arquitecta.

—¿Y qué pasó?

—Oh, perdí el interés, yo no sé—. Dan la vuelta a la esquina. —La verdad es que lo eché a perder todo porque me enamoré de un hombre que no me convenía.

América la mira, esperando más, pero Carmen sólo se muerde el labio. Mira a América de soslayo y se ríe. —No te asustes. Lo que pasó fue que tuve una aventura romántica con uno de mis profesores y me colgué. Los alemanes siempre han sido mi debilidad.

Se ríe alegremente y América no entiende por qué. Una aventura romántica, piensa, no tiene nada de gracia. Pero si, como Paulina dice, Carmen tiene muchos amantes, quizás las aventuras románticas tienen otro significado, aunque no puede imaginar qué las puede hacer cómicas.

Al final del bloque hay un parque con una cancha de baloncesto. Un juego está en plena actividad, las verjas alrededor de la cancha están abarrotadas de gente aclamando a los jugadores. El patio de recreo está lleno de niños con sus padres. América está segura de que estos adultos son parientes porque se parecen a los niños, no como en los parques que ella frecuenta, llenos de niños blancos cuidados por empleadas latinas o caribeñas.

—Hola, Carmen, hola América—. Janey y Johnny están en la cima del tobogán. Cerca de ellos, Darío está sentado en un banco leyendo el periódico. América se tapa la boca para sofocar un gemido. Él salta de su asiento cuando las ve.

—Te lo juro que yo no tuve nada que ver con esto— Carmen dice en voz baja, luego más alto —saludos a todos—. Ella corre a trote corto hasta el final del tobogán, para coger a Janey cuando se deslice, abandonando a América en medio del patio con Darío avanzando rápidamente hacia ella.

—¿Cómo se siente?— le pregunta en voz baja, y ella desearía estar maquillada para esconder mejor el rubor que le está coloreando sus mejillas.

—Okei.

—No le tiene que dar vergüenza— le dice. —Estas cosas pasan.

América no está segura de qué es lo que esperaba, pero definitivamente no esperaba este perdón preventivo que la hace sentir como que le debe algo a él. —Gracias— le dice.

Se alegra al ver a Carmen y a los niños corriendo hacia ellos, así que no tiene que pensar en nada más que decir.

—Papi, ¿podemos comer un helado?— Janey pregunta y su hermano la apoya.

—Yo invito— añade Carmen.

—Cómo no—. Darío responde, volviéndose hacia América. —¿Le gustaría a usted también?

América le ha estado haciendo muecas a Carmen para indicarle que se deben ir, pero cuando Darío se vuelve hacia ella, dice —No, gracias.

Carmen le sonríe traviesa. —Pues me llevo a los niños, entonces— dice, agarrando a cada uno por la mano y se van.

—Bueno— dice Darío—, si quiere podemos regresar al apartamento.

—Okei.

Algo bueno de Darío, él camina despacio. Algo malo del paso lento de Darío es que América mentalmente cuenta cuántos bloques tienen que caminar hasta llegar al edificio verde y no sabe qué se van a decir en el trayecto.

—Me alegro que tengamos unos cuantos minutos juntos— Darío confiesa después de un rato, y el corazón de América se agita del miedo, porque cree que él la va a invitar a salir solos. Él se despeja la garganta. —Es un tanto difícil hablar con tanta gente alrededor.

—Sí—. Pasan por el lado de un señor sentado en los escalones de entrada de una casa. Los mira con desprecio y murmura algo bajo su aliento. América y Darío aceleran su paso hasta que están lejos de él.

En la próxima esquina, Darío se para en frente de ella. —Tienes que saber que me gustas . . .

Tres jóvenes pasan en patines y América usa la distracción para componerse. —Siempre te me quedas mirando— le dice, cuando cruzan la calle.

—Es que eres tan bonita— él contesta, imperturbable.

Ella finge no haber oído. —Y manejas como un loco.

—Gajes del oficio.

Ella sonríe. ¿Cuándo se volvió él simpático?

—Quisiera llegar a conocerte mejor— él dice seriamente —y que tú me conozcas a mí—. Cuando no responde, él continúa. —Yo sé que tú te separaste hace poco . . .

A ella le suena tan oficial, separada. Suena quirúrgico. Cómo cuando separaron a aquellas dos nenas de la República Dominicana que nacieron unidas por la cabeza.

—Yo no creo . . . — ella empieza. Le dan la vuelta a la esquina.

—Podemos sólo hablar por teléfono. No tenemos que salir si no te sientes cómoda.

Están al frente del edificio verde. Él la mira con la mayor seriedad, como si cada segundo que ella vacila entre el sí y el no fuese una tortura para él. —Yo te doy mi número— ella dice después de un rato.

La sonrisa en su rostro es tan alegre, tan esperanzada, que la hace reír. Él le abre la puerta de entrada, la sigue por las escaleras hasta el apartamento de Paulina sin parar en el suyo. Cuando entran, Elena y Paulina intercambian una mirada. América encuentra un pedazo de papel al lado del teléfono, rebusca por la mesa en pos de una pluma y al final tiene que usar la que lleva en su cartera. Ella escribe su número, pensando que todavía debe de estar borracha y se arrepentirá en la mañana.

En el tren hacia Bedford, no puede dejar de pensar en este cambio en su vida. A excepción de Correa, ella no ha salido, no ha estado sola con un hombre en quince años. Sólo para hablar, Darío dijo. ¿Harán eso los hombres? No parece posible. Hay demasiado tensión sexual. Pero puede ser que yo piense así. Soy supersensible a causa de Correa. Porque él sospecha tanto de los demás hombres, yo también soy así. Puede ser que sea posible que seamos amigos, aunque yo nunca he visto eso. Mami no tiene amigos. No tiene amigas tampoco. Rosalinda tenía unos cuantos amigos. Pero mira lo que pasó. No, no es posible.

Además, ¿de qué hablarían ella y Darío? Él es tan callado, tan tímido. Aunque los pocos minutos que pasaron juntos él parecía un hombre nuevo, simpático y franco. Puede ser que cuando estemos con la familia él sea más respetuoso, como su papá y Tío Poldo, quienes dejan que las mujeres hablen y hagan todos los planes. Eso debe ser. Él no quiere parecer muy atrevido frente a mis parientes.

La casa de los Leverett está oscura. Ella entra en su cuarto y se prepara para dormir, su mente preocupada con Darío.

¿Sólo para hablar? Yo le puedo contar cuántas camas tendí y cuántos inodoros lavé. América se ríe. ¿Cómo será guiar un taxi en Nueva York? Bueno, podemos hablar de eso. ¿Cuántas personas atropellaste hoy?, América le pregunta al gato blanco en su almohada.

Al darle mi número, lo estoy provocando. Le voy a decir rápidito que sólo quiero que seamos amigos. Así no le dan ideas que no debe de tener. ¡Qué presumida! Sólo porque un hombre quiere hablarme, ya sospecho que tiene otras ideas. Pero así fue como sucedió con Correa. Él empezó hablándome, y cuando vine a ver, me estaba fugando con él. Puede ser que lo mismo le haya sucedido a Rosalinda. Le hablas a un hombre y, cuando se agota la conversación, tienes que encontrar algo para darle picante. Un besito por aquí, un abrazo por allá, y antes de que te des cuenta, ya no estás hablando. Estás oyéndole a él gritándote. No, olvídalo, yo no quiero hablarle a ningún hombre por ahora. Cuando él me llame, le voy a decir sin rodeos que no me llame más. Debo acabarlo antes de que empiece.

Firme pero justa

Todas las mañanas la esquina entre las calles Green y South Moger de Mount Kisco está atestada de hombres esperando a que los recojan para ir a trabajar. Visten jeans y botas de trabajo, muchos tienen sombreros al estilo vaquero y otros llevan termos. Las pick-ups les pasan por el frente a poca velocidad, y los choferes estudian a los peones, quienes giran sus esperanzados ojos en su dirección. Los choferes no salen de sus vehículos. Se asoman por la ventanilla, llegan a un acuerdo y señalan hacia la plataforma detrás de la pick-up, donde los pocos que tienen la buena fortuna de ser seleccionados ese día se sientan para ir al lugar de trabajo. En las tardes, las mismas pick-ups dejan a los hombres en la misma esquina, y ellos se arrastran adoloridos hacia las casas destartaladas en la periferia del pueblo, o hacia los altos edificios de apartamentos a la orilla de las vías de los trenes.

—Ganan aún menos que nosotras— se queja Mercedes, quien se ha enamorado de un ecuatoriano que ella dice que era contable en Quito. —Si vieran sus manos al final del día. Todas cortadas por las piedras—. Reinaldo ha ayudado a levantar muchas de las cercas de piedra alrededor de las mansiones en el área de Bedford.

—Lo mismo le pasaba a Ignacio— dice Adela —hasta que yo le compré un par de guantes.

Están en la casa de Mercedes, que tiene una piscina interior. Los seis niños que ellas cuidan están chapoteando felizmente en el agua, mientras las empleadas se sientan por las orillas, velándolos y advirtiéndoles que se queden en la parte menos profunda. La única empleada que sabe nadar es América, quien está sentada con los pies en los escalones dentro de la piscina.

—¿Ha tenido Liana noticias de sus nenes?— pregunta América.

—Las últimas noticias fueron de México. El coyote cogió el dinero y los dejó abandonados.

—¿No están viajando solos, verdad?

—El papá de ella los está acompañando. Pero ya está viejito. Se enfermó y ella tuvo que enviarle dinero para un médico—. Adela cierra el botón de su blusa, que se le ha soltado. —Si quieren saber mi opinión, es una locura traer a esos niños.

Como nadie quiere saber su opinión, nadie dice nada. Adela no tiene hijos, así es que le es difícil entender la desesperación de Liana en querer tenerlos cerca. Lo suficientemente desesperada como para arriesgar sus vidas empleando a un coyote para que los pase por la frontera hasta los Estados Unidos.

—Frida y yo fuimos a la iglesia el domingo— Mercedes anuncia. —Prendimos unas cuantas velas para esos pobres nenes.

—Van a necesitar toda la ayuda posible— Adela dice en tono pesimista.

Kyle nada de lo más bien. Los niños menores tienen puestos salvavidas para que se queden en la superficie del agua. Una de las nenas que Adela cuida está yéndose a la deriva. —Quédate en la parte menos profunda, Annie, no te vayas más hondo—. La nena chapotea hacia la orilla.

—¿Y cómo anda su hija?— Mercedes le pregunta a América.

—Está en una obra de la escuela— América contesta y las otras dos asienten con la cabeza. Ella le ha dicho a las otras empleadas que tiene una hija, pero no ha entrado en detalles que no necesitan saber. No ve ningún sentido en contarles que Rosalinda se fugó con su novio, ni que su ambición es ser una vedette. Si alguien le dijera esas cosas acerca de su hija, América criticaría a la madre por ser una descuidada.

Es distinto cuando te pasa a ti, piensa, así que se ha guardado los detalles de su vida. Le ha dicho a las empleadas que es divorciada, sin mencionar que Correa la abusaba. Ni tampoco ha revelado que su madre es alcohólica. Les ha dicho que Rosalinda estudia en una escuela católica, la cual América paga de su salario como sirvienta. Las mujeres saben lo que es sacrificarse por sus hijos y, respetuosas frente a ella, no la importunan pidiéndole más detalles. América se pregunta que dirán cuando ella no está. Todas hablan de las otras cuando no están presentes.

Muchas veces América se siente culpable frente a las otras empleadas. Sus vidas en sus países suenan tan atribuladas. Dos de ellas vienen de campos donde no hay electricidad ni agua corriente. Sus primeros encuentros con hogares norteamericanos fueron chocantes. Los excesos y la manera en que los norteamericanos viven separados de sus familias son una fuente inagotable de discusión entre las empleadas, quienes relatan vidas amarradas al destino de grandes familias que dependen de ellas.

—Los norteamericanos no quieren a sus padres— han concluido, ya que ninguna jamás ha visto a los parientes de sus patronos en sus casas. —Los mandan para la Florida para deshacerse de ellos— es el consenso.

Todas ganan menos de lo que gana ella, aun después de que Karen Leverett le descuenta los impuestos de su sueldo. A ellas se les paga en efectivo y siempre andan temerosas de ser asaltadas porque todos sus ahorros los mantienen en cajas debajo de sus camas o en sus roperos.

—Si abro una cuenta bancaria— Mercedes les dijo —la migra me encontrará y me devolverán.

Ellas despachan casi todo su sueldo a sus familiares por medio de servicios de envío establecidos para ese fin. Y alquilan cuartos para los fines de semana, ya que se sienten incómodas o importunas cuando no están trabajando en las casas donde viven durante la semana.

—Si me quedo ahí— Adela se queja —acabo por trabajar aunque sea mi día libre.

América tiene una cuenta de ahorros, en la cual deposita una cuarta parte de su sueldo. Semanalmente, le envía giros postales a Rosalinda y a Ester y guarda una porción para sus gastos personales, los cuales son pocos, ya que tiene casa y comida con los Leverett. Su sueño es el de tener una tarjeta de crédito para poder comprar lo que necesita sin tener que andar con dinero en efectivo.

—Usted es tan afortunada— las empleadas le dicen —en ser ciudadana americana.

Ellas describen cómo, en sus países, todos sueñan con venir a los Estados Unidos. Cuando les dice que de donde ella viene la gente lucha por independizarse de los Estados Unidos, se sorprenden. —Pero ustedes tienen tantos beneficios por ser americanos— le aseguran.

A veces América se aturde al hablar de estas cosas. Las empleadas describen guerras civiles y matanzas por guerrilleros, sacerdotes corruptos y los incendios de aldeas en la madrugada. Los gobiernos de estos países son brutales y represivos y quien se atreva a quejarse aparece muerto.

En Vieques, las protestas contra la presencia de los Estados Unidos son algo común. De vez en cuando los bombardeos matan una que otra tortuga marina y los residentes se quejan a los representantes de la Marina. O la cooperativa de pescadores burla un bloqueo de la playa-blanco cuando pasean sus botes por la misma área donde supuestamente se llevarán a cabo las maniobras de la Marina. Los hombres y las mujeres involucrados en ese tipo de acción son considerados héroes por sus defensores y América los respeta por su devoción y pasión por su causa. Antes de conocer a Correa, fue parte de un grupo de estudiantes que preparaba una demostración en frente a los portones de la Base Naval. Pero Correa acabó con eso. —Las mujeres— le dijo— no deben de meterse en la política.

Tantas cosas que yo no hice porque él me dijo que no lo hiciera, América se dice a sí misma de vuelta a la casa de los Leverett. Ni se me ocurrió desafiar sus opiniones, sus reglas. Y nuestra hija es igual. Cerramos nuestros cerebros cuando él habla. Hemos sido tan dóciles como perros fieles. Cómo no se va a aprovechar de eso. ¿Quién no se aprovecharía?

No le ha hablado a Rosalinda en más de un mes. Cada vez que coge el teléfono para llamarla, se arrepiente, creyendo que necesita castigar a su hija por su falta de respeto. Se le ocurre ahora que no le advirtió a Rosalinda que ésta sería la consecuencia de su comportamiento, así que decide escribirle para dejarle saber. Así su hija no se sentirá como que América la olvidó.

Querida Rosalinda:

Aquí tienes tu giro. No te he llamado estas últimas semanas porque estoy cansada de que me cuelges el teléfono de golpe cada vez que no te gusta lo que te digo. Si quieres que te llame otra vez, tienes que prometerme que ya no vas a hacer eso. Yo hablo con Mami todas las semanas, así que llámala y dile si estás de acuerdo con esta condición.

Te quiere,
tu Mami.

P.S. Tengo mucho que contarte.

América lleva la carta al correo, orgullosa de sí misma. Está siendo firme pero justa, cree. La idea de escribir esta carta se la dio una psicóloga en la radio quien contesta preguntas en su programa. América está en el carro, manejando hacia o desde la escuela de Kyle y Meghan cuando dan el programa de la psicóloga, así que tiene la oportunidad de escuchar quince o veinte minutos de consejos todos los días. El ser firme pero justa es uno de los consejos que la psicóloga recomienda cuando sus oyentes se quejan de sus hijos.

América ha decidido que uno de sus problemas es que no ha sido lo suficientemente firme. Por ejemplo, la primera vez que Darío llamó tuvo toda la intención de decirle que no llamara más, pero todo lo que le salió fue "Estoy un poco ocupada", y él se despidió y colgó sin esperar a que ella le dijera lo que estaba haciendo. La segunda vez que llamó no quiso ser grosera, así es que hablaron por unos cuarenta minutos. Ella le contó cuántas camas arregla por día y él le dijo lo aterrador que es ser un chofer de taxi en Nueva York. —Cada pasajero que recoges— le dijo, —puede ser la última persona que veas—. La idea de encarar la muerte todas las noches le resultó tan fascinante que le hizo muchas preguntas y él le contó historias de las veces que escapó por un pelo de malhechores. La llamó otra vez al día siguiente y hablaron por veinte minutos. Ella no le dijo que no llamara nunca más y ahora cree que es muy tarde para decírselo.

Tiene que ser firme con Karen. Toda la semana pasada, y casi toda esta semana, Karen ha trabajado tarde en el hospital. Charlie ha estado de viaje, así es que América ha trabajado días de quince horas. Cree que Karen Leverett debe pagarle algo adicional por trabajar más de las ocho horas que le dijo que trabajaría. La verdad es que América está de servicio desde las siete de la mañana y no regresa a su cuarto hasta después de las ocho todas las noches. Eso es más de ocho horas. América espera que Karen esté de acuerdo con ella. Después de todo, una mujer que gasta quince dólares en un par de pantys debe de tener los medios para aumentarle unos cuantos dólares adicionales a la mujer que le cuida a los hijos.

Después de que los niños se han acostado y Karen se ha acomodado en el sofá con sus papeles, América baja de puntillas. Nunca ha tenido que pedir un aumento de salario, así que no está segura de cómo una aborda estos asuntos. Cuenta con ser firme pero justa y que Karen la apoyará.

—Disculpe, ¿Karen?

—Sí, América—. Karen se quita los espejuelos que usa cuando se quita los lentes de contacto.

—Necesito decirle algo.

Karen asiente con la cabeza, no le pide que se siente. América se para al otro lado de la mesa de granito con esquinas agudas, sus manos en sus bolsillos para que Karen no las vea temblar. Respira profundamente. —Yo trabajo duro más de ocho horas todos los días.

Karen se pone tensa, las esquinas de sus labios se aprietan contra sus dientes.

—Yo creo . . . —. Debes de ser firme pero justa, América se dice a sí misma. —Yo necesito un aumento.

Karen desdobla sus piernas y las dobla de nuevo en la otra dirección. —Sólo llevas tres meses trabajando con nosotros. Te daremos un aumento después de un año, como acordamos—. Karen acomoda sus papeles en el otro lado del sofá.

—Yo sé, pero usted dijo yo trabajo ocho horas. Yo trabajo más de ocho horas.

—¿Cómo puede ser? Los niños están en la escuela casi todo el día.

—Yo limpio casa cuando niños en escuela.

—¿Por seis horas? Vamos, América . . . — Karen menea la cabeza de lado a lado, riéndose consigo misma.

—Es casa grande.

—Pero nosotros no estamos aquí durante el día. Y no hemos recibido visitas hace tiempo. Es sólo la cocina y los dormitorios lo que tú tienes que limpiar. Eso no te puede coger seis horas todos los días.

¿Ha limpiado usted una casa?, América quiere preguntarle, pero sabe que eso sería una falta de respeto. Claro que Karen nunca ha limpiado su propia casa. Para eso son las sirvientas.

—Yo cuidadosa. Muchas cosas delicadas. Y limpio debajo las camas, detrás muebles. Coge mucho tiempo.

—Todavía no puedo creer que necesites seis horas todos los días para limpiar esta casa. ¿Cómo va a ser?— ella juega con sus espejuelos, obviamente ansiosa de volver a su trabajo. —Ya sé lo que puedes hacer. Debes tomar unas horas libres en la mañana, cuando los niños están en la escuela, ¿okey?

No está siendo justa, América se dice a sí misma. —Pero ¿si casa no limpia?

—Estoy segura de que puedes resolver esto, América. Sólo necesitas ser un poco más eficiente, para que puedas sacar el tiempo. Yo sé que tú puedes hacer eso, ¿okey?

—Okei— América dice, no porque esté de acuerdo, pero porque está enojada y no sabe qué hacer con su cólera. Ella empieza a salir de la sala y Karen Leverett canturrea —¡Buenas noches!— en una voz alegre que le hace rechinar los dientes. No le desea buenas noches a Karen Leverett. Es más, le desea una de las peores noches de su vida. América cierra la puerta de su cuarto con llave.

Le hubiese dicho que no son seis horas, fulmina, son cuatro. Tengo que recoger a Meghan de la escuela a las doce. Y le hubiese dicho que lavo y plancho casi toda su ropa. Y que cocino. No le recordé eso.

Se prepara para la cama, pero sabe que no va a dormir bien esta noche. Está muy acongojada. Si me hubiese dado sólo veinte dólares más por semana, yo me contentaría. No tenía que doblarme el sueldo. Sólo veinte dólares más por semana. Eso es menos de lo que ella paga por un brassier.

—Le pedí a Doña Paulina que me dejara venir a recogerte— Darío dice cuando la viene a buscar a la estación.

—Quiero llegar en una pieza— ella le advierte. Todavía está enojada por la conversación con Karen anoche y no se alegra cuando ve la sonrisa ilusionada de Darío.

—Voy a manejar como una viejita— bromea, amarrándose el cinturón de seguridad. —Amárrate— le dice, señalando hacia el cinturón de seguridad del asiento de pasajeros.

—Esto no estaba aquí la última vez, ¿verdad?

—Lo puse ahí para impresionarte—. Le sonríe, apartando sus ojos de la carretera. —¡Ay!— dice, volviendo su atención al frente.

A pesar de sí misma, América sonríe. Debe de estar en drogas, piensa. ¿Cómo más explicar este cambio en su personalidad cuando están juntos?

—Tengo que trabajar esta noche— dice Darío—, pero mañana voy a llevar a los nenes al circo. ¿Has visto un circo?

—No. Eso no lo traen a Vieques.

—¿Te gustaría venir con nosotros?

Piensa unos momentos antes de contestar, no porque no esté segura, sino porque no quiere que él piense que ella está ilusionada con la idea. —Está bien.

—Chévere. Vamos temprano, así que tenemos que salir de aquí como a las nueve de la mañana.

—Okei.

Él le abre la puerta de entrada del edificio verde y, en el espacio confinado del vestíbulo, siente lo cerca que están, casi tan cerca como cuando bailaron. Él parece también sentirlo y se acerca lo suficiente para besarla, pero a último momento se arrepiente, mete la llave en la cerradura de la puerta de adentro y la deja pasar.

—Nos vemos— le dice, la expresión atormentada volviendo a su cara.

—¿No vas a subir?

—Tengo que trabajar—. Él inclina la cabeza y desaparece por la puerta de la calle.

América se queda en el pasillo por unos segundos. Aunque en realidad no quiere tener nada que ver con los hombres, éste no es tan malo como los otros. Como el otro, se recuerda a sí misma cuando sube las escaleras. No todos son como Correa.

Janey y Johnny están tan emocionados que Darío tiene que repetirles varias veces que si no dejan de saltar en el asiento trasero van a regresar a la casa y olvidarse del circo. Los niños se calman por un minuto, pero luego empiezan de nuevo, incapaces de sentarse quietos.

América está tan emocionada como ellos. Nunca ha ido a Manhattan y, cuando se lo dijo a Darío, él dijo que la llevaría por la ruta pintoresca. Condujeron por la orilla de un río, luego entraron al centro de la ciudad.

—Esto es Times Square—. Darío manejó despacio por la ancha avenida con edificios altos hasta el horizonte y enormes carteleras publicitarias alumbradas. Detrás de ellos, los carros tocaban las bocinas insistentemente y los choferes de taxi los miraban con desprecio.

—Encima de ese hotel— Darío señaló —hay un restaurante que da vueltas, así que se puede ver toda la ciudad.

América no puede imaginar cómo un restaurante da vueltas y todavía está tratando de entenderlo cuando llegan al Madison Square Garden. Hacen fila con millares de personas esperando la entrada. Los vendedores ofrecen globos, piraguas, algodón azucarado, pretzels calientes, espadas plásticas que se iluminan, peluches. Todo lo que ven, Janey y Johnny lo quieren y Darío se para en casi todos los quioscos para comprárselos.

—Ya sé que los consiento demasiado— se disculpa ante América, quien no ha dicho ni una palabra.

Sus brazos llenos de cuanta chuchería hay, al fin llegan a sus asientos y los niños se las pasan todas a Darío y a América, porque no hay donde ponerlas. Sus asientos están en el pasillo bastante cerca de la pista central.

América, no menos que Janey y Johnny, está fascinada con todo lo que ve. Madison Square Garden es el lugar más grande que jamás ha visto. La música sale de algún sitio en lo alto, ahogando los sonidos de los niños que chillan de alegría por las bufonadas de unos payasos que corren por las tres pistas.

En cuanto se sientan, el lugar se oscurece y un hombre anuncia el comienzo del espectáculo. Los focos de luz se concentran en una esquina donde hay dos aberturas del tamaño de las puertas de los garajes. Un desfile de animales, acróbatas y payasos le da la vuelta a las tres pistas. Hay elefantes y tigres en jaulas. Caballos que parecen miniaturas. Camellos con bridas doradas. Payasos que corren de arriba a abajo por los pasillos haciéndoles muecas a los niños. Un payaso se le sienta en la falda a una señora. Otro besa a un hombre. Y un tercero le da un pañuelo a un nene, y cuando sigue caminando, le salen del bolsillo más de cien pañuelos amarrados al primero.

Después del desfile, tres mujeres hacen maromas desde sogas suspendidas de América no sabe dónde. Un hombre musculoso aguanta toda una familia de contorcionistas en sus hombros. Dos muchachos hacen acrobacias en sus bicicletas. Los trapecistas dan vueltas en el aire, se agarran por las manos y luego rebotan de una malla cerca del suelo. Es lo más maravilloso que América jamás haya visto. Cuando se prenden las luces y se pone de pie para salir, Darío le dice que es sólo un descanso y que hay más.

Ella lleva a Janey al baño, donde tienen que esperar en una fila larga. Luego todos van a comprar perritos calientes y palomitas de maíz y helado. Cuando vuelven a sus asientos, ven más payasos, un hombre que hace que unos tigres salten por un aro con fuego, una mujer que hace que unos caballos bailen, un hombre que se dobla en posiciones imposibles. Cada uno de los doce elefantes levanta sus inmensas patas delanteras encima del que está al frente hasta que forman una fila de elefantes en dos patas. Salen un hombre que come fuego, payasos en zancos, una mujer que da vueltas de una soga que agarra con sus dientes suspendida de lo alto.

—¿Te gustó?— Darío le pregunta cuando siguen a la muchedumbre hacia la calle.

—¡Estuvo maravilloso!— América dice en la misma voz emocionada de Janey y Johnny. —¿Verdá que estuvo bonito?— se vuelve hacia los niños, abochornada de sentirse como una nena que nunca ha visto nada, que nunca ha viajado, que no sabía que había tantas maravillas en el mundo.

El lunes, cuando arregla los cuartos de Kyle y de Meghan, América encuentra souvenirs del circo y quiere saber si los Leverett estuvieron cuando ella estuvo.

—Fuimos el sábado— Kyle le informa cuando ella le pregunta —y vimos los elefantes de cerca.

—Yo también— América dice.

—Pero nosotros logramos tocarlos— dice Meghan.

—¿De veras?

—Después del circo Daddy nos llevó a donde tienen los elefantes y los tigres— Kyle añade.

—Pero no tocamos los tigres— dice Meghan solemnemente.

—No, asustan— América le dice al servirle a Meghan una porción de papas majadas con plátanos.

—Daddy conoce al payaso principal— dice Kyle—, por eso pudimos ir donde se visten y eso—. Él mira a su plato. —¿Qué es esto?

—Papas puertorriqueñas— América contesta. Ella ha aprendido que no le puede dar mucha información sobre lo que les sirve. Si menciona algo más raro que la sal, los niños no quieren comer.

—Me gustan— dice Meghan.

—¿Los payasos?

—No, las papas puertiqueñas—. Meghan se ríe con deleite. —América es cómica.

—Quizás debo ser payaso en el circo— le contesta, haciendo una mueca tonta. Los niños se ríen y se hacen muecas entre ellos y hacia ella. —Yo también, yo también. Soy un payaso en el circo— cantan.

—Okei— América dice. —No más juego. Coman ahora. Si comen todo, les doy sorpresa.

Ella puede contar con que Darío llamará entre las nueve y las once todas las noches, dependiendo de su turno de trabajo. La enfada que hasta se alegra de antemano esperando sus llamadas. De todos con quienes habla por teléfono, él es la única persona que de verdad la escucha sin darle consejos ni colgarle el teléfono de golpe.

—Era distinto trabajar en La Casa— ella le dice—, trabajaba menos horas, por lo menos.

—¿Tienes suficiente privacidad?

—Tengo mi propio cuarto con su baño, pero si me da hambre a mitad de noche, me siento incómoda con bajar a buscar algo que comer.

—¿Por qué?

—No sé. Me siento . . . como que no es mi casa. Una vez salí de mi cuarto cuando todos se habían acostado y en cuanto salí al pasillo ya Charlie estaba preguntando quien andaba por ahí—. Ella se ríe. —Por poco me da un ataque del susto.

—A que lo asustaste a él también.

—Puede ser—. Hay silencios en sus conversaciones, momentos en que ella no sabe qué decir y repasa su día a ver si ha sucedido algo interesante.

—Janey recibió un cien en un examen.

—Es una niña inteligente.

—Johnny también lo es, pero él no tuvo exámenes esta semana.

—Kyle, el nene que yo cuido, recibió su cinturón anaranjado en karate.

Ella nunca le ha preguntado acerca de su difunta esposa y él nunca le ha preguntado acerca de Correa. Ella nunca le ha preguntado acerca de su uso de drogas y él nunca ha mencionado el problema con Rosalinda. Es como si hubiese un portón de entrada a la vida del otro que ninguno de los dos quiere abrir todaviá.

Japi berday tú llú

Te vamos a llevar a cenar esta noche, así que no cocines— Karen le dice al otro día antes de irse a trabajar. —Yo voy a estar en casa como a las seis y entonces nos vamos.

—¿Daddy viene con nosotros?— pregunta Kyle.

—Daddy tiene que trabajar—. Karen evita mirar a Kyle. —Seremos sólo nosotros cuatro, ¿okey?

—No tenemos que salir— América dice.

—Claro que tenemos que salir, es tu cumpleaños y debemos celebrarlo.

Todos se van y América se queda sola en la casa, abochornada de haberle mencionado a Karen que hoy es su cumpleaños. Ahora Karen siente que tiene que hacer algo especial para ella.

Hace sus quehaceres domésticos. La casa de los Leverrett, que antes parecía tan imponente, ahora se siente pequeña comparada con otras casas que ella ha visitado. Liana trabaja en una casa mucho más grande y Mercedes también. Pero no tienen que cocinar.

Aunque trató, América no ha podido encontrar las horas extras que Karen afirma que puede conseguir con sólo ser un poco más eficiente. Para América la eficiencia significa hacer el trabajo lo mejor que puede en tan poco tiempo como sea posible. Y ha aprendido que, mientras más eficiente es en un área, como el planchar, más tiempo tiene para hacer lo que ella cree debe hacerse en la casa, tal como raspar el sucio del espacio entre las molduras de las paredes y las orillas de las alfombras de pared a pared.

En los tres meses que ha estado con ellos, Karen y Charlie no han recibido visitas en casa. Han salido a cenar y, un viernes, después de la cena, llegaron unos cuantos amigos y todos bajaron a mirar videos en la sala deportiva.

América siente tensión entre los dos, aunque la disimulan frente a ella y a los niños. La tensión entre ellos es como una marea, a veces fuerte, otras veces casi imperceptible. Pero siempre existe.

En los últimos días, Charlie ha dormido en uno de los cuartos de invitados. Llega tarde a la casa y sube directamente a su oficina y duerme arriba. Una vez los escuchó discutiendo en su cuarto, y al otro día él no se había acostado con ella y el diafragma no había sido utilizado.

Cuando lava las camisas de Charlie, busca rastros del lápiz de labio de otra mujer. Pero sus camisas siguen tan inmaculadas como siempre y América concluye que no es mujeriego, o si lo es, es experto en disfrazarlo. Charlie no le parece a ella el tipo de hombre que tiene cortejas. A los hombres mirones no se les pierde ni una mujer que pasa. América nunca ha sentido que él la está mirando como otra cosa que no sea otra persona en su casa.

Puede ser que yo no sea su tipo, se dice, preguntándose si alguna de las empleadas habrá sido molestada por los señores de las casas donde trabajan. Es un tema que sale en sus conversaciones de vez en cuando. Todas se sienten vulnerables a los avances inoportunos de sus patronos, pero ninguna ha admitido que algo así le haya sucedido.

Mientras está recogiendo en el cuarto de Kyle, América oye sonar el teléfono de su cuarto. Cuando llega a contestarlo, ya han colgado y se para cerca por unos momentos esperando que la persona al otro lado trate de nuevo. Puede ser Paulina o una de las empleadas, para saber si ella viene al parque esta tarde. Cuando el teléfono no suena, vuelve a su tarea. Lo mismo sucede varias veces durante la mañana. Pero no importa cuánto tiempo se quede esperando la llamada, no viene hasta que está muy lejos para llegar a tiempo a su cuarto. Marca el número de Paulina, pero no contestan. Al rato ya deja de correr hacia el teléfono cada vez que suena, pensando que debe de ser una de las empleadas.

Cuando va a buscar a Meghan a la escuela, la nena tiene en sus manos una creación hecha de macarones, cintas y escarcha pegada a un plato desechable.

—Para ti— dice Meghan.

—Es precioso, gracias—. En la orilla del plato desechable, Meghan ha prensado sus manos teñidas con pintura roja. América toca la superficie granosa con su dedo meñique, como para asegurarse de que no se borrará. —Me encanta.

—Yo lo hice solita— Meghan dice—, pero Mrs. Morris me ayudó con las cintas.

—Es muy lindo— América repite y abraza a la niña.

Después del almuerzo, traen a la amiga de Meghan, y mientras América sigue el ritmo de su juego, es molestada por el insistente teléfono. Pero es como si la persona que estuviera llamando la viera entrar, y colgara en cuanto ella llega al teléfono. Cuando es hora de buscar a Kyle, América primero deja a la amiga de Meghan en su casa, luego lleva a los niños al parque. Frida y Mercedes ya están allí.

—La llamé temprano, pero no contestó— dice Mercedes.

—Ya me preguntaba yo quién me llamaba tantas veces.

—Yo sólo llamé una vez— Mercedes aclara, ofendida de que América crea que ella no tiene nada mejor que hacer que llamarla.

—Mi teléfono ha estado sonando como loco y, en cuanto voy a contestar, cuelgan.

—Yo odio cuando eso pasa— dice Frida —pero después me acuerdo que hace año y medio no tenía teléfono.

Mercedes y América se ríen.

—Adela encontró otro puesto— Mercedes les informa.

—¿Tan pronto?

—Esa mujer tiene buena suerte— añade Mercedes. —Una

gente con quien ella comparte su apartamento regresan para Guatemala, así es que la recomendaron a ella y a Ignacio. Queda en Larchmont, cerca de la playa y todo.

—Ojalá que él no la haga quedar mal— murmura Frida.

—Es lo que han deseado desde hace tiempo— dice América.

—Sí, pero él está acostumbrado a su libertad— contesta Frida.

—Es distinto para los hombres, el trabajar de interno— agrega Mercedes. —Viven en una casa que no es de ellos y es usualmente la dueña de la casa quien les dice lo que tienen que hacer. A nuestros hombres les gusta llevar los pantalones en la familia.

—En este país no se puede ser muy orgulloso— declara Frida—, hay que hacer lo que se puede. No hay donde acomodar ese machismo—. Mercedes y América se vuelven hacia Frida con una mirada atónita. Frida sonríe tímidamente. —Mrs. Finn me dio un libro. Fue escrito por una latina, y ella habla de lo que nosotras, las mujeres, necesitamos para progresar en este país.

—Usted suena como una feminista— Mercedes dice con una sonrisa. —Cuídese.

—Yo no soy una feminista, pero el libro tiene sentido. Se lo presto si quiere. Es en español.

—No gracias. Yo odio la lectura— Mercedes dice enseguida. —Mejor me llevo estos niños a casa—. Camina hacia el columpio hecho de una llanta, donde Kyle está empujando a los mellizos. —Hasta mañana.

—Me parece raro— América dice suavemente.

—¿Qué?

—Lo que usted acaba de decir, acerca del machismo y el orgullo—. Frida mira a América como si le sorprendiera que alguien estuviera escuchándola. —Yo nunca habia pensado en eso de esa manera.

—¿De qué manera?

—Los latinos inventaron el machismo y yo siempre pensé que era . . . Sólo la manera en que tratan a las mujeres, posesividad y los celos y eso—. Ella trata de encontrar las palabras apropiadas. —Pero en realidad es acerca del orgullo. Nunca se me ocurrió pensar de esa manera—. América sonríe como apenada, como si Frida supiera la respuesta para una pregunta crucial y ella todavía estuviera adivinándola.

—Hmmm— dice Frida, mirando un pájaro aterrizar en un poste.

—De todas maneras— América dice —debo llevarme a estos niños a casa—. Ella no sabe por qué se siente avergonzada, como si acabara de revelar un gran secreto que se divulgará por todo el pueblo. Luego se da cuenta por qué. No está acostumbrada a hablar con nadie acerca de ideas, nunca ha tratado de entablar conversación con nadie cuando se está discutiendo un tema importante y se deben sondear diferentes posibilidades.

Los hombres siempre hacen eso. Correa, Feto y Tomás a veces se sentaban debajo del árbol de mangó en el patio de La Casa del Francés y discutían la política y las noticias del periódico. Tenían una opinión acerca de todo, le parecía a ella, y los despreciaba porque casi siempre le sonaban como tres hombres que no sabían nada de nada, haciéndose que sí lo sabían todo para no quedar mal frente a los demás: Pero de vez en cuando entraban en temas que encontraba interesantes. Como cuando discutían el destino de Vieques si algún día la Marina se fuera. Para apoyar sus conclusiones, sacaban argumentos basados en antecedentes históricos y citaban figuras y proyecciones y nombres de personas de quien ella nunca había escuchado hablar. Entonces a ella le encantaba escucharlos, cuando eran serios y apasionados en sus opiniones, cuando las discusiones eran algo más que tres pavos reales tratando de asustarse uno al otro con ojos falsos.

Las empleadas agrupan a los niños que, como siempre, no se quieren ir. A América le gustaría haberle pedido prestado el libro a Frida. Le gustaría aprender algo nuevo, ver la vida desde una perspectiva distinta. Me perdí tanto al salirme de la escuela, se lamenta. Eso es lo que yo le decía a Rosalinda. Ahí es donde ella puede hacer las cosas diferentes de como las hice yo. Yo pude haber hecho algo de mi vida, pude haber aprendido una profesión. Pero nunca pensé tan alto. Nunca tuve sueños de ser una maestra como Frida, o una enfermera como Adela, o una cajera o una operadora de teléfono. Puede ser que ese sea el problema.

Nunca he tenido mis propios sueños, así que Mami, Correa y hasta Rosalinda me pisotean. Por lo menos tratan. No me tienen respeto. América menea la cabeza de lado a lado. Yo misma no me he tenido respeto.

El restaurante es grandísimo, en el mismo centro de Mount Kisco. Lo ha pasado muchas veces, pero nunca ha entrado. Están todos sentados en bancos, Karen al lado de Kyle y América al lado de Meghan. Los meseros y los que limpian las mesas son todos latinos. Se hablan unos a otros en español, luego dan la vuelta con una sonrisa sumisa y les toman las órdenes a los clientes en inglés. Ya está acostumbrada a adivinar de donde son por sus acentos. La mesera que los atiende suena y parece guatemalteca, como Adela.

América no sabe qué ordenar. Tiene hambre y es su cumpleaños y le gustaría comerse una langosta como la que vio que una mesera llevaba hace un ratito. Pero no quiere ordenar lo más caro en el menú para que Karen no se crea que se está aprovechando de ella. El menú es suficientemente grande para que América pueda esconderse detrás de sus páginas y ojear lo que se les sirve a los otros comensales, o lo que los meseros llevan en inmensas bandejas. Las porciones son enormes, cada una suficiente para dos o tres personas, cree, y puede ser que Karen cuente con que ella ordene un plato para compartir con los niños. Pero Karen está hablando con los nenes de lo que ellos quieren comer y parece que ya ha decidido lo que ella va a ordenar.

—¿Ves algo bueno?— Karen le pregunta a América.

—Sí, todo se ve bueno— contesta entusiasmada para que Karen sepa que está satisfecha con el restaurante.

—¿Qué crees que te gustaría?

—No sé, hay tantas cosas—. Sabe que hay varios platos de pollo. Y vio lasaña y espaguetis y una sección entera de hamburguesas. Pero su inglés no es lo suficientemente bueno como para entender todo lo que aparece en el menú.

—Las costillas de res son buenas— Karen dice —si te gusta esa clase de comida.

Es obvio que a Karen no le gusta. El mesero pasa con camarones cubiertos por una salsita olorosa a ajos. América se pregunta cuánto costará, y pasa el ojo por el menú buscando la palabra "shrimp", que sabe significa camarones en inglés, pero hay varios platos y no sabe cuál es el que acaba de pasar. Y también nota que los platos con camarones son los más caros.

—¿Quizás te gustaría pollo?— pregunta Karen y América estudia los precios después de la palabra "chicken"—. Son más bajos que los que siguen a "shrimp".

—Okei— dice, apareciendo de detrás del menú—, pollo.

Un mesero pasa con otro plato de langosta, éste con camarones al lado.

—Quizás preferirías langosta— sugiere Karen, siguiendo su vista.

América se pone roja. —No, no. Pollo okei.

—Pero es tu cumpleaños. Tienes que ordenar algo especial— Karen insiste con una sonrisa exhortadora.

—Sí, América— interrumpe Kyle—, llú it lobster— dice, imitando su acento. Todos se ríen y Meghan también decide que ella puede imitar a América.

—Tú comes langosta— le dice, no tan buena imitadora como su hermano.

—Está decidido entonces— dice Karen. —Langosta—. Y todos ríen y América siente alivio al no tener que protestar, ya que eso es lo que quiere y ellos insistieron.

—¿Un vaso de vino con tu cena?— Karen pregunta.

—Oh, no gracias, no bebo.

—¿Nunca?

—No, nunca— dice, su cara caliente.

Una vez tomadas las órdenes, los niños hablan acerca de su día en la escuela y en el parque. Karen trata de incluirla en la conversación, pero los niños tienen la intención de dirigir toda la atención de su madre hacia ellos, así es que la cena progresa como si América no estuviera, a excepción de las veces que ayuda a Meghan a cortar su hamburguesa, o cuando Kyle derrama su bebida y tiene que pararse a buscar a la mesera y un trapo para limpiar la mesa.

De postre, Karen ordena bizcocho de chocolate y el de América viene con una vela. Le cantan Feliz Cumpleaños y otras personas en las mesas cercanas se unen a la canción, lo que América encuentra mortificante, porque todos se dan vuelta para mirarla y se siente como una tonta cuando trata de soplar la vela y sigue prendida hasta que se gasta.

Regresan a la casa y ella ayuda a los niños a prepararse para irse a acostar. Cuando Karen los lleva a su dormitorio a leerles un libro, ella se dirige al cuarto suyo, sintiéndose mareada, como si hubiese aceptado el vaso de vino después de todo. El teléfono está sonando, pero cuando llega a cogerlo, ya han colgado. Frustrada, patea el piso. Se desviste y llena la tina de agua caliente para un baño, luego hala el cordón del teléfono lo más que puede, hasta el frente de la puerta del baño. Pero no se puede relajar en la tina, esperando que el teléfono suene a cada minuto, y cuando no lo hace, maldice en voz baja, enojada consigo misma cuando debería de estar enojada con la persona que llama. Alguien toca en la puerta y se oyen cuchicheos y risitas afuera de su cuarto. América se pone una bata y abre la puerta.

—Se nos olvidó darte esto—. Karen y los niños, en sus pijamas, están aguantando una caja grande. Entran simulando una ceremonia, los niños riéndose, aguantando las esquinas de la caja como si tuviera algo frágil adentro.

—Yo ayudé a empacarlo— dice Meghan, cuando ponen la caja en el sofá.

—Qué amable, estoy tan sorprendida— dice a punto de llorar, avergonzada y complacida, sin saber por sus expresiones si es de verdad o una broma.

—Ábrelo— dice Karen, mirándola con una sonrisa, a la expectativa.

Ellos la observan mientras suelta el lazo apretado y lucha con los muchos trozos de cinta adhesiva que aguantan las esquinas del papel de regalo. El teléfono suena.

—Yo lo contesto—. Antes de que América lo pueda evitar, Kyle coge el teléfono.

—Leverett residence— contesta como se le ha dicho que debe hacer. Espera. —No hay nadie— dice, irritado, y cuelga el teléfono.

—Puede ser que pensaran que tenían el número equivocado porque no contestó la voz de América— Karen sugiere.

—Yo no sé— dice América, perpleja de que quien llamó colgara tan irrespetuosamente.

—Abre el regalo, abre el regalo— Meghan canta, y América rompe el papel y encuentra otra caja, decorada con las manos de los niños y "Feliz Cumpleaños" en los garabatos de Kyle.

—¡Ábrela!— gritan los niños, y cuando lo hace encuentra otra caja, no tan decorada, y dentro de ésta, otra caja más. Kyle y Meghan se lo gozan todo. América se ríe con ellos, aunque de verdad no cree que es tan gracioso. Karen la observa con una sonrisa distraída.

Ella abre la cuarta caja y encuentra mucho papel alrededor de una sudadera decorada con dos gatitos jugando con una bola de hilo.

—Sabemos que te gustan los gatos— Karen mira el gato blanco en su cama.

—Es muy bonita— dice, sacándola y poniéndosela contra el pecho.

—También trae pantalones— anuncia Meghan, rebuscando por el papel. —Aquí están.

Los jeans que combinan tienen unos gatitos en los bolsillos de atrás. —¡Es bello!— exclama América con más entusiasmo.

—Si no te queda, podemos cambiarlo por otro tamaño— ofrece Karen.

—Me queda. Es perfecto.

—Qué bueno. Okey, niños, ya es hora de acostarse—. Karen parece tener prisa por salir del cuarto.

—Muchas gracias—. América besa a los niños cariñosamente, los lleva hasta el pasillo. Se siente incómoda al frente de Karen, como si el darle las gracias no fuese suficiente y le debiese algo más.

—Feliz cumpleaños— dice Karen, y América de nuevo se lo agradece, sin saber qué más decir, avergonzada, humilde.

Cuando está sola en su cuarto, se prueba el set de sudadera y jeans, que le queda a la medida. Parece ser buena tela y la marca lo identifica como de Lord & Taylor, que ella sabe que es una tienda cara. Es algo que Karen jamás se pondría, y la emociona el saber que Karen lo seleccionó con tanto cuidado que hasta el tamaño es perfecto.

—Te llamo porque es mi cumpleaños y tú no me puedes llamar a mí. Se me ocurrió que me querrías felicitar.

—Feliz cumpleaños— Ester concede.

—Me llevaron a comer langosta y me dieron un regalo.

—Qué amables.

—¿Has hablado con Rosalinda?

—Me llamó pidiendo tu número. Cuando le dije que no lo tenía, no me creyó.

—¿Cómo lo sabes?

—Me colgó el teléfono.

—Yo no puedo creer que el teléfono esté todavía en una sola pieza con Rosalinda colgando de golpe cada vez que lo coge.

—¿La vas a llamar?

—Quizás.

—Es tu hija. No debes guardar rencor—. Ester es muy experta en dar consejos que no sigue.

—Ahorita la llamo. Y si me cuelga el teléfono, no la voy a llamar más.

—Sonaba como si estuviera molesta.

—Ya mismo la llamo.

—Está bien. Feliz cumpleaños, entonces.

América ha tenido un buen día hasta ahora y la idea de llamar a Rosalinda y enmarañarse en otra pelea teléfonica no le hace ninguna gracia. Paulina la llamó para desearle un feliz cumpleaños y le prometió que lo celebrarían este fin de semana. Entonces Darío llamó y hablaron por media hora. Ella no le dijo que era su cumpleaños, porque no quería que él se sintiera obligado a darle un regalo. América apaga todas las luces en su cuarto, menos la de la lámpara de la mesa de noche. Quiere acomodarse antes de llamar a Rosalinda, quiere calmarse. Se promete que va a escuchar y no va a decir nada sin antes pensarlo por unos segundos por lo menos. El teléfono suena.

—Japi berday tú llú . . .

América se pasma.

—Japi berday tú llú.

Él canta suavemente, como si hubiese otra persona en el cuarto a quien no quiere molestar.

—Japi berday, dir América.

Ella cuelga como si el teléfono le estuviese quemando los dedos y se cubre la cara con las manos, como no queriendo ver el cuarto de muchas ventanas, los techos inclinados, las estrellas verdes y pálidas sobre su cama. —Ay, Señor. Él sabe donde estoy— murmura una y otra vez. —Ya sabe donde estoy.

Cómo Correa lo sabe

Te encuentras bien?— Karen le pregunta a la mañana siguiente. —Parece que dormiste mal.

—Es okei— América contesta. —Tiempo del mes.

—Pues, hay Motrin en el botiquín si lo necesitas.

—Es okei, gracias.

Logra cocinar el desayuno de todos, ayudarles a prepararse para la escuela y para el trabajo, despejar la mesa y limpiar la cocina, recoger el comedor y la sala informal, arreglar las camas y traer la ropa sucia al sótano. Hace sus quehaceres automáticamente, menos eficiente, quizás, que cuando está prestando atención. Pero los termina, y al final de la mañana, la casa brilla, y ella todavía se encuentra abrumada.

Él sabe dónde estoy. Es como el coro de una canción, repitiéndose en su cerebro una y otra vez. Él sabe donde estoy no deja espacio para ningún otro pensamiento, ni para que el razonamiento mitigue el miedo. Él sabe donde estoy marca su respiración, su caminar, la hace saltar cuando el jardinero llega con su máquina de cortar grama y sus rastrillos. Él sabe donde estoy la sigue hasta la escuela, donde recoge a Meghan, a la casa de Liana donde los niños miran los Power Rangers. Él sabe donde estoy late en su cabeza mientras las mujeres hablan, se quejan, bromean y se cuentan historias.

Regresa a la casa, cocina, le da de comer a los niños, aunque casi no toca su propia comida. Es viernes y Karen y Charlie regresan temprano porque van a llevar a los niños a una fiesta en la casa de unos amigos. Estará sola esta noche en la casa y se convence de que no tiene nada que temer. Él sabe donde estoy, pero está en Vieques. No está aquí.

Baja los visillos de la ventana, cierra su puerta con llave. Porque ella está en la casa, los Leverett no activaron la alarma cuando se fueron, como lo harían si la casa estuviera sola. Pero no debo de tener miedo. Él está en Vieques y yo estoy aquí. Cada vez que pasa por el lado del teléfono, espera que suene. Pero sigue silencioso.

Rosalinda coge el teléfono al primer timbrazo, como si hubiese estado esperando que alguien llamara.

—Oh, Mami, hola—. Cautelosa, con sospecha.

—¿Cómo estás?—. Mantendrá la compostura, pensará antes de hablar. No dejará que Rosalinda note que está nerviosa, que tiene miedo, que está inquieta.

—Estoy bien. Recibí tu carta. Perdóname por colgarte el teléfono—. Una disculpa poco sincera, diseñada para apaciguarla.

—¿Todo anda bien?

—Sí—. Incierta.

—¿Has visto a tú papá recientemente?

Un gemido como si se estuviera ahogando, corto, pero real. —Estuvo aquí la semana pasada.

—¿Y a dónde está ahora?

—Yo no sé—. Defensiva.

América respira profundamente. —¿Sabe él dónde estoy?

—No . . . No lo creo—. Dudosa, mintiendo. —Quiero decir, yo creo que él sabe que no estás en Puerto Rico.

—¿Dónde cree él que estoy?

—Yo creo que él piensa que tú estás en Nueva York—. No sabe mentir. Su voz suena temblorosa y habla demasiado rápido.

—¿Le dijiste tú que es aquí donde estoy?

—No—. Su voz suena a punto de estallar en lágrimas.

—¿Se lo dijiste?

Rosalinda se quiebra. —Él vio el sobre . . . Cuando me mandaste el giro y aquella carta.

América respira, suspiros largos y uniformes. Mantendrá su calma. —Yo no puse la dirección en el sobre.

La voz de Rosalinda sube. —Estaba en el matasellos.

Un grito se le escapa a América. Se muerde los labios para no ser sorprendida una vez más.

—El nombre del pueblo estaba escrito en el matasellos.

—Se lo . . . — América titubea, vacila en sus esfuerzos de mantenerse tranquila, piensa un rato, trata otra vez. —¿Lo encontró él o se le enseñaste tú?

Silencio. Por un momento, le parece a América como que Rosalinda ha colgado el teléfono otra vez. Pero oye su respiración al otro lado, aliento rápido y agudo.

—Lo siento Mami—. Rosalinda lloriquea. —Estaba tan enojada contigo, con tu carta. Y entonces él vino y me encontró llorando—. América la deja sollozar. Esta vez, las lágrimas de Rosalinda no la afectan de la misma manera. Ella la escucha, no le hace preguntas, no le interrumpe el llanto. Rosalinda sigue, como si el silencio de su madre fuese un estímulo. —Él escribió el nombre del pueblo y después consultó los papeles en la caseta del guardia. Buscó nombres del mismo pueblo.

—Así que también tiene mi dirección.

La resignación en la voz de su madre asusta a Rosalinda.

—Yo estaba tan enojada contigo—. Como si eso lo justificara todo. —No debiste haber mandado esa carta—. Tan santurrona, tan poco inclinada a asumir su responsabilidad. —Tú te pasas gritándome y criticándome por todo lo que hago—. ¿Soy de veras tan mala? ¿He sido una madre tan terrible que ella no me debe ni siquiera su lealtad? —Yo traté de llamarte y avisarte, pero no tengo tu número. Me debiste haber dado tu número.

América se muerde el labio, no dice nada.

—El so-so-sólo quie-quie-quiere . . . Él-él-él-él sólo quie-quiere hablar contigo—. Ahora Rosalinda suena enojada, frustrada.

—Está bien, nena, cálmate. Si lo ves, dile que yo hablo con él—. Mantendrá su calma a cómo dé lugar, no le dejará saber que tiene miedo.

—¿De veras?— Rosalinda suena atontada, como si hubiese sido descubierta en un juego de escondite.

—Dile que yo hablo con él.

—Sí, Mami, yo se lo digo.

—¿Él está ahí contigo?

—No. Salió.

—Okei, mi'ja.

—¿No estás enojada, Mami?

—No te apures.

—Lo siento, Mami.

—Yo te llamo la semana que viene.

Pone el teléfono en su base delicadamente. Está rendida. Sus brazos se sienten tensos y apretados, como si hubiese estado levantando pesas. Se sienta contra sus almohadas, su gato blanco en su falda. No puede hacer otra cosa sino esperar. Correa llamará y ella hablará con él. Pero no sabe lo que pasará después de eso.

Margarita Guerra

Él no llama. América se queda despierta, mirando la televisión sin verla, programa tras programa en los cuales yanquis blancos se hablan sin cesar mientras el público se ríe. Todo el humor parece ser basado en malentendidos. Después de las comedias, un programa informativo. Enseñan cables de alta tensión y confirman la teoría de Ester de que la electricidad causa cáncer. Luego dan las noticias, todas malas. Los deportes. El tiempo. Luego más programas cómicos de los que ella no se ríe. Y él no llama.

Cuando oye un carro, se pone tensa. La puerta del garaje se abre y cae de cantazo. Las puertas interiores de la casa se abren y se cierran, Karen y Charlie suben las escaleras, silenciando a los niños, que se quejan de cansancio. Se acomodan y todo vuelve al silencio. Después de un rato, voces y suspiros distantes. Karen y Charlie se hacen el amor por primera vez en una semana. Y vuelve el silencio y ella todavía espera que Correa llame, pero él no lo hace.

Es Viernes Social en Puerto Rico. Él probablemente está con sus amigos, bebiendo y disfrutando. Puede ser que se haya olvidado de mí. Puede ser que esté con su esposa. Quizás mientras yo espero aquí, él está enredado en los brazos de su mujer. El pensamiento la enfurece. Apaga el televisor, se prepara para la cama, se acuesta con los ojos abiertos hasta que se apagan las estrellas en el cielorraso. Y es mañana y él no ha llamado.

—Lo siento, Tía. Yo tenía planes de ir, pero me necesitan aquí—. Ella se desprecia por mentirle a Paulina, espera que acepte la excusa y que no le pida detalles que aumentarían la mentira.

—Queríamos celebrar tu cumpleaños— se lamenta Paulina.
—Lo hacemos el fin de semana que viene, entonces.

—Sí, el que viene.

—Bueno, hablamos durante la semana.

América se queda en la cama, envuelta en el edredón, boca abajo, una almohada debajo de su vientre. Tiene dolores menstruales, los que cree fueron acelerados por la tensión de esperar la llamada de Correa. Las píldoras anticonceptivas le daban períodos cortos y ligeros, sin dolor. Pero no trajo sus píldoras, no las necesitaría, pensó, no quiere sus efectos secundarios. Quizás, reflexiona ahora, los días azules no eran culpa de las píldoras, sino de mi vida.

La familia transita por el pasillo. Va a esperar hasta que se vayan, entonces bajará y se preparará un té de manzanilla. Los sábados por la mañana Meghan tiene gimnasia y Kyle va a karate. Si Karen los lleva, Charlie probablemente estará en su oficina o en el cuarto de hacer ejercicios, así que tendrá la casa sola por una hora más o menos.

El teléfono suena. Ella se arrastra a alcanzarlo.

—¿América?

—Oh, ¿cómo estás Darío?— No puede ocultar su desencanto.

—Paulina dijo que no venías este fin de semana.

—Tengo que quedarme aquí—. Eso no es mentira.

—Tú no estás enojada conmigo por algo, ¿verdad?

—No, ¿por qué estaría yo enojada? No. ¿Cómo puedes pensar eso?— ella vacila. —Tengo que quedarme aquí para recibir una llamada y no sé cuándo va a entrar, así que creo que es mejor que me quede—. ¿Por qué le estoy dando tantas explicaciones?

—¿Una llamada de quién? No, no tienes que contestar eso, no tiene nada que ver conmigo.

—Yo voy el fin de semana que viene, ¿okei?— ahora ella suena como Karen Leverett apaciguando a uno de los nenes.

—Está bien. Pues mejor es que cuelgue.

—¿Oh?

—Para que no le suene ocupado a la persona que te está tratando de llamar.

—Oh, sí, es verdad, okei.

Él no le ha creído. Piensa que se ha inventado esta excusa para evitar verlo. Ay, Dios mío. América se acuesta boca abajo de nuevo. Yo tengo la peor suerte con los hombres.

Baja después que oye salir los dos carros y la casa suena tranquila. La cocina es un caos de tazas y fuentes sucias, platos en la isla, en la mesa, en el fregadero. En la tostadora, dos pedazos de pan están tan quemados que se deshacen cuando los saca. Está tentada a ordenarlo todo, pero se acuerda de que una mujer viene los fines de semana y cree que le toca a ella el limpiar la cocina.

Alguien está tratando de abrir la puerta del frente. América se paraliza, escuchando, tratando de decidir si subir corriendo a su cuarto o si investigar quien es. La puerta se abre antes de que ella llegue a una decisión.

—¡Hey, hi!— Charlie entra, sus pantalones cortos y su T-shirt empapados de sudor. —Precioso día, ¿verdad?— él pregunta sin esperar una respuesta. Abre una botella de agua mineral y se la bebe de unos cuantos tragos, su mano derecha en su cadera, sus ojos cerrados como si no pudiera ver y beber a la misma vez. —¡Ah! ¡Deliciosa!— tira la botella en el cubo de reciclar. —Bueno— dice, apoyando sus manos en el gabinete, mirándola como si estuviera a punto de interrogarla. —¿Cómo van las cosas?

—Okei— dice con una sonrisa débil.

—¿Cómo te gusta Bedford?

—Es muy bonito.

—Bueno, pues nosotros estamos contentos de que estés aquí—dice, alejándose. —Te veo más tarde—. Desaparece por las escaleras hacia el sótano.

Menea la cabeza de lado a lado. ¿Qué diría él si yo le dijera cómo van las cosas de verdad? Mi mamá es alcohólica, jadea silenciosamente, y mi hija de catorce años se acuesta con cualquiera y quiere ser una corista cuando sea mujer. Pero eso no es todo, Sr. Leverett. Mi marido, que no es mi esposo, es un celoso y posesivo abusador de mujeres de quien yo me escapé cuando vine a trabajar para ustedes. Él ahora sabe donde estoy porque mi hija, la vedette, quien me odia, le enseñó un sobre con un matasellos. Y es tan ingenioso que encontró su dirección, Sr. Leverett, en esas páginas necias que la oficina de turismo guarda para que ustedes, los turistas, se sientan fuera de peligro en las playas de Vieques. Y ahora, Sr. Leverett, yo tengo miedo de salir de su casa porque estoy esperando a que mi marido, que no es mi esposo, me llame y me insulte por teléfono para yo asegurarme de que por lo menos él está en Puerto Rico y no en su vecindario buscándome. ¿Y cómo le van las cosas a usted?

Se lleva su té y su tostada a su cuarto, cierra la puerta y se sienta en el sofá. Está furiosa. Esto es lo que él quiere. Aun desde Puerto Rico me está controlando, haciéndome encerrar en mi cuarto, esperándolo.

Sorbe su té, muerde su tostada, toma su tiempo porque no tiene nada más que hacer. Sentada, mira por la ventana las hojas verdes de un árbol en el patio de enfrente. No hay mariposas, se le ocurre. En casa, si miraba por una ventana, siempre veía mariposas. Pero no he visto ni una mariposa desde que llegué. Puede ser que sea muy frío para ellas. Todo se muere aquí en el invierno, los pájaros, las mariposas. El teléfono suena.

—América—. Él susurra su nombre, como lo hace cuando hacen el amor.

—Correa—. Y ella lo nombra en voz baja, como si hablar más alto lo hiciera aparecer.

—Me diste una buena lección, béibi—. Se oye una sonrisa en su voz.

—Rosalinda dijo que tú me querías hablar—. Ella será fuerte, no llorará, no le dejará saber que tiene miedo.

—Estamos hablando, ¿no es verdad? Estamos hablando, béibi. Debimos haber hablado desde hace tiempo.

Ignorará su tono paternalista, fingirá que están teniendo una conversación normal. —¿Cómo estás?

—Bien, bien. Lo más bien. ¿Y tú?

—Yo esperaba que me llamaras anoche. Le dije a Rosalinda que te dijera que me llamaras—. El resentimiento se desborda de su ser, a pesar de sus esfuerzos por controlarlo.

—Estaba muy ocupado anoche, béibi. Pero aquí estoy. Me haces falta, tú sabes que tú eres mi mujer—. Está jugando con ella. Pero ella no sabe si está siendo sarcástico o no.

—¿Dónde estás, en Fajardo o en Vieques?

—¿Te hago falta? Dime si te hago falta.

No estaba siendo sarcástico. —Sí, me haces falta—. Ella sí lo es.

—No debiste haberte escapado de mi de esa manera, América. Me volví loco. Pero me diste una buena lección. Te prometo que voy a cambiar, béibi. Me voy a divorciar y tú y yo nos vamos a casar. En una iglesia y todo. Me haces tanta falta, béibi, tú eres la única mujer para mí. Tú lo sabes, ¿verdad?

—Sí—. Ella jugará con él, hará lo necesario para que siga hablando así, como un amante. Para prevenir que la maldiga y que la insulte y que la amenace. Hará lo necesario para prevenir que se enoje, que encuentre, aun desde esa gran distancia, una manera de lastimarla.

—Perdóname. Te juro que jamás voy a alzar mi mano sobre ti. Te hago esa promesa sobre la tumba de mi santa madre. Te lo juro.

—Está bien.

—Voy a arreglar la casa y viviremos allí. En mi casa, no la de Ester. También le voy a arreglar un cuarto a Rosalinda. Ella quiere que seamos una familia de nuevo. Esa nena es tan sentimental. Todo esto ha sido bien difícil para ella. No te estoy culpando. Yo también tengo la culpa. Es que te quiero tanto, América. No puedo tolerar la idea de perderte. ¿Me entiendes, béibi? ¿Entiendes lo que te estoy diciendo?

—Sí.

—Ni tampoco quiero que trabajes más. Te quiero en casa, siendo mi esposa, y cuidando a nuestra hija, y puede ser que hasta unos cuantos hijos más. Te gustaría eso, ¿verdad, béibi? Vamos a ver si hacemos un varón esta vez.

—Está bien.

—Sí, béibi, está bien. Estás hablando con un hombre nuevo, béibi. Un hombre nuevo. Me diste una lección que jamás olvidaré. Me haces falta, béibi. ¿Te hago falta a ti? Dime sí te hago falta.

—Sí—. ¿Estará sordo? ¿No oirá el tono monótono de su voz, las respuestas automáticas? Ella le está diciendo lo que él quiere oír. Ella está jugando con él.

—Vamos a ser felices, ya lo verás. Vamos a envejecer juntos, tú y yo. Vamos a ser los viejitos más lindos en Vieques, ya vas a ver. ¿Okey, béibi, okey?

—Okei.

—Bien. Yo llamo a la agencia y te compro un pasaje para mañana. Empaca tus maletas, béibi, que te voy a buscar al aeropuerto en San Juan. Y mañana vas a ver un hombre nuevo esperándote.

La imagen de Correa esperándola al otro lado de un vuelo la despierta del estado casi hipnótico en el cual lo ha estado escuchando.

—Mañana. Correa mañana es muy pronto.

—¿Cómo que es muy pronto?— Este es el principio de un gruñido, el principio de la rabia.

—Quiero decir, es que tengo mi regla, y no sería . . .

Él se ríe, una risa baja y desdeñosa. —Sí, ya veo lo que me quieres decir, sí. Pero no vamos a hacer nada, aunque han sido meses. Yo me puedo controlar hasta . . .

—Yo quisiera estar . . . fresquecita para ti . . . Y quisiera comprar unas cositas para Rosalinda y para Estrella, que ha sido tan buena . . . —Se odia a sí misma, el tono de su voz, el hablar añoñado para seducir, las indirectas. Pero logra el resultado deseado.

—Tienes razón, béibi, tienes razón. Estoy siendo egoísta. Es que me haces tanta falta.

—La gente para quienes trabajo tienen nenes pequeños. Les debo dar tiempo para encontrar a otra persona.

—Dile que en un par de días te largas. Que vuelves a tu hombre. Así mismo le dices—. Como si unos cuantos días fuesen un gran privilegio. —Yo llamo a la agencia y te compro el pasaje. No te preocupes por nada.

—Una semana, Correa. ¿Puedo venir el lunes de la semana que viene?— Ella se oye a sí misma como si estuviese rogándole. —Ellos necesitan tiempo para encontrar a otra persona.

Él vacila. —¿Una semana?— ella aguanta la respiración, entonces respira cuando él cede. —Está bien, una semana. Te llamo más tarde para hablarte de tu vuelo. Espera a que te llame.

—Okei.

—Te amo, béibi.

Espera a que él enganche, cuelga el receptor cuidadosamente y se queda mirando por la ventana. No hay mariposas en este sitio. Todas se han muerto.

Entre el dinero que trajo de Puerto Rico y lo que ha ahorrado después de enviarle giros semanales a Rosalinda y a Ester, América tiene $397.22 en su cuenta. No puede llegar muy lejos con $397.22.

—Hola, Frida. ¿Tiene un momento?

—Sí, cómo no. Mrs. Finn se llevó a los niños al cine. Me he pasado el día planchando. Yo odio planchar.

—Yo quería saber si su hermana o su hija conocen de otro trabajo.

—¿Para usted? Un momentito—. América oye a Frida poner la plancha en la tabla, arrastrar una silla y sentarse, esperando una buena charla. —Yo creía que a usted le gustaba trabajar con los Leverett.

—Necesito mudarme, pero no por aquí.

—¿Qué le pasa? Suena algo perturbada.

—Lo siento, no me dí cuenta —. América se pasa la mano por la nariz. —Tengo un problema y necesito encontrar otro lugar donde vivir.

América se imagina a Frida inclinándose hacia el teléfono, esperando los detalles. Pero no se los da.

—Bueno— dice Frida, no queriendo parecer una entrometida al hacerle más preguntas a América de las que ella quiera contestar. —Yo llamo a ver.

—Lo agradecería.

—Cómo no.

—Gracias, Frida.

—Sí, no se preocupe.

Se le ha agotado la energía en esa llamada, en admitirle a alguien que necesita ayuda. América imagina que, en el tiempo que se tarda en caminar hasta el otro lado de su cuarto, Frida habrá llamado a Mercedes, quien llamará a Liana, quien llamará a Adela, hasta que todas sabrán que ella está buscando otro trabajo. Especularán sobre la razón y citarán conversaciones que puedan dar una idea de por qué ella quiere dejar a los Leverett después de tan poco tiempo. Se preguntarán si los Leverett van a necesitar empleada y si pueden ganar con ellos más de lo que le pagan sus patronos. Pero no se comprometerán con los Leveretts hasta que no sepan por qué ella quiere salir de su casa.

En cuanto a mí, América piensa, tengo una semana para calcular lo que debo hacer. Una semana para desaparecera sabe Dios dónde. Y en cuanto lo haga, no se lo voy a decir a nadie. Ni a Mami. Ni a Rosalinda. Ni a Tía Paulina. A ninguno de ellos. Me voy adonde no me conozcan. A algún sitio donde no se encuentre ni un puertorriqueño para así no tener posibilidad de encontrarme a alguien que me conozca. Puede ser que hasta me cambie el nombre. Pero no voy a volver. Ni por él. Ni por ella. Por nadie.

América tiene hambre, pero no quiere usar la cocina de los Leverett. Estaba tan desordenada cuando primero bajó, y ahora los niños están en casa, así como Charlie y Karen. Ella no quiere tener que hablarles, no quiere tener que fingir que todo anda bien. Se va a ir a Mount Kisco a comer comida china. Necesita un poco de aire fresco.

—América está aquí— anuncia Meghan cuando ella baja. La familia está a la mesa, almuerzando tarde o cenando temprano, no sabe cuál.

—Voy a salir. ¿Es okei si llevo el Volvo?

—Sí, cómo no— dice Charlie.

—¿Puedo ir contigo?

—No, ustedes se quedan con nosotros. Es el día libre de América y ella tiene cosas que hacer, ¿okey?— Karen trata de parecer severa, pero no es parte de su naturaleza. Sonríe demasiado.

Una mujerona sale del baño. Tiene el pelo largo y lacio amarrado en un rabo de caballo, con una pollina juvenil sobre ojos azules. Pero no es una nena ni tampoco una mujer madura. Su cara es carnosa, con altos pómulos y el tipo de facciones bonitas que provoca piropos, usualmente seguidos por "que pena que esté tan gorda".

—Esta es Johanna— Karen dice, sin pararse de su silla. —Johanna, ésta es América.

—Hi— dice Johanna amistosamente.

—Hola—. A América le gustaría alegrarse más de conocerla, pero no es así. Esta es la mujer que cuida a los niños durante el fin de semana, que deja la cocina alborotada, que no arregla los dormitorios, así que cuando América regresa, se pasa la mejor parte de su mañana guardando juguetes y recogiendo ropa de dondequiera que los niños la han tirado. —Gusto en conocerla— América miente.

Johanna se sienta entre Kyle y Meghan, como un miembro de la familia. América saca las llaves del Volvo de la gaveta. —Los veo más tarde.

—Adios, América— cantan los niños en español.

—Que lo pases bien— le dice Charlie.

Les va a tener que decir que se va. La semana que viene saldrá de esta casa, se alejará de esta gente y nunca más volverá a verlos. Se lo dirá a Karen cuando estén solas. Ella no espera con ansia las preguntas, las miradas lastimadas, el saber que Karen se sentirá traicionada. Se lo debería de decir esta noche, para darle tiempo de encontrar a otra persona. Quizás Johanna pueda trabajarle por un tiempo.

América está a punto de montarse en el carro cuando Karen sale corriendo.

—Uh, América, antes de que te vayas.

—Sí.

—Quería saber si puedes trabajar el fin de semana que viene—. Karen hunde sus manos en los bolsillos traseros de sus jeans, lo que la hace verse más joven y vulnerable. —Charlie y yo queremos irnos el fin de semana, sólo nosotros dos—. Karen se ruboriza.

—¿Johanna no puede?

Karen parece sorprenderse de que América no se apresure a aceptar la oferta. —Preferiríamos que tú te quedaras. Sería menos perjudicial para los niños.

—Yo no sé—. ¿Cómo decirle que el fin de semana que viene puede ser que ella ni esté aquí?

—Por supuesto que te pagaremos extra—. Como si le estuviera haciendo un gran favor.

América siente el calor subir a su cara. Si dijera algo ahora, no sería nada fino. Así que asiente con la cabeza. —Okei—. Tranquila, humilde, no hay problemas.

—¡Oh, qué bueno! Bien— Karen retrocede, sus manos todavía en sus bolsillos—, podemos hablar más en detalle cuando regreses, ¿okey?— Entonces desaparece dentro de la casa.

América se sienta frente al volante por un minuto antes de prender el carro. Esta es la segunda vez que Karen Leverett ha querido cambiarle el horario para su conveniencia. Se cree que yo no tengo otra vida sino la que le resuelve sus problemas. No es suficiente que le trabajo quince horas al día, que le estoy criando a los hijos, que recojo tras ellos y les cocino y les mantengo la casa de tal manera que cuando lleguen de sus trabajos esté limpia y cómoda. También parece que debo de suspender mi vida, tengo que estar a su disposición en mis días libres para hacerle la vida más fácil a ella. Como si la vida de ella fuese más valiosa que la mía.

¿Lo será?, se pregunta. Karen Leverett, con su importante trabajo, sus reuniones y llamadas teléfonicas oficiales todas las mañanas, sus papeles esparcidos por toda la sala informal, ¿será la vida de ella más valiosa que la mía? América teme contestarse la pregunta.

Yo no debí haber venido. Fue ridículo el pensar que esto podría funcionar. ¿Cómo no me iba a encontrar Correa? Y mientras más tardara en encontrarme, peor para mí.

América da marcha atrás por el camino de entrada hacia la calle no pavimentada.

Tuve suerte de haber tenido estos últimos tres meses. Tres

meses lejos de mi vida verdadera. La vida con la madre amargada y la hija resentida y el hombre que dice que me ama mientras me da una paliza. Tres meses, dos más de lo que me salí de mi vida aquella vez, cuando yo era una niña y él, como ningún hombre que jamás había conocido.

Vira a la derecha en la calle rural pavimentada, con sus curvas para aquí y para allá, confinada en ambos lados por cercas de piedra con portones electrónicos.

Las dos veces que me he ido de Vieques, he salido llena de esperanzas y regreso desilusionada.

Conduce más allá del centro del pueblo, con sus tiendas de antigüedades, sus oficinas de bienes raíces, sus aromáticos negocios gourmet, donde una libra de café cuesta once dólares.

Es mi destino, supongo, que mi vida hubiese resultado de esta manera. Una casa, un hombre, una hija, tres meses de libertad. América suspira.

La carretera sigue cuesta abajo, al frente de la amplia escuela con sus campos de deportes, su pista, una charca, su propio teatro. Más allá, la autopista, hacia el sur para la ciudad, o hacia el norte para ella no sabe dónde. Nunca ha entrado en ella, pero ahora lo hace, y conduce en la dirección opuesta a la ciudad, hacia donde nunca ha estado. Se fija en el manómetro de gasolina. Está lleno. Se pregunta cuán lejos llega la autopista, qué habrá al otro lado y si será distinto a lo que ha visto en los únicos sitios que ha visitado: Vieques, Fajardo, el Bronx, Madison Square Garden, Mount Kisco, Bedford, Westchester County, Nueva York.

Maneja más o menos tres horas, en una autopista limpia y ancha que se desenrolla sin fin por un campo interrumpido de vez en cuando por pueblitos. No voy a parar hasta que no esté el tanque vacío, se promete a sí misma, pero cuando pasa la ciudad de Hartford, los espacios entre pueblos parecen más y más largos y le teme a la oscuridad a las orillas de la carretera. Sale en la próxima salida, sigue las flechas que indican Comida Gasolina Hospedaje. Pasa por el servicarros de un Burger King y se come su Whopper en la autopista hacia el sur, en la dirección de donde acaba de venir.

No puedo huir. ¿A dónde iría? Y de todas maneras, si de verdad huyera, me arrestarían por robarme el carro de los Leverett. Se le escapa una carcajada. Esto es lo más lejos que yo he ido a comerme un hamburguer.

Cuando llega a Bedford, son ya pasadas las once de la noche. La casa de los Leveretts está oscura, a excepción de la luz pálida de las lámparas de noche en los dormitorios de los niños. Tiene la llave para la entrada de atrás, y cuando pasa detrás del garaje, una luz se prende automáticamente, encendiendo el patio trasero. Le cuesta abrir la puerta. Cuando entra en la cocina oscura, una figura surge hacia ella desde el descanso de las escaleras traseras. Ella grita, deja caer su cartera, cae contra la puerta.

—¡América!

La luz se enciende. Charlie, vestido apenas en calzoncillos, está en el descanso, Karen detrás de él.

América solloza histéricamente, recostada contra la puerta, su cartera a sus pies. Karen se acerca, pone su brazo alrededor de su hombro.

—Lo sentimos, no te esperábamos. Nos han estado llamando y después cuelgan. Pensábamos que te habías ido hasta mañana, como las otras veces. Lo sentimos mucho.

Karen lleva a América hasta una silla. Charlie desaparece y regresa vestido en una bata. América no puede dejar de temblar, sollozando como si toda la tensión de los últimos dos días hubiese llegado a su punto máximo cuando vio la figura masculina moverse hacia ella en la oscuridad.

Karen y Charlie intercambian una mirada. —¿Tienes una Valium?— él pregunta, y Karen asiente con la cabeza. Él desaparece de nuevo.

—Lo siento tanto, América. Por favor deja de llorar, nosotros no queríamos asustarte. Aquí tienes un vaso de agua y una píldora. Te ayudará a sentirte mejor.

—No, no. Yo okei. No píldoras, por favor—. América aparta las manos de ellos, se pone de pie, busca su cartera. —Yo okei ahora. Yo voy mi cuarto. Es okei—. Encuentra su cartera y sube las escaleras de dos en dos. Karen y Charlie se quedan en la cocina aguantando el vaso de agua y la píldora.

El cuarto está oscuro, sofocante. Cierra su puerta con llave, tropieza en la oscuridad yendo hacia su cama, se tira en ella, esconde su cara en la piel de su gato blanco de ojos azules. El viaje hacia el Burger King le había calmado los nervios. Escuchó la radio casi todo el camino de ida y vuelta, mantuvo su mente ocupada en los paisajes, pensando lo bonito que sería vivir acá arriba, en un bosque donde nadie la conozca. Se cambiaría el nombre a Margarita Guerra, en honor de su tátara-tátara-tátara-tátara abuela. Su apellido sería Guerra, por guerra. Margarita Guerra. Practicó decir su nombre en voz alta mientras manejaba hacia Bedford. Margarita Guerra. Margie, quizás, si lo americanizara, pero se arrepintió porque no tenía suficientes sílabas. Margarita. Le gusta el nombre porque también es el nombre de una flor. Mi nombre es Margarita Guerra, dijo en distintas voces. Margarita Guerra es mi nombre. Yo soy Margarita Guerra. Dijo el nombre tantas veces que, cuando entró en la casa y oyó el fuerte "América", fue como si la hubiesen desenmascarado. Como si todos los planes que había hecho, todas las fantasías de una vida nueva, de incógnito en los campos de Connecticut, se hubiese descubierto. La figura oscura moviéndose hacia ella, el nombre "América" gritado en voz masculina, rompió el sueño de seguridad que había formado en el largo viaje hacia un Burger King en otro estado. Soy América. América González. Y todos lo saben.

—Te llamé antes y no me contestaste— Correa dice en la madrugada.

Está aturdida, media dormida, media despierta de un sueño en el cual la estaban persiguiendo unas mariposas por un campo de margaritas. —¿Cómo?

—¿Estás sola?— pregunta. Está borracho, ella lo sabe por su voz, porque es torpe de palabra.

—Estaba dormida. Me despertaste de un sueño.

—¿Estabas soñando conmigo?— Se ríe lascivamente, húmedamente.

—No recuerdo— responde, olvidándose de que es un juego, que debe jugar con él.

—¿Por dónde andabas?— Ahora está enojado, en su voz hay

una amenaza. —Te he estado llamando toda la noche. Llamé todos sus números.

América sacude la cabeza, trata de despojarla de margaritas y de mariposas y de su voz. —¿Cuáles números?

—Charles Leverett. Karen Leverett. Esa gente tiene un montón de números—. Está fuera de quicio, como si Información estuviera frustrándolo a propósito.

—¿Has estado llamándolos?— con pánico, la voz de América suena como un chillido.

—Te estaba buscando.

—¿Qué les dijiste, Correa?— cálmate. No le dejes saber que tienes miedo.

Él respira profundamente. El licor le modera los reflejos y, aunque puede ser que haya oído el miedo en su voz, tarda más en procesarlo. —No les dije nada. Colgué, como la otra noche cuando el gringuito contestó—. Él está confundido. Ellos nunca han peleado por teléfono. Él prefiere pelear con ella en persona, donde ella no se atreve a retarlo.

América se sienta, su cabeza ahora despejada. —Este es mi número. Los otros son de la casa.

—No esperaste mi llamada—. Él ya se ha recuperado, se acuerda porque está llamando a la una y media de la mañana.

—Tenía hambre. Salí a comer—. Debes de mantener tus respuestas cortas y simples. No le eches aceite al fuego. Cambia el tema. —¿Estás con Rosalinda?

—No debes andar sola de noche. Tú sabes que eso a mí no me gusta.

—Es bien tranquilo y seguro por aquí. Y no fui muy lejos.

Él está cansado. Habla a la velocidad de un disco lento. —Te compré pasaje. Para el lunes. Vuelves el lunes. Te estaré esperando—. Una amenaza.

—Okei.

—¿Me traes un regalo?— Obsceno, indecente, casi puede ver donde está su mano mientras habla.

Y ella juega con él, su voz baja y dulce como el almíbar. —Sí, claro. Algo bien especial.

—¡Oh, béibi!

—Algo que a ti te gusta mucho— susurra y la respiración de él se acelera. Mientras le dice lo que él quiere oír, ella escucha, alerta a cualquier variación en el sonido de su voz, en sus falsas expresiones de amor. —Una y otra vez— ella promete. Lo necesario para mantenerlo atado a la imagen de América su amante, no América la mujer que lo abandonó. Lo apacigua con palabras y está atenta a los sonidos que le darán una idea de dónde está. Por una radio sintonizada en una estación puertorriqueña, o por voces conocidas o, mejor, por la distante y sosegada canción de un coquí.

El domingo por la mañana duerme hasta tan tarde que se pregunta si aceptó la píldora que los Leverett le ofrecieron anoche. Pero no es tanto que se sienta tan aturdida como agotada. Se arrastra hasta el baño, se da una ducha de agua fría, y todavía siente ese agotamiento, como si estuviera arrastrando un gran peso con cada paso.

Johanna y los niños están en los columpios detrás de la casa y ellos también parecen lentos y lánguidos, poco interesados en lo que están haciendo. América se prepara para desayunar en la calle para no interferir con lo que la familia esté haciendo. Cuando baja, la cocina está limpia y Karen está cocinando.

—Buenos días— Karen le dice cautelosamente. —¿Te sientes mejor?

—Sí. Disculpe que me asusté tanto.

—Oh, no fue tu culpa. Yo me hubiera desmayado si me hubiese pasado a mí—. Karen mete unos vegetales en el Cuisinart. Sobre el ruido del motor le explica —Unos amigos vienen a comer.

—¿Es okei que yo me vaya?

—Sí, cómo no. Johanna está con los niños. Todo anda bien.

—Nos vemos esta noche—. América sale rápido, saluda a los niños cuando la ven.

Karen es como una mujer nueva, animada y alegre. Ella y Charlie se han reconciliado. Todas las noches de la semana pasada él durmió en uno de los cuartos de invitados, pero las últimas dos noches durmieron juntos. Tienen el ardor de enamorados. Diez años de matrimonio y no tienen que fingir el amor. Pueden pelearse y reconciliarse y siguen enamorados.

¿Cuándo dejé yo de amar a Correa? ¿Lo habré amado de verdad? A los catorce años, no puede ser amor. Él me impresionó, ¡y era tan guapo! Me conquistó con sus bellos ojos verdes y su voz masculina. Y las promesas. Ni me acuerdo de ellas. ¿Le hará Charlie promesas a Karen? Si se las hace, ella todavía las cree.

América maneja hacia Mount Kisco, estaciona cerca de la estatua de Cristóbal Colón. Las parejas que tres meses antes instigaron tanta soledad ahora parecen estar rodeadas de una nube oscura. Las mujeres cuyas miradas eran como un reto ahora parecen infelices. Cuando ella pasa, le advierten con los ojos, aguantan a sus hombres, como si ellos fueran el premio de la conquista en vez de su precio. América se les queda mirando hasta que bajan la vista. Hay una razón, les quiere gritar, por la que los hombres llaman a un noviazgo exitoso "la conquista."

Se pasa la tarde en el cine, mirando a quien cree son los dos hombres más estúpidos que jamás haya visto, actuando aún más estúpido de lo que parecen ser. El cine está lleno de padres y madres con sus hijos. Es el día libre de las empleadas, América sospecha. Y aunque el día está bonito afuera, el cine está lleno de padres cuya idea de pasar el tiempo con sus hijos es sentarse en un cine a mirar a dos zánganos haciendo chistes acerca de pedos.

Cuando regresa, hay cuatro carros al frente del garaje. Está anocheciendo, pero Kyle y tres niños que América nunca ha visto corren alrededor de un árbol, mientras Johanna empuja a Meghan en el columpio. A América le gustaría entrar inadvertida a la casa, pero hay gente en el comedor informal. Cuando entra, la miran con curiosidad, luego apartan la mirada, como hacen los turistas en Vieques. Ella entra y se dirige a las escaleras traseras, deseando ser invisible. Al subir, Karen se asoma por la esquina, como si alguien le hubiese avisado que una desconocida ha entrado, y ella la saluda con la mano y le dice a nadie en particular —Oh, es sólo América.

Se encierra en su cuarto, se cambia de ropa y se prepara para llamar a Ester y a Rosalinda. Cuando termina, se da una limpieza facial con crema arcillosa y se sienta a ver una película argentina en el canal hispano. Mañana va a tener mucho que hacer en la casa. Los niños han traído lodo adentro de la casa en sus zapatos y notó que los adultos en la cocina y en la sala informal parecían tener problemas manteniendo el paté en las galletas.

Todo el mundo tiene problemas

El lunes amanece húmedo y frío. A ella le gustaría quedarse en su cama, enroscada debajo del edredón, pero tiene que levantarse y preparar el desayuno.

Este país me ha puesto vaga, América se preocupa; yo nunca tuve tanto problema para levantarme.

Se baña, se viste, baja silenciosamente en la oscuridad hacia la cocina. Cuela café, tuesta dos rebanadas de pan Wonder, que a ella le gusta más que el pan arenoso que comen Karen y Charlie. Su pan Wonder lo esconde en el congelador de abajo, donde Karen raramente va.

¡Ay! Ella gime en voz alta al subir las escaleras del sótano. Me duelen todos los huesos del cuerpo, como a una vieja. Cuatro días después de cumplir los treinta y ya me estoy poniendo inútil.

Se sienta con su tostada y su café a esperar a que Charlie baje las escaleras a saltos. Cuando lo hace, con su usual —Hola, ¿cómo estás?— que no requiere respuesta, lava sus trastes, y en cuanto él se va, sube a ayudar a los niños a prepararse para la escuela. Hoy ambos están malhumorados, sobrecansados de la fiesta de ayer, que duró hasta después de las diez de la noche.

Karen, como siempre, baja a último momento, su pelo acabado de secar, sus ojos centelleando. Deben haber hecho el amor anoche otra vez, América piensa.

Entonces todos se van y tiene la casa sola, y tiene que limpiar, enjuagar, aspirar y restregar esta casa que no es suya. Tiene que cambiar la ropa de cama y recoger ropa interior sucia del piso y raspar pasta de dientes de los lavamanos. Trabaja pesadamente, metódicamente, se siente mover a paso lento con la música de su danza favorita, la cual repite en su mente una y otra vez.

Siento en el alma pesares
que jamás podré olvidar
tormentos a millares
que hoy me vienen a mortificar.

La losa del piso del comedor informal tiene una costra de crema de cangrejo y se tiene que arrodillar para frotarla con una esponja plástica. Migajas de pan han sido pulverizadas en el pelo de las alfombras y las tiene que aspirar con el accesorio para los muebles. Vasos de vino y de cerveza usados tienen que ser recogidos de las mesas y de las repisas de las chimeneas y deben de ser lavados a mano. La mesa de granito de la sala informal está pegajosa de vino desparramado, la superficie opaca, como la piedra original de donde la sacaron.

Ha trabajado siguiendo las manillas del reloj, empezando por la cocina, y acaba de llegar a la estufa, y todavía no ha terminado ni la mitad de lo que tiene que hacer. En otros veinte minutos tiene que recoger a Meghan, pero primero tiene que contestar el teléfono. Mercedes la invita a que traiga los niños a su casa.

—El día está tan feo— dice —y yo hice una torta—. Mercedes suelta una risita. Una vez, las empleadas se divirtieron con el significado de la palabra en sus respectivos países.

—Tengo mucho que hacer aquí— América explica. —Ayer tuvieron fiesta.

—¡Pobrecita! Otro día, entonces.

América no hubiera ido de todas maneras. Puede ser que Frida le haya contado a Mercedes de su llamada de ayer. Ella no quiere hablar acerca de eso, no quiere revelarle su vida a nadie, ni siquiera a estas mujeres que la consideran una amiga.

Yo no tengo amigas. Sólo tengo a Correa.

Cesaron para mí
el placer, la ilusión,
¡Ay de mí,
que me mata esta fuerte pasión!
Y tú angel querido
no has comprendido,
lo que es amor.

No sabe ni cómo llega al final del día, cómo se arrastra de tarea en tarea, la misma canción repitiéndose en su cabeza cuando no está atendiendo a Kyle y a Meghan. Cuando Karen Leverett regresa, la casa está limpia, los niños han sido recogidos de la escuela, han ido a su clase de natación, han comido, se han bañado y están listos para acostarse. Todo lo que ella tiene que hacer es leerles un cuento y arroparlos, quizás besarles la frente antes de acomodarse en la sala informal con sus papeles esparcidos por encima de la lustrosa mesa de granito.

Se le ha olvidado que hay otro hombre en su vida, pero cuando Darío llama, está a punto de quedarse dormida.

—¿Recibiste tu llamada?

—¿Llamada?

—Dijiste que no podías venir este fin de semana . . .

—Oh, mi llamada. Sí, la recibí.

El silencio que sigue no es como el de días atrás. Esos silencios estaban llenos de expectativas. Este es vacío, nada sino un tenue zumbido eléctrico.

—¿Te encuentras bien?— Darío suena indeciso otra vez. Ella casi puede ver su expresión de cachorro lastimado. Quisiera alentarlo, pero resiente sentir que ella lo tiene que cuidar a él.

—Darío, estoy agotada.

—Bien, ya veo—. Otro silencio enrevesado, en el cual se imagina que él está tratando de entender lo que ella de verdad quiere decir—¿Quieres que te llame mañana?

—Sí, mañana. Llámame más temprano, ¿okei? Es que ahora estoy muy cansada.

—Buenas noches, pues. Que descanses.

Se queda dormida casi al instante de colgar el teléfono.

Correa la llama a las dos de la mañana, afirmando su amor, pero en realidad comprobando que esté en su casa. Él está en Vieques. Rosalinda le dijo que se fue para allá cuando dejó la casa de Estrella ayer por la mañana. Rosalinda, su hija, a quien ella considera como la alcahueta de Correa. Una vez se había preguntado de qué lado estaba Rosalinda y ahora sabe.

Y dicen, América medita tristemente, que las hijas nunca te dejan. No es verdad. Te dejan tan pronto pueden, tan pronto las destetas. Te dejan físicamente, pero primero te dejan espiritualmente. Dejan de ser tu niña en cuanto se dan cuenta de que nunca te tendrán como te tuvieron cuando mamaban de tu pecho. Luego se quieren separar de ti lo más pronto posible para encontrar a otro a quien aferrarse. Un hombre, siempre un hombre.

Y es martes. No durmió bien después de la llamada de Correa.

—¿Me compraste un regalo?— le preguntó y ella no sabía de qué hablaba. Pero luego se acordó. Él quería que le hablara como le habló hace unas noches. Ella no quería, pero él siguió preguntándole si lo amaba, si le traía dulce miel e, hirviendo de la vergüenza, tuvo que decirle que sí.

—¿Te encuentras bien?— Karen le pregunta cuando América deja caer una taza contra la losa de la cocina.

—Estoy okei—, dice América, sonriendo, y Karen no insiste.

Su cabeza se siente como si estuviese envuelta en gasa. —¿Me puedes dar mi tostada?— pregunta Kyle, y se la da y no recuerda cuánto tiempo la sostuvo sobre el plato.

—Te ves cansada— Karen sugiere y América sonríe y dice que está un poco cansada, pero está okei, no se preocupe.

Se van y ella está sola en la casa de nuevo. Esta casa que no es suya, que ella cuida como si lo fuese. Hasta mejor.

Me quedan siete días. Correa me estará esperando en el aeropuerto.

Recoge a Meghan de la escuela y la lleva al parque, pero está lloviznando y no hay otros niños. Meghan se le para al frente, desamparada.

—Pero no hay nada que hacer, América— se queja.

—Vete al tobogán—. América señala al túnel plástico anaranjado inclinado contra una plataforma de madera.

—Pero no hay nadie—. Meghan mira a su alrededor como para comprobarlo. —¿Ves?

—¿Quieres ir a casa?

—Sí. Hace frío—. La niña se acurruca en los brazos de América.

—Okei, béibi, vamos a casa—. América la apretuja contra su pecho tan fuerte que la niña se queja.

—¡Me estás aplastando!

—Tú béibi de América, ¿sí?

Meghan no responde y América no le vuelve a preguntar. Regresan a la casa bajo la llovizna, escuchando una cinta grabada con canciones para niños: *"Willoughby wallabee woo, an elephant sat on you."*

Frida la llama esa noche.

—Hablé con mi hermana y con mi hija. Ellas van a averiguar si hay algún trabajo.

—Okei.

—¿Se encuentra bien, América? Suena un poco triste.

—Estoy algo cansada, es todo.

—Ojalá que podamos llevar los niños al parque mañana, si está bonito el día.

—Sí.

—¿Quizás la vemos allá?

—Quizás.

Van a estar todas. Frida y Mercedes, Liana y Adela, esperándola, curiosas por saber por qué dejaría a los Leverett después de sólo tres meses. Pero ella no va a estar. No les va a decir la verdad ni les va a mentir. Así que no va a ir al parque mañana, aunque el día esté bonito.

* * *

Llama a las nueve y media. Para confirmar que está, ella sabe, pero él dice que es para darle información acerca de su vuelo. —Ya pagué el pasaje— le dice. —Lo único que tienes que hacer es identificarte en el mostrador de American Airlines.

—Okei.

—¿Tienes quien te lleve al aeropuerto?

—Yo encuentro quien me lleve.

—¿Quién, el hombre de la casa?— Él se ríe alegremente.

—No, mi tía.

Esta llamada telefónica es como sus conversaciones de antes. Ya no es el dulce amante. Le está diciendo lo que tiene que hacer. De vez en cuando la llama béibi. Pero ya que sabe donde está, y que está dispuesta a volver con él, vuelve a ser el hombre que siempre ha sido.

Darío la llama a las diez.

—¿Puedes hablar ahora?— le pregunta.

—Discúlpame por lo de anoche. No quise ser grosera.

—Yo pensé que quizás yo dije algo . . .

—No fuiste tú, Darío. No hiciste nada—. A ella le gustaría contarle lo que le está pasando, pero ¿por qué meterlo en lo que no le toca? —Tengo unos problemas . . . familiares.

—¿Hay algo en que yo te pueda ayudar?

—No lo creo, pero gracias.

Él hace un ruido, un murmullo, las primeras palabras de una canción quizás. Pero no se oye nada después.

—Tú sabes cómo comunicarte en casa de mis padres, si te puedo ayudar en algo— dice al fin.

Es el cariño en su voz lo que la hace quebrar su resolución de mantenerlo todo privado, de no meterlo en este lío. —Tuve una llamada de . . . del hombre con quien vivía . . . en Vieques.

—¿Qué quería?

Violarme, golperarme, enseñarme quién manda. —Él quiere que vuelva con él—. Su voz se quiebra y aprieta los dedos contra los labios para que no le tiemblen.

—¿Y te vas?

—No quiero hacerlo . . .

—Pues no te vayas. Tú vida está aquí ahora.

—Gran vida— protesta, pero él parece no oírla.

—No es fácil empezar de nuevo, creéme, yo lo sé—. ¿Es un sollozo lo que oye? No. Es su voz, que suena áspera, nerviosa. —Doña Paulina puede ser que te haya mencionado . . . O tus primas . . . Yo tuve unos problemas.

—Todo el mundo tiene problemas—. América interrumpe, rogando que él no diga más.

—Yo era un muchachito, tú sabes, y me metí con quien no debía . . .

Respira profundamente y América se cubre los ojos. Siente el principio de una confesión, y no quiere escucharla, no quiere saber nada de eso ahora.

La voz de él baja a un siseo. —Yo tuve un problema de drogas. Casi mató a mis padres. Mató a mi esposa . . . —. Darío suspira de alivio.

En su lado, América está amarrada en nudos. ¿Cómo se supone que ella responda a tal revelación? ¿Qué espera él que yo le diga? —A mí me dijeron que ella murió de SIDA.

—Sí, de eso fue.

—Pero tú dices que murió por las drogas.

—Fue que se inyectó con una aguja infectada.

Suena irritado y América cae en cuenta que la confesión no es acerca de la muerte de su esposa.

—¿Me perdonas?

—¿Por qué?

—Te acabo de decir algo, ¿me estabas escuchando?— ahora está enojado, lo nota por la manera en que su voz se quiebra.

—Me dijiste que tú usabas drogas y que tu esposa murió de SIDA. ¿Qué hay que perdonar en eso?— y entonces se le ocurre que quizás él la mató.

—¿A ti no te importa que yo usaba drogas?

—¿Estás usándolas todavía?

—No. Estoy limpio desde hace cuatro años. ¿No te diste cuenta que no tomé nada en el club?

—A mí no me importa lo que hiciste hace años. No tiene nada que ver conmigo—. Y, le quiere decir, yo tengo mis propios problemas, hoy, ahora, que no tienen nada que ver contigo. ¿Por qué estoy acostada aquí escuchando la historia de tu vida?

—Estás enojada conmigo.

—No estoy enojada, Darío. ¿Por qué voy a estar enojada?

—No estás siendo muy comprensiva.

América se ofende por esto. —Tengo que colgar, ya es tarde.

—Buenas noches.

Él es quien está enojado ahora, piensa. Pero ¿qué esperaba? Le digo que tengo un problema y lo que pasa es que él empieza a contarme los suyos. Como que los míos no tienen importancia. Como que yo debo olvidar los míos y preocuparme por los de él. ¿Quién se cree él que es?

Está tan agitada que no puede acomodarse. ¿Qué me pasa a mí? ¿Por qué no llego a conocer hombres normales? ¿Por qué me tengo que envolver primero con un abusador y escapármele al otro lado del mundo para venirme a meter con una víctima? Abofetea la almohada para darle una forma más cómoda. Bueno, no estoy muy metida que digamos con Darío. Sólo unas cuantas llamadas teléfonicas, un viaje al circo. Eso no es nada.

Es algo. A mí me han dado una paliza por menos que eso. Correa me ha dado un puño en la barriga sólo por caminar por el mismo lado de la calle que otro hombre. Sólo por mirar en su dirección. Si Correa supiera la mitad de los encuentros que yo he tenido con Darío, me mataría.

Se cubre la cabeza con la almohada, como para protegerse de un golpe. Ay, Dios mío, ¿cómo se me ocurrió a mí que me podía escapar y no ser castigada?

En seis días Correa me estará esperando en el aeropuerto, América piensa el miércoles por la mañana.

Está aseando el cuarto de Kyle. Arregla los Mighty Morphin Power Rangers uno al lado del otro en el estante, y debajo de ellos, Lord Zed y sus lacayos. En otro estante, guarda el Game Boy al lado de una pila de videojuegos. En el piso, Kyle ha dejado un rompecabezas. Es un mapa de los Estados Unidos, con Hawaii flotando en la esquina izquierda inferior, y Alaska flotando en la esquina izquierda superior. Y eso es todo. Ni Canadá, ni México, ni El Caribe. Las cincuenta piezas de muchos colores tienen el nombre de los estados. Tennessee. Oregon. Nebraska.

Eso es lo que haré, América se dice a sí misma, voy a cambiar el boleto por un pasaje hacia otro sitio. Arizona, quizás. No sabe dónde encaja la pieza del rompecabezas, pero no importa. Si no sabe dónde es, puede ser que Correa tampoco sepa.

Paulina la llama esa noche. —Ay, mi'ja, llama a tu mamá—. Paulina está al borde de un ataque de nervios. —Ester llamó. Quería hablar contigo, pero no quiso que yo le diera tu número. Ella dijo que no se le puede confiar con eso. ¿Como va a ser? ¿Tu propia madre no sabe cómo comunicarse contigo?

—Ella cree que se le va a zafar cuando está . . . Así.

—Así ¿cómo? ¿Qué quiere decir eso? Ella es tu madre.

—Ella no es de fiar cuando se ha tomado unas cervezas.

—¡Ay, Santo Dios!

Cuando América la llama, Ester está tan agitada como Paulina.

—Regresé del trabajo— dice en cuanto reconoce la voz de América. Sin preámbulo, sin saludarla. —Y se había llevado casi todo. Ha estado sacando cosas de la casa todo el día.

No está segura, al principio, a quién Ester se refiere.

—Lo primero que noté fue que la mecedora no estaba en el balcón. Luego, el sofá de la sala. Yo pensé que nos habían robado. Fui a mi cuarto, pero todo estaba bien allí, gracias a Dios. Pero tu cuarto estaba vacío. Tu cama y los aparadores, todo lo que dejaste. Se llevó la cafetera y la vajilla también.

—Cálmate, Mami.

Ester se detiene, recobra el aliento. —Sacó todo del cuarto de Rosalinda. Hasta se llevó la televisión—. Quejumbrosa, como si ésa fuera la peor tragedia.

—¿Va a volver?

—¿Qué sé yo si él viene o no viene? ¡Ese sinvergüenza! Esperó hasta que yo no estuviera en casa.

—Pues no lo dejes entrar si vuelve.

—¿Por qué va a volver? No dejó nada que le pertenezca.

—Por si acaso, Mami.

—Ese sinvergüenza— Ester repite.

—Quizás sea mejor que te quedes con Don Irving.

—No, ¿qué va a hacer él? Él no sabe cómo manejar estas situaciones—. Como si ella supiera. —Sólo pensé que tú querrías saber.

—Pues gracias— América dice secamente.

—Está tramando algo— Ester especula. —Probablemente se encontró otra mujer y quiere darte celos.

Ojalá, América piensa. —Él ya no te va a molestar más.

—Tengo mi machete, por si acaso—. Ester se ríe desganadamente.

El jueves por la noche, Karen le da los detalles del viaje que ella y Charlie piensan dar.

—Nos vamos a Montauk por carro— dice. —Nos iremos temprano para evitar la hora de más tránsito.

Están en el comedor informal. Los niños están durmiendo. América bajó a prepararse una taza de té y Karen salió de la sala informal con una lista en la mano.

—Este es el número del hotel donde nos vamos a hospedar, pero también puedes llamarnos por el beeper o los teléfonos celulares—. En caso de que América no tenga los números de los beepers y de los celulares en veinte sitios distintos, los ha escrito en esta lista también. —Pero nosotros vamos a llamar todas las noches.

—Okei—. América no le va a decir a Karen que va a abandonar su trabajo, no le va a aguar el fin de semana. Pero el lunes, cuando bajen a desayunar, no la van a encontrar.

—Aquí está el dinero de esta semana— Karen le da un sobre —y dinero para provisiones y gastos adicionales. Por si quieres llevar a los niños al cine o algo así.

América se llevará el carro hasta la estación temprano por la mañana, dejará una nota en la mesa, en el mejor inglés que se le ocurra, diciendo que lo siente pero se tiene que ir.

—Estaremos en casa el domingo temprano— dice Karen.

—Okei—. América asiente con la cabeza. —Yo cuido todo. No preocuparse—. Cuando regresa a su cuarto, se alegra de haber bajado, porque si Karen hubiese subido a hablarle, hubiera visto la ropa acomodada en inmaculadas pilas en el sofá y en las sillas. Una pila de ropa que se va a llevar. Otra pila la va a dejar en el closet para la próxima empleada. La última pila la dejará en la caja del centro comunitario donde Karen deja la ropa usada de los niños.

—Así que no vas a poder venir este fin de semana tampoco— Paulina quiere saber.

—Lo siento, Tía. Los Leverett se van de viaje y yo tengo que quedarme con los niños.

—Estás trabajando muy duro, mi'ja. Dos fines de semana sin un día libre.

América se ruboriza. Paulina ha sido tan buena con ella, ha tratado de ayudarla. —Lo siento, Tía— repite.

—¿Está todo bien con tu mamá? ¿La llamaste?

—Sí, todo está bien.

—Entonces, es una alcohólica—. Paulina dice esto como si fuese una desilusión personal.

—Ella ha estado bebiendo más y más estos últimos años.

Paulina suspira. —¿Qué se va a hacer?— pregunta. América cree que le está pidiendo un plan, pero entonces se da cuenta de que es sólo una expresión.

—Así son las cosas— ella corrobora.

—Bueno, pues, ¿te vemos el sábado que viene? Orlando va a cantar en el club otra vez.

—Eso suena maravilloso— América dice. —Usted ha sido tan buena conmigo, Tía— añade. —Se lo agradezco mucho.

—Ay, mi'ja, somos familia. No me abochornes agradeciéndomelo—. Pero América sabe que está resplandeciendo. —Te vemos la semana que viene.

No va a poder decirle adiós. Ni a Carmen, con los novios extranjeros que nadie ha conocido, ni al serio Leopoldo, ni a Orlando, cuya voz levanta a los muertos, ni a Teresa, la maestra de yoga puertorriqueña. Voy a echar de menos el olor a rosas cuando Elena me pasa por el lado, América piensa al guardar la ropa que va a dejar en una bolsa plástica. Hasta echaré de menos a Darío.

Se pregunta si debe llamarlo. Pero ¿qué le va a decir? No cree que le toca a ella disculparse. Pero entonces, ¿por qué se siente tan llena de remordimientos?

Sigue empacando, guardándolo todo menos lo más necesario en la maleta que trajo de Puerto Rico. Adentro pone un álbum de retratos de Rosalinda. En la primera página hay un retrato de América, encinta, parada en el balcón de la casa de Ester. ¡Se ve tan joven! Su barriga parece falsa, como si se hubiera puesto una almohada debajo de su vestido para fingir el embarazo. Trata de recordar cómo se sentía tener catorce años y estar encinta, pero la única imagen que le viene a la mente es la de una guanábana. Ella tenía antojos de guanábanas, y Correa tuvo que ir hasta Puerto Rico para traerle una, ya que no se conseguían en Vieques.

Unas páginas después hay una foto de América, Correa y una Rosalinda recién nacida en su bautismo. América está sentada en las rodillas de Correa, Rosalinda en su falda. Él tiene su brazo derecho alrededor de la cintura de ella, su mano izquierda, casi tan grande como la bebé, en su rodilla. Ella todavía parece una nena, y se le ocurre que puede ser que Correa sea un pervertido. No, América sacude la cabeza de lado a lado. Él se ha quedado conmigo aun después de que me hice mujer. Pero se pregunta si habría otras nenas que ella no conoce, y el pensamiento le da escalofríos. ¿Habrá él tocado a Rosalinda? No, no es posible. Cree que ella lo hubiera notado. No. Correa es cruel y violento. Pero no es un pervertido. Ella no soporta la idea.

Guarda el álbum de fotos en el fondo de su maleta, envuelto en un par de jeans. Cuando el teléfono timbra, está en el abismo de su tristeza, como si el escaparse de Correa fuera huir de sí misma. Cuando su voz atrayente e inconfundible susurra su nombre, tiembla de pies a cabeza, se frota los brazos para calmar la piel de gallina.

—Te voy a ver, béibi.

—Sí, ya lo sé. Ya vengo.

—No, béibi. No puedo esperar. Voy para Nueva York.

Ella pierde el aliento. —¿Por qué?

—¿No quieres que te vaya a ver?

Y ella tiene que recuperarse, no puede dejarle saber sus planes verdaderos. —No, sí, digo, cómo no.

—Me encontré un dinero— dice con un bufido —y me dije, voy a llevar a mi béibi de vacaciones. Te gustaría eso, ¿verdad, béibi?

—¿A . . . a dónde? Unas vacaciones. ¿a dónde?

—Nayágara Fols— dice. —Nos vamos de luna de miel antes de las bodas—. ¿Será triunfo lo que percibe en su voz?

—Pero Correa. . .

—Nos vamos—. Una orden, y entonces se acuerda de que ésta es una nueva aunque vieja conquista. —Alquilé un carro—. Suave, seductor. —Sólo queda a un par de horas de donde tú estás—. Una promesa.

—¿Dónde estás, Correa?

—Prepárate, béibi, que te voy a buscar.

—¿Dónde estás?

Pero él ha colgado el teléfono.

Y es viernes. No ha dormido en toda la noche. Llamó a Rosalinda, pero la niña no ha visto a su padre desde el domingo, cuando salió para Vieques.

—¿Te encuentras bien, Mami?— le preguntó, y América tuvo ganas de confiar en ella, pero no lo hizo. —Nos vemos la semana que viene, entonces— Rosalinda añadió con entusiasmo, como si las dos fuesen amiguitas planeando un viaje de compras.

—Lo vendió todo— Ester le dijo cuando América la llamó. Pero no, ella no ha visto a "ese sinvergüenza. Si se atreve a enseñar su cara por aquí. . . " la amenaza muere en un ataque de tos y suspiros.

América se prepara su café y tostada. Dos maletines de cuero están contra la puerta que da hacia el garaje. ¡Karen es tan organizada!, América se maravilla otra vez. No deja nada al azar. Planifica su vida, cada momento encajando en el que viene como eslabones de una cadena. ¿Por qué será que, cuando yo trato de hacer lo mismo, los eslabones son de distintos tamaños, no encajan o se rompen?

A la hora en que Charlie usualmente baja, aparece vestido casualmente, el cuello de su camisa abierto bajo un suéter de cuello en V que hace resaltar el color dorado de su cabello. Karen le sigue, en un traje sastre de pantalones amarillos, como si el vestirse igual subrayara el apego del uno al otro. Se ven radiantes, y América siente tanta envidia que le duele mirarlos.

—Yo llevo las maletas al carro— dice Charlie, y Karen le sonríe cariñosamente.

—Uhm, café—. Ella se sirve una taza.

—Karen, tengo que decirle algo— América comienza tan suavemente que Karen no alcanza a oír las últimas palabras antes de que Kyle aparezca en el descanso de la escalera, frotándose los ojos y lloriqueando.

—Pensé que te habías ido—. El niño se tira en los brazos de su madre.

—Yo no me iría sin despedirme, mi amor—. Ella lo abraza, acaricia su pelo despeinado, lo besa. Cuando Charlie entra del garaje, Karen lo mira. —Creyó que nos habíamos ido— le explica, pero suena como una disculpa.

Charlie toma a su hijo de los brazos de su madre. —Ven acá, hijo.

Y entonces, Meghan baja chillando. —¡No te vayas, Mami! ¡Yo no quiero que te vayas!

—Te dije— Charlie dice en voz baja —que debíamos habernos ido más temprano.

Karen le envía una mirada glacial sobre la cabeza de Meghan y la cara de Charlie se endurece. Han olvidado a América, quien está parada al otro lado de la isla, renuente a acercarse a los niños aferrados a su madre y a su padre mientras los dos adultos echan chispas por los ojos.

—Bueno, niños— Charlie pone a Kyle en el piso. —Mommy y Daddy se tienen que ir.

Kyle se recuesta contra su madre mientras Meghan solloza en sus brazos y Karen parece estar a punto de llorar también. América sigue parada, incapaz de intervenir o quizás resistiéndo hacerlo.

—Meghan, querida, vete con América, ¿okey?— Karen trata

de desenredarse del agarre estilo pulpo de Meghan, en una repetición de la escena en Vieques. —Mommy y Daddy vuelven pasado mañana, ¿okey? Ya te lo dije, ¿te acuerdas?

Tardan quince minutos en calmar a los niños con la promesa de regalos y las cosas maravillosas que sucederán cuando Mommy y Daddy regresen. Al irse, América desea haber añadido su voz a la de los niños, rogándole a Karen y a Charlie que se quedaran y que no los dejaran solos este fin de semana.

No hay coquís

En cuanto sus padres se han ido, los niños resoplan y lloriquean mientras América los prepara para la escuela. Les hace un desayuno caliente. Ellos comen en un silencio deprimido, intensificado por la presencia melancólica de América. Después de que los lleva a la escuela, hace sus quehaceres, su mente en Correa.

Si llamó desde Vieques, lo más temprano que puede haberse ido de la isla sería las siete de esta mañana. Entonces tendría que ir al aeropuerto de San Juan. Imagina que, aun si llegara a Nueva York esta tarde, se tardaría por lo menos una hora en salir del aeropuerto y quién sabe cuántas más encontrar Westchester County, un sitio que él jamás ha visitado. Luego se empieza a relajar. Puede ser que él esté conduciendo por el condado muchos días antes de que entienda las rutas numeradas de las tantas curvas que dan a las calles no pavimentadas de Bedford. Pero entonces se acuerda de que Vieques también tiene un sistema de carreteras oscuras y calles no pavimentadas y llenas de hoyos que dan a lujosas mansiones. América se pone tensa otra vez.

Los viernes Kyle tiene medio día de clases, así que sale a la misma hora que Meghan. América tiene muy poco tiempo para terminar sus quehaceres antes de que tenga que irlos a recoger. Hoy no tienen plé dets, así que los lleva a comer pizza.

—¿Podemos ir al parque?— Kyle quiere saber.

—No. Vamos a casa.

—Pero no hay nada que hacer en casa— él se queja.

—Tienes un millón de juguetes.

—Yo no quiero ir a casa— Meghan lloriquea.

Irritada, los lleva a un parque distinto para no encontrarse con las empleadas. Los niños juegan desanimadamente, tan descorazonados como ella, y después de un rato, piden que los lleve a casa.

En cuanto llegan, cierra todas las puertas con llave y se asegura de que todas las ventanas también estén cerradas. Meghan está cansada, pero tomará una siesta sólo si América se acuesta con ella. Kyle se mete en su cuarto a levantar una ciudad de Lego y América y Meghan se acuestan juntas en la cama angosta de la niña.

Cuando Meghan se queda dormida, América se levanta cuidadosamente. Al separar su pecho y su vientre de la tibieza de Meghan, América siente un vacío helado, un dolor agonizante, como la memoria del parto, del empujar al mundo a una criatura que ya no le pertenece a ella y que, en este caso, nunca lo fue. Le besa la cabeza a Meghan, y la niña abraza más estrechamente su conejito y América le pasa la mano por el cabello, y la besa otra vez, y se pregunta cómo traicionará Meghan a su madre, y cuándo.

La cena es asopao, porque a los niños les gusta y es tan fácil de cocinar que América no tiene que concentrarse mucho. Ya son las seis de la tarde, la hora que ha calculado como lo más temprano que Correa puede llegar a Nueva York, si no estaba jugando con ella cuando le dijo que la venía a ver.

Es posible, se ha dicho muchas veces hoy, que sólo estuviese probando a ver cómo yo reaccionaba. Es posible que hoy, Viernes Social en Puerto Rico, esté de parranda con sus amigos y las putas que le dan coba.

Comen y después ella juega a las Barbies con Meghan mientras Kyle le añade altura a su ciudad de Legos, la cual se desparrama horizontalmente en una larga línea de una esquina a la otra de su cuarto.

Su teléfono suena, pero cuando lo contesta, han colgado, y se queda parada unos minutos, como hizo unas noches atrás, esperando que Correa marque su número de nuevo, si es él quien la llama. Pero no lo hace.

Todos bajan a mirar las mismas necias comedias que ella vio la semana pasada, con los mismos yanquis embrollados en desavenencias similares con los mismos resultados. Los visillos están cerrados en todas las ventanas y parece como si estuvieran dentro de un gigantesco capullo del cual ella no quiere salir.

Karen llama, como prometió, y Meghan y Kyle hablan con ella y con Charlie, llorando, rogándoles que por favor regresen pronto. Se prometen más regalos, más horas de diversión y entonces Karen le pregunta a América cómo van las cosas y ella dice —Todo anda okei. Ustedes disfruten.

Los niños no se quejan cuando los manda a dormir. Parecen estar sufriendo de estrés después de la llamada de sus padres. Como América, están suspendidos en el tiempo, que para ellos no pasa tan rápidamente como quisieran. Pero para América cada aliento es como si la estuvieran chupando hacia dentro de un agujero negro invisible. Deja la puerta de su cuarto abierta, por si los niños se despiertan en medio de la noche. Entonces se acuesta, esperando que el teléfono suene, y que sea Correa, borracho en Puerto Rico, preguntándole si ella es su béibi.

Pero Correa no llama.

Llega la mañana, húmeda y tempestuosa. Kyle y Meghan se despiertan y parecen sorprenderse de que sus padres no estén en casa. Cuando les recuerda que sólo falta un día hasta que vuelvan, parecen confundidos, inseguros de si deben de lamentar su ausencia o si deben celebrar su inminente regreso. Les da de comer, les ayuda a prepararse para sus lecciones de karate y de gimnasia.

Lo único que puede hacer ahora es esperar. Correa se presentará en la casa de los Leverett, o llamará y hará un chiste acerca de Nayágara Fols. Si encuentra el pueblo de Bedford, razona, él no hará nada estúpido. La riqueza lo intimida. Ella lo calmará, si está agitado, y le dirá que no se puede ir hasta que no regresen los Leverett. Entonces, cuando ellos estén, les dirá que se tiene que ir con su esposo, y se lo llevará de la casa lo más pronto que pueda. Lo que él hará con ella, espera, lo hará en Nayágara Fols, o dondequiera que piense llevarla. Pero no delante de los Leverett. No delante de los niños.

Llevando a los niños a sus clases, le echa el ojo a cuanto vehículo pasa. Especialmente a los pocos carros americanos. El carácter caprichoso de Correa es una cosa, pero sus costumbres son otras. Él adora los carros americanos y, aun en una rabieta de celos, ella cree que él se presentará en el mostrador de Hertz y pedirá un Buick. Los choferes de los Land Rovers, de los Mercedes Benz, de los BMWs y de los Toyota Land Cruisers que la pasan no están acostumbrados a ser escudriñados por una empleada en un Volvo. Le devuelven la mirada con cauta agresividad y esa actitud de posesión que ha llegado a reconocer tan bien.

A un lado del edificio de la American Gymnastics, Meghan aprende a hacer maromas, mientras en el otro, Kyle reparte puñetazos y patadas fútiles, fantaseando quizás sobre el daño que hará cuando crezca por lo menos dos pies y engorde por lo menos cien libras.

Quizás, si yo supiera karate, la primera vez que Correa me golpeó hubiese sido la última. Se imagina saltando por el aire, una pierna apuntada hacia su ingle, sus puños apretados, listos para darle un sopapo si la patada no alcanza. Es una imagen agradable, la de machacar a Correa con sus puños como Kyle está haciéndole a un cojinete relleno con goma esponjosa que su maestro aguanta. Abofeteándole y pateándolo hasta que su cara viril esté hecha una pulpa, como la de esos boxeadores en el televisor, sus facciones hinchadas hasta que no se les puede reconocer.

—¿América?

Sale de golpe de su fantasía cuando Kyle, quien ya no está atacando el cojinete, aparece al frente de ella, listo para irse.

—¡Ay! Vamos a buscar a Meghan— dice, parándose de prisa.

—Tenías una cara fea— Kyle le dice mientras ambos caminan hasta el otro lado del edificio.

—Pensaba algo feo— le explica y él se ríe.

—¿Podemos ir a McDonald's?— los niños preguntan en cuanto se montan en el carro. Ella no se molesta en discutir. Les dará algo que hacer y no tendrá que preparar el almuerzo cuando regrese.

El restaurante está lleno de niños y adultos. Los meseros y los cocineros son todos de Guatemala o de El Salvador. Las tres cajeras toman las órdenes en inglés, las registran en las cajas computarizadas y las traducen al español para las personas que preparan y envuelven la comida. América ordena en español.

—Dos Happy Mils con chísberguers sin pickols, dos Coca-Cola y un McChicken con papitas y una Sprite.

—Esa gente te está mirando— Kyle anuncia cuando se sienta al lado de una ventana. América se asusta, teme mirar y, cuando lo hace, Adela la saluda desde un carro que acaba de recoger una orden por la ventanilla. Al volante está un hombre con pelo negro cortado como si le hubiesen puesto una dita en la cabeza y le hubiesen recortado a la vuelta redonda. Él inclina su cabeza hacia ella. América agita sus dedos hacia ellos, sonríe gentilmente y le da sus Happy Meals a los niños.

—No respetuoso señalar con los dedos a las personas— dice, ayudando a Meghan a sacar su hamburguesa con queso.

—No buenos modales quedársele mirando— Kyle contesta, imitando su acento.

—Tú eres muy inteligente para mí— ella le dice, sonriendo.

Cuando salen del restaurante, los niños quieren ir al cine. Todavía está pesado afuera. Mientras caminan hacia el carro, los rodea una bruma que no llega a ser neblina.

—El cine muy lleno hoy. Mejor llevamos videos.

Blockbuster Videos le parece un supermercado. Es enorme, la más frecuentada tienda en un centro comercial que quizás quebraría si Blockbuster se mudara. Hay bullicio de los niños y sus acompañantes que buscan videos para pasar un rato entretenido en esta tarde húmeda.

América ayuda a los niños a buscar algo que les guste. Encuentran unas cuantas películas de Disney para Meghan, pero

Kyle decide que quiere llevarse juegos para el Nintendo en vez de videos. En la sección de videos de distintos idiomas América encuentra *Como agua para chocolate,* que parece ser una película romántica, a juzgar por la foto en la caja. Cuando Correa iba a la tienda de videos en Isabel Segunda, siempre regresaba con películas que la obligaba a mirar acerca de aviones que se estrellaban, de carros que explotaban, o de hombres musculosos disparándole a hombres en gabán y corbata. Es una nueva experiencia el seleccionar algo que pueda gustarle a ella.

Vuelven a la casa, y no es hasta que se estaciona al frente del garaje que América siente el conocido terror que le infunde la idea de que Correa se aparezca.

En cuanto los niños se acomodan al frente de los televisores, Meghan en la sala informal y Kyle en la sala deportiva, ella hace sus quehaceres, arreglando camas, recogiendo ropa sucia, desempolvando aparadores y estantes, alerta al sonido de su teléfono, que no suena.

De vez en cuando, Meghan o Kyle la vienen a buscar, y juega con uno o el otro, poniendo puentes en la ciudad de Lego de Kyle o llevando a la Princess Jasmine y a Aladdin en otro vuelo más en la alfombra mágica. Se siente fragmentada en dos partes, el cuerpo haciendo los movimientos necesarios para jugar con los niños, para darles una taza de chocolate caliente, para cambiar el video de Meghan u observar cómo Kyle mata a los monstruos verdes en la pantalla de la computadora. Pero su mente está en otro lugar, en busca de Correa manejando por las rutas rurales de Westchester County o borracho y feliz en la cama de cualquier puta en San Juan. Ella prefiere la última imagen.

América prepara la cena, la sirve, come con los niños, cuyos ojos se ven vidriosos de tanto mirarla televisión. A ella le gustaría interrogarlos, como hace Karen, acerca de lo que hicieron hoy, pero sabe lo que hicieron. Así es que los deja parlotear sin hacerle mucho caso y cuando empiezan a reñir, como siempre hacen, los frena con la amenaza de que les va a decir a Mommy y a Daddy que no regresen a una casa con niños que no se saben llevar bien.

Karen llama otra vez y los niños le cuentan del viaje a McDonald's y a la tienda de videos, sin mencionar las riñas. Cuando Karen pide hablar con ella, América repite las instrucciones de ayer. —Ustedes disfruten. Yo cuido todo— y Karen parece estar satisfecha.

Más tarde, corre del baño de Kyle al de Meghan mientras juegan en sus tinas, temerosa de que, el minuto que deje a uno, el otro se va a ahogar en el agua de baño. Kyle no quiere que América lo ayude a ponerse sus pijamas, así que lo deja en su cuarto mientras viste a Meghan, a quien le gusta ser empolvada, peinada y vestida en cualquiera de los muchos camisones que tienen al frente a la Princess Jasmine, o a Belle, o a la Little Mermaid.

Kyle entra al cuarto de Meghan, orgulloso de sí mismo, vistiendo sus pijamas del Power Ranger verde, su cabello peinado y aplastado contra su casco. América tiene que disimular la sonrisa que brota en sus labios.

—¿Nos puedes leer un cuento?— Meghan pregunta.

—Yo no puedo leer inglés, béibi.

—Es muy temprano para acostarnos— se queja Kyle.

—Vengan al cuarto de América y hacemos un dibujo— América sugiere, y los niños la siguen. En cuanto llegan a su cuarto suena el teléfono. Corre a contestarlo, sorprendiendo a los niños.

—¿Haló?

—Béibi.

—Correa, ¿dónde estas?

—Suenas agitada, béibi. ¿Qué te pasa?

—¿Dónde estás?

—Te vengo a buscar, béibi.

—No me hagas esto. Te dije que volvía. ¿Por qué estás haciendo esto?

Kyle y Meghan se paran al lado de la cama, mirando a América temblar, hablar su idioma extranjero en el teléfono, como si estuviera a punto de morder a la persona al otro lado.

—Ya te dije, nos vamos de vacaciones. Nunca hemos tenido unas vacaciones juntos—. Oh, él es tan zalamero. Aun cuando está borracho, su voz es como la de un locutor de radio, baja y modulada.

—América, ¿puedes colgar ahora?— Meghan le pide. La niña parece estar asustada y Kyle también la mira fijamente, como si ella se hubiese convertido en una de las figuras humanoides de sus videojuegos.

—Correa, tengo a los dos nenes aquí. Déjame acostarlos. No cuelges. Necesitamos hablar—. Está tratando de poner dulzura en su voz, el sirop de la seducción. Pero su mandíbula está apretada contra sus dientes, su lengua se siente hinchada y es un esfuerzo tener que hablar, porque toda su atención está dirigida a escucharlo a él, al zumbido de carros que le pasan por el lado en algún sitio donde no cantan los coquís.

Ella recuesta el teléfono en la almohada sin esperar que él conteste.

—Ustedes se acuestan. América habla por teléfono— les dice a los niños, empujándolos hacia la puerta.

—Pero yo no me quiero acostar ahora— protesta Kyle, sus ojos en el teléfono mudo.

—Ustedes van a su cuarto. Esperar a América.

Sin ganas, los niños arrastran sus pies hacia el pasillo. Espera a que estén lo suficientemente lejos de su puerta para que no la puedan oír, entonces cierra su puerta y corre hacia el teléfono.

—¿Correa?— el teléfono está callado. Lo cuelga, sus manos temblorosas. —Ay, mi Dios, ay, Dios mío—. Trata de serenarse, trata de aquietar el palpitar de su corazón, el temblor que le hace difícil caminar la corta distancia desde su cama hasta la puerta.

Ambos niños están sentados con las piernas cruzadas en la cama de Kyle, mirando un libro de caricaturas. Cuando ella entra, los dos suben la vista, buscan sus ojos y ven el miedo en ellos.

—Ustedes acuéstense ahora. Es tarde.

Ninguno de los dos se queja. Lleva a Meghan en brazos hasta su cama, la arropa, le pone su conejito en su almohada. —Buenas noches, béibi—. Le besa la frente a la niña y la nena la abraza y la besa y le desea buenas noches.

Kyle se ha acostado solito. Lo arropa con el edredón bien ajustado a su alrededor, le acomoda el osito de manera que su nariz esté fuera, como a él le gusta. —Todavía no estoy cansado— protesta, pero no se mueve, como si comprendiera que es importante para América que él coopere. Deja las dos puertas de los niños abiertas, como hizo anoche, y vuelve a su cuarto, a esperar que el teléfono suene.

Din don

El timbre de la puerta de enfrente. Dos tonos, din don, como en los anuncios. En los tres meses que América ha vivido en esta casa, nadie ha timbrado. Ha estado sentada inmóvil en la orilla de su cama al lado del teléfono por tanto tiempo que tiene que pensar en moverse antes de hacerlo. Y entonces corre a lo largo del pasillo, baja las escaleras y se asoma por la esquina del visillo de una de las ventanas de la sala informal a ver quién está tocando el timbre de la puerta de entrada a las diez de la noche de un sábado. Sabiendo quien es, pero deseando que fuese alguien que tiene problemas con su auto y necesita usar el teléfono, o un vecino buscando un gato perdido.

Din don. Es un sonido pausado, una notificación agradable de que la visita ha llegado.

Correa está parado en los elegantes escalones semicirculares encuadrados por dos columnas. Está parado como si hubiera visitado el lugar muchas veces, ni escondiéndose en las sombras sospechosamente, ni mirando a su alrededor para familiarizarse con la casa.

La puerta no tiene cadena. Si la abre, no habrá nada entre los dos. Se queda con su espalda contra la puerta, agitada, sin saber qué hacer. Din don. Quizás si no contesta, él pensará que no hay nadie en la casa y se irá. Din don dindon.

—¡Mommy!— Meghan está en lo alto de las escaleras del frente.

América sube corriendo en cuclillas. Él no debe oír. Él debe pensar que no hay nadie en la casa. —Shh, béibi, shh. No hagas ruido. América viene.

Din don dindon dindon.

—¿Quién toca el timbre?— Kyle está parado en el pasillo, frotándose el sueño de los ojos.

—No es nadie, vuelve a tu cuarto—. Coge a Meghan en brazos y la lleva a su cama. Kyle la sigue.

—Alguien está en la puerta— dice más fuerte, como si ella no hubiera oído bien la primera vez. Él estira la mano hacia el interruptor para encender la luz.

—No, Kyle, no luces—. Kyle se pasma. Meghan, quien ha estado media dormida, lloriquea. —No hagan ruido— América dice, tirando de Kyle para que esté a su lado. Todos se sientan en la cama de Meghan, ambos niños ahora seguros que algo malo está sucediendo.

Din don dindon dindon. Pún.

—¿Es un ladrón?— Kyle pregunta.

¿Qué hago?, se está preguntando a sí misma. Él está tratando de tumbar la puerta, ¿qué hago? Los cuchillos de Charlie. Tengo que buscar uno de los cuchillos para poderme defender.

—¿Es un ladrón?— Kyle repite. Pero ella no entiende la palabra inglesa.

—¿Berglar? Yo no sé berglar—. América se pone de pie, arropa a ambos niños con el edredón de Meghan. —Ustedes se quedan— les advierte. —No salgan. ¿Comprenden? No salgan afuera—. Ella cierra la puerta del pasillo del cuarto de Meghan, le pone un aparador al frente.

—Tengo miedo— gime Meghan.

—Tú cuidas hermanita— América le encarga a Kyle, quien se ve asustado, pero no lo ha expresado. —No salgan afuera—. Ella camina en puntillas hacia el otro lado del cuarto de Meghan, hacia su sala de juegos.

—¿No debemos llamar a la policía?— Kyle pregunta.

—¿Policía?— se para con su mano en la manija, como si esto

fuera un nuevo concepto. —Policía— dice. —Sí, policía. Yo llamo.

Se oye un estruendo, el sonido de vidrio quebrándose. —Ustedes no salgan— le ordena a los niños en voz ronca, tan llena de miedo como los niños. Camina en cuclillas a través del cuarto de juegos de Meghan, cruza el pasillo rápidamente hasta el cuarto de juegos de Kyle, a través de su baño hasta el dormitorio. La puerta está abierta, y ella se asoma al pasillo oscuro. Puede correr a través del pasillo al cuarto de los Leverett y puede llamar, o puede correr a lo largo del pasillo hasta su propio cuarto. Pero entonces tendría que pasar por las escaleras traseras, y ella oye a Correa moviéndose allá abajo. Y estaría muy lejos de los niños en su cuarto. América se recuesta contra la pared, gimiendo. Sus manos están cerradas en puños duros, sus uñas cavando surcos en sus palmas.

Debí haberle abierto la puerta. Debí haberle dejado entrar, inventarme cualquier excusa para no irme esta noche. Ay, mi Dios, ayúdame.

Todo está tranquilo abajo. Pudo haber sido su imaginación antes. Quizás, ruega, él rompió una ventana y se ha conformado con eso. Quizás sabe que le va a traer problemas si daña la propiedad de otras personas. Quizás él cree que vino a la casa que no era y ya se ha ido, y está perdido por esas carreteras oscuras. Quizás. Quizás. Quizás. Ella entra al pasillo y corre hasta el dormitorio de los Leverett.

Cuando coge el teléfono, una lucecita verde se enciende, suficiente para ver los números. Nueve once. Karen tiene un marbete pegado a cada teléfono. Emergency 911. Ella tiene que traducirlo al español. Nueve uno uno. Una mujer contesta el teléfono y América susurra.

—Emergencia, por favor, ayúdenme, por favor, emergencia—. Llorando ahora, susurrando una y otra vez —Emergencia, por favor, policía, emergencia.

La mujer al otro lado contesta en inglés. Cuando América cambia al inglés —Plis—, una mano le cubre la boca y la hala del teléfono, y huele su colonia, Brut, y licor, y sudor, y él la está halando lejos, lejos del teléfono, que ahora está hablando en español.

—Tú te crees que eres bien lista— él dice en voz baja. —Te crees que eres la gran cosa—. Él cuelga el teléfono.

—¡Umf!— dice ella cuando él la tira contra la pared. —¡Umf!— cuando se cae sin aliento del puño a su vientre. —¡Umf!— cuando la patea.

—¡Coño, pendeja!

Ella se arrastra de rodillas fuera de su alcance, hacia la puerta abierta del dormitorio. Él la patea en el culo, y ella viene a caer a los pies de Kyle. Kyle está ahí, frente a ella, parado en un rectángulo de luz. Y Meghan está detrás de él. Kyle da un paso hacia atrás y América puede ver la expresión en su cara, el terror, inocente y puro.

—¡Corre, Kyle, corre Meghan, corre!—, les grita. Meghan chilla y los dos niños salen corriendo a lo largo del pasillo.

América se voltea a la misma vez que Correa se mueve torpemente hacia ella. Él debe haber visto a los niños, pero no está interesado en ellos. Le agarra el pelo, la levanta por el pelo hasta su altura, y entonces ella ve un relámpago, el destello brillante de un filo haciendo un arco hacia ella. Su primer pensamiento es que encontró los cuchillos de Charlie. Pero no. Es un cuchillo de cocina, el que ella usa para cortar plátanos cuando hace tostones.

Esquiva el filo que se le acerca y siente fuego en su hombro izquierdo. Hay calor donde el filo entró, no hay dolor, sólo fuego cuando él lo saca y lo alza otra vez. Está tratando de matarme. Me quiere matar. Se olvida de que es más baja que él, que pesa más de cincuenta libras menos que él, que es más débil que él. Lo único que sabe es que Correa, el hombre que profesa amarla, está tratando de matarla. Y en alguna parte de la casa Meghan y Kyle están chillando. Empuja a Correa con toda su fuerza, y se sorprende tanto como él cuando él tropieza hacia atrás y deja caer el cuchillo. En ese instante, ella puede salir corriendo del cuarto, gritando a toda boca.

—Corre afuera, Kyle, corre Meghan, corre afuera. Corre. Corre.

Puede oír a los niños corriendo por la escalera trasera, así que se va por la del frente, porque Correa la está persiguiendo, y no quiere que él se acerque a los niños. No con un cuchillo en la mano. No con la intención de matar. No voy a permitirlo. No me matará. No lo hará.

Alcanza la puerta del frente, pero sus manos están mojadas, mojadas con algo resbaloso, mojadas con sangre, su sangre, y no sabe de dónde sale. Hay sangre en las paredes blancas y en las alfombras y en el piso de madera lustroso donde terminan las alfombras del pasillo.

Correa está detrás de ella. Hay carros afuera. Meghan y Kyle están gritando afuera, seguros. Él hunde el cuchillo en su espalda y ella cae contra la puerta. El cuchillo centellea plata y rojo, y en el abrir y cerrar de ojos que él tarda en subirlo, ella se agacha debajo de su brazo, pero con la otra mano él la agarra por el pelo y la empuja contra la pared de la sala informal. Él da la vuelta para estar cara a cara con ella, y ella no lo reconoce. No, éste no puede ser él, no puede ser, sus ojos verdes tan oscuros, tan salvajes. No hay amor en ellos. Es odio lo que ella ve, odio lo que siente cuando usa la última gota de fuerza que le queda para patearlo duro en él único lugar donde está segura de que puede lastimarlo, entre sus piernas peludas. Él se agacha con un grito de dolor, y ella lo patea otra vez, alcanzando su cara esta vez, y él da media vuelta y cae. Se oye un crujido, como el de una rama quebrándose, cuando la cabeza de Correa rebota contra la esquina aguda de la mesa de granito. Ella lo ve caer y quedarse ahí, quieto. Oh, está tan quieto. Su espalda contra la pared, América se desliza hacia el piso y cae cae cae, y hay voces, la voz de Meghan y la de Kyle y la de un hombre gritando —¡Police!— y Correa está tan quieto, tan tranquilo. Su pecho arde, y la casa está llena de gente, hombres con zapatos pesados y no puedo respirar no puedo respirar no puedo respirar.

¿Qué pasó?

Cuando vuelve en sí, huele rosas. Elena está sentada a su lado, leyendo.

—¡Mami!— la voz de Rosalinda viene de su lado izquierdo. Cuando América mira en esa dirección, Rosalinda se tira sobre su madre, sollozando en su pecho.

—Está bien— América murmura, sin estar segura de que sea verdad. —Está bien.

Ahora Elena está parada al lado de ella, acariciándole la mejilla. —Voy a buscar a los otros— y desaparece. Rosalinda todavía llora y América no sabe cómo consolarla, así que también llora.

Los otros vienen. Leopoldo. Paulina. Carmen. Ester. ¿Qué hace Ester aquí? Una mujer con una chaqueta color de rosa les dice que no pueden estar todos en el cuarto a la misma vez, pero nadie se mueve. América no puede detener su llanto, ni Rosalinda tampoco. Paulina también llora. Pero Ester está sonriendo.

—¿Que pasó?— América pregunta, pero aunque sus bocas se mueven, nada de lo que dicen tiene sentido. Cierra los ojos, y cuando los abre de nuevo, está sola. Lo soñé todo, piensa, y cierra los ojos, y entonces Lourdes está sentada en la silla donde estaba Elena, y Rosalinda está parada al lado de una ventana. ¿Estaba esa ventana antes? Es de día y luego es de noche y todos se han ido otra vez. No, no hay una ventana. Me duele el brazo.

Tengo un tubo por la nariz. Y entonces vuelve el día y Rosalinda está sentada en la silla y Ester está sentada al lado de ella.

—¿Qué pasó?

Ester y Rosalinda se miran.

—¿Cómo te sientes?— le pregunta Ester.

—Estoy viva— contesta, y Rosalinda y Ester se miran otra vez.—¿Los niños están bien?

—Están bien. La señora estuvo aquí. Dejó ésto—. Ester señala un arreglo de flores.

—¿Dónde estamos?

—No estoy segura— contesta Ester. —Me traen y me vienen a buscar, así que yo no sé.

—¿Cómo te sientes, Mami? ¿Te sientes mejor? —Rosalinda acaricia la mano de América, la que no tiene la aguja del suero.

—¿Qué pasó?— América pregunta de nuevo.

—¿No te acuerdas?— Rosalinda pregunta sorpendida. —No se acuerda— le dice a Ester, quien está al otro lado de la cama.

—No te preocupes por ahora. Sólo mejórate.

—Quiero saber—. América mira de su madre a su hija. Le están ocultando algo. —Díganme.

—Correa— Ester dice —ya no te va a molestar más.

No, claro que no, ella piensa. Él está en Puerto Rico. Y nosotras estamos . . . ¿dónde? En Nueva York. Rosalinda solloza otra vez y, como antes, busca el pecho de su madre. Ester se ve más vieja que la última vez que la vio. ¿Cuándo fue eso? Es muy difícil concentrarse. Cierra los ojos y duerme.

El sueño de América

América se levanta temprano, prende la cafetera y pone dos rebanadas de pan Wonder en la tostadora antes de meterse en la ducha. Cuando sale, la tostada está como a ella le gusta. Le embarra jalea de uvas, se lleva el plato con la tostada y su taza de café a su cuarto, bebe y mastica mientras se peina el cabello, se aplica el maquillaje, se pone su uniforme. Atacuña el delantal en un bolsillo.

El apartamento es pequeño, dos dormitorios minúsculos, una sala/comedor/cocina. Queda en el barrio puertorriqueño del Bronx, no en el vecindario tranquilo con el alto edificio verde. Paulina le aconsejó que no viviera aquí, pero América no siguió su consejo. Razona que, mientras más paz y tranquilidad una persona busca, menos encuentra. Por eso vive en Grand Concourse, sobre una bodega, cerca de la estación de trenes que la lleva a Manhattan cinco días a la semana.

Le gusta trabajar en un hotel grande. Los huéspedes sólo se quedan por un día más o menos. Rara vez los ve. Casi todos son hombres de negocio que llegan al hotel tarde y se van temprano. La parte más dificil del trabajo es tener que esperar hasta que el supervisor inspeccione la neverita en cada cuarto antes de que ella lo pueda ordenar. Es una regla necia. Podría entrar y salir de los cuartos mucho más rápidamente si no tuviera que esperar por él.

También es difícil estar encerrada todo el día. El hotel tiene ventanas enormes que no se abren, así que ella logra ver el sol, pero no puede sentirlo. Las paredes interiores del hotel son elegantemente oscuras, las alfombras gruesas y lujosas. Es tan tranquilo que un huésped puede moverse a hurtadillas hacia ella antes de que se dé cuenta. Pero no lo hacen. Los huéspedes no se mueven furtivamente detrás de las camareras. Casi siempre la ignoran. Ni la ven la mayor parte del tiempo. Ella encuentra las huellas de sus cuerpos en las camas, pedacitos de papel en los zafacones con notas misteriosas escritas en ellos, tarjetas arrugadas con sus nombres. A veces dejan un dólar en el sobre con su nombre. Pero no tanto como ella quisiera.

Aun así, se gana más y trabaja menos que cuando era una empleada. Y le pagan por las horas adicionales y también tiene seguro médico.

Pudo haber usado el seguro médico para pagar por las dos semanas que pasó en el hospital donde trabaja Karen Leverett. También le hubiese ayudado a pagar por la fisioterapia necesaria para recuperar el funcionamiento de su pulmón perforado y para poder mover su brazo izquierdo, donde los músculos fueron cortados por el cuchillo de cocina.

Mientras estuvo en el hospital, las otras empleadas vinieron a verla, Frida llevando un periódico con el titular AMA DE LLAVES MATA INTRUSO.

—Está muerto, entonces— América suspiró, y Frida miró a Mercedes y las dos miraron a Ester, quien estaba sentada al lado de la ventana. —¿Está muerto?— todas parecían estar tan asustadas.

Ester se acercó a la cama, le tomó la mano. —Fue en defensa propia— dijo. —Él te hubiera matado a ti.

América cerró los ojos y trató de formar una imagen de Correa, pero no aparecía. Las empleadas dijeron algo acerca de que los analgésicos la estaban afectando y se fueron. Pero no la mujer policía que la vino a interrogar. Si América cerraba sus ojos y fingía dormir para así no tener que contestar sus preguntas, ella esperaba. Estuvo allí sentada, le pareció a América, un día entero, preguntándole cuánto tiempo había conocido a

Correa, cuántas veces él la había golpeado, sí él la había visitado en la casa de los Leverett.

Karen Leverett vino a verla unas cuantas veces, pero entonces salió otro titular en el periódico, INTRUSO ERA AMANTE DE CRIADA. América quería saber por qué ella era una ama de llaves la primera vez y una criada la segunda.

El día que la dieron de alta, Karen vino a verla otra vez.

—¿Cómo los niños?— fue lo primero que América preguntó.

—Están bien—. Karen nerviosamente revolvía un sobre en sus manos, no quería mirar directamente a América. —Te envían saludos.

Los ojos de América se humedecieron. —Lo siento tanto, Karen.

—Me lo hubieses dicho. Nosotros te podíamos ayudar—. Ella también parecía estar a punto de llorar.

—Fue un error el escaparme—. Karen la miró sin comprender. —De Puerto Rico,— América aclaró. —No es posible escapar problemas.

Karen estaba a punto de decir algo, pero se arrepintió. Le dio un sobre a América. —Tu sueldo.

Era un sobre blanco. En el medio Karen había escrito en letras de molde America Gonzalez.

—Ante estas circunstancias, tú entiendes— Karen continuó —he empleado a otra persona.

América asintió con la cabeza, miró fijamente las letras de molde, su nombre deletreado sin acento. —Okei— dijo. —Comprendo.

Karen la abrazó y se despidió. América no quitó los ojos de su nombre en el centro del sobre blanco hasta que su vista, barrosa, no la dejaba leer, hasta que las lágrimas mancharon las letras, uno dos tres.

América desearía que "las circunstancias" no hubiesen sido discutidas en los periódicos y por la radio. Recibió cartas en el hospital de mujeres que le decían que habían sido abusadas y que ella les había dado valor para actuar. ¿Es que todas van a matar a sus hombres?, se preguntó. Se presentó mucha gente que quería hablar con ella; abogados, un psicólogo, una consejera de un albergue para mujeres abusadas, una mujer que quería escribir la historia de su vida. Gente, estaba segura, que ella había pasado en la calle y que nunca miraron en su dirección. Todos querían algo de ella y fue un alivio cuando, el día en que Paulina la vino a buscar, no tuvo que hablar ni ver más a esa gente.

De vez en cuando todavía recibe llamadas de personas que no la han olvidado. La semana pasada fue un productor del programa de Geraldo Rivera.

—Lo debes de hacer, Mami— Rosalinda insistió. —Ellos dicen que tu historia puede ayudar a algunas mujeres en la misma situación.

—¿Cómo las va a ayudar? Yo no hice nada. Le di una patada muy fuerte y se cayó y se quebró el pescuezo. ¿Cómo va eso a ayudar a alguien?

—Lo resististe, Mami. Ganaste.

—Yo no considero el haber hecho una huérfana de mi hija una gran victoria— le dijo a Rosalinda y eso le calló la boca. Cada vez que resurgen los eventos de esa noche, Rosalinda trata de hacer que América se sienta bien con lo que pasó, como si eso compensara su traición. Raras son las veces en que menciona a su padre, no le gusta hablar de sus vidas en Puerto Rico, se le ha olvidado que quería ser una vedette cuando sea mayor.

Le sorprende a América que Rosalinda parezca adaptarse tan bien. Está en la escuela, está aprendiendo el inglés más rápido de lo que América hubiese pronosticado y parece que le gusta el Bronx, aunque América frunce el ceño cada vez que ve a sus nuevas amistades. Muchachas con demasiado maquillaje y expresiones aburridas, muchachos con pantalones demasiado grandes, tan bajos en sus caderas que América les puede ver la raja del culo por sus calzoncillos.

Ester dice que América debe de dejar que Rosalinda haga sus propias decisiones acerca de quién va a ser su amigo o no. Pero América no sigue los consejos de Ester. Desde que apareció en el programa de Cristina Saralegui para hablar acerca de cómo la violencia doméstica afecta a todos los miembros de la familia,

Ester se ha convertido en una experta en todos los aspectos de la conducta humana y es célebre en Vieques. Ahora es aún más porfiada que antes.

Cuando América brilla los espejos en el hotel, no puede evitar ver su cara. Hay una cicatriz en su nariz. No existía antes de que Correa la atacara con el cuchillo de Karen Leverett y América no recuerda cuándo él la cortó. Darío dice que es invisible, que nadie más que ella la puede ver. Una vez él le pasó el dedo a través de la cicatriz, trazando una línea desde su ojo derecho hasta más allá del izquierdo. Esa fue la primera vez que América le permitió que la besara en los labios.

Para ella, la cicatriz no es invisible. Le irrita cuando la gente finge no verla. Es un recuerdo de quién es ella hoy y de quién era antes. La mujer de Correa no tenía cicatrices, pero América González luce la que él le dejó de la misma manera que un teniente de la Marina luce sus galones. Están ahí para recordarle que luchó por su vida y que, no importa cómo otros decidan interpretarla, ella tiene el derecho de vivir esa vida como le dé la gana. Es, después de todo, su vida, y es ella quien la vive.

Reconocimientos

Aunque ésta es una obra de ficción, se desarrolla en un lugar real: Vieques. La Casa del Francés realmente existe, en mejores condiciones de las que he descrito y con un pasado diferente. Tengo una gran deuda con Irving y Helen Greenblatt por su hospitalidad y generosidad y por permitirme que la imaginaria América González trabajara en su maravilloso hotel.

Muchísimas gracias a mi amiga y agente Molly Friedrich por guiarme y alentarme, y a mi editora, Peternelle van Arsdale, por aventurarse conmigo y con *El sueño de América*.

Gracias a Judith Azaña y a todas las empleadas que me contaron sus historias e impresiones.

A la Dra. Nina Torres-Vidal, de la Universidad del Sagrado Corazón, le agradezco las muchas horas que tan generosamente donó para ayudarme a corregir y a revisar los errores y los fracasos en la traducción de la primera edición. Aprendí mucho, maestra.

Y, finalmente, queridos Frank, Lucas e Ila: gracias. Su apoyo es para mí lo más importante de todo.